꽃과 소리

이청준 전집 3 중단편집
꽃과 소리

초판 1쇄 2012년 6월 29일

지은이 이청준
펴낸이 홍정선
펴낸곳 ㈜문학과지성사
등록번호 제10-918호(1993. 12. 16)
주소 121-840 서울 마포구 서교동 395-2
전화 02) 338-7224
팩스 02) 323-4180(편집) 02) 338-7221(영업)
전자우편 moonji@moonji.com
홈페이지 www.moonji.com

ⓒ 이청준, 2012. Printed in Seoul, Korea

ISBN 978-89-320-2083-9
ISBN 978-89-320-2080-8(세트)

* 이 책의 판권은 지은이와 ㈜문학과지성사에 있습니다.
  양측의 서면 동의 없는 무단 전재 및 복제를 금합니다.

이청준 전집 3
꽃과 소리

문학과지성사
2012

일러두기

1. 문학과지성사판 『이청준 전집』에는 장편소설, 중단편소설, 그리고 작가가 연재를 마쳤으나 단행본으로 발간되지 않은 작품과 미완성작 등을 모두 수록했다.

2. 전집의 권별 번호는 개별 작품이 발표된 순서를 따르되, 장편소설의 경우 연재 종료 시점을, 중단편소설의 경우 게재지에 처음 발표된 시점을 기준으로 삼았다. 단, 연재 미완결작의 경우 최초 단행본 출간 시점을 그 기준으로 삼았다. 중단편집에 묶인 작품들 역시 발표된 순서대로 수록하였으며, 각 작품 말미에 발표 연도를 밝혀놓았다.

3. 전집의 본문은 『이청준 문학전집』(열림원) 발간 이후 작가가 새롭게 교정, 보완한 내용을 충실히 반영하여 확정하였다. 특히 미발표작의 경우 작가가 남긴 관련 자료에 근거하여 수록하였음을 밝힌다.

4. 전집의 각 권에는 작품들을 수록하고 새롭게 쓰여진 해설을 붙였으며 여기에 각 작품 텍스트의 변모 과정과 이청준 작품들의 상호 관계를 밝히는 글을 실었다. 이 글은 현재의 문학과지성사판 전집의 확정 텍스트에 이르기까지 주요한 특징적 변모를 잘 보여준다.

5. 이 책의 맞춤법은 국립국어연구원의 '한글 맞춤법'에 따르는 것을 원칙으로 하되, 띄어쓰기의 경우 본사의 내부 규정을 따랐다. 단, 작품의 분위기에 영향을 준다고 판단되는 방언이나 구어체 표현·의성어·의태어 등은 작가의 집필 의도를 살려 그대로 두었다 (괄호 안: 현행 맞춤법 표기).
   예) ① 방언 및 의성어·의태어: 밴밴하다(반반하다) 희멀끄럼하다(희멀겋다) 달겨들다(달려들다) 드키(듯이) 뚤레뚤레(둘레둘레) 뎅강(뎅궁) 까장까장(꼬장꼬장)
   ② 작가의 고유한 표현:
   ―그닥(그다지) 범상찮다(범상치 않다) 들춰업다(둘러업다)
   ―입물개 개었고 아심찮게도 목짓 편뜻 사양기
   ③ 기타: 앞엣사람 옆엣녀석 먼젓사람 천릿길 뱃손님 뒷번 그리고 나서(그리고 나서) 그리고는(그리고는)

6. 이 책의 외래어 표기는 국립국어연구원의 '외래어 표기법'에 따라 바꾸었다. 단, 작품의 제목이나 중요한 어휘로 등장하는 경우에는 원본을 그대로 살렸다.
   예) ① 맘모스(매머드) 세느(센) 뎃쌍(데생) ② 레지('종업원'으로 순화)

7. 이 책에 쓰인 문장부호의 경우 단편, 논문, 예술 작품(영화, 그림, 음악)은 「 」으로, 단행본 및 잡지, 시리즈 명 등은 『 』으로 표시하였다. 대화나 직접 인용은 큰따옴표(" ")와 줄표(—)로, 강조나 간접 인용의 경우 작은따옴표(' ')로 묶었다.

차례

변사와 연극 7
이상한 나팔수 33
소매치기올시다 55
꽃과 뱀 85
꽃과 소리 120
가수(假睡) 237
마스코트 299

해설 증상과 성찰/김영찬 323
자료 텍스트의 변모와 상호 관계/이윤옥 347

변사와 연극

 것이다, 것이었다…… 사내는 언제나 그 '것이었다' 식으로 말이 끝난다는 소문이었다. 것이었지, 것이었어, 것이었거든…… 버렸던 것이다, 말았던 것이다, 것이었던 것이다…… 그것은 도회지 바람을 조금 쏘이고 돌아온 이 시골 장터거리의 젊은이들로부터도 흔히 들을 수 있는 말투였다. 도회지 바람을 쐬고 돌아오면 젊은이들은 으레 말에 멋을 부리려고 했고, 거드름을 피우며 그렇게 매사에 단정적이 되었다. 그러나 사내의 경우 그런 것과는 거리가 멀 게 분명했다. 주제에 멋을 부리려고 그럴 리도 없었고, 거드름을 피우려고 그러는 것은 더욱 아닐 터였다. 그는 다만 습관이 되어 무심코 모든 말끝을 그렇게 끝내게 되는 것 같았다. 그러나 사내에게서도 역시 그런 말투가 자연스럽지는 않을 터였다. 무엇보다도 우선 사내는 그런 말투가 적당치 않을 만큼 늙어 있었다. 깡마른 얼굴과 초라한 행색이 사내를 나이보다 더 늙어 보이게 했지만, 낮게 잡아도 그는 이미 쉰 고개를 넘고 있음이 분명했다. 그런 나이로 그가 모든 말을 '것이다' '것이었다'로 끝맺는 것은 어울릴 수가 없었다. 그러나 사내는 한사코 그렇게만 말을 한다고 했다. 내 어젯밤에는 잠을 한잠도 자지 못했던 것이다. 지금은 바람이 불고 있는 것이냐……?

내력이 있음 직했다. 그러나 그 내력은 알려지지 않았다. 추측이 나돌았을 뿐이다. 사내의 말투에서 오는 직감적인 추측――그가 옛날 무엇을 했으리라는. 그러나 그것은 추측에 불과할 뿐 확실한 것은 아니었다. 게다가 사내는 나이가 몇 살인지 그것도 아직 정확한 것이 알려지지 않고 있었다. 그것은 사내가 이 시골 장터거리로 돌아온 지가 아직 한 달도 채 되지 못했다는 점 외에 그럴 만한 몇 가지 이유가 있었다. 장터거리에 사내가 처음 나타난 것은 지난 늦가을 바람이 쌀쌀한 어느 장날 해 질 녘이었다. 그날은 날씨가 차서 그런지 다른 때보다 훨씬 파장이 빨랐다. 오정이 막 지나서부터 장꾼들은 장터를 비우기 시작했다. 읍내 쪽에서 버스나 자전거로 몰려온 장사치들도 이날은 일찍 짐 보퉁이를 꾸렸다. 맨 먼저 이동 책 가게가 문을 닫았고 이어 고무신 장수가 짐을 꾸렸다. 그러자 곧 과자 가게, 기성복 가게, 물감 가게 등이 짐짝을 챙겼다. 참빗, 어리빗 장수 영감이 모습을 감췄을 무렵에는 곤베 장수도 옷감을 거두기 시작했다. 장바닥은 어느새 사람이 뜸해지고 아직 가게 문을 닫지 않은 곳은 어물전과 주물, 옹기전뿐이었다. 그 한산한 장터를 찬바람이 슬렁슬렁 빠져 다니고, 늦가을 오후의 풀기 없는 햇살이 옹기점의 독전에 차갑게 미끄러지고 있었다.

이 무렵 읍내로부터 터덜터덜 한 대의 버스가 들어왔다. 사내는 그 버스를 타고 장터거리로 들어왔다. 그는 차 뒤쪽 자리의 유리창가에 아들로 보이는 스무 살쯤 난 더벅머리 총각 하나와 자리를 나란히 하고 앉아 있었는데, 차가 정거하고 나서도 아직 여행이 덜 끝난 것처럼 한동안 자리에서 일어날 기색이 없었다. 그는 손님이 다 내릴 때까지 묵묵히 자리에 앉아 유리창으로 휑한 장터거리를 내다보고 있었다. 그가 움직이지를 않으니까 곁에 앉아 있는 더벅머리 역시 자리에서 일어나지 못하고 눈치를 살피고 있었다. 마치 그들은 일정한 여행 목적지가 없이 버스가 더 남쪽으로 내려간다면 그곳까지 계속 더 타고 앉아 있으려는 것처럼 보였다. 그러나 버스는 장터가 종점이었다. 차장이 이 마지막 손님들에게 "다 왔어요. 여기가 종점입니다" 하고 자신이 먼저 차에서 내려가 버리자, 사내는 비로소 정신이 드는 듯 그제서야 부스스 자리에서 일어났다. 그리곤 아직도 내키지가 않는 듯, 어물쩡어물쩡 차를 내려왔다. 더벅머리도 그제서야 말없이 그의 뒤를 따라 내렸다. 그러니까 사내는 그가 차를 내려 처음 이 거리로 들어선 데서부터 벌써 그가 늘 '것이었다'로 끝을 맺곤 하는 말버릇만큼이나 기이한 데가 있었던 셈이었다.

그러나 사내가 버스에서 내려 처음 이 장터거리로 들어온 것을 눈여겨본 사람은 아무도 없었다. 장이 서는 날이면 이 거리에서는 낯선 사람들의 출입을 얼마든지 볼 수 있었다. 읍내 쪽에서 몰려드는 장사치들도 그랬고, 다른 일로 이 거리를 찾게 되는 외지 사람들도 대개는 출입을 장날로 택하기 때문이었다. 사내와 더벅머리가 특히 눈에 띌 이유가 없었다.

차에서 내린 사내는 뒤늦게 무슨 물건을 사거나 볼일이 따로 있지 않은 듯 휑한 장거리를 이곳저곳 어슬렁거리고 돌아다녔다. 한참 동안을 그러고 나서야 사내는 그 더벅머리를 데리고 어떤 우동 가게의 포장막 안으로 사라져 들어갔다. 그리고는 거리가 어둠에 잠길 때까지 다시 모습을 나타내지 않았다. 그러나 역시 누구에게도 주의 깊게 살펴진 일은 없었다.

둘은 그렇게 아무의 눈에도 뜨이지 않은 채 이 장터거리로 들어온 것이었다. 만약 이들이 다른 사람들처럼 그길로 다시 거리를 떠나갔다면 아무도 행적을 아는 사람이 없었을 터였다. 그런데 이들은 다른 사람들처럼 그날로 장터거리를 떠나가지 않았다. 아니 그날로 떠나가지 않은 것은 물론, 다음 날도 또 그 다음 날도 떠나갈 눈치가 없었다. 어디서 밤을 지내고 나오는지, 사내는 아침만 되면 다시 거리에 나타났다. 나타나서는 기웃기웃 빈 장터를 돌아다니다 아무 가게에나 들어가 빈 걸상이 있으면 한참씩 앉아 쉬다 나가기도 했고, 햇볕이 잘 드는 처마 밑 같은 데에 서서 사람들의 왕래를 하염없이 지켜보고 있기도 했다. 가끔은 이제 거리를 떠나가려고 작정이라도 한 듯이 버스 정류소로 가서 운행 시간표를 곰곰이 쳐다보고 서 있기도 했고 시간을 기다리듯 차분히 나무 걸상에 앉아 '금잔디'를 피우며 들고 나는 차들을 눈여겨 살피기도 했다. 그러나 사내가 정작 차를 탄 일은 없었다. 그리고 밤이면 어디론지 자취를 감췄다가 아침이면 다시 거리로 나타났다. 사내 곁에는 언제나 그 더벅머리가 그림자처럼 뒤를 따르고 있었다.

사내는 하루하루 그렇게 하는 일 없이, 다음번 장날을 지나고 났을 때까지도 여전히 이 장터거리에 남아 있었다. 아직도 영문을 알 수가 없었지만, 사내는 이제 아주 이곳에 터를 잡고 주저앉아 버리고 말 생각인 것도 같았다.

그러자 그때부터 거리에서는 이 정체불명의 외래객에 대해 조금씩 이야기가 나돌기 시작했다. 도대체 무엇을 하는 작자들인가. 두 사람 사이는 어떤 것인가. 행색들이 아마 부자지간 같다. 하지만 마지못해 사내에게 이끌려 다니고 있는 듯한 더벅머리의 거동새를 보아선 반드시 그런 사이만도 아닌 것 같다. 무슨 일거리를 찾아 들어왔을 것이다. 그러나 거동들이 너무 유유자적한 것이나, 누구에게 그런 걸 부탁하지도 않은 걸 보면, 도무지 그런 사람들 같아 보이지도 않는다……

한동안 그런 이야기들이 오갔다. 그리고 그러던 어느 날부터 이 정체불명의 외방객에 대해 다시 한 가지 괴상한 소문이 나돌았다. 사내가 그 말끝을 늘 '것이었다' 식으로 끝맺는 버릇이 있다는 것이었다. 그것을 누가 먼저 알아냈는지는 알 수 없었다. 게다가 사내는 어디서나 좀처럼 입을 여는 일이 드물었기 때문에 소문이 쉽사리 확인되지도 않았다. 그러나 소문은 빨랐다. 하루가 못 가서 좁은 장터거리의 사람들은 누구나 그 소문을 알고 있었다. 그리고 다음 날은 정말로 그 나이 먹은 사내가 그런 투로 말하는 것을 직접 들었다는 사람까지 몇 사람 나타났다. 사내가 그렇게 말하는 것을 들었노라는 사람들은, 그뿐만이 아니라 그 두 사람이 부자지간이라는 것도 확실하다고 단언했다.

사내가 더벅머리 총각을 가리키며, "이 애 때문에, 이 애 때문에 내가 여태 살아왔던 것이오"라고 말하는 것을 여러 번 들었노랬다. 그러나 그것도 물론 확실한 것은 아니었다. 소문만 자꾸 번져 나갔다. 사람들은 어느새 그 사내를 언제나 '것이었다'로만 말을 끝맺는 작자, '아들을 위해서 아들 때문에 살아왔던' 늙은이쯤으로 믿어버리게 되었다. 그러나 그들은 이내 또 소문을 잘 믿는 사람들이 으레 그렇듯이 이미 풍문으로서의 가치를 잃고 사실로 고정되어버린 그 소문을 재빨리 잊어가고 있었다. 시일도 시일이지만, 사내의 심상치 않은 거동새나 드문 입놀림하며 그 재빠른 소문의 와중에선 그의 나이나 그 말버릇의 비밀이 하나도 확실히 밝혀지질 못한 채였다.

시일이 좀더 지나고 소문이 훨씬 잠잠해진 다음에도 사내는 그 자신들에 대한 소문처럼 장터거리에서 쉽게 사라져가질 않았다. 사라지기는커녕 어느 날 그는 문득 뜻밖의 장소에 모습을 나타내었다.
장터거리 변두리 외딴 곳에 마을회관이 한 채 서 있었다. 그 회관 모퉁이에 붙어 있는 골방은 장난기가 심한 이 마을 총각 아이들의 잠자리를 겸한 내기 화투판이나 술 잔치판으로 이용되는 곳이었다. 마을에 이런저런 말썽을 일으키는 사건들의 모의도 대개는 이 골방에서 이루어지기 예사였다. 초겨울 찬바람이 거리를 몰아치던, 그러니까 사내가 이 장터거리로 들어온 지 한 달 가까이 되어가던 그날 밤, 사내가 홀연 그 회관 골방 문 앞에 나타났다. 이날 밤도 방 안에서는 한창 내기 화투판이 벌어지고 있었는데, 밖에서 문득 문 두드리는 소리가 났다.

"누구요?"

화투판에 정신이 팔려 누군가 건성 대꾸를 하니까,

"네, 찬바람에 떨고 있는 사람이오. 잠자리를 못 얻었던 것이오."

문을 부스스 열고 들어선 것이 그 사내였다. 한 발 뒤에 더벅머리가 함께 따라 들어선 것은 물론이었다. 화투판 녀석들은 이미 들은 바가 있었으므로, 호기심이 나서 하던 짓들을 멈추고 두 사람을 쳐다보았다.

"이 늙은 것이야 오늘 밤 어디서 얼어 죽어도 한이 될 게 없는 것이지만 이 아이가……"

방 안 사람들이 자기들만 쳐다보는 게 면구스러워졌던지 사내는 변명하듯 그렇게 말하고는 비실비실 윗목 바닥으로 주저앉았다.

"당신 아들이오?"

누군가가 그 더벅머리를 눈짓하며 물었다.

"예, 이 아이 때문에…… 이렇게……"

사내가 쉽게 대답하며 대견스러운 듯 그 아들을 바라보았다. 하지만 그때 그 아들이란 더벅머리의 표정은 추운 데서 들어와 그런지 몹시도 냉랭해 있었다. 사내의 말엔 아무 감응을 안 보인 채 청년 쪽에도 우정 신경을 쓰지 않으려는 태도였다.

"어서들…… 판을 계속하시오…… 난 예서 구경이나 하자는 것이오."

방 안 사람들의 시선을 꺾으며 그가 스적스적 화투판으로 자리를 다가앉았다.
 하여 이날부터 두 사람은 계속 회관 골방의 단골 숙박객이 되었다. 낮 동안은 여전히 하릴없이 장거리를 배회하거나 정류소의 빈 걸상 같은 데 앉아 시간을 보내거나 하다가, 밤만 되면 거의 어김없이 회관 골방을 찾아들곤 했다. 그리곤 별로 입을 여는 일도 없이 마을 총각들 하는 수작이나 바라보고 앉았다가 그대로 슬그머니 고꾸라져 잠이 들었고, 아침이 되면 또 말없이 거리로 나가곤 하였다.
 마을 청년들도 그러는 두 사람을 그리 불편해하지 않았다. 마을 회관은 전에도 가끔 그런 타지 사람들이 며칠씩 잠자리로 이용하고 간 일이 있었다. 미심쩍은 데가 전혀 없는 건 아니었지만 무얼 의심하고 경계하기엔 두 사람 모두 행색이 너무 초라하고 무기력해 보였다. 젊은이들은 오히려 두 사람에 대해 심심찮은 호기심들을 느끼곤 했다. 그러나 아직도 사내가 그 청년들의 호기심에 응대를 해온 일은 거의 없었다. 도대체 입을 여는 일이 드물었다. 청년들은 이들이 장거리의 싸구려 우동 가게 같은 데라도 들러 나오는 것을 보게 되는 일이 아주 드물었다. 시장기를 안고 살아가고 있음에 분명한 위인들이었다. 한데도 청년들은 이 사내들이 도대체 저녁 끼니를 먹었는지 안 먹었는지조차 알아낼 수가 없었다. 저녁을 먹었느냐면, 나이 먹은 사내는 언제나 공손히 머리를 숙여 보일 뿐, 물음에 대답을 하거나 얼굴에 시장기를 드러내 보이는 일이 없었다. 제풀에 입을 열어오지 않는 한 아무것도 확실한 것을 알아낼 수 없었다. 골방 친구들이 알아낸 것이란 기껏해야 이미 알려졌던 소문들이 상당한 정도까진 사실이라는 것뿐이었다. 그러나 그것도 자신 있는 확인이 불가능했고, 더군다나 그 소문과 관련이 있을지도 모르는 사내의 정체에 대해서는 더욱 깜깜이었다.

우선 사내가 말을 늘 '것이었다' 식으로 끝낸다는 것은 그가 처음 이곳에 나타났던 바로 그날 밤으로 확인이 된 셈이었다. 사내는 이후로도 말을 할 기회가 있을 때마다 '것이었다'를 자주 되풀이했다. 그러나 그가 어디서 그런 괴상한 말투를 얻어 지니게 되었는지는 일절 입을 열지 않았다. 청년들이 가끔 그것을 캐어묻기라도 하면 사내는 전혀 그 말을 듣지 못했거나 자신도 이미 그렇게 된 내력을 잊어버린 듯 애매한 표정을 지어 보이곤 했다. 사내는 물론 자신이 이전에 무엇을 했으며 어디서 왔는가 하는 물음에 대해서도 마찬가지 태도였다. 나이 같은 것은 물어보지도 않았으니까 말할 것이 없었다.

그런 중에도 한 가지 사내에게서 시원스런 대답을 들은 것은 그 더벅머리 총각과의 관계였다. 어느 날 저녁 누군가 그 더벅머리 총각을 두고 다시 당신의 아들이냐 따지듯 물으니까, 사내가 이번엔 그 첫날 저녁의 애매한 대꾸와는 달리,

"예, 아들이지요. 이 아이는 분명 내 아들인 것입니다"
하고 두 번씩이나 황급히 대답을 해왔다. 하지만 이 경우에는 또 이상하게 듣는 쪽에서 그 사실을 쉽사리 믿으려고 하지를 않았다. 그것은 사내가 그 일을 너무 쉽게, 그것도 힘을 주어 두 번씩이나 거듭 대답을 해왔기 때문이었는지 모른다. 혹은 그보다도 두 사람

의 거동이 부자간으로서는 왠지 이가 잘 맞지 않는 듯한 기분이 들게 해온 때문일 수도 있었다. 사내는 아닌 게 아니라 늘 자애스런 아버지답게 '이 애 때문에 이 애 때문에' 하면서 자기가 그 나이까지 아직 살아남아 있어야 하는 이유를 곱씹어 말해도 좋을 정도로 진심으로 아들을 보살피는 것 같았다. 그러나 이상한 것은, 그러는 사내의 표정에는 언제나 초조하고 불안한 빛이 떠나지 않고 있었다.

아들 쪽에도 이상한 점이 많았다. 그는 물론 자신이 사내의 아들이 아니라는 투의 말이나 암시를 해보인 일이 없었다. '저것 때문에, 저것 때문에'를 되풀이하며 사내가 아비의 속마음을 드러내 보이려고 애를 쓸 때면 그는 묘하게 귀찮은 듯 또는 신경질적인 얼굴이 되었고, 그래서 사내가 웬 불안스런 기미라도 엿보이면, 그는 오히려 경멸기가 역력한 눈길로 사내를 말없이 쏘아보곤 했다. 그 고통스러울 만큼 긴 침묵도 사내보다는 더벅머리 쪽이 더했다. 게다가 그는 늘 이상하게 안절부절 초조한 빛을 감추지 못하고 있었다.

그런 부자 사이고 보니, 두 사람이 늘 거동을 같이하고 있는 것도 실상은 아비가 아들을 인도하는 것이 아니라 아들이 아비에게 마지못해 끌려 다니고 있는 쪽에 가까웠다. 그러나 그것은 어쨌든 상관이 없는 일이었다. 그런 것은 그저 막연한 느낌에 불과할 뿐 더벅머리가 사내의 아들이 아니라 할 근거도 없었다. 확실한 것은 다만 사내가 분명히 더벅머리를 자기 아들이라고 말한 것과, 그리고 녀석이야 어떤 태도든 사내는 정말로 그 더벅머리 때문에 지금까지 살아왔고, 앞으로도 그 더벅머리를 위해 그걸 보람으로 살아가리라 진심으로 믿고 있어 보인다는 것이었다.
 사내가 마을회관 골방을 밤마다 찾아들기 시작한 후로 확실해졌다는 것은 대강 그 정도였다. 그리고 그런대로 객과 손은 어느 틈에 구별을 잃고 그 골방의 밤을 함께 지내가고 있었다.

 그렇게 사내의 골방 잠자리가 한 보름쯤 계속되었을 때였다. 밤마다 화투판을 벌이거나 말썽스런 장난을 모의하거나 하여 밤을 지새우곤 하는 마을 총각 녀석들에게 사내가 하룻밤은 뜻밖에 한 가지 희한한 제안을 내놓았다. 연극을 하자는 것이었다. 술이나 먹고 화투짝이나 떼고, 그렇잖으면 쓸데없는 장난질로 마을에 말썽만 일으키는 것보다 모처럼 좋은 연극이나 해서 한번 칭송을 받아보라는 것이었다. 그것은 물론 처음엔 마을 총각 녀석들의 웃음거리가 되었다.
 그러나 다음 날 밤 사내는 또 한 번 같은 제안을 했다. 크리스마스에 연말도 돌아오겠다, 이런저런 말썽거리나 빚어오던 친구들이 그런 좋은 연극으로 마을을 즐겁게 해주면 새로운 성가를 얻을 것이라며 간절히 권고를 되풀이했다. 그러나 그것도 물론 허사였다. 그러자 사내는 점잖은 말로는 안 되겠다 싶었던지, 이번엔 방법을 달리해 나섰다. 연극을 준비하자면 이것저것 마을 처녀들의 도움을 얻을 일이 많고 또 여자 배역이 있으면 같이 연습도 해야 하니 처녀들을 어를 기회가 생길 뿐 아니라, 그런 일이 있어야 이 장거리를 조금이라도 들뜨게 만들어 두루 좋은 일을 도모해갈 수 있으리라고 사탕발림을 해왔다. 물론 그것도 쉽게 먹혀들 소리는 아니었다.

 그러나 그 연극 놀음은 기어코 한번 추진해보기로 결정이 내려졌다. 사내의 권고나 꼬임이 주효해서가 아니었다. 순전히 사내의 끈기 때문이었다. 한 번 말을 꺼낸 사내는 다시 물러서려고 하지를 않았다. 며칠을 두고 골방 녀석들을 졸라댔다. 녀석들은 사내의 그 끈기와 터무니없는 열망에 못 이겨 그럼 무얼 어떻게 하겠느냐고 사내를 추궁했다. 그러면 네가 막상 어쩌랴 싶은 심산에서였다. 그런데 그것이 반승낙이 되고 말았다. 사내는 그 당장 자신이 모든 일을 책임질 테니, 자기 시키는 대로만 하라고 다짐을 하고는, 그날 밤과 다음 날 하루를 꼬박 앉아서 무엇인질 부지런히 생각하고 종이에 끄적이곤 했다. 다음 날 밤 총각 녀석들이 다시 모여들었을 때 사내는 손수 만든 연극 대본을 한 편 내놓았다. 이젠 덮어놓고 안 하겠다 꽁무니를 뺄 수가 없었다. 기왕에도 정체가 분명치 않던 사내가 그렇게 열을 내는 데는 무엇인지 나름대로 간절한 곡절이 있는 듯했고, 게다가 당장 대본까지 써내고 야단이니 새로 호기심이 일기도 했다. 결국 그런 식으로 사내의 최면에 걸려들기라도 하듯 연극 상연은 결정이 나버렸다. 아니 결정이 났다기보다는 사내가 하려는 대로 내버려둬주게 됐다.

 하지만 그것으로 결정은 충분했다. 왜냐하면 사내는 일이 그에 이르자 자신이 곧 모든 권리를 위임받은 듯, 대본 원고를 새로 손질하여 베끼게 하고 내용을 설명하고 대략의 배역을 정하고 연습 진행 방도를 지시하고 하였는데, 아무도 이제는 더 이상 그의 말에 반대하고 나서질 못했으니 말이다. 청년들은 다만 연극 상연 자체에 대한 반대가 아니라, 그 내용을 좀 바꿔야 한다는 사소한 희망을 말했을 뿐이었다. 그러나, 그것도 사내는 허락하지 않았다.

연극 대본은 3막으로 되어 있는, 유랑 극단이나 서커스단 연극부 같은 데서 흔히 볼 수 있는 그런 상투적인 내용이었다. 아버지와 어머니가 나오고 어린 아들과 그 누이동생 네 사람이 이룬 한 가족의 유족하고 행복한 생활이 그 1막 줄거리의 대부분을 이루었다. 그러다 갑자기 어머니가 병을 얻어 세상을 떠난 데서부터 2막은 그 아비가 가엾은 자식들을 위해 새 어미 계모를 얻어 들이는데, 그 아버지의 생각과는 달리 새로 온 계모 정 씨는 의붓자식들을 몹시 구박하기 시작한다. 그러자 오라비 소년은 어느 날 누이 연심이에게 '성공하고' 돌아와서 꼭 그녀를 데려다가 행복하게 해주겠노라 굳은 약속을 남기고 집을 나간다. 이후부터는 집에 남은 누이에 대한 계모 정 씨의 학대가 더욱 심해지고, 그런데도 아비는 물론 그런 계모의 행패를 알 수 없는 안타까운 사정, 어느 정도 그런 눈치를 채고 있다 해도 이제는 이미 어찌할 수가 없는 형편이다. 누이는 그런 계모의 학대 속에 옛날 집안에 사랑이 넘치던 때를 그리워하며 '성공하고' 돌아오마던 오라비를 애타게 기다린다.

3막은 그보다 10여 년 후가 된다. 기다리는 오라비는 아직 돌아오지 않고, 누이 연심이는 어느덧 처녀로 자라 있다. 그런데 계모가 그 연심이를 어떤 부랑 청년에게 강제로 시집보내려 한다. 연심이는 물론 그 결혼을 반대한다. 그리고 그럴수록 오라비를 더 간절하게 기다린다. 그녀를 구해줄 사람은 이미 성공한 남자로 그녀 마음속에 자라 있는 오라비뿐이기 때문이다. 그러나 오라비는 끝내 돌아오지 않고 계모는 그 청년으로 하여금 자기 집에서 연심을 강간하게 할 음모를 꾸민다. 드디어 그날이 되어 일이 벌어지는데, 연심이 제 방 안에 남아 있을 때 계모가 슬쩍 집을 비우고 나가며 청년을 그녀에게 들여보낸다. 조금 뒤 방 안에서는 소동이 일어나고 비명 소리와 함께 옷이 풀린 연심이 문을 차고 뛰쳐나온다. 바로 그때 그녀는 마침 건장한 장정이 되어 돌아온 그녀의 오라비와 대문간에서 감격적으로 만난다.

줄거리가 대강 그런 식이었다. 모두들 시시하다고 했다. 끝 대목에 가서 오라비가 처음 약속대로 돌아온 것이 더 김이 샌다고 했다.

"하필 그때 돌아오는 게 어딨어. 혹시 돌아온다면 성공은커녕 거지나 되어 온다면 모르지만…… 하여튼 싱겁게 되었어."

"누이는 그냥 당하게 하는 거야. 그렇게 기다린다고 성공해서 돌아오고 누이를 구해줄 수 있다면 도회지 안 나갈 사람 하나도 없게?"

불평들을 말했다. 특히 그 끝 대목이 바뀌어야 한다고 주장하고 나선 것은 대개 자신들이 한차례씩 도회지를 나갔다가 고생만 죽게 하고 돌아온 축들이었다. 경험에 비추어 그런 일은 아예 믿을 수가 없다고 했다. 절망적인 누이에게 그런 식으로 오라비가 나타나는 것은 도대체 우스꽝스런 어린애 장난 짓이라 했다.

그러나 사내는 양보하지 않았다. 청년들이 자신들의 실제 경험을 들어가며 반대의 뜻을 펴오자 사내가 이번엔 마구 청년들을 윽 박질렀다. 그는 마치 자신의 대본에 들려 있는 사람 같았다. 그는 갑자기 거인이 되어 있었다. 거인처럼 대수롭지 않게 '것이지', '것이야', 비로소 본색을 드러낸 듯한 그 단정적인 말투로 총각 녀석들의 생각을 무시해버렸고, 녀석들을 거의 자기 멋대로 부렸다. 총각 녀석들 역시 그의 그런 서슬에 묘하게 압도되어 결국은 순순히 그의 뜻을 따랐다.

그래서 어언 연습이 시작되었다. 미진한 배역도 모두 확정을 지었다. 1막과 2막의 오누이 역은 골방 출입자들로는 불가능했으므로 마을의 다른 곳에서 동원해왔다. 계모 역과 1, 2막에서의 누이역 계집아이, 그리고 3막에서 숙성한 연심이 역을 맡을 처녀도 총각들의 희망에 따라 마을에서 물색해 들였다. 그리고 3막 끝에 '성공하고' 돌아온 오라비 역은 누구나 싱거워할 거라고 생각해서 그랬던지, 혹은 다른 이유가 있어서였던지 사내가 독단으로 더벅머리에게 맡겼다. 그런 모든 일을 사내는 열심히, 게다가 능숙한 솜씨로 척척 해결해나갔다. 청년들도 이젠 사내의 열의에 감동한 듯 열심이었다. 사내의 처음 예측대로 마을 처녀들과 어울린다든가, 연극이 있으리라는 기대 어린 거리의 소문 때문에도 더 열심일 수밖에 없었다. 상연은 인근 초등학교 강당을 빌려 12월 24일 밤에 우선 한 차례만을 갖기로 예정했다. 사내는 그런 일들을 확정 짓고 지시하고 때로는 자신이 직접 교섭에 나서고 하면서도, 한편으로는 그 연극의 가장 중요한 대목을 맡고 있어서 그 연습에도 열심이었다. 중요한 대목이란 다름 아니라 연극 대본의 대화를 제외한(때로는 그 대화의 일부까지도) 모든 지문을 막 뒤에서 모조리 읽어주는 것이었다. 그것은 물론 무대의 설정과 배역의 연기로 표현되어야 하는 것이니까, 이중의 일에 속하는 것이었다. 그래서 총각들은 처음,
"그건 필요 없지 않아요? 옛날 무성영화에서 변사들이 하는 것 아니오? 이건 영화가 아니라 연극인데……"
반대의 뜻을 말했다.
그러나 사내는 기어코 그걸 해야 한다고 고집이었다. 무대가 불완전할 테니까. 시골 관객들에게는 무대 연기만으로는 이해가 어려울 테니까. 그런 말로 기어코 지문 낭독의 필요성을 고집했다. 이상한 것은 그러나 사내가 이 일에만은 자기 생각대로 자신 있게 결정을 내리지 못하고, 총각 녀석들의 눈치를 본다는 것이었다. 그가 이런저런 이유를 댄 것만 해도 다른 일에서는 못 보던 태도였다.
하지만 이번에도 총각 녀석들은 옛날 무성영화 때 변사들의 신나는 변설을 들은 일이 있어, 그걸 다시 들어보는 것도 나쁘지는 않다고쯤 생각하고 넘어갔다. 사내의 소망이 너무도 진지하고 간절해 보였기 때문이었다. 그런데 사내는 자기 몫의 일에 대해 녀석들의 그 말 없는 묵인조차 만족하질 못했다. 그는 이런저런 말로 어떻게든 그 지문 낭독의 중요성을 분명히 청년들에게 납득시키려고 했다. 이번만은 자기 혼자만의 독단이나 총각 녀석들의 묵인에서가 아니라, 완전한 이해 위에 자기 몫의 일을 정정당당하게

맡고 싶어 했다. 그리고 사내는 자기가 연극을 하고 싶어 한 이유가 바로 거기에 있었던 것처럼, 그 일만은 다른 사람을 시킬 생각을 안 했다.

결국은 또 사내의 뜻을 따를 수밖에 없었다. 이번 연극에서 사내에겐 적어도 그 변사라는 것의 존재가 지극히 필요하고 중요한 것임을 모두가 이해하게 된 것으로 해서였다. 그리고 그 변사가 있는 연극에서 그 중요한 변사 역할을 위해 그는 누구보다 연습에 열을 올렸다.

─때는 서기 일천구백육십팔년 가을 어느 날……!
에서부터,
─포악 무도한 계모 정 씨는 착하고 어린 우리의 주인공 연심이를 이처럼도 인정사정없이 구박하였느니……
또는,
─슬프다! 연심이의 슬픈 신세여! 어찌 운명이 그토록 무정하고 악착스러운 것이었더란 말이냐!

등의 2막을 거쳐,
─오오 무도한 계모는 우리의 연심이를 음흉한 마을의 부랑 청년에게 팔아넘길 몹쓸 흉계를 짜내었으니……
식의 3막에 이르러 격정 어린 사내의 목소리는 최고조에 달해 갔다.
─그리하여 그 순간, 오오 그 누가 그것을 예기했을 것이랴, 몽매에도 그리고 기다리던 우리의 가엾은 주인공 연심의 오빠가 홀연히 나타났던 것이니……

여기까지 이르면 사내는 숨이 다 컥컥 막혔다. 사내의 변설은 반드시 대본에 있는 것만이 아니었다. 열이 오르면 대본에도 없는 말을 지그시 눈을 감고 신명 나게 마구 주워댔다. 그리고 한바탕 그러고 나면 그는 얼굴이 온통 땀투성이가 되어버리곤 했다. 몹시도 힘이 드는 것 같았다. 그러나 그는 그것을 마다 않고 연습을 되풀이했다. 그래서 결국은 줄거리를 온통 다 외워버리다시피 하여 대본도 보지 않고 눈을 감은 채, 이야기를 줄줄 엮어 나가게끔 되었다.

그런데 그렇게 연습이 진행되는 동안의 사내의 태도에는 몇 가지 전과 달라진 점이 있었다.

'것이었다', '것이었다' 하는 그의 말투는 여전했고, 그것은 그의 변사 역에 매우 잘 어울렸다. 달라진 것은 그가 늘 '이 애 때문에', '이 애 때문에' 하고 곧잘 더벅머리를 내세우던 버릇이 연극 연습을 시작한 뒤로는 거짓말처럼 사라진 일이었다. 그는 다시는 아들을 내세워 자기가 살아온 일을 한탄스레 말하지 않았다. 아들에 대해 무슨 호소나 애원기가 어린 눈길을 보내는 것도 좀처럼 다시 볼 수 없었다. 그는 다만 연습에만 열심이었다. 그리고 또 한 가지 달라진 점은, 연습이 끝나거나 도중 휴식으로 잡담이 시작되거나 할 때, 그는 전처럼 입을 다물고만 있지 않으려 한다는 점이었다. 그는 이제 곧잘 주위 사람들의 이야기에 끼어들곤 했다. 스스로 이야기를 시작할 때도 있었다. 그저 지나가는 말처럼 흘리기는 했지만, 그가 한 이야기는 대개 자기 신상과 관련이 있는 것들이었다. 무엇보다도 그는 전국 방방곡곡 안 가본 곳이 없어 보였다. 부산에 갔을 때는 말이야……, 제주에 갔을 때는 말이야……, 강릉에 갔을 때는 말이야……, 그의 이야기 가운데는 전국 어디나 지명들이 쉽게 등장했다. 심지어는 평양이라든지 신의주, 청진 같은, 지금은 갈 수 없는 지명까지도 이웃 동네처럼 입에 익어 있었다. 그는 그렇게 세상 넓은 줄 모르고 동서남북을 마구 주름잡고 다니던 때가 그리운 듯 말속에 자주 한숨을 섞곤 했다. 그러다가 그는 다시 그 시절로 되돌아가려는 어떤 질긴 힘에 사로잡힌 듯 창황히 연습을 시작하는 것이었다.

그러나 그는 꼭 한 가지, 그가 전에 무엇을 하고 그 많은 곳을 돌아다녔는지는 말하지 않았다. 하지만 이제 그런 것은 말을 하나 마나였다. 언제부터인지 총각 녀석들은, 이 사내가 아마 옛날에는 퍽 인기 있는 영화쟁이 변사 노릇을 했을 거라고 제물에 믿어버린 것이었다. 그리고 사내도 그런 추측에 대해 자신을 한 번도 변명하려 한 일이 없었다. 그는 결국 전직 변사가 되어버린 것이었다. 그리고 사내가 전직 변사였다는 사실은 그의 모호한 행동이나 정체를 상당 부분까지 설명해주었다. 정체가 밝혀지고 모호한 행동이 이해를 얻게 된 것, 그것도 또한 사내가 연극 연습 이후로 달라진 것의 하나라고 할 수 있었다. 하여튼 사내는 그런 여러 가지 점에서 달라지고 있었다.

달라진 것은 사내의 아들이라는 더벅머리 녀석에게서도 마찬가지였다. 그는 처음 사내가 '성공하고 돌아온' 오라비 역을 맡겼을 때, 그가 늘 사내에게 보이던 표정으로 몹시 신경질적이고 경멸스런 눈초리로 사내를 바라보았다. 하지만 그때는 벌써 거인처럼 행세하기 시작한 사내의 서슬을 꺾을 수가 없었다. 그리고 본격적인 연습이 시작되자 녀석은 다시 무슨 생각을 했는지 그 태도가 점점 달라졌다. 주눅이 든 듯이, 또는 이 애 때문에, 이 애 때문에 하고 자신에게 모든 삶의 보람을 걸고 있는 듯이 말하는 아비가 귀찮아 늘 침묵만 지키고 있는 듯하던 더벅머리는 연극이 시작된 뒤로 왠지 차츰 그 표정이 부드럽게 풀려갔다. 그리고 그의 늘 안타까워 하는 듯하던 눈빛도 사라졌다. 그는 훨씬 홀가분해지고, 그리고 뭔가 안심이 되어가는 듯했다. 다소의 장난기가 있고, 무뚝뚝하긴 하지만 말을 언제나 회피하려고만 하지 않는 청년이 되어갔다.

그러나 그것은 그가 연극에 재미를 붙여서 그러는 것 같지는 않았다. 그는 연습에는 그다지 열을 내지 않았다. 사실 그가 맡은 역할이란 3막 맨 끝에 가서 막이 내리기 전 '성공한 오라비'로 돌아오는 꼭 한 장면뿐이어서 별로 열을 내어 연습을 할 것도 없었지만, 연습 진행이나 공연 준비 교섭 같은 일에도 그는 별로 성의 있게 아비를 도우려는 기색이 없었다. 그러니까 그가 차츰 말수가 늘게 되고 전날처럼 자주 초조하거나 신경질적인 거동을 보이기보다 이제는 뭔지 좀 홀가분하고 안심스런 표정이 된 것은, 그 아비 사내 쪽도 이후론 '이 애 때문에, 이 애 때문에' 하는 그 진력나는 말버릇 대신 새 연극 일에만 열중해 든 방관스런 태도의 반응인 게 분명했다.

그런 식으로 어언 다시 연습 시일이 거의 다 지나갔다. 공연 날인 크리스마스가 며칠 앞으로 다가오고 있었다. 공연 장소는 인근의 관내 초등학교 강당으로 벌써 교섭이 끝나 있었고, 연습도 이젠 총정리 단계에 들어가 있었다. 무대장치도 웬만한 것은 다 마련되었다. 의상은 별로 새로 만들 것이 없어 문제될 것이 없었고, 정 필요한 것은 마을에서 빌리기로 미리 약속을 받아놓고 있었다. 남은 일은 공연 당일을 이삼 일 앞서 실제의 무대를 꾸미는 일과 총연습 과정뿐이었다. 그리고 연극 공연을 선전하는 일—— 그래서 골방에서는 이제 공연 광고 포스터를 그려 일부는 인근 마을로 돌리고, 일부는 자신들이 직접 장거리로 갖고 나가 담벼락에 붙이고 했다. 그런 모든 일을 사내는 자신이 직접 계획하고 지시하며 능숙한 솜씨로, 그리고 여전히 거인처럼 고압적인 태도로 잘 처리해 나갔다. 그러는 사내의 태도는 커다란 기대에 부풀어 거의 흥분을 감추지 못하는 것처럼 보였다. 그는 이젠 연극의 줄거리를 깡그리 외워버리고 있었다. 한 번도 대본을 보는 일이 없이, 오히려 보다 요령 있게 그것을 삭제하기도 하고 살을 붙이기도 하면서 자유자재로 줄거리를 엮어나갔다. 그 목소리도 공연 날짜가 박두해옴에 따라 점점 더 흥분되고, 흥분된 만큼 더 힘이 든 나머지, 그는 자주 땀투성이가 되어 자기 변설에 무아경처럼 들려버리곤 했다.

그런데 한 가지 이상한 일이 있었다. 어찌 된 일인지 그런 사내와는 달리 이 며칠 더벅머리의 태도가 다시 달라진 것이었다. 그는 공연 날이 임박해와도 사내처럼 흥분을 하는 빛이라곤 도무지 없었다. 뿐만 아니라 말수도 다시 줄어들어가고 있었다. 한동안 잠잠하던 그 신경질적인 기질이 다시 나타나기 시작한 것이었다. 무언지 예의 그 불안한 빛까지 겹쳐 나타나고 있었다.

그러나 사내는 그 흥분 상태 탓인지, 더벅머리의 변화를 알아보지 못했다. 사내는 그런 더벅머리를 내버려둔 채, 여전히 그 자기 몫의 연습과 공연 준비에만 온갖 정력을 쏟고 있었다. 더벅머리는 그럴수록, 그리고 공연 날짜가 박두해올수록 묘하게 더 초조하고 그리고 불안해 보였다. 알 수 없는 일이었다. 그러나 아무도 그 더벅머리의 불안기의 속내를, 그 숨은 곡절을 알지 못한 채(그것은 문제가 될 만큼 두드러진 것은 아니었으니까) 드디어 공연 날을 맞게 되었다. 그리고 그날 밤 바로 그 공연이 끝나려 했을 때, 더벅머리의 그 알 수 없는 초조감과 불안기의 수수께끼는 비로소 비밀의 베일이 벗겨지게 되었다.

아니, 그 연극의 종말은 단지 더벅머리의 초조감이나 불안기만이 아니라 사내와 더벅머리를 둘러싼 그간의 수많은 추측과 수수께끼들의 진실을 한꺼번에 모두 드러내준 것이었다.

공연 날 밤은 바람이 몹시 차가웠다. 날씨가 차서 그런지 그처럼 많은 광고와 연습도 보람 없이 연극을 보러 온 사람은 불과 아이들 여남은 명과 열 손가락으로 셀 수 있을 정도의 아낙들뿐이었다. 그것은 스스로 어떤 기대에 부풀어 있던 청년들을 몹시 실망시켰다. 공연을 중단하거나 연기하자는 말이 나올 정도였다. 그러나 그런 보잘것없는 관객 수에 사내는 잠시 시무룩한 표정을 지었을 뿐, 마을 청년들처럼 실망하는 얼굴을 보이진 않았다. 연극을 중지하거나 연기하자는 의견 따위는 들은 척도 않은 채 의연한 태도였다.

그래 결국 연극은 예정대로 막이 올라갔다. 그리고 일단 시작된 연극은 그간 연습량도 있고 해서 그럭저럭 2막까지 무사히 잘 진행되어나갔다. 무대가 하도 좁고, 게다가 지켜보는 관객마저 보잘 것없는 숫자여서 출연자들은 아무래도 연습 때 이상의 실감이 나지 않는 듯 연기를 소홀히 하려 들기도 했으나, 그때마다 무대 뒤에서 줄기차게 이어지는 사내의 변설 덕에 연극은 큰 탈 없이 이어져나갔고, 연기자는 또 그 변설에 이끌려 다음을 어물어물 계속해 나가게 되었다. 관객이 많건 적건, 무대 위에서 출연자들이 어떤 연기를 벌이고 있건, 한번 입을 열기 시작한 사내는 그런 덴 전혀 아랑곳없이 자신의 정력이란 정력은 모조리 내뿜어 마치 자기 생애의 마지막을 화려하게 마무리 지으려는 듯 무대 뒤에서 기를 쓰고 있었다.

그런데 연극은 결국 3막에 이르러 변고가 생기고 말았다. 3막 끝에 가서 성공하고 돌아온 오라비로 나올 더벅머리가 어디론지 자취를 감춰버린 것이었다. 2막이 끝났을 때까지도 마을에서 빌려온 옷으로 성공한 오라비의 차림을 하고 무대 뒤를 서성거리고 있던 더벅머리가 3막이 오르자 모습이 홀연 사라져버린 것이었다. 그것도 처음에는 소변이라도 보러 갔으려니쯤 생각했는데, 극이 막 중간에 이르러, 간악한 계모가 다 자란 처녀가 된 연심이를 마구 구박하고, 드디어는 부랑 청년에게 강간을 시키려는 흉계를 꾸미게 될 때까지도 더벅머리는 나타나질 않았다. 그가 눈에 뜨이지 않는 것을 처음부터 이상히 여긴 청년 하나가 일이 급하게 되자 혹시나 하고 급히 회관 골방으로 달려갔다. 그리고 그가 다시 학교 강당으로 들어섰을 때, 3막은 청년에게 강간 기회를 주기 위해 바야흐로 계모가 집을 비우고 나오는 데까지 이르러 있었다.

그렇게 되니 연극은 이미 헐수할수가 없게 되어버린 운명이었다. 더벅머리가 도망을 가버린 것이다. 무대 뒤에서 열을 올리고 있는 사내를 버리고, 그리고 마을에서 빌려 온 옷으로 '성공한 오라비'의 차림새를 한 채로. 무엇보다 그 회관 골방엔 다른 물건에 손을 대기가 싫었던 듯 모든 것이 그대로 남아 있었지만, 더벅머리의 그것은 헌 옷가지, 이쑤시개 하나까지도 몽땅 다 싸 짊어지고 사라져간 뒤였으니까.

이제 연극은 누이의 구원자가 돌아올 수가 없었다. 아니 이젠 연극에서뿐 아니라 실제에서도 사내는 그 더벅머리를 잃어버린 상황이었다. 연극에서라면 혹시 다른 사람을 대신 분장시켜 내보낼 수도 있었다. 그러나 그러기에는 너무 시간이 촉박했고, 또 그것보다 청년들은 처음부터 오라비가 돌아오는 것을 싱겁게 여겨온 터였다. 어처구니없는 사태를 당하자 청년들도 무슨 임기응변책을 마련하려기보다 오히려 일이 우습기만 할 뿐이었다. 그런 것을 신경 쓸 만큼 관객들이 조심스러운 숫자도 아니었다. 청년들은 미처 사실을 사내에게 알리려 하거나 도망간 양복을 쫓을 생각도 없이, 그저 허탈하게 될 대로 되라는 식으로 연극의 종막만을 기다리고 있었다.

아니 심중에선 연극이 이미 끝나 있었다. 무대를 물러나온 계모까지도 오라비가 돌아올 수 없게 된 것을 알고는 벌써 연극은 끝났다고 생각했으니까.

다만 아직도 연극이 계속되고 있는 것은 사정을 모른 채 오라비가 돌아오기만을 기다리며 청년과 방 안에서 승강이를 벌이는 무대 위의 누이와, 그리고 지금 막 바야흐로 절정을 향해 치닫고 있는 사내의 열띤 변설뿐이었다.

그것은 정력적이고 끈기 있게 계속되고 있었다.

— 그리하여 그 순간! 오오 그 누가 그것을 예기했으랴!

연극은 드디어 막 종막을 고하려 하고 있었다. 이때 그녀의 오라비가 나타나야 했다. 그러나 그는 물론 나타날 수가 없었다. 그러나 사내의 열띤 목소리는 아무도 믿고 있지 않은 그녀의 오라비를 갑자기 무대에 나타나게 할 것처럼 어떤 이상한 힘을 가지고 무대 뒤에 선 사람들의 귀를 치며 계속되고 있었다.

— 기다리고 기다리던 우리의 가엾고 사랑스런 주인공 연심이의 오빠가 나타났던 것이다!

그러나 그 세상을 온통 심판하듯 한 사내의 감격스런 단정에도 불구하고, 무대에는 물론 그 구원자 그녀의 오라비가 나타나지 않았다.

흐트러진 옷차림새로 청년에게 쫓겨 방을 뛰쳐나왔다가 대문으로 달아나며, 거기서 들어와야 할 오라비를 잠시 머뭇머뭇 기다리던 누이 연심은 사내의 목소리가 허황하게 무대를 울리고 나서도 대문에서 영 기척이 없자, 드디어는 당황하여 재빨리 혼자 무대를 나가버렸다.

— 오오, 그리하여 운명은 우리의 가엾은 주인공 연심을 끝내 버리지 않았으니 고맙습니다, 감사합니다, 하늘이시여! 이는 어찌 악하고 착한 인간을 쌀에서 돌 추리듯 가르시어, 착하고 가엾은

자를 지키시는 당신의 거룩한 뜻임을 모르겠나이까……

휑한 무대를 감격 어린 사내의 목소리가 한동안 더 울리고 있었다.

(『여원』 1969년 3월호)

이상한 나팔수

　새로 보충해온 대대 나팔수는 술을 마신 저녁이 많았다. 술을 마신 저녁이면 그는 유난히 긴 트럼펫 소리로 구성지게 취침 나팔을 불었다.
　사실 군대의 나팔 소리에 여유라든가 인정머리 같은 것은 없었다. 우리가 논산 훈련소에 입소하여 훈련 과정을 거쳐 이 중대로 보직이 정해지기까지 경유한 여러 부대들과 그리고 그 새 나팔수가 올 때까지 이곳 대대 영내에서 근무한 모든 군영 생활 동안에 겪은 나팔 소리들은 언제나 차갑고 매몰스럽고 그리고 조급하고 짧아 규칙적이기만 했다. 잠자리에서 쫓아내고 식사를 재촉하고 훈련장으로 몰아내고 그리고 다시 불러들이고 점호 시간을 알리고…… 낭만스런 장면 같은 것과는 전혀 거리가 먼 것이었다. 잠자리에 들어 듣는 취침 나팔 소리도 지금까지는 물론 그런 매정스럽고 규칙적인 소리들 중의 하나였을 뿐이다.

한데 이 새로 온 나팔수의 취침 나팔 소리는 달랐다. 녀석이 술만 먹으면 그날은 나팔 소리가 말할 수 없이 듣기 좋았다. 소리가 먼 곳을 헤매는 것처럼 아득하고 길고, 그리고 잔잔하고 구성졌다. 그 나팔 소리를 듣고 있노라면 우리는 마치 인자스런 어머니의 자장가에 취한 어린애처럼 포근한 잠 속으로 빠져 들어가게 되는 그런 것이었다.

그래서 그의 취침 나팔 소리는 어느덧 우리들의 잠자리 화젯거리가 되어 있었다. 부대 안에서만이 아니라 몇백 미터 떨어진 인근 민가의 잠자리에까지 들려가 그 사람들 간에도 같은 말이 오간댔다. 하루는 그 민간 마을에 영외 거주하고 있는 선임하사 김 중사가 아침에 출근을 하더니,

"아 그 새로 온 나팔병 녀석 말야. 그 자식 취침 나팔 잘 불던데. 기가 막히게 잘 불어. 요즘 밤마다 듣거든. 마을 민간인들 말이 자기들도 밤이면 그 소릴 듣는데, 자다 말고 오줌 싸겠다는 거야. 아마 사회에서 나팔 공부를 좀 했던 놈인 게 분명해"

하고 알은체를 했다.

또 하루는 대대장이 아침 출근을 하자마자 그 나팔수 녀석을 불러다가는,

"쪄식아, 군대 취침 나팔이 뭐 유행가 곡존 줄 알아? 딱딱 끊어서 절도 있게 불지 못하구"

하면서 나무랐다는 소문까지 있었다. 그러나 대대장은 나중 녀석의 어깨를 툭툭 두드리며,

"쪄식이…… 인마 나팔을 그렇게 멋지게 불어서 마을 사람들까

지 밤중에 맥을 못 추게 해놓으면 어쩌려구 그래?"
하고는 자신도 과히 싫지가 않다는 듯 가볍게 웃어넘기고 말았댔다.

 그러나 그것은 그 나팔수 녀석이 술을 먹은 날의 취침 나팔에 한해서뿐이었다. 기상 나팔이나 식사 시간 또는 교육 훈련 집합을 알리는 나팔은 그 역시 지금까지 들어온 다른 모든 나팔수들의 그것과 별로 다를 바가 없었다. 그건 우리들이 차분히 관심을 가지고 들을 수도 없으려니와 나팔수 녀석 자신도 그때는 술을 먹을 수 있는 시간이 아니어서 그러는 것인지 몰랐다. 어쨌든 그가 술을 먹지 않은 날은 취침 나팔도 형편없이 듣기 싫게, 그것도 아주 귀찮은 듯이 두서너 번 짧게 불어젖히고는 뚝 그쳐버리는 식이었다.

 그러나 그는 대부분 밤이면 술을 마시고 그 술기에 젖어 멀고 포근하고 유장하게 나팔을 불었다. 대대장의 꾸중을 들었다는 소문이 있은 뒤로도 그의 나팔 소리는 딱딱 절도가 지거나 규정된 시간으로 끝나지 않고 여전히 유장하기만 했다.

 그러나 이상한 것은 실제로 그 나팔수 녀석이 어떤 녀석인지 우리 중대에서는 아는 사람이 아무도 없다는 것이었다. 녀석은 아마 대대 본부 중대 소속으로 인사과 아니면 작전과에서 근무를 하거나 다른 어느 중대에서 나팔수로 차출되어 나왔겠지만, 그의 소속이 어딘지를 정확히 아는 사람은 아무도 없었다. 그가 나팔을 부는 것을 본 일은 더구나 없었다. 그것은 그가 나팔을 부는 시간이 우리 쪽에서는 대개 취침 준비로 겨를이 없을 때가 아니면, 이미 잠자리에 들어 있을 때뿐이었기 때문이다. 거기다 그가 나팔을 부는 대대 CP 부근은 우리 중대에서 꽤 멀리 떨어져 있을 뿐만 아니라, 밤나무 숲에 둘러싸인 조그만 동산으로 되어 있어 우리는 그가 나팔을 부는 모습을 멀리서조차 볼 수가 없었던 것이다.

그러니까 녀석이 술을 먹은 날은 듣기 좋은 소리로 나팔을 불어 주고, 그렇지 않은 날엔 짧고 듣기 싫게 빽빽거리고 만다는 말은 물론 확실한 것이 아니다. 그것은 다만 추측과 소문뿐이었고, 그의 특이한 나팔 소리가 그 추측과 소문을 썩 그럴싸한 것으로 만들어버린 것이다. 대대장으로부터 녀석이 주의를 들었다는 것도 물론 확인되지 않은 소문에 불과한 것이었다.

그러나 어쨌든 그의 취침 나팔 소리가 길게 듣기 좋은 날이면 그는 술을 먹은 것으로 되어 있었다. 그런 날 저녁 우리는 그가 PX에서 술을 마시는 것을 보았거나 한 일이 없으면서도(애초에 우리는 그가 누구인 줄을 알지도 못했으니까) 아무도 그런 추측을 의심하지 않았고, 그렇게 믿게 된 동기에 대해서는 더욱더 소이연을 따져보려 하지도 않았다.

잠자리에서 우리들의 이야기는 오히려 왜 나팔수 녀석이 자주 술을 먹어야 하며, 술만 먹으면 그런 나팔 소리가 나오게 되는가 하는 곳으로 비약되어 있었다. 밤마다 취침 시간이 되어 잠자리에 들어 그의 나팔 소리를 듣고 그 소리의 여운이 길고 듣기 좋으면 우리는 '녀석 또 술을 먹었구나' 하고 단정했고, 그가 왜 그렇게 술을 자주 마시게 되는가, 어째서 술을 마시면 듣는 사람이 까닭 없는 한숨까지 짓게 하는 소리가 되는지에 대해 제각기 나름대로 추측을 해보는 것이었다.

어떤 친구는 그가 어쩌면 음악 대학을 다니다 군에 입대한 멋쟁이 녀석이 틀림없는데, 고생도 모르고 마음대로 놀아먹던 끝이 되어 갑작스런 군대 생활이 힘들어져 학창 때 익혀뒀던 나팔로 기분을 푸는 거라고 했다. 또 다른 친구는 그가 나팔을 멋있게 불어대려 술을 자주 마시는 것으로 보아 바 같은 데서 트럼펫을 불다가 입대해온 녀석임이 분명하다 단언했다. 그러나 그것은 바에서 나팔을 부는 치들이 실제론 술을 잘 마시지 않는다는 웨이터 출신의 증언으로 금방 묵살되었다. 또 다른 한 친구는 이웃 중대의 친구로부터 자신의 귀로 직접 들은 일이 있노라며, 녀석이 사단 군악대에서 트럼펫을 불다가 그의 나팔 솜씨가 군대와는 맞지 않게 멋들어지기만 해서 우리 대대까지 쫓겨온 거라더라고도 했다.

추측들은 이처럼 그의 출신에 대해서만이 아니라 녀석이 그런 식으로 나팔을 불어대게 된 내력에 대해서도 갖가지로 구구했다. 녀석은 입대 전에 어떤 여자와 지독한 연애를 했는데, 그 여자가 갑자기 배신하고 떠나갔기 때문에 홧김에 군대로 지원 입대를 해왔을 것이다. 하지만 와서 보니까 버린 여자를 더욱 잊을 수가 없어진 거다. 아무것도 잡히지 않는 먼 허공으로 무엇인지 그립게 찾아 헤매는 듯한 그 나팔 소리를 다시 주의 깊게 들어봐라. 그게 아니다. 녀석은 아마 육친이라곤 단 하나 가난한 누이밖에 없었는데 자기 힘으로 그 누이를 따뜻하게 보살피다 입대를 해와서 그 누이 일을 걱정하는 것이다. 나팔 소리의 부드럽고 포근한 애정을 느껴봐라. 또는 그것도 저것도 아니고, 녀석은 다만 얼치기 술주정뱅이에 불과하며 술을 마시면 제멋에 겨워 나팔로 주정을 떠는 것인데, 심신이 다 고단할 수밖에 없는 우리 처지에 터무니없이 이리저리 맹랑한 상상들을 하게 되는 거라고 자조기를 섞어 말하는 친구도 있었다. 그중 가장 그럴듯한 것은 우리 모두가 서로 군영 생활의 피곤하고 삭막한 기분을 안고 지내는 터라, 술이 취하면 녀석도 한번 멋있게 나팔을 불어 우리 심사를 포근하게 해주고 싶어 그러는 것이라는 주장이었다.

그러나 어느 것도 확실한 것은 아니었다. 추측과 소문일 뿐이었고, 그 추측과 소문을 확인할 길은 없었다. 아니 제각기 자기 생각을 믿고 있을 뿐 아무도 그것을 확인해보려는 사람이 없었다.

그런데 시일이 지남에 따라 그 추측과 소문들 가운데서 적어도 한 가지만은 확실해진 것이 생겼다. 그것은 나팔수 녀석이 술을 마신 날은 분명히 나팔을 그렇게 듣기 좋게 분다는 사실이었다. 어느 날 일과 시간 후 내무반 정리를 하면서 점호를 기다리고 있는데, 그사이 한 친구가 PX에서 용케 그 나팔수 녀석을 직접 만나보았다는 거였다.

"PX에서 술을 마시고 있는데 마침 대대 인사과의 안면 있는 친구 하나가 등을 치고 지나가지 않아."

이 친구는 신이 나서 경위를 이야기했다.

"그때 무심코 돌아보니 그치는 몸집이 아주 거대한 다른 일등병 녀석 한 놈을 데리고 내 근처 자리로 와서 앉는 거야. 그리고서 자식은 그 몸집이 큰 일등병과 둘이서 술을 마시기 시작했어. 한데 자식들이 술을 마시면서 이야기하는 것을 얼핏 들어보니 그게 바로 취침 나팔 이야기 아냐. 대뜸 그 몸집 큰 일등병이 나팔수 녀석이라고 생각했지. 내가 손짓으로 나팔 부는 시늉을 하며 안면이 있다는 인사과 친구에게 슬쩍 물어보니 그렇다는 눈짓이었어."
 그래 참다못해 이 친구가 자리를 옮겨가선,
 "형씨! 형씨의 나팔 소리가 참 근사합니다. 난 아주 반했어요."
 그러지 않아도 좋을 '형씨' 호칭에 존댓말까지 써가며 말을 좀 붙여보려 했지만, 일등병은 무뚝뚝하게 대꾸조차 하지 않은 채 묘하게 불편스런 눈초리를 보내다간 이내 또 무엇에 쫓기는 사람처럼 허겁지겁 제 술잔을 탐하고 들더라고. 그래 엉거주춤 멋쩍게 PX를 나올 수밖에 없었노라는 중대 동료의 말을 듣고 우리는 몇이서 급히 PX로 달려갔다. 도대체 그 나팔수 녀석이란 어떻게 생겨먹은 놈인가. 우리는 우선 곁엣사람 알은체에도 말없이 술만 퍼마셨다는 녀석이 뭔지 그럴듯하다고 생각되어 녀석을 한번쯤 직접 보아두고 싶었기 때문이다. 그러나 우리가 PX에 이르렀을 때는 그 일등병이나 대대 인사과 친구라는 녀석까지 이미 자리를 뜨고 난 다음이었다.
 그날 밤 우리는 물론 귀를 잔뜩 곤두세우고 취침 나팔 소리를 기다렸다. 그리고 녀석이 술을 마신 날이면 나팔 소리가 과연 허공을 오래 헤매게 된다는 것을 확인해내고 말았다.
 그런데 그렇게 한 번 모습을 드러낸 이상 녀석은 그 후 자주 우리 눈에 띄게 되었다. 그 대대 인사과 친구와 아니면 혼자서 PX에 멍하니 앉아 술을 마시다 나가는 것을, 그리고 배식 시간이면 본부 중대 식당 배식구 앞에 늘어선 줄의 맨 끝에 식기를 든 손을 뒤로 끼워 잡고 멍하니 하늘이나 쳐다보고 서 있는 그의 커다란 모습을 우리는 자주 볼 수 있었다.

그러나 어느 것보다도 가장 우리의 흥미를 끈 것은 그가 실제로 나팔을 불 때의 모습이 알려졌을 때였다.

하룻밤엔 우리 중대에서 한 친구가 대대 CP 부근 숲에서 보초 근무를 하고 돌아왔는데, 그가 마침 취침 나팔을 불러 나온 녀석을 가까이서 보았다는 것이었다.

"10시가 되니까 아래쪽에서 발자국 소리가 나고 누가 올라오고 있지 않아. 막 수하를 하려다 보니 어둠 속에 번쩍이는 나팔이 보였어. 그래 옳지 녀석이구나 싶어 가만히 거동만 지켜보고 있었지. 녀석은 내가 거기 있다는 것을 아는지 모르는지 그저 무심코 뚜벅뚜벅 숲을 거슬러 올라가버리는 거야. 동산 맨 꼭대기에 이르러서야 발을 멈추더군. 그런데 녀석이 거기서 나팔을 어떻게 불었는지 알아?"

그는 자기 공로를 보다 확실히 하기 위해 주위의 호기심을 돋워가며 말했다.

"자식이 말야. 꼭대기에 올라서더니, 갑자기 부동자세를 취하는 거야, 그러고는 나팔을 반듯하게 세워 물고 불어대기 시작한 거지. 정말 오랫동안이었어. 그만 그치려나 하면 또 시작이고 이번엔 끝인가 하면 다시 소리가 이어지곤 했는데, 끝나고 나선 또 어쨌는 줄 알아? 여전히 나팔을 내리지 않고 입에 반듯하게 꼬나물고만 있는 거야. 한참 동안을 그러고 있더니 겨우 생각이 난 듯이 나팔을 뚝 떨어뜨리겠지. 그러고서도 뭔가 아쉬운 게 남은 듯 한참 동안 더 나팔을 만지작거리고 나서야 겨우 발길을 움직였어. 그리곤 올라올 때와 똑같이 뚜벅뚜벅 무심히 CP 쪽으로 내려가버리는 거야. 역시 코앞을 지나가면서도 난 알아보지 못하고 말야. 자식이 괜히 으시시해지더군."

거기까지만 해서도 우리 역시 까닭 모르게 기분이 으스스했다. 그리고 녀석에 대한 우리들의 추측들 가운데에 가장 우울한 대목이 하필 정말일지 모른다는 기분이 들었다. 그런데 보초 녀석은 거기다 또 짓궂게 덧붙였다.

"한데 이상한 것은 그게 아니야. 자식이 나팔을 불 때 나팔대를 어디로 향했는지 알아? 그야 물론 우리 대대 막사 쪽이라고 생각하겠지. 하지만 천만의 말씀! 자식은 터무니없게도 남쪽으로 자기 나팔대를 향했어. 거기서 우리 부대는 서쪽이거든. 알겠어? 정반대는 아니지만 하여튼 자식이 우리 대대 쪽에다 대고 나팔을 분 건 아니었단 말야."

여기까지 이야기를 들었을 때 우리는 이제 아무 말도 하지 않았다. 아무 말도 하지 않고 제각기 그 나팔수 녀석에 관해서, 그가 부대 막사가 아닌 어느 남쪽을 향해 나팔을 불고 있다는 사실에 대해 어떤 놀라움과 그 비밀스런 내력과 그리고 그런 것들에 대한 또 다른 으스스한 추측에 사로잡히고 있었다. 그 놀라움과 추측은 각기 다른 것이었을지 모른다. 그러나 그때 한 가지 공통점이 있었다면 그것은 녀석이 부대 막사가 아닌 다른 방향을 향해 나팔을 불어대고 있었다는 사실에 대해 아무도 그를 탓하려고 하지 않았으리라는 점이었다.

하지만 그런 일이 있은 후로는 한동안 나팔수에 관한 새로운 사실이 알려지지 않았다. 그가 부대 막사를 향해 취침 나팔을 불지 않는다는 사실과 관련해서 신빙성 없는 추측과 소문만이 중대를 떠돌아다녔을 뿐이다. 언제부턴지 녀석에게 은근히 어떤 두려움 같은 것을 느끼기 시작한 우리는 누구도 그에게 직접 사실을 확인하거나 내력을 물으려 하지 않았고, 오히려 식당으로 가는 길이나 PX 같은 데서 그를 마주치기라도 하면 제물에 슬그머니 발길들을 피하곤 했기 때문이다. 다만 그간에도 녀석이 PX에 나타나 들던 대로 늘 허겁지겁 재빨리 술을 퍼마시고 사라진 날이면 나팔 소리가 여전히 구성졌고, 그렇지 않은 날엔 듣기 싫게 빽빽거리는 것은 변함이 없었다.

그러던 어느 날이었다.

녀석에 대해 그날은 아주 중요한 새 사실이 알려졌다. 이날 오후 늦게 한 허름한 여자가 정문 위병소로 녀석을 찾아와 녀석과 함께 부대를 나갔다는 것이었다. 그것은 사실인 듯했다. 왜냐하면 우리는 그 여자를 자신들의 눈으로 직접 목격했기 때문이다. 이날 우리가 야외 훈련에서 일과를 마치고 정문 위병소를 행진해 들어올 때 우리도 거기서 그 여자를 본 것이다. 그때는 물론 그 여자가 나팔수 녀석을 면회하러 온 사람인 줄은 몰랐었다. 가끔 부대 정문 위병소에는 그렇게 면회를 온 여인이 서성거리고 있을 때가 있었고, 그래서 우리는 그저 그런 여자들 중의 하나거니 하고 무심히 지나쳐버렸던 것이다. 그녀에 대한 우리 관심이 특히 다른 여자 면회객보다도 머물지 못했던 것은 이날따라 거기 서 있던 여자의 옷차림이 후줄근해 보였기 때문이고, 그래 그런지 누구보다 더 부끄럼을 타는 듯 얼굴을 돌리고 있었기 때문이며, 그래서 아마 아이가 두서넛 되는 어느 벽지 시골 아낙이 군바리 남편을 면회 온 것쯤으로 여긴 때문이었을 것이다. 그런데 조금 뒤에 대열과 떨어져서 위병소를 들러 온 동료의 말이 그 여자가 바로 나팔수 녀석과 위병소를 나가 민간인 마을 쪽으로 가더라는 것이었다. 나팔수 녀석은 언제나 그가 그러는 것처럼 그저 멍한 표정 그대로, 게다가 약간 화가 나 있는 듯한 얼굴을 하고 그 여자와 2, 3미터쯤 앞서서 걸어가고 있었다고. 여자가 나팔수에게 면회를 온 것이 분명했다.

그래서 우리는 이날 밤 다시 녀석과 그 여자에 관한 추측으로 다른 때보다도 비상한 관심 속에 취침 시간을 기다렸다. 그 여자가 누구냐. 아마 녀석이 밤마다 나팔을 불 때 그리워해마지않던 여인이 틀림없다. 아니다, 그렇다면 그가 그렇게 멍하니 오히려 화를 낸 얼굴을 하고 가지는 않았을 것이다. 그가 입대 전 불장난의 상대로 삼았던, 그러다가 내동댕이치고 만 여자일 것이다. 녀석은 허우대가 좋아서 계집들을 잘 녹였을 것이다. 그것도 아니다, 반드시 그런 상대로만 생각할 수도 없다. 그 여자는 어쩌면 녀석에게 단 하나밖에 없는 살붙이일지 모른다. 그가 늘 얼굴에 쓸쓸한 그늘 같은 것을 짓고 있는 것을 보면 그런 누이가 있을 법하다. 아마 그 누이가 너무 초라하고 남루한 꼴로 나타난 걸 보니까 가엾고 화가 나서 그런 얼굴을 했을 것이다. 아니다, 그의 마누라다⋯⋯

그런저런 추측들을 끝없이 이어가며 우리는 취침 나팔을 기다렸다. 과연 오늘 밤 녀석이 취침 시간 전에 부대로 돌아올 것인가. 아마도 그는 오늘 밤 부대로 돌아오지 않을 것이다——

그러나 그는 우리들의 그런 추단과는 달리 취침 시간 전에 부대로 돌아왔다.

그리고 나팔을 불었다.

그런데 그 나팔 소리는 이상하게도 지금까지 들었던 어느 날 밤보다 더 짧고 듣기 싫고 신경질적인 것이었다.

그래서 그 나팔 소리는 이날 밤부터 또다시 지금까지의 추측들을 모두 부숴버리고 다른 새 소문들을 만들어내기 시작했다. 그러나 그 추측이나 소문이 어떤 것이든 아랑곳없이 녀석은 밤마다 빠짐없이 취침 나팔을 불었다. 그리고 그 소리는 처음 여자가 위병소에 나타났던 날 밤 이후로 계속 그 듣기 싫고 짧고 신경질적인 것뿐이었다. 어떤 날은 마치 자기 자신도 멋진 소리가 되지 않아 애를 먹는 듯 삑삑 여러 번씩 흉한 소리가 되풀이되기도 했다. 그 여자가 어떤 여잔지, 그리고 그녀가 다시 고향으로 가버렸는지 어쨌는지에 대해서도 여전히 분명한 것이 알려지지 않은 채였다. 어쨌거나 그 후 여자가 다시 위병소에 나타났다는 소문은 없었고, 혹시 아직 마을에 머물러 있어 녀석이 밤으로 잠깐씩 만나고 오는지 어쩐지도 알 수가 없었다. 다만 확실한 것은 이후 우리 중대에선 아무도 PX에서 그가 술을 퍼마시고 나간 것을 본 일이 없다는 것이었고, 그래 그러는지 녀석의 나팔 소리가 다시 예전처럼 듣기 좋게 들려오질 않는다는 것이었다. 우리는 그가 전날의 솜씨를 잊어버린 거나 아닌가 생각될 지경이었다.

그러나 그것은 잘못 생각한 것이었다.

그런 며칠이 지난 어느 날 저녁, 중대의 누군지가 그를 PX에서 다시 보았다는 말이 떠돌았다. 그리고 그 말은 곧 사실로 증명되었다. 이날 밤 녀석의 취침 나팔 소리는 뜻밖에 옛날 솜씨를 되찾은 듯 그 멀고 유장한, 검은 밤 허공을 끝없이 안타깝게 떠도는 듯한 음조로 돌아가 있었던 것이다.

그날부터 녀석은 거의 매일 밤, 가끔 또 듣기 싫은 소리를 낼 때도 있었지만 적어도 그 여자가 나타나기 전 정도로는 자주 그 유장한 소리로 나팔을 불었다. 그리고 가끔 듣기 싫은 소리를 내는 횟수만큼을 빼고는 거의 매일 밤 PX에도 나타난다고 했다.

그는 이제 완전히 전날로 돌아가 있는 것 같았다. 우리는 다시 그 나팔 소리를 듣고 그가 술을 먹었나 안 먹었나를 점치고, 그리고 가끔씩이었지만 녀석과 그 여자의 정체에 대해서도 추측 삼아 이야기를 하곤 했다.

선임하사 김 중사가 어떤 여자에 대한 마을의 소문을 듣고 온 것은 우리가 그 나팔수에게서 여자에 관한 부분은 그렇게 거의 잊어버리고 있던 어느 날 아침이었다.

"우리 동네에 이상한 여자가 하나 들어왔는데 말야……"

그는 출근을 하자마자 한 가지 민간인 마을의 소문을 이야기하기 시작했다. 김 중사는 영외 거주를 하기 때문에 우리들의 잠자리 이야기나 나팔수의 최근 여자 면회 건을 잘 모르고 있었지만, 우리는 그의 이야기에서 대뜸 나팔수 녀석의 여자를 생각했기 때문에 선임하사의 말에 모두 귀를 번쩍 세웠다.

"그런데 이 여자가 조그만 방을 얻어 살림까지 시작했는데, 도대체 그 남편이 누군지를 잘 말하려고 하지 않는다는 게야. 군인 가족이라고만 한다거든. 군인이 누구냐면 말을 않는다는 거지. 그 남편이란 작자가 어쩌다 들렀다 가긴 하지만 언제나 깜깜한 밤에 몇 참도 안 있다 가버리기 때문에 누군지 통 알 수가 없다는 거지. 한데 말이야. 이웃 사람들 말로는 아무래도 그 남편이라는 군인이 영외 거주가 허락되지 않는 사병 같다거든. 내 생각도 그거야. 우리 부대에서 장가간 장교, 중·상사는 벌써 다 살림을 시작했단 말야. 이건 아무래도 어떤 사병 녀석이 틀림없어."

그 여자가 틀림없었다. 그래서 우리는 그 남편이 나팔수 녀석이 분명하다고 말해주고는, 여자가 어디서 왔으며 어떤 때 남편과 만나고, 보통 때는 무엇을 하며 지내는가 등등, 그 여자에 관해 궁금한 것을 모조리 물었다. 김 중사는 물론 그런 것은 별로 알고 있지 못했다. 그러나 그가 이젠 별로 더 해줄 말이 없어 미안하다는 듯 다음 날 좀더 자세히 알아보고 오겠다 다짐을 하고 나서 마지막으로 한 말은 지금까지의 어느 것보다 우리에게 귀중한 보고였다.

그는 이렇게 말했다.

"뭐 서커스단에서 줄을 타던 여자라나? 줄 위에서 양산 같은 걸 들고 춤추는 여자 말야. 그런 것이었다나 봐. 그런데 아이를 배서 이젠 한동안 더 줄을 탈 수가 없게 되었다던가. 그동안도 아이를 밴 채 죽 줄을 탔는데 이젠 배가 너무 불렀다는 거야. 얼마 남지 않았는가 보지."

이 말로 우리는 그가 다음 날 더 자세한 것을 알아봐 오겠다고 다짐한 것은 별로 기다릴 일이 없어져버렸을 만큼 나팔수에 관해서 중요한 것을 모두 알아버린 듯했다.

"하니까 자식도 남쪽 어디 있는 서커스단에서 나팔을 불던 녀석이군."

 누군가가 그렇게 말하지 않았더라도 우리는 벌써 다 그쯤 짐작을 하고 있었다. 그리고 그때 이미 우리는 그가 어떤 날 밤이면 자기 여자를 보러 나갔다가 다시 취침 나팔을 불어주기 위하여 10시 전에 부대로 허겁지겁 뛰어와야 하는 처지를 동정하고 있었다. 뿐더러 그런 날은 술을 마시지 못한 데다가 숨이 차서 나팔을 오래, 멋있게 불지 못한 거라고 짐작되었는데, 그걸로 보아서 그가 부대 PX에 나타나고 취침 나팔을 듣기 좋게 부는 날은 그의 여자에게로 가지 않는 날이라는 것도 알 수 있었다.
 그런데 그것은 참으로 이상하게 우리의 마음을 무겁게 했다. 그건 그 여자가 나팔수의 나팔을 방해한다는 것이었다. 지금 이야기지만 여자가 처음 위병소에 나타났던 날 그의 나팔 소리가 이상해지고 그것이 며칠이나 계속되었을 때 벌써 우리는 막연히 그런 생각을 했던 것이다. 김 중사의 말을 듣다 보니 우리는 더욱 그런 생각이 확연해졌다. 그가 시간을 대기 위해 헐떡거리며 부대로 돌아왔기 때문이라는 이유는 바깥으로 물러나고, 꼭 그런 날이면 그의 나팔 소리가 빽빽 듣기 싫어진다는 것은 그날 그가 여자와 만난 것이 방해를 하는 때문이라는 쪽으로 막연히 상상을 비약해버린 것이었다. 하긴 그게 사실일는지도 모른다.
 그가 만약 먼 허공을 헤매듯 간절하고 애틋한 마음으로 나팔을 불고 있었던 게 사실이라면, 여자가 곁에 와버린 지금으로서는 그럴 필요가 없어진 것이고, 이미 더 멀리 찾아 헤맬 그리운 것도 없어져버렸을 터이니까. 하물며 녀석에게 그 그리운 것의 모습은 멀리서 찾을 때와는 달리 남루하고 실망스럽고 어쩌면 귀찮게까지 여겨질 그런 것이었을지도 모를 일이 아닌가.

만약 이 모든 것이 사실이라면 그는 정말 동정을 받아 마땅했다. 그는 어떻든 부대의 나팔수였다. 어떤 이유로든 나팔을 시시하게 분다는 것은 이제 나팔수로서의 자격을 잃게 되는 것이고, 그렇게 되면 군영 생활에서 그는 자신의 존재 가치를 잃고, 아무 보람도 질서도 없는 쓰레기 같은 세월 속에 시간의 권태를 감내해가야 하니까. 그렇지 않다 하더라도 그가 동정을 받아 마땅하다는 사정은 마찬가지였다.

곁으로 다가온 여자에게 똑같이 그리움을 느끼고, 그래서 술만 먹으면 나팔을 잘 불게 된다 해도 그리운 사람 곁으로 가는 날은 숨이 헐떡거려서든 술을 마시지 못해서든 나팔을 잘 불지 못하게 되는 만큼 그 또한 동정할 일이 아닐 수 없는 것이다. 어떻든 그는 여자를 만나지 않고 여자에게서 멀리 있을 때만 나팔을 잘 불 수 있었다. 그리고 부대에서 자신을 지킬 수 있을 뿐 아니라 여자를 그립게 지니고 사랑할 수가 있었다.

구체적으로 그렇게밖에 상상할 수가 없었다. 상상이 좀 지나쳤는지 모르지만 하여튼 우리는 여자가 녀석의 솜씨를 흩뜨리게 한다는 생각이 진심이었고, 그리고 다음 날 김 중사가 마을에서 더 자세히 들어온 이야기들도 대략 그런 생각을 뒷받침해주었다.

아닌 게 아니라 김 중사는 다음 날 약속대로 여자에 대해 훨씬 자세한 것을 알아왔다. 무엇보다도 우선 그 여자의 방을 가끔 들러 간다는 남자는 몸집이 크고 늘 말이 없는 것으로 보아 나팔수 녀석임이 분명한 것 같댔다. 그 말을 하고 나서 김 중사는 자기도 아직 자신이 지금 하려는 이야기의 내막을 잘 이해하지 못하겠다는 듯 고개를 갸우뚱거리며, '그런데 말이야 그런데 말이야' 하고 몇 번이나 망설이다 겨우 이렇게 입을 열었다.

"그런데 말이야. 이상한 일이 있어. 그 여자가 말이지, 10시에 부대에서 취침 나팔 소리가 나면 등에다 불을 켜 들고 밖으로 나간다는 거야. 그리고선 부대 쪽을 향해 그 등불을 높이 들어 보인다는 거지. 그러면 나팔 소리가 그친다지 않아. 글쎄 그게 뭔지 모르겠단 말야. 설마 간첩은 아니겠고…… 말하자면 서로 무슨 마음의 신호를 보낸다는 것이겠는데. 거 무슨 애들 같은 짓이지?"

김 중사는 도무지 이해를 할 수 없다고 했다. 그러나 우리는 이해할 것 같았다. 아니 우리 역시 그것이 무슨 뜻인지, 그때 둘이 서로 어떤 마음을 주고받는지 분명한 걸 알 순 없었다. 그러나 적어도 그 둘이 그런 짓을 한다는 것이 김 중사처럼 도대체 생소하지가 않았고 어딘지 이해가 가는 구석이 있는 것 같았다.

"한데 이건 또 뭐야. 자식이 계집에게 다니러 왔다가 헐레벌떡 취침 나팔을 불어주러 부대로 달려간 날은 계집이 불을 켜가지고 나가기도 전에 벌써 빼빼 몇 번 나팔을 불어젖히고 만다거든. 그런 날은 이미 볼일 다 봤으니까 뭐 마음을 전하고 자시고 할 게 없다는 건가."

김 중사는 말을 하다 보니 자신의 생각에 차츰 조리가 잡혀가는 듯했다.

그러나 우리는 김 중사의 그 짓궂은 상상도 반대였다. 오히려 그런 날 녀석이 나팔을 듣기 싫은 소리로 짧게 불고 마는 것은 그에게서 어떤 것이 이미 이루어졌기 때문이 아니라, 거꾸로 이루어져가던 것이 중도에 깨어져 나간 때문이라는 쪽이었다.

그런 일이 있은 뒤로 우리의 이야기는 주로 나팔수 녀석의 딱한 사정을 동정하는 쪽으로 기울어져간 게 당연했다. 소리가 길고 기분 좋은 날은 녀석이 여자에게 가지 못하고 PX에서 술을 마신 게로구나고 혀를 차며 안되어했다. 그리고 녀석은 밤마다 우리에게 그런 동정기 섞인 이야기를 시키고 싶기라도 하듯 날이 갈수록 자주 그 긴 취침 나팔을 불었다. PX에서 그가 술을 퍼마시고 있는 것을 보았다는 소문도 차츰 회를 더해가더니 나중에는 거의 매일처럼 되고 말았다. 그리하여 녀석이 나팔을 잘 불수록 우리는 거꾸로 녀석을 안되어했다.

하지만 어쨌든 이제 그에 관해서는 거의 모든 것이 알려진 셈이었다. 그래서 별로 새로운 추측을 해볼 것도 없었다. 기껏해야 우리가 그에 대해 아직 확인을 하지 못한 것은 그가 이제는 나팔대를 남쪽으로 향하지 않고 여자가 등불을 켜 들고 나올 마을의 어둠 쪽일 것이라는 한 가지 사실뿐이었다. 하지만 그것도 확인해보나 마나였다. 그럴 게 틀림없으리라는 것이었다. 그리고 그 취침 나팔 소리의 굴곡과 여운이 뻗는 것을 주의해 들어보면 그런 추단은 사실 옳은 것 같았다.

그러자 우리들은 비로소 그 취침 나팔 소리에서 오랫동안 계속되어오던 소문과 추측과 동정까지도 거두고, 이젠 다만 우리를 기분 좋게 하고 고향 생각이 나게 하고 그리고 저마다의 여자들을 생각하며 포근히 잠들게 하는 그런 진짜 취침 나팔 소리로만 생각하기 시작했다. 그리고 그런 식으로 어언 한 달 가까이나 지내고 있었다.

그런데 그동안 우리는 그 여자에 대한 가장 중요한 사실 한 가지를 잊고 있었다.

우리는 나팔수 녀석이 어느 날 밤 기어코 부대에 소동을 일게 한 다음 날 아침에야 그 불행한 사건의 전말과 함께 겨우 그것을 깨달은 것이다.

그날 밤, 그러니까 그 사건이 있던 날 밤 나팔수 녀석은 유난히 나팔을 오래 불어대고 있었다. 그즈음 녀석은 거의 빠짐없이 술을 마시고 기분 좋게 취침 나팔을 불어주었기 때문에 우리는 처음 녀석이 그저 나팔을 조금 길게 불고 싶은가 보다고 대수롭잖게 들어 넘기려 했다. 그런데 녀석의 나팔 소리는 우리의 그런 예상보다도 훨씬 오래 계속되었다. 아니 예상을 넘을 정도가 아니라 아예 끝이 나지 않을 것처럼 무한정이었다. 그래 아무래도 심상치 않은 예감이 들어 우리는 불침번 녀석을 대대 CP 쪽으로 보냈다. 그리고 나서야 나팔 소리는 겨우 그쳤다.

그러나 조금 후에 돌아온 불침번은 그 나팔 소리로 하여 부대에 지금 소동이 일어났다고 했다. 웬일인가 싶어 주변 사령이 밤나무숲 동산으로 당번병을 올려 보냈다는 거였다. 마침 그러자 나팔 소리는 그치고 말았는데, 당번병이 그곳에 이르러 보니 그사이에 녀석은 이미 동산 꼭대기에서 흔적도 없이 사라지고 없더라고. 그래 좀더 기다려봐도 녀석이 산을 내려오지 않아, 이미 수상한 나팔 소리를 듣고 몰려든 각 중대 주변 사관들이 탈영병이라도 생긴 듯 사병들을 동원해 수색전을 나섰댔다. 녀석의 사정을 짐작한 일부 수색대는 그 민간인 마을의 여자 집까지 그를 쫓아 나선 판이었고.

이날 밤 우리는 소동의 결말을 보지 못하고 잠이 들고 말았다. 우리는 그가 정말로 탈영을 했으리라곤 생각되지 않았다. 그래서 마을로 녀석을 찾아간 수색대가 돌아오기만을 기다렸다. 한데 위인들은 그렇게 일찍 돌아와주질 않았고, 우리는 끝내 그들이 돌아오는 것을 보지 못하고 잠이 들어버린 것이었다.

그러나 사건의 전말은 다음 날 아침으로 곧 온 부대에 알려졌다. 그의 살림집으로 쫓아가보니 그는 과연 나팔을 손에 쥔 채 그곳에 와 있었다는 것이다. 놀라운 것은, 수색대가 그를 발견했을 때 그는 까득까득 울어대는 갓난아기와, 피투성이가 되어 이미 싸늘한 시체로 식은 여자를 양팔에 끌어안고 넋이 나간 사람처럼 멍청하니 퍼질러 앉아 사람조차 잘 알아보지 못하고 있었다는 것이다.

나중에 안 일이지만 여자는 이날 저녁 아기를 낳고 하혈이 멈추지 않아 일이 위급하게 되었는데, 그때는 마침 안채에도 사람이 없어 산모 혼자 실랑이를 치다가 녀석이 도착하기 조금 전 숨을 거둬버린 것이었다.

그 이야기에서 우리들이 특히 놀란 것은 처음 사람들이 방으로 뛰어들어 갔을 때 시체로 녀석에게 안겨 있는 여자의 손에는 아직도 불이 켜진 등이 들려 있었다는 말을 들었을 때였다. 여자가 숨을 거둔 것이 아마 녀석의 도착보다 조금 전이었으리라고 추측된 것은 그 때문이었고, 그러니까 그 여자는 그날 밤도 녀석의 나팔 소리를 들은 게 분명했다.

그런 모든 사정을 우리는 나중에 출근한 선임하사 김 중사로부터 다시 한 번 들었다. 일이 매우 안되었다는 듯한 얼굴로 심각하고 장황하게 이야기를 늘어놓고 난 김 중사는,

"그리고 보니 그 빌어먹을 자식은 나팔 소리로 마누라에게 밤마다 해산 기미를 묻곤 했던 모양이야."

남의 여자의 죽음을 자신이 너무 심각하게 이야기한 것이 쑥스럽다는 듯 짐짓 퉁명스럽게 말을 맺었다.

이번에는 우리도 그 김 중사의 단정을 반대하지 않았다. 그렇다고 그의 추측이 전적으로 옳다고 생각되지도 않았지만, 그러나 녀석의 나팔 소리와 행동들엔 상당 부분 여자의 해산과 관련이 있었던 게 분명해 보였기 때문이다. 그것은 우리가 그 나팔수의 여자에 관한 가장 중요한 사실, 즉 그 여자가 임신을 하고 해산에 임박해 있었다는 사실을 깜박 잊고 있었던 것을 그날에야 비로소 깨달은 때문이기도 했다.

"빌어먹을, 하여튼 그 자식은 이제 잘되었지 뭐야. 나팔만은 잘 불게 되었지 않아. 여자를 실제로 쫓아다닐 일이 없어졌으니까. 날마다 PX에서 술이나 퍼마시고 말이야."

누군가 이제는 그 이야기를 끝내고 싶은 듯이 말했다. 그리고 그 말은 우리 모두에게 이상하게 썩 그럴듯하게 들렸다.

이제 녀석이 나팔 소리로 불러낼 여자의 불빛은 없어졌다.

그러나 녀석의 나팔 소리는 그가 당한 구체적인 슬픔과는 상관

이 없을 것 같았다.

적어도 우리가 그동안 추상해온(정말 모든 것이 추측과 소문에 불과한 것이었지만) 나팔수 녀석의 그 내면의 질서에 따른다면 그랬다. 오히려 그는 정말로 이제부터 보다 더 멋있게 나팔을 불 수 있을 것 같았던 것이다.

그러나 우리의 추리와는 달리 이날 밤엔 취침 나팔 소리가 들려오지 않았다. 다음 날도 그다음 날도 우리는 한동안 취침 나팔 소리를 듣지 못한 채 잠자리에 들어야 했다.

그리고 그 후로도 우리는 그 몸집 큰 일등병을 가끔 부대 안에서 볼 수 있었지만 녀석의 유장하고 먼 취침 나팔 소리만은 끝내 다시 듣지 못한 채 새 나팔수를 맞게 되었다.

(『여성동아』 1969년 4월호)

소매치기올시다
— 소매치기, 글쟁이, 다시 소매치기 1

저는 소매치기올시다.

뻔뻔스럽다구요? 하지만 세상에는 무얼 해먹고 사는지 자기 일을 도저히 터놓고 말하지 못하는 선생님들이 얼마나 많습니까? 그런 분들에 비하면 저는 뻔뻔스럽다고 욕을 먹을망정 일단은 떳떳한 편이지요. 그리고 사실 제 신분이 소매치기라는 점에서만은 적어도 떳떳합니다. 이렇게 말하는 것은 다름이 아니라 소매치기에도 그 나름의 본분과 도리가 있기 때문이랍니다. 말하자면 선생님들께서 흔히 혼동하시는 날치기나 들치기들과는 질이나 격이 전혀 다르다는 말씀입니다. 이와 같이 스스로 날치기, 들치기배와는 구별되는 바가 있어 저는 아까 소매치기라는 제 신분을 말하는 데에 떳떳했던 것이고, 그것은 곧 저 자신은 그 소매치기의 본분과 도리에 부끄럼이 없는 진짜 소매치기다운 소매치기라는 말이 되기도 합니다. 이렇게 말해도 역시 선생님들께선 저를 뻔뻔스러운 놈이라고 욕하고 화를 내시겠지요. 하지만 그건 아마 선생님들의 몸에 밴 허장성세나 과잉반응이기가 쉬울 것입니다. 저는 그러리라고 확신합니다. 생각해보십시오. 선생님들께서는 기차역 광장이나 극장가 길목 같은 데서 소매치기 소동을 보시고, 그런 일이 자신에게서 일어나지 않는 것을 다행으로 여기며 한숨을 놓는 외에, 다른 사람들에게도 그런 일이 일어나선 안 된다곤 얼마쯤이나 생각하셨습니까. 버스 칸에서 소매치기 소동이 있을 때 범인 색출을 위해 버스를 파출소 같은 데로 끌고 가려고 할 때 선생님들께선 그 분실물 주인에게 불평을 하신 일이 없으신지요. 더군다나 시계 나부랭이를 훔쳐 달아나는 날치기를 붙잡아주려고 선생님들은 그 시계 주인을 위해 대신 쫓아가본 일이 있으신지요. 그런 경우 선생님께선 대개 자신의 손목시계가 안전한 것을 확인하곤 마지못해 한두 번 쯧쯧 혀나 차고 마는 정도셨겠지요. 그러고 보면 소매치기라는 게 그리 썩 달가운 쪽은 아니시겠지만 그 역시 선생님들의 마음속에 간직되고 있는 여러 부류의 인간들 중에 어쩔 수 없이 끼어들 수밖에 없는 또 다른 한 부류의 인간 군상이 아니겠는지요. 밉살스럽더라도 선생님들께선 이미 그렇듯 우리의 존재를 마음속에 용인해오신 거란 말씀입니다.

하긴 그렇더라도 제 말씀이 노여우실 건 어쩔 수 없을지 모르겠습니다. 그건 선생님들께서 우리 소매치기들에 대해 실제로 어떻게 생각하고 계시느냐 하는 것과는 다른 문제일 테니까요. 노엽고 화가 나신 건 제 말투, 특히 제 신분에 대한 자긍적 태도에 대해서일 테지요.

소매치기 따위가 가당찮게 무슨 되잖은 소리냐. 무어, 소매치길 하는 데도 본분과 도리가 있다고? 비웃으시는 소리가 귀에 들리는 것 같습니다. 하지만 저를 너무 조급하게 생각지 말아주십시오. 그리고 제 희망으로는 선생님들의 그런 비웃음이 제 소매치기 일에 대한 것이 아니기를 바랍니다. 그런 비아냥은 앞서 말씀드린 선생님들의 소매치기에 대한 엉뚱한 아량기 쪽으로 보내주시면 합니다. 그리고 가능하시다면 버스 칸이나 장거리 같은 곳에서 일어나는 소매치기 소동에 선생님들의 그런 뜻을 보태어주십시오. 왜냐하면 저희 신분에 대한 나름대로의 작은 자긍심은(그야 물론 소매치기다운 소매치기에 한하는 단서를 붙여서지만요) 굳이 선생님들의 비위를 긁어드리려는 부질없는 농담이 아닐뿐더러, 없었어도 좋았을 소매치기로서의 수없는 전략과 회의 끝에 간신히 도달해 확인된 것이기 때문입니다. 더욱이 저의 경우 그 없어도 좋았을 전략과 회의라는 것이 바로 선생님들의 소매치기에 대한 달갑잖은 관용 때문이었던 것을 생각하면 다시 한 번 그렇게 부탁드리지 않을 수 없는 처지니까요.

앞에서도 이미 말씀드리고 부탁까지 드렸지만, 소매치기란 직업(되풀이 말씀드리지만 제겐 물론 이것도 퍽 고맙고 떳떳한 직업입니다)은 세상 만인으로부터 일단 그 존재의 근거가 부인되어야만 하지요. 그리고 그 존재의 자리가 부인된 처지에서 사람들과의 긴장감 넘치는 대결을 통해 사실상의 존재로서 그것을 지키고 유지해 나가는 데에 이 소매치기 직업의 참맛과 의의가 있습니다. 제가 소매치기에도 본분과 도리가 있다고 한 것은 바로 그걸 두고 한 말이었습니다. 처음부터 그런 걸 깨달았던 건 아니지만, 그래도 제 소매치기 일은 시종 그런 본분과 도리가 지켜지고 있었음에 틀림없으니까요. 전 그렇듯 저나 제 일의 존재 가치가 부인되는 곳에서 사실상 존재하며 투철한 대결 의식 속에 스스로 그것을 증명해온 터이거든요.
 그렇습니다. 저의 일에는 그 투철한 대결 의식이라는 것이 가장 중요한 덕목이었지요. 그리고 제 소매치기 일에 최초의 타락이 초래되고 팽팽한 긴장이 깨지기 시작한 것도 바로 이 대결 정신의 나태에서였습니다. 저를 그렇게 만든 것이 바로 선생님들 당신들의 허물이었단 말씀입니다.
 저의 작업 무대는 주로 시내버스 칸이었습니다. 거기서 손님을 찾아내면 저는 언제나 그 손님과 한판 떳떳한 대결을 준비하곤 했습니다. 그 떳떳한 대결의 준비란 제 손님으로 하여금 자신의 주변에 위험한 소매치기가 접근하고 있다는 것을 어떤 방법으로든지 깨달을 수 있게 하여, 그의 주의와 경각심을 미리 환기시켜주는 것이지요. 따지고 보면 그건 제가 마음에 점찍은 손님이 진짜 손을 쓸 만한 상대인지 어떤지를 시험하고 확인하는 제 절차인 셈이기도 하지요.
 다시 차근차근 말씀드리자면 저는 일단 차에 오르면 맨 먼저 제 직업적인 직감으로 마땅히 상대해볼 만한 손님을 한 분 골라 점을 찍어둡니다. 그런데 제가 손님으로 점을 찍는 선생님들에게는 제 스스로 일정한 한계가 있습니다. 그것은 제가 그 손님으로부터 얻어내려는 것이 반드시 상용 지폐류라야 하며, 그것도 상대의 지갑 속에 들어 있는 것에 한정되어 있기 때문입니다. 앞서도 말했지만 지갑 속에 들어 있는 것이 아닌 금품에 손을 대는 것은 날치기나 들치기의 못된 짓이며, 통용 화폐가 아닌 다른 물건에 손을 대는 것은 얌생이꾼들이나 할 짓인 것입니다. 그러니 제가 손을 쓸 만한 상대라고 생각하고 점을 찍는 손님은 외모부터 일정한 기준이 따르게 마련입니다.

하여튼 그렇게 하여 점을 찍고 나면 저는 그 손님에 대한 확인 작업에 들어갑니다. 그것은 간단합니다. 그 손님에게 적당한 거리까지 접근하여 갑자기 저 자신이 소매치기를 당한 듯 얼굴색을 변하며 주머니를 뒤져내거나 중얼중얼 불평 소리를 늘어놓거나 합니다. 하지만 이 경우는 상대방에게 제 얼굴이나 인상을 (그에게는 사실 무의미한 것이지만) 직접 노출시키게 되어 별 좋질 않습니다. 그래서 저를 노출시키고 싶지 않을 때는 제 손님 눈에 뜨이지 않는 거리에서 소매치기야 하고 크게 소리를 치거나 하여 주위 분위기를 어수선하게 만듭니다. 어느 경우나 그렇게 해놓고 재빨리 제 손님의 손이 어디로 움직여가는가를 살피는 것입니다. 하지만 더러는 그 손님의 손이 재빨리 움직여주질 않을 때도 있습니다. 그런 땐 물론 이쪽에서도 침착하고 끈기 있게 기다려야 하는 거죠. 그러면 결국 손님은 손을 움직이게 마련이지요. 때가 조금 빠르거나 늦거나 간에 제 손님들은 어차피 그렇게 한번쯤 자기 안전을 확인해보게 되는데, 그런 몸짓이나 이후의 자세로 저는 그가 몸의 어느 곳에 신경을 집중하고 있는지를 충분히 읽어낼 수 있게 되는 거죠. 그걸로 제 확인 작업이 끝난다는 말씀입니다. 그리고 그것은 동시에 그 손님에게 보이지 않는 주위 소매치기의 위험을 충분히 경고해주는 절차인 셈이기도 하지요.
 그러고 나면 그때부터 그 손님과의 본격적인 대결이 시작되는 겁니다. 그리고 그 대결에서 저는 언제나 너무도 손쉽게 승리를 거두게 되곤 했지요. 차라리 승부가 너무 맥없고 싱겁기까지 했을 정도랄까요. 도대체 전 여태까지 한번 화끈하게 승부다운 승부를 겨뤄본 것 같은 기억이 없으니까요.
 그렇듯 저는 제 일에 대한 어떤 생산적 긴장감이나 보람 같은 것을 전혀 맛볼 수가 없었다는 말씀입니다. 소매치기란 원래 그 존재의 자리가 완강히 부인된 곳에서 사실상의 존재를 증명하려는 대결 의식 가운데에 직업적 보람과 긴장감을 유지해나가는 일이라 말하지 않았습니까? 저로서는 그나마 나름대로의 긴장감과 대결 의식 속에 제 직업의 존재와 대결 정신을 증거해 보이려 꽤 노력을 기울여온 셈이었지요. 그런데 선생님들 편에선 그 소매치기의 존재를 충분히 부인해주시질 못하셨던 겁니다. 그러니 결국 대결다운 대결을 벌여볼 수가 없었던 것이지요. 저의 타락의 허물은 이처럼 저에게 있는 것이 아니라 선생님들 쪽에 있었던 거란 말씀입니다. 이런 사정은 이야기를 좀더 계속해나가면 납득이 가실 줄 압니다.
 하여튼 그렇더라도 저는 그 당장 그런 점을 제 타락의 구실로 삼지는 않았습니다. 오히려 저는 계속되는 허탈감 속에서도 보다 치열한 대결을 꿈꾸었습니다. 그래서 결국 방법을 바꾸었던 것입니다. 이제부터 저는 이전처럼 막연한 분위기로 제 손님에게 소매치기의 위험을 경고한 것이 아니라, 저 자신이 직접 그 위험의 대상으로 모습을 드러내주기로 한 것입니다. 손님을 정하면 저는 갖가지 방법으로 그 손님으로 하여금 제가 소매치기라는 것을 알려주었습니다. 그 손님이 보는 데에서 남의 주머니를 뒤지려다 실패하는 장면을 목격하게 한다든지 수상쩍은 눈초리를 지어 보이며 바로 손님 자신의 주머니를 노리고 있음을 감지하게 한다든지, 그래서 일단 제 손님이 저의 정체를 눈치채고 경계 어린 안색이 되고 나면 저는 그때부터 정식으로 그와의 본격적인 대결로 들어갑니다.

그렇게 되니 아무리 귀신같은 손재주를 지녔다 하더라도 본 싸움판에서 가끔 저의 실패가 생기는 것은 당연한 일이었습니다. 저는 그 팽팽한 대결에서 끝내 손 한 번 내밀어보지 못한 채 무력하게 물러나게 되거나, 아니면 졸지에 손목만 붙잡히고 마는 때가 생겼습니다. 하지만 처음엔 그런 일에 아랑곳할 제가 아니었습니다. 언제나 손님을 찾아 만나면 제가 먼저 그 대결의 여건을 갖춰줬습니다. 하더라도 제 쪽에서 게임에 이긴 때가 많았으니까요. 상대방 내장의 어느 것이라도 꺼내 올 듯한 자신 있는 제 손재주가 변하지만 않았더라면 아마 전 내내 그런 자랑스런 소매치기로 남았을지 모릅니다. 그런데 제 솜씨가 저도 모르게 차츰 거칠어져 갔어요. 어떻게 된 셈인지 저는 팔목이 자주 붙잡히게 되고, 때로는 손길 한 번 제대로 내밀어보지 못하고 비실비실 불가피 현장을 물러서고 마는 때가 잦아지기 시작했습니다.

자연히 수입도 줄어들고 생활이 어려워지기 시작했지요. 알 수가 없었습니다. 어떻게 갑자기 제 솜씨가 그렇게 무기력하고 둔해질 수 있었는지 말씀입니다. 전 슬프고 낙망스러웠지요. 그리고 어느 날 그 모든 원인이 저 자신에게 있는 것이 아니라 손님들 쪽에 있다는 것을 깨달았을 때 저는 참을 수 없는 분노로 몸을 떨었고, 드디어는 손님들과 저 자신의 모든 것에 대한 단호한 배반을 결심하게 된 것입니다.

저의 그런 깨달음은 어느 날 또 한 번의 실패 끝에 일어난 어이없는 사건을 곰곰이 생각하다 문득 얻어진 것이었습니다. 어느 날 저는 한 젊은 선생님과 버스 칸에서 싸움을 벌였습니다. 절차에 따라 제가 목적한 선생님의 심장부는 왼쪽 안주머니라는 것을 확인하고, 제가 바로 그 안주머니를 노리는 소매치기라는 것을 암시한 다음 본격적인 게임에 들어간 것입니다. 그리고 그 결의가 유독 각별했던 만큼 그날의 싸움은 물론 제 쪽의 승리로 끝이 났지요. 그런데 그것으로 모든 것이 다 끝난 게 아니었단 말씀입니다. 일을 끝내고 출입구 쪽으로 비집고 나가 다음 정류소에서 차를 내리는데, 선생님 하고 좀 전의 그 손님이 절 뒤따라 내리며 가만히 저를 부르는 게 아니겠습니까. 제 표정이 말도 못하게 구겨지는데, 그 손님은 그래도 아직 무슨 여유를 가지려는 듯 꾸깃꾸깃 억지웃음을 짓고 있었습니다. 뭐요? 벌써 상대방 심장의 강도를 짐작한 저는 계속 발길을 옮겨 나가며 퉁명스럽게 물었습니다.

선생님, 저 미안하지만 말씀 좀 드릴까 해서요.

위인은 저를 뒤따라오면서 제 편에서 외려 사과라도 하고 싶은 목소리로 말했습니다. 저는 물론 사내의 표정이나 목소리가 두루 귀찮고 역증이 났습니다. 위인의 수작은 들으나 마나 뻔한 것이었지요. 게임은 이미 끝났는데도 불구하고 위인은 자신이 그 게임에서 잃은 돈을 되돌려달랄 게 분명했습니다.

제 판단은 틀림이 없었습니다. 갈수록 역증만 치솟아오를 것 같아, 에라 자식아, 속으로 뇌까리며 다음 골목을 휘어들자 불쑥 돈 뭉치를 내밀어주었더니, 그 선생님 오히려 영문을 모르겠다는 듯 짐짓 놀랍고 감격스러운 표정으로 아! 감사합니다, 돈 뭉치부터 덥석 움켜쥐고 덤비는 게 아니겠습니까.

그날 밤 저는 곰곰이 생각해보았습니다. 도대체 그 손님이 왜 버스 칸에서 저를 붙잡지 않고 차를 따라 내려와서야 조용히 그런 말을 했는지를 말입니다. 차 안에서는 그가 일단 저에게 진 것이 분명합니다. 하지만 저는 차 안에서 벌써 그 손님에게 팔목을 붙잡혔어야 했습니다. 저는 그가 저를 그렇게 하지 못한 이유를 알 수 없었습니다. 뿐만 아니라 손님이 나중 그런 식으로 자신의 돈을 요구하는 태도도 도저히 이해할 수가 없었습니다.

그러나 저는 곧 깨달을 수 있었습니다. 선생님들은 소매치기에 대해 무척이나 관대하다는 사실을 말씀입니다. 제가 손님을 점찍고 그에게 저의 정체를 환기시키기 위해 눈앞에서 다른 사람의 주머니를 뒤지는 시늉을 했을 때, 제 손님들은 한 번도 저를 다치거나 불편하게 하지 않았습니다. 그리고 정작 자신과의 싸움이 시작되었을 때도 저의 손님들은 제가 소매치기라는 것을 알고 바야흐로 자신의 주머니를 노리는 것을 알면서도 절대로 그것을 발설하는 일이 없었습니다. 그래서 싸움은 늘 둘 사이에서만 조용히 진행되었고, 아무의 방해도 받은 일이 없었습니다. 뿐만 아니라 싸움 도중에 저의 실수로 상대방에게 제 팔목을 잡히거나 했을 때도 상대방은 여전히 관대하기만 했습니다. 왜 이래? 뭐 할 일이 없어? 그런 정도로 팔을 놓아주거나 기껏해야 그 차에서 내리라는 정도였고, 그것도 대개는 다른 사람이 듣지 못하게 귀띔해주듯 슬쩍 속삭여올 뿐이었습니다. 물론 그런 때 대답을 하거나 말거나 차에서 내리거나 말거나 하는 것은 거의 제 자유에 속했습니다. 눈을 한번 부릅뜨고 나서 천연스런 표정을 짓고 있으면 그것으로 그만이었습니다. 그래서 어떤 선생님들은 저와 눈이 마주치기라도 하면 숫제 웃어버리는 분도 있었습니다.

저의 솜씨는 선생님들의 그런 아량과 관대함 속에서 거칠어진 것이었습니다. 그런 관대함이란 결국 소매치기의 존재를 부인하지 못한 데에서부터 연유한 것임에 틀림없지요. 싸움은 거의 적나라하게 제 신분을 노출한 채 두 사람 간에 은밀히 진행되는 데다, 그 승패의 결과에 따를 소동의 위험성마저 피해자의 아량을 믿는 처지가 되고 보니, 거기서 제 솜씨가 거칠어지지 않을 수 없었던 것이지요. 저는 제 일의 본분과 도리를 당당히 지키려 해온 데 비해, 선생님들 쪽에서는 그 지나친 아량과 관용으로 제 직업의 폐해나 부도덕성을 용기 있게 주장하지 못하셨다는 말씀입니다. 그것을 저는 깨달은 것입니다. 그리고 제 최초의 타락을 스스로 감내할 결심을 하게 된 것입니다.

말하자면 이제 저로서는 제 손님들과의 당당한 대결을 포기할 수밖에 없었다는 것입니다. 한마디로 저는 이제부터 제 정체를 감추고서 수입만을 올리자는 결심이었습니다. 선생님들의 관용은 거두어지지 않고, 그러는 한 제 싸움의 여건은 변하지 않고, 그래서 제 솜씨는 자꾸만 거칠어져가고, 그 거칠어진 솜씨를 이제는 어떻게 저 자신도 다스릴 수가 없었던 것입니다. 지갑 속 지폐 이외의 물건에 손을 대지 않는다는 원칙과, 상대가 모르게 훔치는 것이 아니라 당당한 겨루기를 통해 수입을 얻는다는 점에서 저는 도둑이나 얌생이 날치기와는 스스로 구별이 되노라고 늘상 생각해왔었지요. 그런데 일단 그 떳떳한 싸움을 포기하고 재주껏 남의 주머닛돈을 꺼내오는 식으로 방법을 바꾸고 난 뒤로는 마음 한구석에 늘 꺼림칙한 것이 남아 있어 기분이 개운치가 않았습니다. 그러나 방법을 그렇게 달리하고 나니 수입은 어쨌거나 그만큼 많이 늘었습니다. 그리고 수입이 느는 재미에 그런 꺼림칙한 기분도 오래가지 않습니다. 어느덧 저의 모든 작업 목적은 오로지 그 수입을 늘리는 데로 한정되기에 이르렀습니다.

　자신의 정체를 감추고 남의 주머니 속 돈을 꺼내 오기란 저로선 그저 누워서 떡 먹기 한가지였지요. 게다가 저에게는 또 한 가지 수입원이 유혹의 손길을 뻗쳐오기 시작했습니다. 어차피 대결이니 도리를 팽개쳐버린 이상 새로운 타락은 언제나 첫 단계가 어렵고 문제되는 것이지 한번 발을 내디디면 다음, 그다음 단계는 쉬운 것 아닙니까. 수입을 올려주는 것은 꼭 지폐뿐만이 아니라 값나가는 물건도 마찬가지라는 이치 말씀입니다. 하긴 이 처지가 된 저로서 새삼스럽게 무슨 지폐니 물건이니 하는 따위 물목을 가려야 할 이유가 있었겠습니까. 게다가 또 언제부턴지 제 눈앞엔 썩 군침이 도는 물건 한 가지가 나를 늘 손짓하고 있었거든요.

　제가 아침에 늘 한탕을 치르는 버스에는 언제나 저와 같은 시간에 차에 오르는 여자 대학생이 한 사람 있었습니다. 그리고 그 여자의 목에는 늘 번쩍번쩍 누런 황금 십자가상이 걸려 있었지요. 저는 한동안 그걸 늘 무심히 보아 넘겼는데, 제가 한창 수입에 열을 올리고 다니던 어느 날 바로 제 앞에 서 있는 그녀의 가슴팍 금 십자가상이 제게 새삼 황홀한 탄성을 삼키게 한 거였어요. 그날따라 그게 흔치 않은 진짜 순금 목걸이인 걸 안 때문이었지요. 요즘 여자들은 대개 금멕기가 된 가짜 목걸이를 하고 다니는 게 예사지만, 그건 한눈에도 금방 진짜가 분명했어요. 십자가만 해도 족히 석 돈은 되고 줄도 14금 정도의 진짜 금으로 좋이 한 돈은 넘어 보이는 물건이었습니다. 그런 걸 그 붐비는 버스 속까지 여봐란듯 매달고 다니다니 얼마나 허술하고 어리석은 여자였겠습니까. 그러나 저는 그날로 그것에 손을 대지는 않았습니다. 후끈후끈 가슴속에 타오르는 유혹을 참노라고 저는 깐에 그 앞에 눈을 질끈 감기까지 했으니까요.

　돌이켜보면 그러니까 저는 소매치기로서 아직 좀더 타락할 부분이 남아 있었던 셈입니다. 왜 하필이면 십자간가. 만약 그 금덩이가 십자가가 아니라 흔히 보는 하트 모양이라든지 기념 메달 같은 것으로 되어 있었더라면 저는 그 즉시 손을 내밀었을 것입니다. 그러나 아무리 눈을 감았다 떠서 다시 보아도 그것은 여전히 십자가였습니다.

　저는 결국 그대로 차에서 내려 거리를 걸으면서 그날 하루 종일 그 십자가 생각에만 몰두했습니다. 밤늦게 집으로 돌아와 자리에 누워서도 제 눈앞엔 그 금 십자가만 번쩍거렸습니다. 저에게도 그 십자가를 치기 한다는 것이 마치 아가씨의 마음의 가장 소중하고 고운 부분을 훔쳐내는 것 같아 절취 대상으론 가장 적당치가 않았기 때문이지요.

그러나 다음 날 아침 저는 한 가지 묘안을 가지고 바로 그 아가씨를 따라 차에 올랐습니다. 제겐 이제 그 금덩이만 가져오고 십자가는 돌려줄 방법을 궁리해가지고 있었던 것이지요. 결과는 물론 선생님들께서 이미 예상하신 대로지만, 그날 저는 그 금 십자가를 처분하는 도중에서 금붙이의 일부를 떼어내 백동으로 똑같은 크기와 모양의 십자가를 하나 다시 만들었습니다. 그리고 줄은 아쉬운 대로 금멕기 물건으로 했구요. 줄여 말해 그리하여 저는 며칠 뒤 같은 버스 속에서 그 백동 십자가 목걸이를 아가씨의 책가방 속에 집어넣어주는 데 성공할 수가 있었습니다.

아아, 그런데 그 결과가 좋았더라면 얼마나 다행이었겠습니까. 그랬으면 제 전략은 거기에서 멈추고 오늘에 이르러 제 자긍심을 다시 회복하기까지 몇 차례씩 되풀이 겪어야 했던 난경과 위국들은 생략되었을지도 모르겠습니다. 그러나 결과는 가장 고약한 것이었습니다. 아가씨가 목에 걸고 다닌 것은 십자가상이 아니라 한낱 금 조각일 뿐이었다는 사실이 드러난 것입니다. 제가 그 여학생의 책가방 속에 백동 십자가를 넣어준 이후 저는 그녀의 목둘레에서 그 백동 십자가를 볼 수가 없었던 겁니다. 그뿐이었겠습니까. 그 며칠 뒤 여학생은 다시 금으로 된 목걸이, 이번에는 십자가상이 아닌 동그란 반달 모양의 순금 메달을 걸고 나타난 것입니다.

그녀는 이전에도 십자가를 걸고 다닌 게 아니었던 겁니다. 저는 그것으로 그 여학생에 대한 제 마음의 빚을 말끔히 청산한 심정이었습니다. 뿐만 아니라 저에게는 새로운 확신이 생겼습니다.

저의 일반적인 생각엔 지폐를 훔쳐냈을 경우 그 손님의 손실은 단순히 지폐가 지닌 금전 가치로 끝나는 것으로 되어 있었습니다. 지폐가 지닌 독립적 금전 가치는 소유자가 달라져도 아무 변동이 없으며, 그것을 얻는 방법이 어떤 식이었든 현재의 소유주에게 제 값을 다 바치게 되어 있는 것 아닙니까. 따라서 저의 손님은 그 지폐가 지닌 금전적 가치의 손실 이외엔 아무것도 더 문제될 게 없습니다. 그러나 어떤 물건이나 특정 물품의 경우에는 당연히 그게 달라지게 마련 아니겠습니까.

어떤 물건은 그것이 지닌 독자적인 가치도 무시할 수 없지만, 소유자가 그 물건을 지녀온 과정이나 마음 자세에 따라 지폐와는 다른 금전 외적 가치를 띠게 마련입니다. 그래 저는 그간 오직 금전적 가치만을 노려온 터이므로 그런 물건들에는 섣불리 손을 대지 않으려 했다는 것도 족히 이해해주실 줄 믿습니다.

그런데 그런 저를 처음 유혹하기 시작한 것이 그 금 십자가였습니다. 그것이 무엇보다 값진 금전 가치를 지니고 있다는 사실이 그렇게 된 큰 허물이기는 했습니다만, 그러나 그에 대한 금전 외적인 가치도 제게 아직 문제가 되고 있었음은 짐작하실 만하겠지요. 제가 그 금 십자가상 대신 그녀에게 새 백동 십자가상을 만들어 돌려준 사실이 그 증거 아니겠습니까. 한데 그 여학생은 그런 제 심심한 배려를 배반해버린 것입니다. 저는 사람들이 어떤 물건을 지녔을 때 그것을 순전한 금전 가치로만 여기는 경우도 있다는 사실을 그녀의 십자가상을 통해 분명하게 알게 됐단 말씀입니다. 자 그러니, 그 같은 확신을 지니게 된 제가 이후부터 어떤 특정 물품에 대한 금전 외적 가치를 문제 삼아야 했겠습니까?

그렇습니다. 저는 이제 지갑 속의 지폐만을 노리지 않게 되었습니다. 그러나 돌이켜 보면, 그게 제 전락의 함정이었는지도 모릅니다. 그리고 그 전락의 구렁텅이란 얼마나 깊고도 누추한 것이었는지요.

남의 물건에까지 손을 대기 시작하면서 저는 이제 사실 소매치기로서는 가장 보잘것없는 꼴이 된 것이지요. 그리고 한동안 그렇게 지내면서 저는 마침내 소매치기로서는 타락할 만큼 충분히 타락한 것이라 스스로 자책감에 빠져들곤 했었지요. 지폐가 아닌 일반 물품에까지 손을 대고, 그 방법까지 떳떳한 겨룸을 통해서가 아니라 좀도둑처럼 정체를 감춘 채 다만 일방적인 손재간만 일삼는 노릇이라니! 그런데 알고 보니 그게 아니었습니다. 그것이 소매치기로서 가장 저열하고 나쁜 방법이 아니었습니다. 속임수라는 것이 있었습니다. 전날과는 반대로 손님의 신경을 딴 데로 돌려놓고 일을 보는 짓 말입니다. 다름 아니라 저는 그것을 요즈음 세상 돌아가는 데서 배운 것입니다. 왜 있지 않습니까. 어린애가 아버지에게 작은 죄를 용서받기 위해 먼저 다른 죄를 거짓 과장하고, 남편이 난감한 부부 싸움을 수습하려 부인 앞에 슬쩍 사업의 위기 따위를 꾸며 털어놓는 식으로 말입니다. 비유에 자신은 없습니다

소매치기올시다 69

만 하여튼 제가 설명하려 하는 속임수라는 것이 무엇인지 선생님들께선 대충 이해를 하셨을 줄 믿습니다. 이를테면 일을 시작하면서 갑자기 버스에 불이 났다든지 바깥 거리에 굉장한 사건이 일어난 것처럼 호들갑을 떨거나 시끄럽게 떠들어대어 상대의 주의를 혼란스럽게 한다든지, 또는 점찍은 손님의 왼쪽 주머니를 뒤지려면 오른쪽 신발을 밟아주거나 반대쪽에서 밀착해 들어간다든지, 여학생들 가방 따위를 뒤질 땐 가슴팍 쪽이나 엉덩이께를 슬슬 쓸어대어 신경을 그쪽으로 몰아놓는 등, 하여튼 방법은 얼마든지 있지 않겠습니까.

저는 다시 그런 식으로까지 일을 해나갔습니다. 무슨 대결이니 도리니 따위는 어차피 옛날에 내팽개쳐둔 터에 그것은 또 얼마나 손쉽고 효과적인 방법이었겠습니까. 저는 한동안 느긋하게 지낼 수가 있었지요. 제 허물을 변명하려는 것은 아닙니다만, 무엇보다도 속고 속이기 쉬운 세상일이 모두 그런 식인 듯한 생각이 제 일을 그렇게 이끌어온 셈이니까요. 또 한 차례 그런 제 전락의 책임은 우리 소매치기들에 대한 아량과 관용이 지나치신 선생님들에게도 있을 수 있다는 말씀입니다. 이런 저에게 선생님들께서 화를 내시리라는 점은 저도 잘 알고 있습니다. 하지만 그 점 여기서는 더 변명을 하지 않기로 하겠습니다. 왜냐하면 제 전락의 한계는 여기가 마지막이 아니었다는 것을 이후 다시 말씀드릴 수 있기 때문입니다.

어쨌거나 이후 제 수입이 부쩍부쩍 더 늘어간 것은 말할 것도 없었습니다. 선생님들께선 마치 자신을 속여주기를 기다렸던 듯이 계속 잘도 속아주셨으니까요. 그리고 제가 그렇듯 속임수 가운데에 일을 치를 때의 주변 상황도 이전과 전혀 다름이 없었습니다. 주위에서들은 여전히 자기 주머니만 털려 들지 않으면 제 행작을 보고도 하나같이 다들 모른 척해주셨지요. 어쩌다 당사자가 제 거동을 발견했을 때도 조용히 두 사람만 알게 속삭이듯이 저를 나무라주시는 것도 다를 바가 없었습니다. 안내 차장들 또한 거의 다 제 정체를 알고 있었지만 아무도 사실을 밝히려 들지 않았구요.

이번에도 나름대로 소매치기로서의 부끄러움이 아주 없었던 것은 아니었지요. 무어라고 해도 저에겐 아직 한동안 그 상대방을 속인다는 떳떳치 못한 생각이 사라지지 않았으니까요. 하지만 그것도 끝내는 말끔 자취를 감추게 되었습니다. 그것은 어느 날 제가 전혀 뜻밖의 광경을 목도하고 자신 속에 또 한 번의 새로운 전략의 가능성을 예감하면서부터였습니다.

그날의 광경이란 다름 아니라, 어떤 부인이 차 속에서 손목시계를 들치기당하는 경위였습니다. 버스 입구 쪽에 멀쩡하게 서 있던 부인이 아야앗 소리를 지르는 순간 한 아이가 후닥닥 문으로 튀어 내리더니 순식간에 인근의 골목 안으로 사라져가더군요. 하지만 소리를 지른 부인은 그저 빈 팔목을 매만지며 녀석이 사라져간 광경만 멍청히 바라볼 뿐이었습니다. 아무렇지 않게 서 있던 옆엣녀석이 차가 떠나려는 순간 부인의 팔목을 사정없이 후려치며 시계줄을 낚아채는 바람에 부인은 엉겁결에 자기 손으로 자신의 시계줄을 끌어 떼주었다는 겁니다. 거기엔 속임수고 뭐고조차 있을 턱이 없었습니다. 그저 눈 뻔히 뜨고 있는 앞에서 순전한 폭력만으로 시계를 탈취해간 것이었습니다. 이른바 날치기라는 수법이었지요. 사람들도 그저 재미있다는 듯이 웃고 있을 뿐 누구 하나 녀석을 쫓아가려고 하지 않았습니다. 그리곤 맥없이, 쫓아가봐야 별 소용없는 일이라, 한 패거리가 아마 길을 막아서거나, 녀석을 붙잡더라도 시계는 이미 다른 녀석 손으로 넘어가 있으리라, 시답잖은 변명들만 늘어놓고 있었습니다.

그날 저는 차를 내려 거리를 걸으면서도 계속 온몸이 나른했습니다. 도대체 그날 일에 비하면 저의 타락의 정도는 문제도 되지 않는 것이었습니다. 그러나 짐작하시다시피 제가 그렇듯 힘이 빠진 것은 물론 무슨 자기 위안의 감정 때문이 아니었습니다. 오히려 그 반대였습니다. 저는 이미 제 자신 속에 벌써 새로운 전락의 기미를 의식하고 있었기 때문입니다 바닥을 보기 힘든 제 전락의 가능성 앞에 새삼 무거운 두려움이 솟았기 때문입니다…… 그렇습니다. 모든 허물은 바로 그 선생님들의 방심에 가까운 아량과 외면 탓이었지요. 그러니 저라고 여기까지 와서 어찌 그런 쉬운 방법을 마다할 수 있었겠습니까. 저는 거기서 제가 언젠가 도달할 제 타락의 단계와 방법을 본 것입니다. 선생님들이 계속 그렇게 관용스럽기만 한 한에는 말입니다.

하지만 미리 말씀드리자면 전 사실 끝내 이 마지막 전략에까지는 몸을 굴리지 않았습니다. 운명의 진짜 주인은 결국 자기 자신인 모양입니다. 행인지 불행인지 이 마지막 전략의 계단에서 저를 소스라치게 놀라게 해 기운 몸을 다시 바로 세우게 한 사건이 일어났습니다. 저는 지금 그 사건의 경험을 기묘하다고밖에 달리 말할 도리가 없습니다. 왜냐하면 저는 그동안 계속 제 손님을 상대해오면서도 오랜 기간 망각해온 그 대결과 대결 속의 긴장을, 이번엔 자신이 직접 그 손님의 위치에서 바꿔 경험할 수가 있게 됐으니 말입니다…… 일의 연유인즉 하루는 한 보잘것없는 소매치기, 아니 그조차도 못 되는 날치기나 들치기 일당이 저를 노렸던 것입니다. 그것도 제가 지금까지 스스로 몇 번이고 모멸스러워해마지않던 그 속임수나 날치기 들치기 수법까지 온갖 못된 방법을 모두 동원해서 말씀입니다. 사건의 시말은 대개 이렇습니다.

  어느 날 저는 그럴듯한 손님을 쫓아 수유리까지 나갔다 돌아오는 길에 종암동 시장 앞에서 일반 버스를 갈아탔습니다. 그 부근에선 차 속이 별로 붐비지 않아 저는 별로 주위를 살피지 않은 채 그냥 손잡이를 붙잡고 망연히 창밖만 내다보고 서 있었습니다. 그런데 한두 정거장을 지나 고려대학교 앞쯤 왔을 때였습니다. 저는 서서히 제 앞뒤가 답답해지는 느낌이 들어 정신을 차리고 보니 그새 제 주위가 여간 복잡해져 있지 않았습니다. 차 안은 아직도 대체로 한산하여 아직도 서 있는 사람이 그리 많지 않은데, 유독 제 주위만 그렇게 어수선했습니다. 게다가 제 신경을 건드리는 것은 그 좁은 틈서리에서 한 아가씨가 오른쪽에서부터 자신의 엉덩이를 비비적비비적 제 앞으로 파고드는 것이었습니다. 저는 문득 심상찮은 예감이 들었습니다. 선생님들께선 좁은 버스 칸에서 앞에 선 여자 때문에 가끔 아랫도리 간수가 여간 거북하지 않던 경험들이 있으실 줄 압니다. 하지만 그런 경우 여자 쪽에서도 전혀 아무 느낌이 없을 리가 없지 않습니까. 그러니 별로 비좁지도 않은 버스 칸에서 제 엉덩이를 비적비적 남의 거북한 곳에다 디밀어대는 여자라면 일단 수상쩍은 데가 있는 여자가 아니겠습니까. 아닌 게 아니라 여자는 결국 자기 몸 전체를 제 두 팔 안으로 밀어 넣고서 제 자세를 아주 거북하게 만들어놓고 말았어요. 그리곤 짐짓 아무것도 모른 체 천연덕스럽게 창밖만 내어다보고 있는 거예요. 그녀의 파마머리가 제 코앞에 흔들리며 제 시계(視界)를 완전히 가려버린 형세루요. 손잡이를 붙잡고 있는 제 왼팔은 그녀의 어깨 위로 남의 공중에 떠 있는 형국이었구요. 그런 형편을 눈치채자 저는 곧 하체에서 신경을 뽑아 올려 천천히 주위를 살폈지요. 예상대로였습니다. 아시겠습니까. 제 왼쪽 비스듬히론 분명 여자와 일당으로 보이는 한 사내가 제게 바싹 몸을 붙여 서 있었고, 다시 그 왼편에도 다른 한 사내가 위인과 몸을 붙여 선 채 똑같이 함께 창밖을 내다보고 있더군요. 그리고 다른 또 한 사내는 제 오른편 쪽에 붙어 서서 차의 진동 때문인 듯 자꾸 제 몸을 앞에 선 여자에게로 밀어붙이는 것이었습니다. 물론 모두가 일당이었지요. 전 그 눈빛이나 표정들만 봐도 금세 그걸 알 수 있어요. 다시 말해 이 지저분한 자식들은 혼자도 아니고 셋씩이나 패를 짜 다니면서 그 더러운 속임수와 우격다짐질로 우리 소매치기들을 한 묶음에 욕보이고 있는 것이었지요. 여기서 그 아가씨가 속임수의 미끼인 것은 말할 것도 없구요.

저는 일찍이 그런 못된 소매치기 패들이 (이것은 실상 소매치기가 아니라 날치기, 들치기, 절도 폭력단이라는 편이 옳습니다만, 그리고 이미 한 차례 한 보잘것없는 조무래기놈의 날치기질 장면을 목도한 일도 있긴 합니다만) 횡행한다는 사실을 알고 있기는 했습니다만 막상 제 자신이 그런 치들과 맞서게 되고 보니 우선 울화가 치밀어 마음이 부들부들 떨리기부터 했습니다. 그러나 저 또한 근본이 소매치기올시다. 더욱이 한때는 진짜 떳떳하고 당당한 소매치기가 되어보고자 제법 노력을 기울이기도 했던 자올시다. 저는 새삼 정신을 가다듬고 냉정하게 사태를 정리했습니다. 그리고 이런저런 사연으로 오늘 이런 꼴이 되긴 했지만, 기왕지사 사태가 거기까지 이른 마당에, 놈들이 어떤 지저분한 녀석들이건 또 녀석들이 그걸 바라든 바라지 않든 내 자신과 위인들의 전도를 위해 녀석들과 오랜만에 한번 멋진 대결을 벌여주기로 작정했습니다.

놈들이 노리는 것은 제 왼쪽 팔목에 낀 오메가 시계일시 분명했습니다. 아시는지 모르겠습니다만, 소매치기란 아무리 수입이 좋더래도 재물을 저축하거나 털어온 금품을 모으려 하질 않습니다. 대개는 그 당장 써 없애고 말기가 예사지요. 적어도 자신의 몸에 내놓고 그런 물건을 지니려고 하진 않습니다. 그것은 어차피 남의 금품을 털어온 자가 자신도 끝내 그것을 자기 소유로 삼을 수 없으리라는 심사 때문일 테지만, 어찌 보면 그것은 소매치기들의 한 작은 양심인지도 모릅니다. 그래서 소매치기들은 하여튼 저축이라는 걸 모릅니다. 한데 저 역시도 물론 그런 습성이 있는 데다, 넘치는 수입을 달리 감당할 길이 없어 결국 새 몸붙이 오메가 시계 하나를 따로 장만했던 것인데, 손잡이를 붙잡느라 팔목을 쳐든 바람에 옷깃이 흘러내려 그게 밖으로 드러났던 것입니다. 놈들이 거기서 그 오메가 시계 마크를 본 것이지요. 아니, 물건에 손을 대는 녀석들 같으면 그쯤은 그 상표가 보이지 않았더라도 대번 판별해 냈을 것입니다. 소매치기 녀석들이 몇 푼 안 가는 싸구려 시계 따위에 그렇게 신중한 작전을 펼 필요는 없었을 테니까 말입니다.

하여튼 위인들의 표적은 제 오메가 시계가 틀림없었지요. 그런데 그 시계는 왼쪽에 붙어 있는 녀석을 넘어 그다음 놈 머리 위의 공간에 떠 있었습니다. 아마 오른쪽 녀석이 저를 자꾸 앞 여자에게로 밀어붙여 제 얼을 빼놓곤 그 표정을 살펴 왼쪽 녀석에게 결행 순간을 신호하리라는 판단이 섰습니다. 그리고 바로 왼쪽에 붙어 있는 놈은 그때 제 방어 행동을 방해하자는 속셈이었지요. 그래서 저는 오른쪽 녀석이 제 표정을 살피지 못하도록 자주 시선을 놈에게로 퍼부으며 다른 틈으로는 시계를 지켰습니다. 그사이 버스는 덜커덩덜커덩 숭인동을 지났습니다. 손님도 더 붙고 주위에서는 더욱 밀착이 심했습니다. 하지만 저는 제 팔뚝을 여전히 남의 공간에 던져둔 채 눈길로 그것을 지켰습니다. 별로 염려할 일은 없었지요. 녀석들이 차가 달리는 동안엔 절대로 손을 내밀지 않으리라는 확신이 있었기 때문입니다. 거기다 차가 정거를 하면 저는 뚫어지게 시계를 지켜봄으로써 저의 주의가 시계에서 떠나지 않고 있음을 놈들에게 보여주면 되었으니까요. 그렇게 되니 싸움은 제법 긴장감이 감돌았습니다. 그러나 솔직히 말씀드려서 저는 그때 이런 식으로 말할 정도로 기분이 가볍지는 않았어요. 놈들이 얼마나 때려 죽이고 싶도록 미웠는지 속에선 계속 울화가 치밀어 오르고 있었으니까요. 그러나 저는 분통을 달래며 끈기 있게 싸움의 결과를 기다렸습니다. 하지만 다시 말해 승패는 뻔했습니다. 제 놈들이 제 시계를 빼앗아갈 수는 없었습니다. 제 관심은 다만 그 싸움이 어떤 식으로 끝날 것인가 하는 것이었지요. 정확하게 말하면 저는 그때까지 아직 그 네 사람이 일당이라는 뚜렷한 증거는 잡지 못하고 있었습니다. 그리고 위인들이 반드시 속임수와 완력으로 시계를 강탈해갈 것이라는 확실한 근거도 없었습니다. 그것은 다만 제 자신의 예측이고 믿음일 뿐이었습니다. 그래 저는 어서 그 싸움이 끝나기를 기다리면서도 마음속 한편에선 엉뚱한 희망을 뇌고 있기도 했었지요. 제발 이들이 그런 식으로 싸움을 끝내지 말아주었으면. 그리고 가능하면 이들이 일당이 아니라면. 누구보다도 제 앞에 자신의 엉덩이를 디민 채 계속 비비적대고 있는 그 아가씨만은 제발 위인들과 일당이 아니기를 말입니다.

그래 아마 저는 그때 또 한 가지 다른 겹치기 긴장감을 즐기고 있었던 같기도 하군요. 그건 제 왼쪽 호주머니를 두고였습니다. 제 왼쪽 주머니에는 그때 5백 원짜리로 족히 5천 원이 넘을 지폐가 들어 있었으니까요. 이미 짐작하시겠지만 그 수유리까지 따라간 손님에게서 얻은 수입이었지요. 이날도 게임이 너무 싱겁게 끝나버린 바람에 일을 마치고 차에서 내린 저는 공연히 기분이 허탈해져 실제 수입을 헤아려보지도 않은 채 그대로 왼쪽 주머니에다 구겨 넣어둔 것이었어요. 그러니 그 왼쪽 주머니는 그때까지 내내 무방비 상태인 셈이었지요. 게다가 그 주머니는 그때 왼쪽 친구 손길의 자유로운 행동권 내에 있었고요. 하지만 저는 그 왼쪽 주머니의 지폐를 계속 내버려두고 있었습니다. 처음에는 어떻게 좀 단속을 할까도 싶었지만, 제겐 이미 나름대로의 확신이 서 있었으니까요. 녀석들이 절대로 그 동네는 손을 대지 않으리라는 믿음 말씀입니다. 놈들은 애초부터 필시 제 손목시계를 노리고 들었을 게 분명했습니다. 그 고급 손목시계를 두고 섣불리 잔손질을 하다가 큰일을 망치고 들 녀석들이 아니었지요. 지폐 몇 장과 새 오메가 시계는 비교가 되지 않을 만큼 수입의 차이가 클 테니까요. 그리고 제가 그 기분 좋은 긴장감 속에 왼쪽 주머니를 내버려둔 또 하나의 이유는 녀석들이 비록 속임수를 쓴다곤 해도 날치기나 덮치기로 시계를 강탈하려 덤비지만 않는 놈들이라면, 저는 제 판단의 실수 값으로 그 몇 장 지폐쯤 위인들에게 잃어줘도 괜찮다 생각한 탓이었지요. 무엇보다 그것으로 그 아가씨가 위인들의 들치기 일당이 아닌 사실(설혹 일당이더라도 그녀의 수상한 몸짓이 내 손목시계를 들치기 하기 위한 간교한 예비 공작이 아니었다는 사실이라도)이 드러나주기를 바라면서 말씀입니다.

그러니까 저는 위인들이 정말로 제 시계에 손을 내밀 것이냐 않을 것이냐, 정말로 손을 내밀 경우 어떻게 거기에 대처하여 놈들을 코가 납작하게 굴복시켜주느냐 하는 조마조마한 긴장감과, 왼쪽 주머니의 돈이 제 예상과는 달리 그대로 남아 있을 것이냐 혹은 없어질 것이냐 하는 두 가지 궁금증으로 정말 흥미롭고 초조하게 그 싸움의 결말을 기다렸던 것입니다. 그리고 그런 만큼 그건 제게 모처럼만의 대결다운 대결의 장이기도 했구요.

그러나 아아 싸움의 결말은 너무도 실망스럽고 참담한 것이었습니다.

차가 동대문을 돌아 청계천 정류소에 섰을 때 그 싸움은 끝났습니다. 차 안 손님도 줄어들고 제 시선도 흐트러지는 일이 없고 해서 위인들이 이젠 더 이상 기다릴 수가 없겠다 싶어진 모양이었습니다. 차가 막 정류장으로 들어서는 순간이었어요. 진작부터 하나 건너 왼쪽에 붙어 서 있던 녀석이 여전히 그 손잡이 공간에 떠 있는 제 팔목을 향해 불쑥 손길을 뻗쳐 오는 게 아니겠습니까. 옳거니! 저는 물론 그 순간 재빨리 제 왼손을 비끼면서 오른손으로 녀석의 내어민 팔목을 되붙잡았습니다. 그리고 그러자 바로 왼쪽 곁에 붙어 서 있던 다른 녀석이 예상한 대로 불쑥 제 어깨를 밀치고 들며 다시 한 번 제 팔목을 후리쳐왔습니다. 하지만 저는 먼저 녀석의 붙잡힌 팔목을 다시 힘껏 꺾어 쥐면서 자신도 모르게 재빨리 제 왼쪽 주머니를 뒤졌습니다. 아, 그런데 거기 또 지폐가 그냥 남아 있는 게 아니겠습니까…… 불행히도 제 추측이 정확히 들어맞은 것이었지요. 반대로 제 마음속 소망은 무참스럽게 깨어져나갔구요.

하지만 제 실망은 그 정도에서 그치지 않았습니다. 사태가 그렇게 되자 제 바로 왼쪽에 붙어 서 있던 사내는 이제 새삼 남의 일을 바라보듯 천연덕스럽게 방심스런 표정을 짓고 있었고, 제 팔을 붙잡힌 그 너머 쪽 녀석은 그것을 빼내려 안간힘을 쓰던 끝에 드디어는 눈알까지 부라리며 저를 노려보는 것이었습니다. 하다 보니 저는 잠시 어떻게 해야 할지 생각이 나질 않았습니다. 그래서 다만 녀석의 그 부라린 눈길에 지지 않겠다는 듯 한동안 녀석을 마주 노려보기만 하고 있었습니다…… 사태는 그렇게 버스 칸 한쪽, 지극히 제한된 사람들 사이에서 우습고 조용하게 진행되어가는 꼴이었지요. 그런데 그러던 어느 순간 제게 한 가지 그럴듯한 계책이 떠올라온 거예요. 아시겠습니까. 생각이 떠오르자 저는 갑자기 제 왼쪽 주머니에서 예의 지폐 뭉치를 꺼내어 녀석과 그 왼쪽 옆엣녀석들 코앞으로 내밀어 보이며 큰 소리로 이렇게 능청을 떨어댔다는 것 아닙니까.

보는 바와 같이 이 돈은 내 왼쪽 주머니 바로 여기 들어 있었어.

그러면서 툭툭 여유 있게 제 왼쪽 주머니를 두드려 보이기까지 한 거예요. 그러니 위인들이 어찌 됐겠습니까. 바로 옆엣녀석의 그 무연스럽던 얼굴에 비로소 쓰디쓴 웃음기 같은 것이 얼핏 스쳐가는 듯싶더군요. 그리고 그사이 제게 팔목을 붙잡혀 있던 녀석은 얼굴이 벌겋게 달아오르며 사생결단 안간힘을 다한 끝에 간신히 제 손아귀를 벗어나 황급히 차를 뛰어 내려가버리구요.

하지만 그건 물론 제가 쾌재를 부를 일만이 아니었지요. 그때 버스가 그대로 다시 출발하려 하고 있었으니까요. 제 왼쪽 녀석과 오른쪽 녀석 그리고 앞에 선 아가씨들은 여전히 아무 관계도 없는 처지들인 듯 천연스런 모습으로 서 있는 채 말입니다. 그러니 제가 또 거꾸로 당황스러울 판이었지요. 그래 당황스런 김에 저는 화급히 차장부터 불렀습니다.

차장! 이 차 세워!

갑자기 쩌렁 고함을 치는 소리에 운전사까지 놀란 듯 다행히 버스가 다시 서고, 차장 아가씨가 이상한 듯 물어왔습니다.

왜 그러세요?

이 차에 소매치기 있어! 내리라고 해! 그렇잖으면 파출소로 차

끌고 갈 테니까.

무엇 때문에 그러는지 생각해보지도 못한 채 저는 그렇게 말했습니다. 사실 그때 저는 제 흥분기를 가라앉히느라 목소리까지 잔뜩 떨려 나왔으니까요. 어쨌든 그러자 차 안에선 조금씩 수런거리는 소리가 들려오고 제 양쪽 녀석들 역시 그제서야 사람들의 심상찮은 기미를 느낀 듯 흘끔흘끔 제 얼굴을 쓸어보며 천천히 차를 내려가고 말더군요. 하지만 웬일인지 제 앞엣여자는 여전히 그대로였습니다.

계집애도 하나 있어! 내리지 않으면 이 차 경찰서로 끌고 간다!

저는 다시 꼼짝 않고 서 있는 그 아가씨를 노려보며 한 번 더 소리쳤습니다. 그런데 아아 저의 추측이나 예상은 모두가 정말이었습니다. 이번에는 그 아가씨까지 갑자기 무슨 딴 볼일이 생각났다는 듯, 그러나 여전히 여유를 잃지 않는 표정 속에 비적비적 사람들 사이를 헤치며 서둘러 차를 내려가는 게 아니겠습니까……

하고 보니, 이젠 이쯤에서 제 지저분한 이야기를 그럭저럭 그만 마무리를 지을 때가 온 것 같군요. 그날의 일에 대해선 더 이상 긴 이야기를 늘어놓지 않아도 선생님들께서 충분히 저의 실망과 실의를 헤아릴 수 있으실 테니까요. 하지만 한 가지 당부를 덧붙이고 싶은 말씀은, 그렇다고 저를 너무 동정하거나 비웃으려 들지는 마십시오. 저 자신도 여태 납득이 잘 안 간 이야깁니다만, 저는 그 저열하고 불행한 싸움을 통해서 거꾸로 제 일에 대한 새로운 각성과 자긍심을 되찾기도 했으니까요. 그런 저에 대한 이해를 조금이라도 돕기 위해 잠시 더 그날의 일을 돌이켜 덧붙이자면 이런 식이었습니다.

그러니까 저는 그날 다음 정거장에서 차를 내렸습니다. 차를 내려 그저 거리를 걸으면서 한동안 끝없는 실의에 잠겨 들었습니다. 따지고 보면 저는 참으로 오랜만에 제 나름대로의 겨루기 재미를 맛보았고, 그 겨루기에서 제가 이긴 셈이기도 했습니다. 거기엔 제 추측이나 예상이 정확히 맞아 들어간 데에 힘입은 바가 컸습니다. 그러나 제 추측과 확인이 틀리지 않았다는 점 바로 거기에 또한 제 낭패와 실망이 있었습니다. 제 소매치기로서의 전락의 여지를 그들에게서 다시 보았다는 점—그러나 그보다 저를 더 실망시킨 것은 그런 식으로 타락해간 소매치기로서 당당한 대결을 피하고 속임수와 폭력으로 손님들을 막 대할 때 그 소매치기란 스스로 얼마나 부끄럽고 저열한 존재인가 하는 자격지심에서 온 혐오감 때문이었습니다. 거기에는 물론 제 자신이 스스로 그렇게 타락해가지 않으리라는 보장이 없었기 때문이기도 했지요. 게다가 그때 저는 선생님들의 그 원망스런 아량과 관용의 비밀까지 뻔히 다 알고 있었으니까요. 뿐만 아니지요. 그런저런 몹쓸 소매치기들의 저질 수법에 대해 저 자신도 경멸감과 분노를 금치 못했으면서도 그날 스스로는 어떻게 했습니까. 저는 위인들을 경찰에 인도하지도 않았고, 보다 못 견딜 모욕을 줄 생각도 하지 않았지요. 이유야 어쨌든 하물며 저는 제 주머니 속의 지폐를 잃어줄 준비까지 하고 있지 않았습니까. 제 손버릇을 거칠게 하고 소매치기로서 타락을 거듭시켰다고 수없이 원망했던 그 관용의 허물을 제 스스로 저지르고 든 것이었지요.

그러나 저는 다행히 그날 끝끝내 실의에만 젖어 있진 않았습니다. 그날의 그 쓰라린 경험을 계기로 제 일에 대한 새로운 자긍심을 찾아낼 수도 있었다니까요. 한마디로 전 이제 그 쓰리고 아픈 기억을 밑거름 삼아 다시 한 번 진짜 떳떳한 소매치기로 돌아가기로 했거든요. 몇 번씩 부끄러운 전락을 거듭해온 끝에 이제는 그 아득해진 최초의 출발점, 그러나 대결과 긴장감이 팽팽한 그 소매치기의 당당하고 떳떳한 방법으로 말입니다.

부인된 존재에서 사실상의 존재를 증명해가는 도정에서의 타락의 원인은 저도 경험한 바 선생님들의 관용이 첫째라 하겠습니다만, 그러나 저의 운명은 제 스스로의 것이니까요. 그리고 저 자신이 그 속임수와 날치기 들치기 수법들에 대한 경멸감과 분노를 경험하고서는 선생님들의 그 방관적인 아량과 관용이 겉으로 보기와는 다르게 두고두고 깊이 쌓여가는 또 다른 멸시와 분노로 남으리라는 것도 알았으니까요.

하여 저는 이제 다시 도리와 본분을 지키는 진짜 소매치기로 돌아가기로 한 것입니다. 그러니 이야기를 끝내면서 제가 마지막으로 바라기는 선생들께서는 다만 그런 저에게 그 지나친 관용을 거두시어 저로 하여금 제발 늘 떳떳한 대결을 통해 다시 한 번 새 소매치기로 당당하게 태어날 수 있게 해주시기를 당부드리고 싶은 것뿐입니다. 더욱이 소매치기, 날치기, 들치기 따위들에게는 절대 아량을 보이지 마시라구요. 그런 놈들은 가위 소매치기라 불러줄 가치도 없으니까요. 동전 한 푼 잃어버려줄 가치도 없는 더러운 놈들이란 말씀입니다.

긴 넋두리 두루 용서들 하십시오.

(『사상계』 1969년 5월, 6월호)

꽃과 뱀

 내가 그 뱀의 그림자를 처음 본 것은 어떤 생화 가게 앞에서 우연히 딸애 경선이 년을 만났던 날 저녁의 일이었습니다.
 그날 나는 오랜만에 바람도 쏘일 겸 아내에게 가게를 맡기고 조조할인 극장 구경을 갔다 오는 길이었습니다. 도로에 면한 곳을 터서 꽃 가게를 내고 있는 우리 집은 버스가 닿았으나 극장에서 집까지는 그리 먼 거리가 아니었으므로 나는 산보 삼아 그냥 길을 걸어 돌아오고 있었습니다. 그 길거리론 부근 초등학교의 오전반 아이들이 수업을 파하고 한창 교문을 쏟아져 나오는 참이었습니다. 나는 무심결에 나와 같은 방향으로 걷는 아이들 속에서 경선을 찾고 있었습니다. 경선이도 금년 봄에 그 학교에 입학을 했기 때문입니다. 1학년은 언제나 오전반이었고, 그때 길거리로 쏟아져 나온 아이들은 모두 경선이 년 또래들이었습니다. 그러나 나는 금방 나의 생각이 터무니없다는 것을 알았습니다. 무의식중에 딸애를 찾고 있긴 했지만 그 많은 아이들 중에서 경선일 만나게 되리라고는 기대할 수가 없었으니까요. 나는 다시 묵연히 걷고 있었습니다. 그러니까 그날 길에서 경선이를 만난 것은 전혀 우연이었습니다. 수없이 밀려가는 아이들 중에 어떤 집 앞에 우두커니 서 있는 아이가 하나 얼핏 눈에 들어왔습니다. 빨간 모자에 빨간색 상하의, 거기다 목 긴 양말과 신발까지 빨간색을 신고 있는 그 아이는 분명 제 어미의 취미대로 깜찍하게 꾸민 경선이 틀림없었습니다.

"경선아!"

나는 반갑고 신기해서 무엇인지 열심히 유리창 안을 들여다보고 있는 경선의 어깨를 덥석 붙잡았습니다. 경선이 년이 깜짝 놀라 나를 돌아보았습니다. 그런데 이상한 일이었습니다. 경선이 전혀 나를 반가워하질 않지 않겠습니까. 오히려 몹시 덤빈 내가 당황할 지경이었습니다. 그래서 나는 마음을 가다듬고 경선이 지금까지 들여다보고 서 있던 유리창으로 눈길을 돌렸지요. 그리고 나는 이번엔 정말 깜짝 놀라고 말았습니다. 아니 놀랐다는 것은 과장일지 모르겠습니다. 왜냐하면 거기에는 누가 봐도 놀랄 것이 아무것도 없었으니까요. 그리고 그땐 나 자신도 실상 그 유리창 안의 광경에 왜 그토록 놀라야 했는지 이유를 전혀 알 수 없었습니다. 우리가 서 있는 곳은 어떤 생화 가게 앞이었습니다. 가게 안에는 한 여점원이 튤립 꽃분에 물을 주고 있는 것 외에 아무 일도 없었고, 더욱이 그 생화 가게가 거기 있다는 것을 그때 처음 안 것도 아니었으니까요.

그러나 어쨌든 그것을 처음 안 순간 나는 오싹 등골을 스쳐내리는 소름기 같은 것을 느꼈습니다. 그리고 내가 다시 경선의 눈을 들여다보았을 때 경선인 그 눈길에 애소나 원망기 같은, 어린애에게는 도대체 어울리지 않는 어떤 어른스런 표정을 담고 있었습니다. 나는 이유도 모른 채 또 한 번 그 이상한 소름기 같은 것을 느꼈습니다.

  집으로 돌아온 나는 몹시 피곤했습니다. 오후에 아내와 교대하여 가게를 지키고 앉아 있으려니 피로감이 더 겹겹이 밀려들었습니다. 꽃 가게라곤 하지만, 생기를 뿜는 생화가 한 송이도 없는 조화 더미 속이 되어 그런지, 나의 피곤기를 조금도 덜어주지 못했습니다. 조화를 보자 나는 가슴이 더 두근거려오는 것 같았고, 경선이 년의 거동에만 신경이 잔뜩 쓰였습니다. 그러나 경선인 점심을 먹고 나서부턴 여느 때와 조금도 다름없이 숙제를 하고 만화책을 읽고 하였습니다. 결국 바보짓을 한 건 나뿐인 것 같았습니다. 그런 생각들이 오히려 나를 더 괴롭히고 있는 것 같기도 했습니다.

  해가 기울고 점포에 밝은 형광등 불을 밝힐 때쯤 해서 나는 완전히 녹초가 되어 있었습니다. 드물게 찾아드는 손님을 응대하는 일조차 귀찮아졌습니다.

  불이 밝은 밤의 꽃 가게는 화려합니다. 화려하기로 말하면 생화 가게보다 조화 가게가 더할지도 모르겠습니다. 그러나 그날 밤 그 꽃들의 화려한 색깔들은 나의 피로를 조금도 풀어줄 수 없었습니다. 오히려 그 화려한 색깔들이 너무 짙어서 신경을 곤두서게 했습니다. 나는 머리를 등받이 뒤로 넘어뜨리고 가장 편한 자세로 나무 걸상에 늘어져 있었습니다.

그러다 어느 순간 나는 다시 용수철에서 튕겨나듯 소스라쳐 일어났습니다. 그러는 몸의 동작과는 상관없이 나의 시선은 계속 한곳에 머물러 있었습니다. 그곳은 걸상에 걸쳐 늘어진 내 시선이 등 뒤 거꾸로 닿아 있던——, 노란 개나리 가지들이 엷은 그늘을 만들고 있는 곳이었습니다. 분명 그 개나리 가지 밑의 엷은 어둠 속으로 방금 기다란 그림자가 사라져가고 있었습니다. 식 하는 소리마저 들은 듯했습니다. 그 소리는 전에 들은 일도 없었지만, 그러나 아주 귀에 익고 소름이 끼치는 것이었습니다. 나는 정신을 가다듬으려고 잠시 눈을 감고 있었습니다. 눈을 떴을 때는 다시 현기증 같은 것이 나를 휩싸왔고 그 노랗고 밝은 개나리 가지들이 아직도 조금씩 흔들리고 있는 것 같았습니다.
"뱀이다!"
나는 거의 비명을 지르듯 정신없이 소리쳤습니다. 안채에서 금방 아내가 뛰어나왔습니다. 경선이 년도 아내를 뒤따라 나왔습니다.
"뱀이라구요?"
아내는 놀란 얼굴로 다급하게 물었습니다.
"어디 있어요? 뱀이 어디로 갔어요?"
나는 멍하니 서서 허둥대는 아내보다 경선이 년의 표정만 살피고 있었습니다. 물론 그것은 아무 소득도 없는 일이었습니다. 왜냐하면 그때 경선의 얼굴은 뱀이나 구렁이 같은 징그러운 동물에 대한 이야기를 들었을 때의 어린아이라면 누구나 마찬가지일 그런 표정이었고, 더구나 나는 그때 어째서 그년의 거동에 그토록 관심이 가고 있는지조차 몰랐으니 말입니다.

"여보. 당신 지금 뱀이라구 했어요?"

아내가 마침내 나를 수상쩍어하는 눈길로 물었습니다.

"그래 뱀이었어, 분명. 저 개나리 그림자로 숨어 들어갔어."

"개나리 그림자요?"

아내는 섬찟섬찟 경계를 하면서도 결국 개나리 가지들을 들추어 냈습니다.

"이상하군요? 이곳으론 뱀이 달아날 데도 없지만 당신 말이 정말이라면 대체 뱀이 어디서 들어왔을까요?"

물론 나는 그 아내의 말에 대답을 찾지 못하고 있었습니다.

"그리고 당신, 아까부터 뱀이라고 소리를 질러놓구 나서 왜 그렇게 멍하니 서 있기만 하세요?"

아내는 자꾸만 수상쩍어했습니다.

그때 안채에서 어머니가 나오셨습니다. 어머니는 그 해맑은 얼굴에 잔주름만 지으실 뿐 아무 말씀도 없으셨습니다. 아내도 어머니가 나오신 걸 보고는 입을 다물었습니다. 나는 그 어머니의 곱게 늙은 얼굴을 역시 멍하니 들여다보고 있었습니다. 그 얼굴에는 이상하게도 수없이 많은 그 조화들의 그림자가 떠올라 있었습니다.

"웬일들이냐?"

이윽고 어머니는 몹시 어려운 말을 꺼내려는 듯 몇 번 입술을 들썩이시더니 겨우 그렇게 말씀하셨습니다. 그리고는 대답을 기다리지도 않고 걱정스러운 듯이 나를 찬찬히 들여다보시며,

"몹시 피곤해 보이는구나. 문 닫고 좀 쉬거라."

당부 말을 남기곤 다시 안채로 들어가버리셨습니다. 나는 어머

니의 좁은 어깨가 너무도 조용히 흔들리고 있는 뒷모습을 보자 갑자기 새로운 공포감 같은 것에 휩싸이기 시작했습니다.
"정말로 당신 퍽 피곤해 보여요. 좀 쉬세요. 가게는 내가 지키겠어요."
어머니의 모습이 사라지자 아내가 가만히 말했습니다. 그러나 나는 머리를 가로저었습니다. 나는 거기서 가게를 맡기고 자리를 뜰 수 없는 자신을 너무도 잘 알고 있었습니다. 나는 절대로 그냥 쉴 수는 없었던 것입니다. 길지 않은 세월을 살아오면서 다른 모든 일에서 그래 왔듯이 나는 내가 만난 그 일에 나대로 결판을 내지 않고는 불안해서 거기서 떠날 수가 없었습니다. 나는 혼자 가게를 지킬 결심을 했습니다. 그리고 그날 저녁 나는 꼬박 12시까지 꽃그늘 속에서 뱀의 그림자를 몇 번씩이나 보고 목구멍까지 차오르는 비명을 삼키면서 가게 문을 닫지 않고 버텨냈습니다.
그러니까 내가 극장에서 돌아오는 길에 생화 가게 앞에서 경선이 년을 만난 것과 밤에 뱀의 그림자를 본 것은 전혀 상관도 없는 일이었는지 모릅니다. 적어도 사건의 외관적 연결은 없었습니다. 그것은 다만 우연한 시간의 연속에 속하는 일이었는지 모릅니다. 그러나 나는 그렇게 생각할 수가 없었습니다. 뱀의 그림자를 보았을 때의 그 놀라움이 낮에 경선일 생화 가게 앞에서 만났을 때의 그것과 너무나 흡사했기 때문입니다. 그리고 뒤늦게 떠오른 일이지만 꽃 가게 앞에서의 경선이 년 눈길에 담겨 있던 그 형언할 수 없는 원망과 애소기의 정체가 바로 그 밤의 사건과 관련된 어떤 비밀로 느껴지기까지 했습니다.

그러나 하여튼 그날 밤 나는 자정까지 그것들과 싸웠고 별일 없이 견뎌냈으니 다른 일만 일어나지 않았더라면 그것으로 소동은 끝났을 것입니다. 모든 것은 우연과 착각으로 돌려지고 그리고 물론 그 우연과 착각이 빚어낸 일의 인과를 따지려는 무의미한 짓을 하지도 않았을 것입니다.

그런데 그렇게 될 수 없는 일이 일어나고 말았습니다.

다음 날 아침이었습니다. 나는 아직 피곤한 잠 속에서 눈을 뜨지 못하고 이리저리 몸을 뒤척이고 있을 때였습니다. 아내가 갑자기 가게 쪽에서 경선을 부르는 소리가 들려왔습니다.

"선아! 경선이 이리 좀 나와요."

목소리가 높은 것이 필경 경선이 무슨 잘못을 저질렀나 싶었습니다.

"경선이⋯⋯ 빨리 나오지 못하니?"

반응이 없으니까 아내는 사뭇 화를 내는 목소리가 되었습니다. 그제서야 딸애가 가게 문을 열고 나가는 소리가 들렸습니다.

"너 엄마가 없는 틈에 가게에서 무슨 짓을 했지?"

"⋯⋯"

경선의 대답은 들리지 않았습니다. 아내의 호된 어세로 보아 경선인 필경 대답을 하지 못하고 있는 것 같았습니다.

"응? 말해봐요. 무슨 짓을 했어요?"

아내의 말투가 경어로 변한 것은 몹시 화가 나 있다는 증거였습니다. 기묘하게도 화가 나면 말투가 초등학교 여선생처럼 싸늘한 경어로 바뀌는 아내의 습관을 나는 알고 있었습니다.

―무얼 어째 놓았을까?

"글쎄 비닐, 플라스틱이 많았기 망정이지 이 종이로 된 것은 뭐가 됐느냐 말예요!"

아내가 년을 추궁하는 소리만 계속해서 들려왔습니다. 나는 이불을 걷고 일어났습니다. 그리고 그냥 잠옷 바람으로 가게 문을 열고 나갔습니다. 가게로 들어서서도 나는 잠시 거기에 무슨 일이 벌어져 있는지를 알아차리지 못했습니다. 표정이 굳어져 있는 아내와 그 앞에 훌쩍거리고만 서 있는 경선을 번갈아 보다가 나는 아내에게 물었습니다.

"뭘 어쨌다구 아침부터 어린것을 울리고 그래요?"

"글쎄 이 꽃들을 봐요!"

그제야 나는 꽃들을 내려다보았습니다. 그 순간이었습니다. 나는 자신도 모르게 아 하고 가는 신음 소리를 내뱉고 말았습니다. 정말로 놀라지 않을 수 없었습니다. 꽃들이 온통 물을 뒤집어쓰고 있지 않겠습니까. 비닐과 플라스틱은 그런대로 색감을 얻고 있었지만 종이꽃들은 이미 축 젖어 있었습니다. 하지만 내가 그렇게 놀란 것은 꽃들이 못쓰게 되어버린 때문에서가 아니었습니다.

―엄마, 우리 집 꽃에는 왜 물을 주지 않아?

그때 먼 기억의 심층을 들추고 귀에 익은 목소리가 또렷하게 지나갔습니다. 나는 전날 생화 가게 앞에서 경선이 년을 만났을 때와 같은 이상한 한기를 등골에 느끼면서 가게를 뛰쳐나오고 말았습니다. 방으로 들어온 나는 다시 이불을 푹 뒤집어써버렸습니다. 그리고 그 이불 밑 어둠 속에서 나는 자꾸 솟아오르는 어떤 기억을 누르려고 애썼습니다. 뱀의 그림자와 함께 20년을 숨어 있던 또 하나의 기억이 그 이불 밑의 어둠을 들추고 내 검은 망막을 밝혀왔습니다.
경선인 그사이 학교로 갔습니다. 그리고 아내는 그러고 있는 나에게 몇 번 아침을 권해보다가 가게로 나가고 말았습니다. 그러자 나는 무섭고 귀중한 비밀을 즐기듯 이불 밑 어둠 속에서 나의 그 오랜 기억을 뒤쫓기 시작했습니다.

―엄마, 우리 집 꽃엔 왜 물을 주지 않어?
그것은 분명, 소식조차 알 수 없는 누이 이화(梨花)의 목소리였습니다. 이화는 나보다 나이가 두 살 위인 단 하나의 누이이자 동기였습니다. 그때부터 꽃 가게를 내고 있었기 때문에 결혼식 때는 누구보다 더 많은 꽃을 써서 식장을 화려하게 꾸몄었다는 아버지는 누구보다 꽃을 사랑하셨던 모양으로 당신의 첫딸(결국 하나뿐이었지만 그때로서는)의 이름에까지 꽃을 넣어 이화라 지으셨던 모양입니다.
그런데 그 하나뿐인 나의 누이는 아버지와 어머니의 자상하고 삼킬 듯한 사랑(그것은 정말 숨이 막힐 듯한 것이었습니다)에도 불구하고 초등학교엘 들어가면서부터 심성이 조금씩 이상해져가기 시작했습니다. 지금 내 기억으로 누이는 그때부터 이상하게 우울하고 풀이 죽어 지냈던 것 같습니다.
―엄마, 우리 집 꽃에는 왜 물을 주지 않어?
그것은 그즈음 누이가 예의 풀이 죽은 얼굴로 어머니에게 수없이 묻고 들던 말이었습니다. 아버지나 어머니는 물론 확실한 대답을 하시지 않았습니다. 그때마다 두 분은 웃기만 하시며 귀여워 죽겠다는 듯 누이를 쓰다듬어주곤 하실 뿐이었습니다. 하지만 그것을 묻고 있는 누이는 전혀 재롱으로 그러는 것이 아닌 것 같았습니다. 누이는 정말로 기가 죽어서 애원하듯 그것을 물었으니까요.

누이는 끝내 아버지나 어머니로부터 그 해답을 듣지 못했던 것 같습니다. 게다가 어느 날 누이는 마침내 그 물을 주지 않는 꽃 때문에 아버지로부터 몹시 마음 아픈 일을 당했습니다.

그날 아침 아버지는 전례가 없을 만큼 굉장히 화를 내고 계셨습니다. 그리고 역시 전례가 없이 이화에게 매질을 하셨습니다. 아버지는 이화의 종아리를 걷어 올리게 하고 회초리로 찰싹찰싹 매질을 하시며 다시 그런 짓을 하지 않겠노라는 누이의 다짐을 다그치고 계셨는데, 그 아버지 앞에 누이는 종아리를 걷어 올린 채 꼼짝도 못하고 매를 맞으며 울고만 있었습니다. 누이가 그때 그 '나쁜 짓'을 다시 하지 않겠다고 약속을 했는지 어쨌는지는 지금 알 수가 없습니다. 다만 이화는 학교로 갈 때까지도 그 매가 몹시 아픈 듯 계속 울고 있었고, 아버지는 아버지대로 이화가 학교로 간 다음까지도 한참 더 화를 내고 계셨던 기억이 확실할 뿐입니다.

그날 아침 이화는 가게 꽃에다 모조리 물을 끼얹어놓았던 것입니다. 종이로만 된 꽃들이 물에 젖어 모조리 못 쓰게 된 것이지요. 아버지가 한참 더 화를 내신 것도 어머니가 못 쓰게 된 꽃을 치우면서 그래도 아직 쓸 만한 것을 조금 남겨놓았기 때문이었습니다. 아버지는 결국 그때 가게에 있던 꽃들을 모조리 치워버리고 그날로 다른 새 꽃을 사다가 가게를 채우셨습니다. 그리고는 하루가 지나자 아버지는 여전히 인자하고 자상하고 어린 자식을 귀여워하는 전날의 아버지로 돌아가셨습니다.

그러나 누이는 그 일이 있은 뒤부터 사람이 아주 달라졌습니다. 가게 꽃에다 물을 주는 일이 없어진 것은 물론, 왜 꽃에다 물을 주지 않느냐고 묻는 일도 다시는 없었습니다. 뿐만 아니라 누이는 다른 일에도 거의 말을 하는 일이 없이 언제나 수심기 어린 얼굴을 하고 있거나 아버지가 무서운 듯 곁에 가기를 꺼려 했습니다. 그러나 나는 아직 그때의 누이에 관해서 확실한 말을 할 수가 없습니다. 누이가 그때 늘 수심기 어린 얼굴을 하고 다녔다고 말했지만, 사실 그때 누이는 너무나 나이가 어렸고 또 지금 내 기억의 순서도 그 뒤로 누이에게 일어났던 일들 때문에 그렇게 생각되는 것인지 모르기 때문입니다. 확실히 말할 수 있는 것은 그 뒤로 누이에게는 또 한 번 안타까운 일이 일어났고, 그때의 얼굴이나 눈길이 어떤 것이었는지는 지금도 똑똑히 기억할 수 있다는 것입니다.

어느 날 누이는 전에 없이 늦게까지 학교에서 돌아오지 않았습니다. 여느 때 같으면 집으로 돌아와 점심을 먹던 누이였는데, 그 날은 어찌 된 일인지 해가 저물 때까지 돌아오지 않았습니다. 걱정이 된 아버지가 학교까지 찾아가보셨지만 아이들은 벌써 집으로 돌려보낸 뒤더라고 하셨습니다. 어머니는 더욱 걱정이셨습니다. 어머니는 저녁을 지을 생각도 않으시고 가게 문 앞에 나와 내내 누이만 기다리고 계셨습니다. 그렇게 온 집안이 초조해 있을 때 누이는 저녁 어스름이 들 무렵에야 돌아왔습니다. 누이는 그때 흰

천에 빨갛고 파란 꽃무늬가 놓인 원피스를 하루마다 깨끗이 빨아 입고 다녔는데, 그날 저녁 누이의 옷은 반걸레가 되어 있었습니다. 옷에는 퍼런 풀물과 흙 범벅이 되어서 꽃무늬 같은 건 찾아볼 수도 없었고, 팔과 종아리는 나무 가시에 할퀸 듯 벌겋게 줄이 서 있었으며, 왼쪽 발목에는 검붉은 피가 흘러내리다 엉켜 있는 모습이었습니다. 아버지와 어머니는 누이의 그런 몰골에 더욱 가슴이 내려앉는 모양이었습니다.

"이리루——, 방으루 들어와요!"

어머니는 처음 화도 내시지 않고 이화에게 우선 방 안으로 들어가자 하셨습니다. 그것은 물론 어머니가 너무 화가 나 있었기 때문이었겠지요. 나는 그런 어머니가 더욱 두려웠고 누이가 가엾었습니다. 그러나 누이는 한눈에도 싸움 같은 걸 하고 온 것 같지는 않았습니다. 누이가 한 손에 들국화를 몇 송이 꼭 꺾어 쥐고 있었기 때문입니다. 그러나 어머니의 눈초리는 그게 더 무서운 벌을 내릴 일로 여기는 것 같았습니다. 아버지는 그냥 가게에 남고 어머니만 방으로 들어가셨습니다. 누이는 그 들국화 꽃다발을 쥔 채 아무 대답도 하지 않고 방으로 어머니를 따라 들어갔습니다. 나는 가슴이 떨렸지만 가엾은 누이 때문에 살금살금 함께 따라가보지 않을 수 없었습니다.

방으로 들어가신 어머니는 앉지도 못하고 구석에 서 있는 누이를 몹시 추궁했습니다. 그러나 누이는 비죽비죽 울상을 지을 뿐 끝내 아무 말도 하지 않았습니다. 그래 누이는 그날 밤 또 한 차례 매를 맞았습니다. 물론 이번에는 어머니에게서였습니다. 누이는 매를 맞으면서 울었습니다. 이번에도 누이는 애걸을 하거나 때리는 어머니에게 매달리려 하질 않았습니다. 누이는 마치 발바닥에 뿌리가 내린 것처럼 그대로 한자리에서 상반신만 꺾고 아야 아야 소리쳐 울기만 했습니다. 그러다 어머니의 매질이 잠시 그쳤을 때 누이는 눈물이 철철 흐르는 눈길로 어머니를 쳐다보았습니다. 내가 영영 잊을 수 없다고 한 것은 바로 그때 누이의 눈길이었습니다. 눈물을 가득 담은 채 어머니를 쳐다보는 그 누이의 눈길은 어린 내 가슴속까지 한없이 아프게 했습니다. 그 눈길 때문에 나는 절대로 누이와 다시는 가깝게 지낼 수 없을 것 같은 절망감마저 들었습니다. 그리고 정말로 누이는 그때부터 어린 나까지 멀리하기 시작했습니다. 전에도 누이는 나에게 별로 싹싹하게 굴어주는 편이 아니었지만, 그 일이 있은 뒤로는 더욱 혼자서만 지내려고 했습니다.

 그러나 아버지와 어머니는 그날의 일을 금방 잊어버리신 것 같았습니다. 누이가 가끔 혼자 있는 것을 이상해하신 때도 있었지만, 그러나 그런 것쯤 아무렇지 않게 생각하시는 것 같았습니다. 그리고 그전과 똑같이 우리를(특히 누이에 대해서 생각되는 일이지만) 아끼고 돌봐주셨습니다.

 "얘— 아침 밥 많이 먹었니? 저런? 뭐가 다른 게 먹고 싶은 모양이구나. 그래 내 사주지. 여기 돈—"

 아버지가 이러시면 어머니는 또 경쟁이나 하시듯,

 "얘, 먼저 옷부터 갈아입어야겠다. 이리 온. 팔소매가 검었지 않아."

하시면서 멀쩡한 옷을 새로 갈아입히기도 하셨습니다. 그러나 누이는 그런 때마저 그 이상한 눈길로 어머니나 아버지를 말없이 가만히 쳐다볼 뿐이었습니다.
—왜 우리 집 꽃에는 물을 주지 않어?
나는 그 누이의 눈길을 볼 때마다 누이가 그렇게 묻고 싶은 거라고 생각했습니다. 아버지나 어머니는 물론 그것을 말씀해주시지 않았습니다. 그리고 누이는 이제 그것을 물을 수조차 없게 되어버린 격이었습니다. 그래서 누이의 눈엔 늘 그렇게 원망과 슬픔이 어려 있을 거라고 생각했습니다. 하긴 그때 벌써 누이는 자신이 묻는 것의 해답을 알아버린 것이었는지도 모릅니다. 그랬기 때문에 오히려 더 큰 원망을 숨기게 되었는지도 말입니다. 그러나 하여튼 나는 그때 그런 누이의 눈길이 물을 주지 않는 꽃 때문에 늘 슬퍼 보이는 거라고만 생각했습니다. 왜 그랬는지는 나도 모릅니다. 다만 나는 그런 누이의 눈길을 볼 때마다 그 누이가 매를 맞고 나서 눈물을 가득 담은 눈으로 어머니를 쳐다보던 때의 일이 뇌리를 다시 스쳐가곤 했을 뿐입니다. 그리고 그때마다 누이의 목소리를 환청하는 것이었습니다.
—엄마, 왜 우리 집 꽃엔 물을 주지 않어?

정오가 가까워올 무렵에야 나는 겨우 자리에서 일어났습니다. 어머니의 성화 때문이었습니다. 뭐 성화라야 야단스런 것은 아니고 그저 어머니는 가만히 걱정스런 얼굴을 지으실 뿐이었지만 나는 더 누워 버틸 수가 없었습니다.

"얘야, 뭘 좀 먹구 누워야지 않니?"

숫제 어머니는 나를 환자 다루듯 하시는 것이었습니다. 그리고는 가끔 나를 내려다보시며 이마를 조심스레 짚어보시기도 했습니다. 그 어머니의 얼굴―, 꽃잎의 그림자가 어른거리는 것 같은 해맑은 얼굴에는 깊은 수심기가 드리워 있곤 했습니다. 그리고 나를 내려다보시는 어머니의 눈에는 나에게 무슨 일이 일어나고 있는지를 환히 알고 계신 것 같았습니다. 나는 더 누워 있을 수가 없었습니다.

나는 아침 겸 점심으로 어머니가 들여오신 밥상을 일부러 깨끗이 치우고 나서 가게로 나갔습니다.

아내가 여자 손님 한 사람을 열심히 설득하고 있었습니다.

―아직 봄이니까 가을 국화로 하세요. 봄에 봄꽃은 멋이 없어요.

―세상이 참 좋아졌지요? 어느 철 어느 꽃이든지 연중 아무 때고 즐길 수 있게 되었으니 말이에요.

―사실 꽃을 사랑할 줄 알아야―, 꽃을 사랑할 줄 아는 것은 문화인의 자랑이지요.

―아, 이건 플라스틱 제품입니다. 몇 년이 가도 색이 바래거나 모양이 부숴지질 않아요.

―향기 말씀이죠. 진짜 꽃에서보다 더 은은하고 매혹적인 향기가 나지 않아요?

아내는 손님의 물음에 열심히 대답했습니다. 그러면서 응원을 청하듯 나를 건너다보았습니다. 손님은 몇 번 고개를 갸웃거렸으나 결국 무난한 매화 몇 가지를 사 들고 나갔습니다.

시들지 않는 꽃—, 그 꽃은 시들지 않는 대신 피어나는 일도 없는 꽃이었습니다. 옛날 아버지와 어머니는 그 꽃에 향기가 없는 것이 늘 걱정거리였지만, 지금은 아내 말마따나 진짜보다 더 은은하고 매혹적인 향기를 낼 수 있게 되었습니다. 게다가 옛날의 종이 제품보다 비닐과 플라스틱은 훨씬 견고하고 생화에 흡사했습니다.

시들지 않는 꽃—

아버지가 돌아가시고 어머니마저 안방으로 들어앉으신 후 가게를 떠맡은 내게 시집을 온 아내는 한동안 그 시들지 않는 꽃이 몹시 자랑이었습니다. 손님을 설득하기 위해 늘어놓는 요설이 처음에는 정말 그녀의 생각이었습니다. 꽃을 사랑할 줄 아는 문화인— 그리고 그녀 자신은 그 문화를 배급하는 가장 고귀한 일에 종사하고 있다는 자부심마저 느끼고 있는 것 같았습니다.

그러나 요즈음 들어선 아내 자신도 그 말들에 별 실감을 갖는 것 같지 않았습니다. 어찌 된 일인지 가게를 지켜오는 동안 아내는 무척 쇠약해졌고 자주 피곤해 보였으며 때로는 곱잖은 짜증기를 부리기까지 했습니다. 그리고 무엇보다 놀라운 것은 아내의 얼굴이 점점 투명하리만큼 해맑은 어머니의 얼굴을 닮아간다는 것이었습니다.

학교에서 경선이 돌아오자 아내는 아이를 데리고 안채로 들어갔습니다. 나는 내키지 않는 마음을 꾹 누르고 어젯밤에 몸을 쉬던 걸상으로 가 앉았습니다. 아침에 경선이 년이 물을 끼얹어 버려놓은 종이 제품은 아내가 모두 치우고 없었습니다. 아내가 다른 꽃들에도 손질을 했는지 그 빛깔들이 여느 때보다 더 산뜻하고 눈부셨습니다. 나는 다시 눈을 감았습니다. 그때 어머니가 좀처럼 걸음걸이를 하시지 않는 가게로 나오셨습니다. 어머니는 걸상에 늘어져 있는 나를 한참이나 들여다보시더니 이렇게 말씀하시는 것이었습니다.
"얘, 오늘 하루는 쉬지 그러니?"
나는 할 수 없이 걸상에서 몸을 일으켰습니다.
"괜찮아요. 뭐가 어때서요?"
"몹시 피곤해 보이는구나."
말씀하시는 어머니 얼굴에는 걱정스러운 빛이 역력했습니다.
"오전에 푹 쉬었는걸요 뭐."
어머니는 천천히 가게 안을 살피기 시작하셨습니다. 그리고는 화분과 꽃 가지를 하나하나 들추고 자리를 옮기고 하셨습니다. 사실 가게의 구석 어떤 곳은 1년 내내 손 한번 스치지 않아서 먼지가 더께더께 쌓인 데도 있었습니다. 어머니는 그 어두운 구석구석까지 모두 들추고 먼지를 쓸고 털어내셨습니다. 결국 어머니는 가게 안을 한 곳도 남기지 않고 모두 손길을 거친 다음 꽃들을 다시 적당히 옮겨놓으셨습니다.
나는 어머니가 일부러 그러시는 속을 짐작하고 있었으므로 가만히 보고만 있었습니다. 어머니도 굳이 내가 거들어드리기를 바라시지 않는 눈치였습니다.
그러나 어머니가 가게를 나가시자 나는 말끔히 소제되고 새로 정돈된 가게 안이 더욱 섬뜩한 느낌이었습니다. 어두운 곳이라곤 없는 그 짙은 원색의 화원이 더 마음을 편하지 않게 했습니다. 까닭 없이 신경이 곤두서곤 했습니다.

　이윽고 저녁이 되었습니다. 가게 안은 불이 밝았습니다. 하얀 형광불빛 아래 꽃들은 더욱 현란했습니다. 나는 이제 정말 더 견딜 수가 없을 것 같았습니다. 그래 눈을 감아버리려고 했습니다.

　그런데 바로 그때였습니다. 나는 또다시 어젯밤 뱀의 그림자를 보고 말았습니다. 어둡고 긴 그림자가 분명 자리를 옮겨놓은 개나리 가지들 사이의 엷은 그늘 속으로 사라져가고 있었습니다.

　"아! 뱀이다."

　나는 기어코 다시 비명을 올리고 말았습니다. 정신을 차리고 보니 개나리 가지들이 아직도 조금씩 흔들리고 있는 것 같았습니다. 하긴 그때 나의 눈에는 가게 안의 모든 꽃들이 하나같이 조금씩 흔들리고 있는 것처럼 보였지만 말입니다. 귀에는 아직도 마른 개나리 가지를 스치는 그 소름 끼치는 식 소리가 역력히 남아 있었습니다.

　안에선 금방 아내가 달려 나왔습니다. 어머니도 질린 얼굴로 나오셨습니다. 그러나 두 사람은 멍하니 서 있는 나를 보자 잠시 아무 말도 하지 않았습니다. 아내가 몇 번 가게 안을 휘둘러볼 뿐이었습니다. 그리곤 이윽고 어이가 없다는 듯 내게 말해왔습니다.

　"여보, 당신 요즘 갑자기 웬 배암 노이로제세요? 뱀이 어디 있어요?"

하고 나선 내게 수건까지 집어주는 아내였습니다.

　"이렇게 땀까지 흘리구 서서 말예요."

　그러나 어머니는 끝끝내 아무 말씀도 하시지 않았습니다. 그 어머니의 얼굴에는 너무나 뚜렷한 기색이 어려 있었습니다. 옛날 아버지의 죽음——, 그 죽음의 공포가 어머니의 얼굴을 휩싸고 있었습니다. 나는 두 사람을 가게에 남겨둔 채 도망치듯 안으로 뛰어 들어갔습니다. 그리고 저녁을 먹을 생각도 않은 채 이불을 뒤집어 쓰고 눕고 말았습니다.

지루하겠지만 나는 여기서 아버지의 뱀과 그에 관련한 아버지의 죽음에 대해 얼마간 이야기를 해두고 가지 않을 수 없습니다.
그러니까 그것은 이십몇 년 전 누이 이화가 초등학교 5학년이 되던 해였습니다. 아버지는 그때 정말 꽃 더미 속에서 기어 나온 뱀을 보셨습니다. 그림자가 아닌 진짜 뱀을 말입니다. 그리고 그 뱀은 그 뒤로 수많은 그림자가 되어 몇 년 동안 아버지를 괴롭혔습니다. 아버지는 그 뱀의 그림자들에 시달리다 끝내는 아주 세상을 떠나고 마신 것입니다.
그해 가을 어느 날 저녁이었습니다. 누이와 함께 먼저 저녁을 잡숫고 가게로 나가 계시던 아버지께서 갑자기 비명을 올리는 소리가 들려왔습니다.
"뱀이다!"
비명은 오직 그 한 번뿐 다시 아무 소리도 들려오지 않았습니다. 저녁상을 받고 있던 어머니와 나는 한동안 귀를 기울이고 기다렸습니다. 그러다 어머니가 나에게 물었습니다.
"너도 들었지? 아버지가 금방 뱀이다, 하시는 소리 말이다."
나는 머리를 끄덕여 대답했습니다. 그러자 어머니는 뭔지 심상치가 않으신 듯 곧 숟가락을 놓고 가게로 나가셨습니다. 어머니가 가게로 나가시자마자 또 비명이 들려왔습니다. 이번에는 어머니의 소리였습니다. 나는 후닥닥 가게로 뛰어나갔습니다. 그런데 거기에 무슨 일이 일어났겠습니까. 아버지가 가게 한복판에 기절을 해 넘어져 계신 게 아니겠습니까. 그리고 더욱 놀라운 것은 기다란 것이 우리들의 소동에 어찌할 바를 모르고 꽃 더미를 이리저리 꿰어다니고 있는 것이었습니다. 머리는 조그마했지만 길이가 실히 두 자는 될 듯한 뱀이었습니다. 밤이어서 확실치는 않았지만 뱀은 조금 노리끼한 회색이었습니다. 놈은 불빛에다 몸을 번쩍번쩍 빛내면서 어머니에게 쫓겨 다녔습니다. 어머니는 내가 가게로 들어섰을 때부터 정신없이 손뼉을 치며 뱀을 쫓고 계셨습니다. 그러다가는 또 갑자기 생각이 미친 듯 넘어져 계신 아버지를 들여다보시다가 병원을 찾아 달려 나가셨습니다.

그러자 뱀은 내 쪽엔 거의 아랑곳을 않은 채 천천히 출구를 찾아 다니더니 드디어는 천장 밑에서 조그만 구멍을 발견하고 그곳을 통해 지붕으로 올라가버렸습니다. 그리고 어머니가 의사를 데리고 달려오셨을 때는 아버지도 이미 정신을 차리고 일어나 계셨습니다.

"철쭉꽃 사이에 삐죽 막대기 같은 것이 나와 있길래 무심히 손을 내밀었더니 그것이 불쑥 솟아올라 와 손을 쪼지 않겠소."

방으로 들어와 누운 아버지가 주사를 맞고 나서 멍한 얼굴로 경위를 말씀하셨습니다. 그러니까 뱀이다, 비명을 올린 것은 전혀 무의식중에 그렇게 된 것이며, 그때는 미처 그것이 뱀이라는 것조차 의식할 틈이 없었다면서 아버지는 또 한 번 몸을 부르르 떠셨습니다. 그 아버지 곁에서 의사 선생님과 어머니는 그 뱀이 어디서 어떻게 들어왔는지에 대해 말씀하시기 시작했습니다. 그러면서 수없이 고개를 갸웃거렸습니다.

"참 괴상한 일이군요. 어디서 뱀이 꽃을 보고 찾아들었을까요? 향기도 없는 종이꽃을 보고 말입니다."

의사 선생님이 특히 괴이한 일이라는 듯 몇 번씩이나 고개를 갸웃거렸습니다. 그러나 아버지는 그때 두 사람의 이야기에는 전혀 관심이 없으신 듯했습니다. 멍하니 천장의 한 점에다 눈길을 고정시키고 뭔가 골똘히 생각을 하고 계신 것 같았습니다. 그러다가 아버지는 갑자기 누이 이화를 찾으셨습니다.

"이화! 이화는 어디 있어?"

그러나 그때 이화는 곁에 있지 않았습니다. 아니 그전에 소동이 일어났을 때부터 아버지와 함께 저녁밥을 먹고 나간 이화는 눈에 뜨이지를 않았습니다. 아버지도 어머니도 그리고 나도 그런 이화에 대해서는 생각을 하지 못하고 있었습니다. 그런데 갑자기 아버지의 말씀에 우리는 모두 이화가 여태 눈에 뜨이지 않은 것을 알게 되었습니다.

"이화! 애 이화야!"

어머니는 갑자기 불안해진 듯 이화를 불러대다, 가게로 해서 거리로 누이를 찾으러 나가셨습니다. 그러나, 어머니도 결국은 누이를 찾아내지 못하고 다시 집으로 들어오셨습니다.

그날 밤 누이를 찾아낸 것은 뜻밖에도 집 부엌에서였습니다. 밖에서 어머니가 그냥 돌아오셔서 다시 한 차례 소동을 치르고 난 다음 이제는 제 발로 들어오길 기다리는 수밖에 없다고 체념을 하고 있었는데, 조금 뒤에 물을 뜨러 나가셨던 어머니가 부엌에서 이화를 데리고 나왔습니다. 누이가 파랗게 질린 얼굴로 부엌 나무청에 박혀 있더라는 것이었습니다.
"왜 거기 그러고 있었니?"
"널 찾고 부르는 소릴 듣지 못했니?"
아무리 어머니가 캐고 물어도 누이는 끝끝내 입을 열지 않았습니다. 어머니는 너무 어이가 없으셨는지 매질을 하려고도 하지 않았습니다. 왜 하필 또 매 소리를 하느냐 하면 그 즈음 어머니는 전과 달리 이화에게 자주 매질을 하셨기 때문입니다.
언젠가 꽃에다 물을 뿌려 가게를 망쳤다가 매를 한번 맞게 된 뒤로 누이는 차츰 매를 맞을 일을 자주 했습니다. 옷을 엉망으로 만들어가지고 온 것은 이미 이야기했지만 누이는 그 뒤로도 그 비슷한 짓을 자주 했습니다. 학년이 높아짐에 따라 누이는 자주 같은 반 사내애들과 잘 어울려 다녔는데 아버지나 어머니는 그게 무엇보다도 질색이었습니다. 누이는 그런 간섭은 아랑곳없이 사내아이처럼 천연스럽게 같이 놀러 다니기를 좋아했고, 때로는 그애들과 역시 사내아이처럼 싸움질을 해서 코가 깨지고 옷이 찢겨 돌아오는 때가 있었습니다. 그때마다 누이는 어머니로부터 종아리를 맞으면서 아무리 아파도 몸을 비틀거나 어머니에게 매달리려 하지 않고 그 자리에 못 박힌 듯 참고 서서 아픔을 견뎌냈습니다. 그러면서 언제나처럼 원망스러운 듯 슬픈 눈매로 매질을 하시는 어머니를 내려다보는 것이었습니다. 그러면 마침내는 어머니가 먼저 지쳐떨어지곤 하셨습니다. 그리고 나서도 누이는 며칠이 안 가서 또 매 값을 마련해오곤 하는 것이었습니다. 아무리 매를 맞아도 소용이 없었습니다. 누이는 그렇게 아무렇게나 거칠고 모질게 굴었습니다. 아니 이제 누이는 마치 어머니에게 회초리를 얻어맞지 않고는 지낼 수가 없어 일부러 매 값을 만들어오곤 하는 것 같았습니다. 그리곤 그 슬픈 원망기가 어린 눈길 속에 자주 매를 맞았고, 그때마다 나는 그 누이의 소리 없는 말소리를 환청하는 것이었습니다.

─우리 집 꽃엔 왜 물을 주지 않어?

그러나 그날 어머니는 매를 때릴 생각조차 하지 않으셨습니다. 어쩌면 어머니는 누이의 잘못을 모아두었다가 화가 좀 풀렸을 때 한꺼번에 종아리를 때리려고 생각하셨는지 모릅니다. 그러나 그런 생각이 있으셨다 해도 일은 실상 그럴 수가 없게 되고 말았습니다. 다음 날 학교로 간 누이가 영영 다시 집으로 돌아오질 않았기 때문입니다.

집에서는 또 한바탕 소동이 벌어졌습니다. 학교에 알아보니 거기에도 누이는 결석이라는 것이었습니다. 아버지와 어머니는 가게 문까지 닫고 온갖 방법을 다 써서 누이를 찾았습니다. 그러나 모두 허사였습니다. 어째서 이화가 집을 나갔는지 이유가 분명치 않았으므로 누이를 찾는 것은 더욱 어려운 일이었습니다.

결국 보름쯤이 지나고 나서 아버지는 이화가 집을 나간 일에 대해 뭔가 혼자 짐작되는 것이 있으신 듯 체념한 얼굴로 다시 가게

문을 열었습니다. 이제는 정말 누이가 제 발로 걸어 들어오는 때를 기다릴밖에 다른 방도가 없기도 했습니다.

그런데 가게를 열던 날 다시 큰 변이 일어났습니다. 아버지가 또 꽃 더미 속을 스쳐 지나가는 뱀을 본 것입니다. 첫 번 날과 똑같은 소동이 난 것은 물론입니다. 이번에는 아버지가 걸상에 앉아 계시다 꽃 더미 사이로 식 소리와 함께 지나가는 뱀을 보았다는 것이었습니다. 나는 전번에 천장 밑구멍을 통해 지붕으로 올라간 뱀이 다시 가게로 들어온 것이라고 생각했습니다. 그러나 우리가 쫓아갔을 때 그 뱀은 벌써 어디론지 사라지고 없었습니다. 아버지는 이번에도 기절을 하셨기 때문에 그 뱀이 어디로 갔는지 알 수 없다고 하셨습니다. 그런데 이상한 것은 마음이 조금 가라앉자 아버지는 또 전번처럼 이화를 찾으시는 것이었습니다.

"그애가 하필 지금 돌아왔겠어요?"

어머니의 말씀에 아버지는,

"글쎄 혹시 돌아오지 않았느냐구······"

힘없이 말씀하시고는 뭔지 심한 근심에 싸이기 시작하셨습니다.

그로부터 아버지는 자주 그 뱀을 보게 되었습니다. 그리고 같은 소동이 일어났습니다. 그러나 그 첫 번 날을 제외하고 아버지 이외에 어머니나 내가 정말 뱀을 본 적은 한 번도 없었습니다.

어머니는 아버지를 의심하기 시작했습니다. 혹시 꽃 그림자 같은 것을 잘못 보고 놀란 것이 아니냐고 물으시기도 했습니다. 아버지는 틀림없이 뱀이었다고 하시며, 그때마다 이상스럽게 누이 이화를 기다리시는 것이었습니다. 그러나 누이는 영 돌아오지 않았습니다. 아버지가 그 뱀 때문에 파리하게 여위어가시고 드디어는 가게를 어머니에게 맡기고 자리에 눕게 되셔도 누이는 돌아오지 않았습니다.

"내가 아무래도 헛것을 본 것 같다. 꽃 곁엘 가지 말아야겠어―"

자리로 아주 누우시던 날 아버지는 그런 말씀을 하셨습니다. 그러나 아버지는 꽃이 없는 방 안에 누우셔서도 자주 뱀을 보시는 것이었습니다. 천장을 기어가거나 유리창에 매어달린 뱀을 말입니다. 어떤 때는 그 뱀이 아버지가 덮고 계신 이불자락 밑으로 발을 스치며 기어들어왔다고 하시기도 했습니다.

아버지는 8·15 해방의 기쁨 때도 그렇게 자리에 누워서 뱀만 보고 지내셨습니다.

하지만 우리는 그 모든 것이 아버지의 눈에만 보이는 헛것이라는 것을 알게 되었습니다. 맨 처음의 한 마리는 정말 뱀이 틀림없었고, 그 한 마리의 뱀이 우리 집에 수없이 많은 그림자 뱀을 새끼 쳐놓은 것이었습니다. 새끼 뱀 한 마리가 아버지가 돌아가신 후 이 20년 동안이나 다락 밑 어둠 속 또는 조화 가지의 그늘 밑 어디엔가 숨어 있다가 요즘 다시 나타난 것인지도 모릅니다.

다음 날 아침 나는 어머니와 아내의 만류를 물리치고 기어코 다시 가게로 나갔습니다. 그리고 거기 의자에 앉아 경선이 학교로 가는 것을 이윽히 바라다보고 있었습니다. 그때 못내 마음이 놓이지 않은 듯 어머니께서 또 가게로 나오셨습니다.

"글쎄 오늘은 꼭 좀 쉬래두 그러니?"

"뭐 그까짓 일로—. 그리고 어차피 누가 가겐 지켜야지 않습니까?"

"그건 애 어미가 있지 않니?"

"그 사람도 요즘 무척 쇠약해져서 두루 맡길 수가 있나요."

"원 내 말 좀 들으려무나. 가게를 며칠 닫고 쉬어두 되지 않니—"

어머니의 목소리는 애원에 가까웠습니다.

"염려 마세요. 이렇게 아무렇지두 않지 않아요?"

나는 소년처럼 일부러 가슴을 펴 보였습니다. 그러나 어머니는 거들떠보시지도 않고,

"어째 나도 요즘은 통 기력이 없구나."

가늘게 한숨까지 쉬시는 것이었습니다.

"기력이 약해진 탓인지 안 꾸던 꿈까지 꾸게 되고. 어젯밤엔 네 누이 이화 년까지 보이구……"

힐끗 쳐다보니 어머니의 눈에는 눈물이 어려 있었습니다.

"어머니, 들어가 쉬세요. 집이 어수선해서 그런 꿈을 다 꾸시는 가 봅니다."

"글쎄 그런지 모르지만— 그 꿈이야 뱀이야 하는 일들이 겹치고 보니 오늘은 꼭 년이 돌아올 것만 같구나."

어머니는 그러시고 나서 마지못해 안으로 들어가셨습니다.

나는 아침 햇살을 받은 꽃 색에 눈이 어찔어찔해왔으므로 다시 걸상을 끌어다 놓고 앉아 눈을 감았습니다.

이화가 돌아올지 모른다는 어머니의 말씀이 갑자기 불길하게 머리를 스치고 지나갔습니다.

누이 이화가 집으로 돌아온 것은 그렇게 유쾌한 기억이 아니었습니다. 왜냐하면 그렇게도 기다리던 이화가 돌아온 것은 이상하게도 아버지가 돌아가신 바로 그날이었기 때문입니다.

아버지는 그 뱀을 자주 보시게 되면서부터 별다른 병세가 없이도 흉하게 야위어가기 시작했습니다. 그리고는 끝없이 이화를 기다리고 또 뱀을 보곤 하셨습니다. 그렇게 3년 가까이 자리에 누워 계시던 어느 날 저녁 뜻밖에 이화가 돌아왔습니다. 그리고 아버지는 공교롭게도 그날 밤 아주 눈을 감고 마셨습니다. 집에서는 아버지의 죽음 때문에 누이를 반기고 있을 수가 없었습니다. 그리고 하필 누이가 돌아온 날 아버지가 돌아가셨으므로 이상한 느낌이 들었습니다. 솔직히 말하자면 나는 누이 이화가 아버지의 죽음을 이끌고 돌아온 것 같은 느낌이었습니다. 이유 같은 건 알 수 없었지만, 아버지가 뱀을 보고 자리에 눕게 된 것이 누이가 집을 나갔을 때였고 그리고 그녀가 다시 나타난 날 아버지가 돌아가셨다는 시간의 일치가 나를 아주 그렇게 믿어버리게 했습니다. 그러니 자연 나는 그 뱀의 정체도 누이와 무슨 관련이 있는 것만 같았습니다. 그러나 그런 것은 아무것도 확실하지 않았습니다. 슬픈 눈길을 자주 하던 누이가 아버지의 죽음을 보고도 별로 그런 빛을 보이지 않은 것이라든가, 우연처럼 보이는 그 시간의 일치라든가, 또는 그녀가 가출을 하게 된 동기하며, 어디서 어떻게 지내다 집으로 돌아오게 되었는지, 그런 것들에 대해서 우리는 미처 관심다운 관심을 갖지도 못했고, 아버지의 장례를 치르고 나서도 누이는 거의 입을 열지 않았기 때문에 그 모든 것은 뒷날까지도 자세한 것이 알려지질 않았던 것입니다. 다만 누이는 그 무렵 아직 혼자 있을 때는 옛날처럼 그 슬프고 원망스런 눈빛을 하는 버릇이 여전한 듯해 보일 뿐이었습니다.

그러나 아버지가 돌아가신 후 우리 집에서 그 뱀(실은 그 그림자가)이 사라진 것은 무엇보다 다행스런 일이었습니다. 슬픔 속에서도 우리는 그럭저럭 다시 안정을 되찾았습니다. 가게는 어머니가 아주 맡으시고 그때 이미 중학생이 되어 있던 나는 학교에서 돌아와선 늘 어머니 일을 도왔습니다. 그리고 누이도 초등학교 6학년을 마저 마친 다음 이듬해 가을 여학교엘 들어갔습니다.

그러나 그런 평온도 오래가지 못했습니다. 우선은 그 6·25 때문이었습니다. 우리는 서울 집에서 피난을 가지 못하고 남아 있었기 때문에 다른 사람이 겪은 피난의 고생만은 면했습니다. 그리고 다행히 그 심한 비행기들의 폭격에서도 우리 집은 화를 면했습니다. 그러므로 6·25의 혼란은 우리에게 특히 심했다고는 할 수 없습니다. 그런데 오히려 집안의 평온이 깨지게 된 것은 그즈음부터 시작된 누이의 수상쩍은 행동 때문이었습니다.

서울 수복 후 어머니는 곧 다시 꽃 가게를 열어 작은 수입으로나마 기근을 면했고 부산으로 내려갔던 학교들이 서울로 올라오면서부터는 누이와 나를 다시 학교로 내보낼 만큼 일이 자리가 잡혀 다른 걱정거리가 없었는데, 그 무렵 언제부턴지 누이는 자주 사람의 눈을 피해 혼자 멍하니 앉아 있는 일이 잦았습니다. 그 이유 역시 누이는 말을 하려 하지 않았고 게다가 그땐 이미 커다란 처녀가 되어 있었으므로, 우리는 그 누이의 직성이 풀리도록 내버려두는 수밖에 없었습니다. 그런데 그렇게 내버려두니까 누이는 이제 아주 터놓고 며칠씩 멍해 있거나 자기를 걱정해주시는 어머니에게 역정까지 부려댔습니다. 그럴 때마다 집안은 늘 침울한 공기에 싸이곤 했습니다. 그런 일이 1년을 넘어 계속되었습니다. 그리고 뜻밖에 몇 달 동안 그런 증세가 나타나지 않던 어느 날 누이는 갑자기 또 집을 나가고 말았습니다.

 아아, 그리고 두번째로 누이가 일곱 달 만에 다시 집으로 들어오던 날, 그것은 생각하기조차 싫은 일입니다만—, 그녀는 갓난쟁이 어린애를 안고 있었습니다. 어머니는 누이를 붙잡고 한없이 울었습니다. 누이는 그러나 그때도 자신은 울 줄을 모르고 멍하니 울고 계신 어머니를 바라보고만 있었습니다. 한데 나중에 안 일이지만 어머니가 우신 것은 누이가 그렇게 아이를 낳은 일이 가엾어서만은 아니었습니다. 누이는 그때 얼굴과 몸에 온통 퍼런 멍투성이가 되어 돌아왔는데, 그것은 그 어린애 아비의 짓이라고 했습니다. 하지만 그녀는 그것을 조금도 부끄럽거나 괴로워하는 기색이 없었습니다. 누이가 돌아온 것은 그 사내의 난폭한 성정을 견디어내지 못해서가 아니라, 그 사내가 아이를 우리 집에 맡기고 오라는 성화 때문이었다는 것입니다. 어머니는 그런 일들이 다 분하고 슬펐던 것 같습니다. 그러나 누이는 그 아이를 우리 집에 맡기지도 않고 멍이 가실 때쯤 해서 다시 그 사내에게로 갔습니다. 정말로 아이를 맡기고 가라는 어머니 말씀에 그녀는 가게 앞에서 한참이나 꽃들을 물끄러미 바라보고 있다가 갑자기 히죽히죽 웃음기를 흘리며 발길을 서둘러 돌아가버린 것입니다.

오후에는 꼭 아내가 교대를 하겠다는 것을 마다하고 나는 계속 가게를 지켰습니다. 내가 우정 쾌활하게 웃으면서 아무렇지 않게 꽃들을 손질하고 있으니까 아내는,

"그럼 난 들어가겠어요. 정말 괜찮겠어요?"

하더니,

"글쎄, 뱀은 무슨 뱀이에요? 말짱한 집에서?"

하고는 그녀 역시 활짝 웃으며 아무렇지 않은 듯 안으로 들어갔습니다. 나는 걸상에 앉아 아내의 말을 믿으려고 했습니다. 하긴 아내는 옛날 아버지의 뱀에 대해 별로 이야기를 들은 일이 없었습니다. 그러니까 나의 뱀에 대해서도 훨씬 우습게 생각하고 있는 게 틀림없었습니다. 하지만 아내의 말은 틀린 데가 없었습니다. 나 자신도 이즘엔 정말 뱀을 본 일이 없었고, 또 그토록 오래 아버지를 괴롭혀대던 옛날의 뱀 그림자에 대해서도 나는 누구보다 분명한 것을 알고 있었으니까 말입니다. 그러나 그런 다짐과는 반대로 해가 늦어지기 시작하자 나는 공연히 또 초조해지기 시작했습니다. 경선이 돌아올 시간이 훨씬 지나고 있는 때문이었습니다. 나는 어느 틈에 걸상에서 일어나 가게 안을 이리저리 거닐고 있었습니다. 가게 문을 열고 거리로 나가 한참씩 경선이 걸어올 만한 길목 쪽을 지켜보기도 했습니다.

경선이 년이 돌아온 것은 그렇게 초조하다 못해 내가 완전히 녹초가 되어 다시 걸상에 기대앉아 피곤한 몸을 쉬고 있을 때였습니다. 그런데 경선이 들어오는 것을 보다가 나는 또 가슴이 철렁 내

려앉고 말았습니다. 경선은 오늘따라 하얀 원피스를 입고 있었는데 그 손에 빨간 꽃이 한 송이 매달린 동백꽃 생화 가지를 들고 있었습니다. 경선의 하얀 치마 부근에 매달린 꽃송이가 마치 붉은색으로 번진 반점 같았습니다. 나는 무의식중에 경선의 다리께를 살폈습니다. 경선의 다리에는 아무 상처도 나 있지 않았습니다. 옷도 얌전했습니다. 나는 그제야 조금 안심이 되어 경선이 들고 있는 꽃을 살폈습니다.

"이거 어디서 가져왔니?"

필경 어디 온실 같은 데서 꺾어온 게 틀림없었습니다. 나는 울렁거리는 가슴을 진정시키며 조용히 물었습니다. 경선인 잠시 대답을 망설였습니다.

"이거 너 어디서 얻었어?"

재차 묻는 말에 경선인 겨우,

"요 앞 꽃집에서요―"

심상치 않은 낌새를 알아챈 모양인지 모기만 한 소리로 대답했습니다.

"그 집주인이 어째서 네게 이 꽃을 주었을까?"

나는 끝내 두려운 것을 묻고 말았습니다. 그리고 경선의 입을 열심히 지키고 있었습니다.

"날마다 유리창으로 들여다보니까 이 꽃이 갖고 싶은 모양이라면서……"

경선인 그 순간 나의 표정이 무섭게 일그러지는 것을 눈치챘었는지 말을 끝맺지 못했습니다. 나는 현기증이 나서 다시 걸상으로 털썩 주저앉고 말았습니다.

— 아아 날마다…… 날마다……

그날 밤 나는 또 비명을 지르고 말았습니다. 그리고 이번에는 혼절까지 했습니다. 그러나 내가 보았던 그 뱀을 정말로 본 사람은 아무도 없었습니다.

"선이…… 경선일 불러줘요."

안방에서 정신이 든 나는 걱정스럽게 나를 지켜보고 있는 어머니를 보며 경선을 찾았습니다.

"경선이 여기 있어요."

머리맡에 앉아 있던 아내가 경선의 손을 내게 끌어다 주었습니다.

"음—"

나는 경선의 손을 쥐고 눈을 감았습니다.

"어머니, 정말 이화 누님이 올 것 같습니까?"

나는 눈을 감은 채 어머니에게 물었습니다.

"글쎄다…… 낸들 알겠느냐. 하지만 왜 또 하필 지금 그런 소리를 하느냐?"

어머니는 살그머니 내 이마에다 손을 얹으셨습니다.

"그 양반이 돌아오지 말아주었으면 좋겠는데……"

나의 말에 이제 어머니는 입을 다무셨습니다.

왠지 누이가 돌아와서는 정말 안 될 것 같은 생각이 들었습니다. 어째서 그런 생각이 드는 것일까. 그것은 나도 알 수 없었습니다. 그러나 나의 말에 입을 다무신 것을 보면 어머니도 그렇게 생각하신 게 틀림없는 것 같았습니다.

이화── 생각해보면 가엾은 누이였습니다. 갓난쟁이 아기와 함께 우리 집으로 와 지내던 그 며칠 동안 누이는 무슨 보물단지를 지키듯 아기를 꼭 부여안고 안방에서만 지냈습니다. 세상이 시끄러우니 다른 일자리 취직은 아예 생각 말고 꽃 가게나 잘 지키라는 어머니의 간곡한 당부에 따라 일을 떠맡고 나선 나는 그즈음 늘 가게에만 붙어 앉아 지냈는데, 나중에 생각해보니 누이가 가게에 얼굴을 내민 것은 그녀가 집을 나가고 들어갈 때뿐이었습니다. 그렇게 우리에 갇힌 짐승처럼 방 안에만 들어박혀 지내다 누이는 결국 다시 그 사내에게로 가버렸던 것입니다. 그리고 그것이 우리가 누이를 본 마지막이었습니다. 몇 달인지 뒤에 어머니가 우연히 길거리에서 그 사내를 만나 누이의 소식을 물었더니 위인도 벌써 누이와 헤어진 지가 오래라면서 외려 소식을 되묻더라는 것이었습니다. 그러니까 그것이 누이의 마지막 소식이었고, 그 후로 우리는 영영 누이에 관한 확실한 소식을 들을 길이 없었습니다. 하긴 그 후로도 가끔 누이에 관한 소문이 바람결처럼 들려오긴 했습니다. 어느 땐가는 제주도로 가는 여객선 속에서 누이 비슷한 사람을 보았다는 이도 있었고, 누이의 어떤 친구는 그녀가 언젠가 누이를 만났을 때, 갈 수 있으면 외국으로나 나가보고 싶다더라면서 이후로 전혀 다른 소식이 없는 걸 보면 혹시 그렇게 되었는지도 모른다 했습니다. 또 한 번은 느닷없이 동대문 시장 어느 포목점에 누이가 앉아 있더라고 해서 내가 직접 그곳을 찾아가본 일도 있었습니다. 그러나 그 모든 것은 다만 뜬소문에 불과했습니다. 이십몇 년 동안 진짜 누이에 관한 믿을 만한 소식은 아직 한 번도 없었습니다. 그래 나는 가끔 누이가 이미 죽었는지 모른다는 생각을 하기도 했습니다. 그리고 혹시 살아 있다고 해도 나에게는 어찌 된 일인지 그 누이가 무척 불행한 세월을 보내고 있을 것으로 여겨지곤 했습니다. 그런 생각은 어머니에게도 마찬가지인 모양이었습니다. 어머니는 나에게 가게를 맡기고 한가해지신 뒤로 종종 눈물기를 보이신 일이 있었는데 그때는 영락없이 그 누이의 일을 생각하고 계신 것이었습니다.

― 그래도 그 불쌍한 게 아직 어디에 살아 있기나 한지……

혼자 이런 말을 중얼거리시는 것을 나는 몇 번 들은 일이 있었습니다.

그야 어쨌든, 그리고 나도 어머니가 가여워하시는 것만큼 누이의 일에 가슴 쓰려 하는 건 사실이지만, 그러나 나는 제발 그 누이가 나타나주지 말았으면 하는 마음을 어쩔 수가 없었습니다.

"여보―"

너무 오랫동안 아무도 말이 없는 게 불안했던지 아내가 나직이 나를 불렀습니다.

나는 가만히 눈을 치떠서 아내를 쳐다보았습니다.

"당신―, 정말로 뱀을 보았어요?"

아내는 애가 타는 듯, 그러나 역시 조용히 물었습니다.

나는 대답 대신 아내의 얼굴만 한참 들여다보았습니다.

그리고 다시 어머니에게로 시선을 옮겼습니다. 엄청나게 해맑고 피곤한 얼굴들― 그리고 거기에는 헤아릴 수 없는 불안과 초조감이 감돌고 있었습니다.

"이화 년이 오건 말건 상관 말고 제발 내일부터 며칠 가겔 닫구 쉬도록 해라. 이 늙은 어미의 말을 좀 귀담아들어주면 오죽 좋겠니?"

어머니의 한숨 섞인 말씀을 아내는 또 다른 말로 받았습니다.

"정말 이상하네요. 도대체 무슨 뱀이 밤마다 나온다는 것일까요. 그리고 하필 우리 집에만 말예요."

그러나 나는 이미 그 소리에는 귀를 주고 있지 않았습니다.

나는 아직도 경선의 손을 꼭 쥔 채 이번에는 그 얼굴을 찬찬히 살피고 있었습니다. 아이는 손을 잡힌 채 멍하니 나를 내려다보고만 있었습니다.

그 얼굴에는 분명 어떤 수심 같은 것이—, 옛날 누이 이화의 얼굴에 늘 끼어 있던 그 원망 비슷한 것이 어려 있었습니다.

(『월간중앙』 1969년 6월호)

꽃과 소리

1

 막이 오르기 전, 무대 뒤에서는 엿장수의 가위 소리, 두부 장수와 청소부의 종소리, 안마사의 피리 소리, 아궁이 소제부의 징 소리, 야경꾼의 딱따기 소리, 간장 장수의 장구 소리들이 제각기 특유한 음색과 가락으로 울려 섞인다.
 이윽고 소리들 멀어지고, 엿장수의 가위 소리만 남아 한창 흥겨워지며 막이 오른다.
 무대는 가게와 살림집을 겸하고 있는 세 칸 집. 맨 왼쪽은 출입구가 좌향해 있는 가게── 신경질적으로 화려한 원색의 조화(造花)들이 가득 진열되어 있다.
 가게는 온실처럼 사방 벽이 유리로 되어 있어 객석에서도 그 안에 진열되어 있는 꽃들을 볼 수 있다. 바로 그 가게에 연결된 방이 꽃집 주인 내외의 거첫방인 듯—이 방은 앞문이 객석을 향하고 있으며 가게로 통하는 사잇문이 있다. 그 오른편에 무대 앞으로 튀어나온 방이 또 한 칸.

그러니까 이 집은 전체로 'ㄱ' 자형. 안방과 오른쪽에 돌출한 방 앞에는 좁은 마루가 있고, 이 집의 모든 창문들은 보통보다 넓어서 밤에는 그 안의 움직임을 실루엣으로 샅샅이 다 볼 수 있을 것 같다. 그러나 지금 무대는 대낮, 무대 왼편에는 꽃 가게로 들어왔다가 가게 앞뜰을 지나 역시 왼편 쪽 뒤로 나가는 골목길이 나 있고, 그 골목을 가린 이 집의 담장 너머로는 도회의 원경이 보인다.

골목에서는 엿장수의 가위 소리가 계속해서 들려오다 천천히 한쪽으로 사라진다. 그 소리를 따라가면서,

—엿장수!

—엿 주세요!

하는 소리들이 섞이면서 멀어진다.

가게 주인이 무대 왼쪽 가게 앞에 나와 앉아 있다. 그는 소리들이 듣기 싫은 듯 신경질적인 또는 고통스러운 동작을 계속하다가 소리가 멀어지자 비로소 조금 안심스런 얼굴이 된다.

그때 쓰레기차 청소부들의 종소리가 난잡하게 울리며 지나간다. 가게 주인은 찔끔 놀라 다시 절망적인 표정이 된다. 골목에서는,

—쓰레기차다!

—기다리세요!

—곧 가져가요!

하는 소리들. 그 소리들이 멀어지자 이번에는 화장품 장수의 북소리가 지나가면서,

―화장품 장수!

부르는 소리들.

다음에는 아궁이 소제부의 뜸뜸한 징 소리―

―우리 아궁이 좀 치워줘요!

―여보 굴뚝!

또다시 두부 장수의 종소리와,

―두부!

―여보, 두부 장수!

막이 오르기 전, 한꺼번에 섞여 울리던 소리들이 그런 식으로 차례차례 지나가고, 그들을 부르는 사람들의 소리가 이어진다.

나는 그 소리들이 만들어내는 기묘한 분위기에 젖어들고 있다가 문득 아까 출입구에서 받아 들고 온 팸플릿을 펴 보았다.

꽃과 소리.

연극의 제목은 「꽃과 소리」였다. 1막은 아마 그 '소리' 쪽부터 시작되는 모양이다. 그러나 지금 지나간 소리들은 대부분 이제 서울 거리에서는 들을 수 없는 것들이었다. 안마사의 피리 소리만은 변두리 주택가에서 아직도 가끔 들을 수 있지만 그 밖에 청소부의 종소리는 청소차의 아름다운 차임벨 멜로디로, 야경꾼의 딱따기 소리는 호루라기로 변해버렸고, 나머지 아궁이 소제부의 징 소리라든지 간장 장수의 장구 소리, 화장품 장수의 북소리들은 벌써 몇 년 전에 자취도 없이 사라져버린 것이다. 엿장수의 가위 소리

와 두부 장수의 종소리도 아직은 변두리 거리 같은 데서 들을 수 있을는지.

"때, 현대."

팸플릿에는 그냥 때를 현대라고만 적고 있다. 하긴 어느 해, 어느 달이라고 못 박아 말할 필요가 없는 이야기가 많으니까. 그리고 어디 연극이 꼭 현실과 모든 점이 부합해야 할 필요가 있는가.

나는 다시 무대로 주의를 돌렸다.

그동안 조화 가게 주인은 고통과 원망이 뒤섞인 동작을 계속하고 있다.

모든 소리들이 멀어지고 잠시 무대는 짙은 정적뿐.

사내의 동작이 더욱 고통스럽다.

이윽고 사내는 또 어디서 갑자기 무슨 소리가 들려오지 않을까 두려워하며 천천히 일어선다. 일어서서 자세를 바로잡을 때까지 아무 소리도 들려오지 않자 그는 조금 안심이 된다. 서서히 무대 앞으로 걸어 나오며 객석을 행해 반연설조로 말한다.

"정말 놀라운 일입니다. 뜻밖에도 우리는 이렇게 많은 소리를 머릿속에 간직하고 있는 것입니다. 아니 우리는 이미 소리의 노예가 되어 있다고 해야 옳겠습니다. 들으셨지요? 우리는 얼마나 많은 소리를 자신도 모르게 기억에 담고 있다가 그 소리만 들으면 마치 조건반사처럼 정확히, 그리고 신속하게 반응하는 것입니까. 제가 여러분을 소리의 노예라고 해서 화를 내시겠습니까. 이 소리라는 것이 우리 자신의 목소리보다 우리 자신에 대해서 더 큰 설득력을 지니게 되고, 우리가 그 힘에 복종하게 될 때 우리는 어떻게 말해야 하겠습니까. 잘 신용이 가지 않는 표정들이시군요. 자 그럼 제 말씀을 보다 쉽게 납득하시도록 몇 가지 예를 들어 보이겠습니다."

그는 비실비실 가게 안으로 들어가더니 무슨 철판과 종 같은 것을 가지고 나온다. 그리고 다시 방으로 들어가서는 큼지막한 가위를 손에 쥐고 나온다. 가위는 지레못이 느슨하게 빠져 못 쓰게 된 것이다.

"자 그럼 보십시오."

사내는 그 가위를 엿장수모양 손가락에 끼어 쥐며 무대 뒤 골목 쪽을 손짓해 보인다. 그리고는 목청을 크게 돋워,

"엿 사시오! 엿 사시오!"

힘껏 소리친다. 골목에서는 아무 반응도 없다. 그러자 사내는 싱긋 웃고는 객석을 향해 돌아서며 찰캉찰캉 손에 쥔 가위를 쳐 보인다.

그러자 기다렸다는 듯이 골목에서 소리들이 일어난다.

―엿장수! 엿장수!

―엿 줘요!

―유리병도 받아요?

사내는 가위 소리를 딱 멈추고 그 소리들이 사라지기를 기다리고 서 있다. 그리고 이번에는,

"아궁이 치시오! 아궁이!"

아까처럼 목청을 돋워 아궁이를 치라고 외친다. 그러나 역시 목소리에는 반응이 없다. 그러자 이번엔 사내가 아까 준비해 가지고

나온 철판을 떵떵 두들겨 징 소리를 울린다. 골목에 일어나는 왁자지껄한 소리들.

— 굴뚝 소제부!

— 여보, 아궁이 쑤시개! 이리 와요!

그러자 사내는 다시 소리를 멈추고 그 소리들이 잦아들기를 기다렸다가 득의만만한 얼굴로 싱긋 웃는다.

"아셨지요? 하지만 이뿐이 아닙니다. 같은 소리라도 그 가락에 따라 용케 구별을 해내는 감탄할 현상을 보시겠습니까?"

그는 종을 들어 보인다. 그리고는 천천히 떵그렁 떵, 떵그렁 떵 하고 두부 장수 흉내를 내어 걸으면서 거기에 맞춰 두부 장수 종소리를 낸다. 그러자 골목의 소리들.

— 두부요!

— 여보, 두부 장수!

법석이 일자 사내는 종을 높이 쳐들어서 갑자기 혼란스럽게 흔들어버린다. 그러자 골목의 소리들도,

— 쓰레기차다!

— 기다리세요!

— 빨리빨리요!

쓰레기차를 쫓는 아우성으로 바뀌어버린다. 사내가 종소리를 그치고 한참 기다리자 그 소리들도 사라진다. 사내가 종을 손에서 놓고 이번엔 객석으로 바싹 다가서 나온다.

"이렇다니까요. 어디 이뿐입니까. 간장 장수의 장구 소리, 화장품 장수의 북소리, 또 밤이 되면 야경꾼의 딱따기 소리, 장님 안마

사의 피리 소리…… 뭐 끝이 없습니다. 하지만 안심하십시오. 그리고 절대로 이런 소리들에 괘념을 하시면 안 됩니다. 이 여러 가지 소리들을 머릿속에 지니고, 그리고 그 소리들에게 충실히 복종하면서 여러분은 지금까지 편안히 살아오지 않았습니까. 그냥 그렇게 지금까지 살아오신 대로 속 편히 살아가시면 됩니다. 만약 이런 데 신경을 돋우기 시작하면 그것이 곧 사고의 시초가 됩니다. 아시겠습니까? 저의 병도 바로……"

사내는 말을 끝맺지 못했다. 그는 손가락으로 자기 머리를 가리키며 "저의 병도 바로……" 하다가 말을 중단하고 말았다. 이상한 일이 일어난 것이다. 느닷없이 객석에서 한 남자가 무대 앞으로 걸어나가더니 사내의 연설을 중단시켜버렸다.

"여보시오. 이건 애초의 약속과 다르지 않소?"

남자는 무대 아래에 서서 손바닥으로 무대를 두들기며 크게 소리쳤다.

그의 말씨는 지금까지 사내의 연극 대사와는 전혀 다른 평상적인 억양이다.

처음 사내는 갑자기 일을 당해 어리둥절한 듯 여전히 손가락으로 자기 머리를 가리킨 채,

"무슨 소리요?"

남자를 내려다보고 말하다가는, 아차 싶은 듯 시선을 객석으로 돌리며 다시 유연한 어조로 연설을 계속하려 한다.

"저의 병도 바로……"

그러나 사내는 말을 또 중단당한다.

무대 아래의 남자가 손바닥으로 무대를 더 세차게 두들겼다.
어리둥절해 있던 객석에서도 웅성웅성 소리가 일기 시작했다.
"저건 뭐야? 웬 녀석이 미친 지랄을 해."
"하하, 이건 엉망이군!"
"그 녀석을 끌어내라!"
"놔두구 그냥 연극이나 해라!"
그러나 무대 밑에 선 남자는 객석의 야유에는 아랑곳없이 마구 소리를 질러댄다.
"여보, 처음 당신네들이 나의 이야기로 연극을 하겠다고 청해 왔을 때, 당신들은 저런 두부 장수 종소리 따위에 관심을 두진 않았었소. 당신들은 나의 꽃에 관해서 연극을 하기로 했었소. 그런데 지금 보니 약속과 다르지 않소?"
"끌어내!"
객석에서 다시 야유가 터진다. 나는 이상한 혼란을 느끼며 무대 아래 버티고 선 남자의 말에 귀를 기울이고 있었다. 뭔지 걷잡을 수 없는 혼란 때문에 나는 극히 초조해졌다.
옆자리에 앉아 있는 미스 윤은 모든 것이 정연히 이해되는 듯 또는 무대가 아주 파탄이 나버릴까 걱정스러운 듯 눈 하나 깜짝하지 않고 무대에 열중해 있다. 그녀는 마치 옆자리에 앉아 있는 나의 존재조차 의식하지 못하고 있는 듯했다.
"아, 알겠소. 자리로 들어가 계시오. 좀더 보면 알게 될 거요."
무대 위의 사내는 이제 할 수 없다는 듯 빨리 말썽을 끝내려고 했다. 그러나 무대 아래의 남자는 완강하게 버틴다.

"나의 불만은 이야기의 줄거리뿐만이 아니오. 당신이 나의 역에 적합한 것도 아니오. 나이도 더 먹어 보이고 키도 작고 그리고 무엇보다도 당신은 너무 뚱뚱하단 말이오."

그러더니 갑자기 남자는 무대 위로 훌쩍 뛰어 올라간다. 이번에는 객석에서도 아무 소리가 일어나지 않는다. 그저 벙벙해서 사태의 진행을 살피고 있는 모양이었다.

"당신 같은 사람이 하느니보다는 차라리 내가 직접 해 보이겠소. 그게 나을 지경이오."

남자는 따지듯이 단호하게 말한다. 그러자 이상하게도 처음 사내는 쉽사리 단념을 한 듯 고분고분 자기 의상을 벗어서 나중 남자에게 넘겨준다. 나중 남자가 그것을 받아 자기 옷 위에다 겹쳐 입는다. 그러고는 여유 있게 2층 조명을 향해 손짓한다.

"무엇보다 중요한 것은, 나의 이야기는 밤으로부터 시작해야 한다는 것입니다."

그러니까 무대 조명이 몇 차례 환상적인 변화를 하더니 결국 무대는 완전히 어둠 속에 묻히고 만다. 그리고 이윽고 꽃 가게에는 저녁 불이 켜진다. 뒷골목 가로등에도 불이 밝혀진다. 안방과 오른편 끝쪽 방에도 불이 밝다. 안방의 밝은 창문에는 움직이는 여인의 실루엣이 보이고 오른편 끝쪽 방문에는 화병에 꽃이 딱 한 송이 꽂혀 있고 그 꽃을 들여다보고 있는 움직이지 않는 긴 머리채의 여인—그러나 그것들 역시 창문의 실루엣으로만 보인다. 아마 나중 실루엣의 여인은 꽃 가게 주인 사내의 누이동생쯤 되는 모양이다. 꼼짝도 않는 이 실루엣의 내용은 무척 신경질적이다.

나는 다시 옆자리의 미스 윤을 훔쳐보았다. 그녀는 여전히 꼿꼿한 자세다. 숨소리조차 크게 내지 않고 긴장해서 무대를 바라보고 있다.

'이 여자는⋯⋯'

나는 자신의 혼란에서 벗어나려 했으나 모든 연극의 진행을 처음부터 면밀히 이해하고 있는 듯한 그녀의 태도가 나를 더 깊은 혼란 속으로 떠밀어버리는 듯한 기분이었다.

실상 연극의 혼란은 처음부터 계획된 것인 듯했다. 그렇게 하여 객석으로부터 진짜 주인공을 끌어내는 식으로 말이다. 무대를 객석까지 끌어내린다던가? 하여튼 그런 말을 들은 일이 있었다. 유럽 쪽의 어떤 희곡에도 막이 오르고 난 뒤, 무대의 인물이 2층을 향해 손짓을 하자 2층 창문 근처에 있던 영혼이 무대로 내려와 연극을 진행해가는 장면이 있었다. 뿐만 아니라 재학 시절에 구경한 어떤 학생극은 마지막 장면이 결혼식이었는데, 주인공들이 우렁찬 웨딩 마치에 맞춰 객석 사이의 중앙 통로를 걸어 나가던 일도 있었다. 그런저런 일들이 생각나고, 또 무대 위의 진행이 앞뒤가 너무 척척 맞아돌아가는 것을 보면, 대개 사정을 짐작할 만했다. 그러나 얼핏 이해가 가지 않는 것은 미스 윤의 태도였다. 이 여자는 정말 처음부터 모든 것을 다 알고 있는 것 같다. 그러면서도 한마디도 말이 없다. 한동안 아무리 찾아도 소식이 없더니 오늘 오후에 불쑥 나타나서 다짜고짜 연극 구경을 가자던 것부터가 잘 납득이 가지 않는 태도였다. 별로 연극 같은 것을 좋아하지 않는 나의 성미를 잘 알면서도 그녀는 마구 끌어내다시피 해서 나를 이리로 데리고 왔었다. 그사이에 무슨 일이 있었느냐는 물음에는 대꾸도 없이. 게다가 한 번 자리를 정해 앉은 뒤로는 무대에 빨려 들어가 버릴 듯이 하고 앉아서 곁에 있는 나는 거의 잊어버린 듯한 태도다. 경황 없이 끌려와서 무대 진행마저 혼란하고 보니 나는 무엇엔가 꼭 홀려든 것만 같았다. 미스 윤이 무척 수상쩍게 느껴지기 시작했다. 그녀에게 꼭 무슨 비밀이 숨겨져 있는 것만 같았다. 그러나 적어도 나는 연극의 진행만은 이해하고 있었다. 나는 마치 도깨비에게 홀리면서 정신을 잃지 않으려고 애쓰는 사람처럼 무대에 주의를 기울이고 있었다.

가게 앞에는 먼젓사내 대신 객석에서 새로 뛰어 올라간 사내가 의상을 바꿔 입고 서성대고 있다. 뭐가 몹시 초조하고 안타까운 듯 안절부절이다. 그러다 그는 살금살금 누이의 방문 앞으로 다가가 실루엣으로 누이의 거동을 살핀다. 그리고 조금 안심이 되는 듯 가슴을 편다. 그는 다시 가게 안으로 들어가 이 꽃 저 꽃들을 유심히 살피고 돌아간다.

이때 무대 왼쪽 골목에서 여인 한 사람이 나타난다. 여자가 가게 안으로 들어서서 두리번두리번 맘에 맞는 꽃을 찾고 있을 때까지 꽃집 주인은 멍하니 바라보기만 하고 있다. 그러자 여자는 꽃을 고르다 말고 화가 난 듯,

"꽃 안 파세요?"

핀잔 섞인 목소리로 쏘아붙인다. 그제야 주인은 깜짝 놀라,

"아, 팝니다. 무슨 꽃을?"

역시 멍청한 표정으로 말한다.

"좀 멋있는 걸로 골라야겠는데……"

"어느 분에게 갖다 드릴 겁니까?"

그러나 여인은 잘 알아듣지 못한 듯하다.

"네?"

"그러니까 말하자면 남자분에게…… 말하자면 아가씨에게 그 남자분은……"

사내가 거북해서 횡설수설하자 여인은 비로소 눈치를 챈 듯,

"호호…… 아니에요. 제 방을 꾸밀 거예요."

"아, 그래도 마찬가집니다."

사내는 조금 단호한 어조가 된다.

"뭐가 마찬가지란 말예요?"

그러나 사내는 여자의 말은 들은 체도 않고 여전히 단호한 어조.

"생화를 사야 해요. 생화를."

"생화요? 하지만 여긴 조화 가게가 아녜요?"

이상해서 묻는다.

"그렇죠. 우리 집은 조화 가게니까 생화는 없어요. 생화는 생화 가게로 가야 있는 것이죠."

주인 사내는 넋이 나간 사람처럼 웃는다. 그러나 어딘지 의기양양한 말투. 여인은 더욱 알 수 없다는 표정이다.

"꽃을 팔기 싫은 것 같군요?"

그 소리에 사내는 깜짝 놀라 기가 죽으며 걱정스럽게 안방을 흘끔흘끔 살핀다. 그러다가는 목소리를 낮춰 혼잣말 비슷하게,

"우리 집 꽃에는 향기가 없소. 뿐만 아니라 피고 시들 줄도 모른답니다."

"그래서 생화보다 조화를 사려는 거예요."

여인은 겨우 말뜻을 이해하겠다는 듯, 그리고 걱정스러운 주인을 오히려 위로하려는 듯,

"얼마나 좋아요, 시들지 않는 꽃. 그리고 향기가 없다지만 그런 건 염려가 되지 않아요. 향수를 뿌려 얼마든지 근사한 향기를 뿜게 할 수 있어요. 어서 주세요, 꽃을……"

주인은 할 수 없이 몇 송이 꽃을 골라준다.

"얼마예요?"

"세 송이, 백이십 원입니다."

여인이 돈을 치르고 뒤쪽 골목으로 나간다. 그는 여자의 뒷모습을 멍한 눈초리로 바라보고 서 있다. 그러다가 혼잣말로,

'피지 않아도 언제나 피어 있는 꽃…… 시들지 않는 꽃. 향기가 없어도 근사한 향기를 뿜게 할 수 있는 꽃……'

중얼거리며 가게 앞뜰을 거닌다.

이때 안방 여자의 실루엣이 창문에서 크게 흔들린다.

"여보!"

여자의 짜증스런 목소리에 사내는 찔끔 방 쪽을 바라본다.

"왜 그래?"

"당신, 도대체 꽃을 팔고 있는 거요. 뭐 하고 있는 거요!"

"뭐가 어쨌다는 거야!"

사내는 제법 기세를 세워보려는 눈치다.

"일루 좀 들어와보세요."

비로소 여자가 사잇문을 드르륵 연다.

사내는 원망스럽게 그 문을 바라보다가 습관처럼 금세 태도가 누그러지며 방으로 들어간다.

이때 오른쪽 누이 방의 창문 실루엣이 처음으로 움직인다. 안방 소리에 귀를 기울이는 모양, 그리고 안방에서 대화가 계속되는 동안 방문을 열고 가만히 나온다. 창문에는 화병과 꽃의 실루엣만 남는다. 문을 빠져 나온 누이는 미니스커트의 아가씨. 안방의 기척을 살피면서 신을 신고 고양이 걸음으로 살금살금 가게로 들어가 꽃 몇 송이를 골라 쥐고 앞쪽 골목길로 사라진다. 사라지기 전 그녀는 안방 쪽에 대고 익살스럽게 혀를 한 번 빼문다. 그동안 뜸뜸이 사이를 두면서 안방에서는 계속 대화가 들려 나온다.

"아니 꽃 사러 온 손님에게 다른 집 생화 가게로 가라구요?"

"여보!"

사내는 애가 타는 소리다.

"여보구 저보구 듣기 싫어요. 당신은 가게 물건을 팔아 밥 먹을 생각이 아닌 것 같아요."

"그 가게 물건이 하필 꽃이라는 이름을 가진 것이 되어서 그러오."

"꽃이 싫으면 그럼 소나무라도 파다가 팔구 앉았구려."

"숫제 그편이 낫겠소."

"여보!"

악을 쓰듯 하는 여자의 날카로운 소리.

그러나 사내는 여유를 회복한 듯,

"여보구 저보구 그만두오! 하여튼 생각을 달리해야겠소. 이대로는 안 되겠소. 가화 년이 불쌍해서 못 견디겠소."

이때 나는 깜짝 놀라 자신도 모르게 다시 미스 윤 쪽을 돌아다보았다. 웬일인가. 가화라니? 가화—— 그것은 바로 지금 나의 곁에 앉아 있는 미스 윤의 이름이 아닌가. 우연의 일치일까. 아니면 정말 이 연극은 미스 윤과 무슨 관련이라도 있단 말인가. 아닌 게 아니라 이번에는 미스 윤도 무대 대사에서 자기 이름이 나올 때 흠칫하고 조금은 놀라는 기색이었다.

그러나 그뿐 그녀는 여전히 무대에 빨려들듯 열중해 있다. 그런 이름 같은 것은 얼마든지 일치할 수 있다는 듯 또는 전혀 자기의 이름이 불린 것을 잊어버린 듯이. 그러나 나는 그 이름으로 하여 한동안 잠잠하던 혼란이 다시 일기 시작했다. 이 여자는 어쩌면 정말로 연극의 모든 진행을 알고 있을는지 모른다. 무슨 비밀이 있는 것일까. 그러나 나는 다시 무대로 눈을 돌리고 황급히 줄거리를 쫓아갔다. 아무리 생각해도 혼자 추리로는 해답을 얻을 수 없는 것이었다. 그리고 그런 나의 상상은 전혀 터무니없는 데서 시작된 어떤 선입견의 소산일는지도 모른다는 생각이 들었다. 미스 윤에 대해서 나는 너무나 아는 것이 적었다. 적어도 그녀와 연극을 연관시켜 생각하는 데 필요한 그녀의 가정환경에 대해서, 그리고 만약 이 연극이 정말로 그녀와 무슨 관련이 있다면 그녀의 이 뜻하지 않은 세계에 대한 가능성에 대해서. 하여튼 연극을 끝까지 따라가보면 의문이 풀리겠지. 나는 갑자기 엄숙해졌다.

그러나 무대의 진행은 그렇게 엄숙하지는 않았다.

"누이가 어쨌다는 거예요, 누이가?"

여자의 추궁.

"그것도 몰라?"

여전히 좀 멍하고, 그러나 기가 꺾이지 않으려는 사내의 목소리.

"글쎄 당신은 툭하면 누이누이 하지만 도대체 가화가 어째서 불쌍하다는 거예요? 누이가 우리 집 가게 꽃하구 무슨 상관이 있다구 그 꽃 때문에 누이가 불쌍하다는 거냔 말예요?"

"모르면 입이나 다물구 있어!"

"당신이야말로 입을 다물어요! 밤낮 바람이나 피우구 다니는 걸 혼자 괜히 망상에 빠져가지고선 무슨 생화 가게를 찾아다닌다구요?"

이때 골목 뒤에서부터 덩덩 징을 두드리며 아궁이 소제부가 나타난다. 어깨에 소제 기구를 말아 걸머지고 한 손에 징을 들고 있다. 그는 두리번거리며 나타나서 안방에서 들려 나오는 말싸움 소리에 잠시 귀를 기울이고 선다.

"쉿! 이젠 그 불쌍한 아이에게 마구 욕질까지 할 참이오?"

"들으래면 들으래지요. 가화는 내 욕지거리보다는 당신의 그 터무니없는 망상 때문에 더 못 견딜 거예요."

"하여튼 그만둬. 가화가 아닌 딴사람이 들어도 창피한 얘기야. 하나밖에 없는 누이를 당신은……"

사내는 결국 다시 애원을 한다. 밖에서 엿듣고 있던 소제부는 요것 봐라 싶은 듯한 표정을 짓다가 그만 돌아서려고 한다. 그러나 그것도 쑥스러운 듯 다시 멈춰 서며,

"아궁이 치시요!"

불쑥 커다랗게 소리친다.

그 소리에 놀라 방문이 드르륵 열린다.

"뭐요?"

"아궁이 치시라우요."

"밤에 아궁일 치다니……"

사내가 가게로 나오며 못마땅한 듯 투덜거린다.

"일거리는 없고 입에 풀칠을 하자면 밤낮을 가릴 수 있습니까?"

"하지만 아무리 돌아다녀도 일거리가 없을걸요."

사내는 딱하다는 표정이다.

"밤에도 아궁일 치는 사람이 있긴 합니다. 깊고 컴컴한 아궁이를 푹푹……"

소제부 사내는 자기의 소제 도구를 유심히 들여다보며 킥킥거린다. 주인 사내는 그 뜻을 알아듣고,

"이제 보니 배가 아직 덜 고픈 모양이구료. 어디서 그런……"

"가지요. 배가 아직 덜 고픈 모양이긴 하지만 이렇게 장난스럽게라도 살아가지 않으면 난 벌써 미쳐버렸을 거외다. 하지만 댁이 이해할 얘기는 아니고…… 가지요. 난 아직 거지는 아니니까 그렇게 마구 내쫓지는 마시오."

징을 덩덩 두드리며 나간다. 주인 사내는 벌써부터 거기에는 관심이 없다. 그는 살금살금 누이의 방 쪽으로 다가가서 창문을 살핀다. 그러나 그가 볼 수 있는 것은 창문에 비친 꽃의 실루엣뿐. 그는 실망한다. 그리고 괴로움을 참으려다 드디어는 절망적인 표

정이 되고 만다.

"또 나갔구나. 가엾은 것."

중얼거리며 비실비실 가게 앞으로 돌아와 걸상에 털썩 주저앉아서는 머리를 무릎 사이에 박아버린다.

그러자 무대조명 천천히 어둠으로 바뀐다. 그리고 무대 허공으로부터 조그마한 여자아이의 목소리가 속삭이듯 울린다.

— 오빠! 우리 집 꽃은 왜 시들지 않아?

잠시 사이를 두었다가 다시 소리.

— 오빠! 우리 집 꽃은 왜 처음부터 피어 있기만 하지?

다시 침묵이 따르다가 같은 여아의 목소리가 졸라대듯,

— 응? 오빠! 우리 집 꽃은 왜 향기가 없어?

그러자 역시 어린 남자아이의 목소리가 울려 나온다.

— 걱정 마! 인제 우리 집 꽃도 다른 집 꽃처럼 싱싱하게 피고 은은한 향기를 풍기게 될 거야. 두구 봐. 인제 꼭 그렇게 될 테니.

— 정말? 정말?

소리를 들으며 무대의 사내는 희미한 조명 속에 괴롭게 몸을 비틀다가 호소하듯 머리를 쳐든다.

조명이 다시 밝아진다.

'아, 피지 않고 피어 있는 꽃.'

독백은 한탄으로 바뀐다.

'가엾은 누이……그 어렸을 적 꿈에서 아직도 깨어나지 못하고.'

일어서서 근심스럽게 누이의 방 쪽을 바라보다 다시 꽃들을 휘둘러보며,

'이 가게의 모든 꽃들이 피고 시들고 그리고 은은한 향기를 언제 뿜게 될 거란 말인가?'

못 믿겠다는 듯 다시 누이의 방으로 가서 기척을 살핀다. 그러다 돌아와서 찬찬히 가게를 살피다가 드디어 무슨 결심이나 한 듯 안방을 향해,

"여보! 여기 좀 나와 있으오."

여자를 부른다.

"또 어딜 가려우?"

여자가 귀찮은 얼굴로 문을 열고 나온다.

"나 누이 좀 찾아보고 오리다."

"누이요? 흥!"

"아니, 당신은 누이 이야기만 나오면 어째 하나부터 열까지 그렇게 못마땅한 얼굴이오?"

"글쎄 생각해보세요. 지금 어디 가서 누이를 찾는단 말예요."

"어딘 어디야. 보나 마나 근처 어디 생화 가게 앞에 서서 안을 들여다보고 있을 테지. 걔가 틈만 나면 생화 가게로 가서 무한정 하고 유리창 밖에서 그걸 들여다보다 오는 게 언제부터 버릇인데."

사내의 거동이나 말투가 조금 전과는 다르게 생기를 띠기 시작한다.

"흥! 핑계가 좋구료. 당신이 그걸 구실로 생화 가게 앞에서 정신 나간 사람처럼 멍하니 서 있다가 내게 들킨 건 몇 번이었수?"

여자도 남자의 속을 빤히 들여다보고 있다는 듯 비꼬는 표정이다.

"그거야 그 앨 찾으러 갔다가 그랬지."

싱겁게 웃는 사내.
"그럼 당신, 생화 가게 앞에서 누일 찾은 적은 있었수?"
"그야 걔가 어느 가게로 갔는지를 알 수가 없었으니까……"
사내는 궁색한 대답을 하면서도 뭔가 조급해지는 듯,
"하여튼 빨리 그 앨 찾아와야겠어. 이러다 그 앤 정말 미쳐버리고 말 거야."
서둔다. 여자도 무슨 생각에 잠기며 잠잠해 있더니 갑자기 생각이 달라지는 듯 선선히 남편을 놓아준다.
"가세요. 찾아가봐요. 가겐 내가 지킬 테니까요."
사내는 갑작스런 여자의 양보에 좀 미심쩍어하는 표정, 그러나 어쨌든 이 기회다 싶은 듯 앞쪽 골목길로 황급히 사라진다. 여자가 그 뒷모습을 바라보다가 의미 있는 미소를 띠며 걸상으로 가 앉는다.
'꽃 가게 앞에서 누이를 찾는다구? 맘대로 찾아보라지. 지금쯤 또 어느 놈팽일 미쳐 따라다닐 텐데…… 그 누이가 미칠지 모른단다! 도대체 이 집에서 진짜로 미쳐가는 사람이 누군데?'
이때 무대 뒤쪽 골목에서 안마사의 피리 소리가 가까워온다. 그 소리에 여자는 중얼거리다 말고 후다닥 튀어 일어난다.
"안마사!"
여자가 골목을 향해 소리치자 이내 검정 색안경을 쓴 안마사가 지팡이로 더듬더듬 길을 두들기며 들어온다. 그는 가게 뜰로 들어서서도 잠시 주변의 기척을 살피고 난 다음에야,
"안녕하십니까?"

인사를 해놓고 또다시 긴장하며 기척을 살핀다.

"밤마다 하는 인사가 어떻게 그리 첨 보는 사람같이 정머리가 없수?"

여자의 소리에 안마사는 비로소 안심이 되는 듯,

"아, 직업이 그런 직업 아닙니까? 처음엔 언제나 떳떳해야 하구."

"그리고 나중엔 떳떳하지 않다는 말이에요?"

"그야……"

사내는 말끝을 흐리며 음침하게 웃는다. 여자가 그를 가게 사잇문으로 해서 안방으로 인도한다. 이때부터 안방의 동작은 실루엣으로만 보인다. 여자가 옷을 훌훌 벗고 사내가 몸을 주무르기 시작한다. 잠시 동작이 계속되고 있을 때, 앞쪽 골목에서 가화가 친구 한 사람과 뜰로 들어선다. 그녀들은 골목에서부터 이야기를 재잘거리고 있었고, 그 소리에 사람 기척을 느낀 안방의 실루엣은 동작을 서둘러 숨긴다. 안마사의 그것은 문턱 아래로 사라져버리고 여자도 그녀들이 앞뜰에 이르렀을 때는 대강 옷을 걸친 다음이다. 가화들이 안방 창문에서 볼 수 있는 것은 움직이지 않는 여자의 실루엣뿐. 가화의 손에는 아까 훔쳐가지고 나간 조화 송이가 그대로 쥐여 있다.

"여기가 우리 집이야."

가화가 자기 방 앞마루에 걸터앉으며 말한다.

"얘 니네 집 꽃집이구나."

"얜 여태 그것도 몰랐니?"

"듣긴 했어. 하지만 친구네 집 일까지 어떻게 늘 기억하고 있니?"

"하긴 향기가 없는 꽃이란다. 이 가게 주인은 그것 때문에 항상 슬퍼하고 있지. 피지 않고도 늘 피어 있는 꽃, 시들지 않는 꽃 ……"

가화는 오빠의 흉내를 내어 슬픈 듯이 말하다가 호호 웃는다.

"하지만 색깔이 무척 곱구나. 갈 때 한 송이 얻어갈까?"

친구가 가게 쪽으로 가며 말한다.

"뭐 하려구?"

"뭐 하긴? 나의 바지씨에게 바쳐야지."

"얘 그만둬라."

가화는 마루에서 일어서서 친구 쪽으로 가려다 말고 다시 털썩 주저앉는다. 그리고는 자기가 들고 있던 꽃을 던지며 자포자기한 목소리로 시를 읊듯 말한다.

"이 꽃을 나는 수없이 수없이 여러 남자에게 바치려고 했단다. 그러나 그 어느 남자도 이 꽃을 받아주지는 않았어."

그러다가는 다시 정색을 하며,

"오늘 밤도 나는 이 꽃을 어떤 남자에게 바치러 갔다가 딱지만 맞구 왔지 뭐야."

그리고는 또 익살스럽게,

"어째서 그럴까. 어째서 내 꽃은 받아주는 남자가 없을까. 얼마나 얼마나 생각을 했길래. 하지만 슬프게도 나는 오늘 그 이유를 알았단다. 이 꽃들은 향기가 없지 뭐냐?"

"흠! 하지만 그까짓 향기쯤 향수를 뿌리면 되지 않아?"

듣고만 있던 친구가 자신 있게 말한다. 그러나 가화는 여전히 시들한 투다.

"그리고 이 집 주인 말마따나 이 꽃들은 정말로 필 줄도 모르고 시들 줄도 모르거든."

"그야 모든 꽃이 그랬으면 더 좋을 게 아냐. 그랬으면 우리두 올드미스 소리 들을 일이 없구."

킥 웃는다. 가화도 그제야 다시 평상 목소리로,

"하지만 그렇게 생각하는 넌 사내가 아니잖아? 더욱이 우리 꽃가게 주인은 자기 집 가게에 진달래와 모란과 코스모스와 국화가 언제나 한꺼번에 피어 있다는 걸 슬퍼하는데 남자들의 생각은 다 그런 모양이거든."

"그건 어떤 꽃집이나 다 마찬가지야. 생화를 파는 집도 조화를 파는 집도······."

하다가 그녀는 끝이 없겠다 싶은 듯,

"하여튼 꽃을 줄 테야 안 줄 테야?"

따지듯이 덤벼든다.

"주지. 하지만 내가 꽃 주인이 아니니까 이담에 기회 봐서."

"이담 기회?"

"뭣하면 이거라도 가져."

가화는 곁에다 팽개쳐둔 꽃을 집어 친구에게 내민다. 친구가 꽃을 받아들고는,

"그럼 늦었으니 이제 가봐야겠어."

시계를 들여다보며 일어선다.

"몇 신데?"

가화는 그렇게 시간이 늦은 줄 모르고 있었다는 듯 자기 시계를 들여다본다.
"열시 반."
"열시 반? 열시 반……"
가화는 가물가물 생각 키우는 일이 있는 듯 몇 번 중얼거리더니 갑자기 크게,
"열시 반, 그래 열시 반……"
소리친다.
"얘는, 깜짝이야. 열시 반이 어쨌다는 거야. 그렇게 소릴 지르구."
그러나 가화는 여전히 흥분해서,
"열시 반이야, 그래. 너 그 꽃 다시 나 줘. 오늘 밤 열시 반에 약속한 사람이 있어."
"그래? 하지만 너무 늦지 않아? 웬 약속이 그래?"
"사정이 있어. 낮에 몇 번 만났거든. 물론 꽃을 바치려고 했지. 그런데 자기는 밤에 만나서 꽃을 받겠다는 거야. 낮에 꽃을 바친 아가씨들은 밤에는 언제나 자기를 싫어하게 된다나? 그래 아주 느지막이 열시 반으로 했지. 오늘 밤 나는 그 남자에게 꽃을 바치기로 되어 있단 말야."
"이상하구나! 꼭 밤에라야 꽃을 받겠다니. 뭐 하는 사람이지?"
"잘 몰라 나두. 하지만 언제나 말끔하구, 말주변두 좋구, 하여튼 미끈한 청년이거든."
"그렇담 내가 꽃을 양보해야지."
그녀는 선선히 꽃을 다시 가화에게 돌려준다. 그리고는 두 사람,

꽃과 소리 143

급히 골목으로 나간다. 그제야 안방 창문의 여인 실루엣이 움직이고 안마사의 그것도 부스스 올라온다.

"에이구 땀 뺐습니다. 정신이 번쩍 드는 것 같습니다."

사내의 목소리. 그는 일어서려 한다.

"왜, 일어서려우?"

"오늘은 그만 가봐야겠습니다. 시간도 오래구."

"아니 그럼 내일은 밥을 굶고 지낼 작정이우?"

여자의 짜증.

"밥두 좋지만 이거 원……"

사내가 문을 나온다. 여자도 할 수 없다는 듯 문을 나와 그를 바랜다.

"그럼 내일 다시 오우. 내일은 조금 일찍."

"글쎄…… 오게 되겠지요."

사내는 뭔가 기가 죽어서 한숨짓듯 말하고는 뒤쪽 골목으로 사라진다.

혼자 남은 여자는 한동안 멍하니 서 있기만 하다가 생각이 나는 듯 가화의 방 쪽을 한 번 흘겨보고 나서 그녀를 흉내내며,

"수없이 수없이 여러 남자에게 꽃을 바치려고 했지만, 그러나 그중에 어느 남자도 나의 꽃을 받아주진 않았어…… 홍! 한데 이 양반은 누굴 찾으러 간다구?"

여자는 화가 나서 짜증스런 몸짓으로 가게 앞 걸상으로 가 앉는다.

이때 11시를 치는 벽시계 소리. 여자가 하품을 하면서 그 벽시

계 소리를 세고 있을 때, 앞쪽 골목길로부터 주정뱅이 중년 남자 한 사람이 나타나 가게 앞뜰로 들어선다.

"여보시우…… 꽃 주시우……"

소리에 놀란 여자는 재빨리 일어서서 손님을 부축하듯 하며 꽃들 앞으로 안내한다.

"무슨 꽃을 들여가시겠습니까?"

갑자기 상냥한 목소리가 된다. 얼굴 표정까지도 요염해진다. 그러나 남자는 아랑곳없이 무뚝뚝하다.

"아무거나 빛깔 곱구 향기가 짙은 것으로."

여자는 잠시 망설인다.

"손님, 빛깔 고운 꽃이 향기도 좋은 법은 없답니다. 장식을 하실 거죠? 우리 집 꽃은 빛깔이 공주님처럼 예쁠 뿐이랍니다. 그게 그만이죠. 은은한 향기, 그런 건 옛말이에요. 현대는 우선 눈에 강한 호소력을 지녀야 하는 거죠."

여자의 수선에 손님은 좀 어리둥절해 있더니 그 속마음을 알겠다는 듯,

"그래 좋소. 그럼 아무거나 빛깔이 고운 걸로."

좀 귀찮은 말투다.

"그럼 어느 계절의 꽃을 드릴까요?"

여자가 또 묻는다. 실상 그녀는 꽃을 팔기보다 말동무가 생긴 것이 더 다행스럽다는 태도다.

"계절? 요즘 꽃에도 무슨 계절이 있소? 정월에 피는 국화, 11월에 피는 장미, 7월의 동백, 10월의 개나리……"

남자 역시 자기도 모르게 여자의 수다에 말려든다.
"아이 선생님은 그게 퍽 마땅찮은 어조시군요."
"마땅찮구?"
"그게 바로 현대문명의 혜택, 현대인이 누릴 수 있는 특권이 아니에요. 어느 계절의 꽃이나 한꺼번에 가질 수 있는 것 말예요. 그것은 곧 어느 계절이고 맘에 맞는 계절을 골라 살 수 있다는 뜻이지요."
여자는 아주 의젓하고 의기양양하다.
"말하자면 당신들은 꽃의 천국에서 살고 있는 셈이군요."
"그렇다고 할 수 있지요."
여자는 행복에 겨운 표정을 짓는다. 그러나 남자는 이제 제정신이 드는 듯,
"꽃이나 주시오. 부인 이야길 듣고 있다간 꽃가겔 사려 덤비겠소."
"네네, 어느 꽃을?"
여자가 황급히 장미를 집어 든다.
"이 정열적인 붉은색의 장미 아가씨가 어떻습니까?"
"좋소."
시원시원한 남자의 대답에 여자는 용기를 얻어서 또 다른 꽃을 집어 든다.
"그리고 이 순결의 심벌 백합도 한 송이."
"좋소."
"이 가련한 코스모스 아가씨는 어떻습니까?"
"주구려."

남자는 이미 멍해진 얼굴로 아무 생각 없이 그저 대답만 되풀이 하고 있다.

"봄이니까 가을 국화를 뺄 수는 없지요."

이번에는 남자가 바라보고만 있다. 여자는 제멋대로 국화를 몇 송이 골라 섞는다.

"그리고 계절에 맞춰서 이 철쭉과 개나리도 몇 송이."

"그럼 이젠 이 가게에 있는 꽃 중에서 빠진 게 없소?"

사내가 기가 죽어서 묻는다.

"아이 무슨 말씀을. 선생님께선 분명 꽃을 아끼고 사랑하실 분으로 보여 성의를 다하는 건데. 꽃 장수란 다른 장사꾼과는 달라서 자기 집 꽃을 아껴줄 것 같지 않은 분에겐 한 송이도 팔지 않는답니다. 솔직히 말씀드려서 이게 어디 장삽니까. 시민 생활을 밝고 명랑하게 꾸며가도록 힘쓰는 일종의, 일종의……"

"문화사업이겠지요. 당신들로선."

남자가 냉큼 받는다. 그는 덤덤한 얼굴이다.

그러나 여자는 기회를 얻었다 싶은 듯 재빨리,

"거보세요. 선생님은 보통 분이 아니세요. 제 눈이 틀림없다니까요."

하고 나서 또 다른 것을 몇 송이 골라 쥔다.

"요즘 가장 사랑을 받는 꽃입니다. 그리고 진짜 꽃을 사랑하는 사람은 다른 사람이 잘 눈을 주지 않는 가련한 꽃일수록 더욱 동정을 가지고 아껴줄 줄 아는 분이지요. 그렇다고 이 꽃이 사랑을 받지 못한다는 말은 절대로 아닙니다."

그녀가 쥐고 있는 꽃은 칸나다. 그녀는 먼지가 잔뜩 끼어 있는 칸나, 멋없이 빨갛고 크기만 한 칸나에서 후후 먼지를 불어내며,
"칸납니다. 한여름의 귀족이죠."
사내는 이제 정말 안 되겠다 싶어진다.
"그게 모두 얼마요?"
여자도 겨우 직성이 풀린 표정이다.
"저희 집 꽃의 애호가를 한 사람 더 얻은 기쁨으로 싸게 드리겠습니다. 3천 원만 주십시오. 절반 가격입니다."
남자는 재빨리 값을 치르고 꽃을 받는다. 한아름이다. 그는 꽃을 싼 종이를 펄럭이며 도망치듯 뒤쪽 골목으로 사라진다. 여자가 뒤에서 그 꼴을 멍하니 바라보고 서 있다가 드디어 히히거리고 웃는다.
이때 벽시계가 11시 반을 치는 소리. 그 소리에 여자, 자기의 팔목시계를 들여다보며 지금까지 일에서 주의를 돌린다.
"벌써 11시 반? 한데 이 양반은 도대체 어디 늘어붙어서 돌아올 생각을 않구 있나?"
그러다 문득 생각이 떠오르는 듯 급히 방으로 들어갔다가 향수병을 손에 들고 나온다. 병뚜껑을 열고 그녀는 향수를 가게 꽃에다 고루고루 뿌리고 돌아간다.
"향기가 언제나 말썽이란 말야."
이때 앞쪽 골목길에 가게 주인 남자가 나타난다. 그러나 그는 사방을 두릿두릿하며 무엇을 수상쩍어하는 태도다. 성큼 뜰 안으로 들어서지도 못하고, 마치 무슨 동정이라도 살피려는 듯 쭈뼛거

리고만 있다. 여자가 그것을 보고 향수병을 방 안에 던져 넣은 다음 가게 밖으로 나온다.

"여보. 왜 거기서 어물거리고 있어요? 빨리 들어오지 않구?"

그 소리에 사내는 깜짝 놀라는 눈치.

"어? 아…… 당신이구료. 왜 거기 있지?"

그러나 그는 아직도 마음에 걸리는 것이 있는 모양으로 마치 남의 집을 몰래 스며들어가는 듯 누이의 방문 쪽을 흘금거리며 조심조심 뜰로 들어선다.

"왜 여기 있느냐구요? 그럼 여태 당신이 가겔 지키구 있었단 말이요?"

여자는 남편의 태도 같은 건 관심에도 없다. 사내는 아내의 말을 완강히 부인한다.

"아니야 아니야. 그런 게 아니구……"

손까지 마구 저으며 부인하고 나서는 또 아까 생각이 마음에 걸려오는 듯 누이의 방을 기웃이 바라보면서, 아주 은근한 목소리로 묻는다.

"한데 가환 아직 들어오지 않았수?"

"흠, 생화 가게 창유리에 붙어서 안을 들여다보고 있겠죠. 왜 붙잡아오지 못했수?"

사내는 한참 생각에 잠긴다. 그러다가 혼잣말.

"그 애가 그러구두 미치지 않은 게 이상할 지경이야. 미치지 않은 게. 그 불쌍한 것이 아니 아마 미쳐버렸을 거야, 그 애는— 분명히 오늘 밤에 그 애는 미쳐버렸어……"

갑자기 확신이 드는 듯 외친다. 그러나 여자는 남편의 말에 관심이 없다. 사내는 힘이 풀려 가게 안으로 들어간다. 가게 안으로 들어서다가 그는 냄새에 별안간 코를 킁킁거리기 시작한다. 여자는 그 꼴이 재미있어 웃음을 참으며 곁눈질로 남편의 거동을 살피고 있다. 사내는 드디어 그 냄새의 방향을 알아낸다. 그리고 경건히 꽃들 앞에 무릎을 꿇고 앉는다.
"오오…… 드디어…… 우리 집 꽃에서 향기가……"
그는 감격해서 말끝을 맺지 못한다. 손을 모아 쥐고 하늘에 감사를 드리려는 듯 얼굴을 쳐든다.
골목 뒤에서 야경꾼의 딱따기 소리가 지나간다.

그러자 막이 내렸다.

객석이 술렁거리기 시작했다.
"그럴듯하게 속여 넘기는군."
"연극은 저런 식이 많더군."
혼란을 가장한 진행에 한마디씩 하고 있었다.
그러나 나는 아직도 멍멍한 채 한동안 가만히 앉아 있기만 했다. 아닌 게 아니라 그 혼란은 처음부터 계획된 것임이 분명했다. 아니 오히려 이 연극의 다른 한 테마로 보이는 '소리'에 관한 운을 떼어놓고, 주인공을 바꿔 꽃 이야기로 줄거리를 돌리는 수법이 능숙하다고 할 만했다. 아마 2막이나 3막 어느 대목에 가서는 이 연극의 두 주요 모티프로 보이는 꽃과 소리가 어떤 관련 속에 묶이고 그 의미가 밝혀지리라.

 그러나 내가 멍멍해 있는 것은 그런 역연한 이야기로부터 온 혼란 때문은 물론 아니었다. 오히려 그런 확실한 이해가 나를 더 어리둥절하게 만든 것이다. 연극은 처음 이야기대로 무대가 객석까지 연장되고 있는 게 분명했다. 그렇다면 이야기의 진행은 이 객석과 계속해서 어떤 관련을 유지하며 진행되어나가는 것인지 모른다. 단순한 잔재주로 주인공을 객석에 앉혀뒀다가 속임수를 써서 무대로 끌어냈다고 생각되지는 않았다. 그렇다면 나 자신까지도 이야기의 진행 어느 부분에 참가하고 있는 것이나 아닐는지. 적어도 그러한 나의 심리 상태가 이 연극의 이해에 어떤 중요한 몫을 하고 있는 것은 아닌지. 그런 생각이 들자 나는 이미 편안한 관객일 수가 없어져버렸던 것이다. 미스 윤에 대해서는 더욱 그런 생각이 들었다. 무대 인물의 이름과 미스 윤의 이름이 일치한 것도 그저 우연인 것만 같지가 않았다. 며칠 동안 자취를 감추었다가 불쑥 나타나서 굳이 이 연극을 구경하자고 끌고 온 그녀의 태도, 그리고 그동안 그녀에게 일어난 일에 대해 아무것도 듣지 못한 궁금증, 그런 것들이 이 연극의 어리둥절한 진행과 더불어 더욱 그런 생각이 들게 했다.

 나는 어느덧 연극의 한가운데 앉아 있었다. 그리고 줄거리 진행의 중요한 한 대목을 맡고 그것을 따라가고 있는 듯한 착각마저 들고 있었다. 미스 윤은 이미 내 곁에 있지 않았다. 그녀는 조화가게 주인의 누이동생 가화가 되어 무대 위에 있었다. 나는 여태까지 그녀의 집안 환경에 대해 알고 있지 못하던 사실들을 새로 만날 때마다 놀라움을 금치 못하고 있었던 것이다.

"어때요? 재미있어요?"

문득 미스 윤의 목소리가 들려왔다. 나는 비로소 멍멍한 기분에서 깨어나 옆을 돌아보았다. 그녀가 웃고 있었다. 나는 일순 그곳에 미스 윤이 앉아 있는 것이 이상스러웠다. 그러나 이내 나는 착각에서 벗어났다.

"재미있군요. 그런데……"

"그런데라니요? 뭐가 이상해요."

미스 윤은 자신의 어떤 호기심에 불을 지르려는 듯 무심히 지껄인 나의 말끝을 잡아 묻고 있었다.

"아까 무대의 한 여자…… 그 조화 가게 주인의 누이 이름이 가화라던가 하던데…… 들었어요?"

나는 이상한 초조감에 쫓기며 미스 윤의 눈을 지켜보았다.

"아, 들었어요."

그녀는 짧게 대답했다. 그리고는,

"뭐, 우연히 일치할 수도 있지요. 가화, 이름이 원체 이쁘니까요."

짓궂게 웃었다. 그 웃음 속에는 꼭 뭐가 감춰져 있는 것만 같았다. 웬일인지 그렇게 생각이 되었다.

"이야기는 퍽 재미있게 끌어가더군요."

나는 미심쩍은 기분이 남아 있었으나 그 기분에서 벗어나려고 하며 말했다.

"네, 주인공을 바꿔치우는 대목 같은 건 아주 멋있었지요? 깜빡 속아넘어가게 말예요."

미스 윤도 결백스럽게 말했다.

"그러나 난 아직도 어떤 속임수에 계속 속고 있는 것 같은 기분입니다. 착각이겠지만 말예요. 미스 윤이 지금 여기 앉아 있는 게 이상스럽단 말입니다. 미스 윤의 오빠가 정말 조화 가게 주인이었는데 여태 그걸 모르고 있었다는 게 미안해지는 기분이기도 하고……"

"호호…… 그런 기분으로 구경하시면 다른 사람보다 연극이 더 재미있겠어요. 하여튼 2막, 3막을 다 보고 나면 우리가 정말로 속고 있었는지 착각이었는지 알게 되겠지요."

"설마……"

나는 웃었다. 이야기를 하다 보니 머릿속의 뿌연 것이 걷히고 기분이 좀 밝아지는 것 같았다.

곧 2막이 시작되었다.

2

2막은 다음 날 새벽으로 되어 있다.

무대 중앙에는 허름한 살림집이 한 채 들어서 있다. 오른쪽으로 커다란 방이 하나 있고 왼쪽으로는 좀 널찍한 마루가 있다. 무대 정면으로 보이는 이 집 기둥에는 문패 대신 '소리의 가족 합숙소'라고 씌어진 종이가 붙어 있다. 건물 뒤로는 1막과 조금 변화가 있는 시가지 풍경. 무대 전면은 합숙소 건물의 뜰로 되어 있고 뜰 왼편에 밖으로 나가는 골목이 나 있다.

막이 오르자 이제 막 잠에서 눈을 뗀 사내 하나가 방에서 나온다. 어스름을 살피다 하품을 크게 한 번 하고 나서 그는 마루를 내려선다.

'젠장! 목구멍이 포도청이지. 언제나 이놈의 새벽잠 한번 늘어지게 잘 팔자가 되어보나.'

그는 더듬더듬 두부판과 종을 챙긴다. 이윽고 짐을 다 챙겨 짊어진 사내, 종을 치며 대문을 나간다. 땡그렁 땡, 땡그렁 땡, 종소리가 점점 멀어지다 사라지자, 잠시 무대는 방 안에서 들려 나오는 곤한 숨소리, 잠꼬대 소리뿐.

조금 뒤에 또 문이 열리고 이번에는 두 사내가 나온다. 한 사람은 1막에서 나온 아궁이 소제부이고 다른 한 사내는 낯이 설다. 역시 두 사람 다 잠이 아직 덜 깬 얼굴들이다.

"왜, 자네 벌써 나가려고 그러나?"

한쪽 사내가 아궁이 소제부 쪽에게 묻는다.

"일거리만 있다면야 아침 새벽을 가리겠나?"

아궁이 쪽의 대답.

"하긴 아침에 아궁이가 막힐 집이 있을지도 모르지."

"온 서울의 아궁이와 굴뚝이 오늘 아침 모조리 막혀버리라고 빌게."

"내야 그런 기원도 드릴 수가 없다네. 쓰레기가 늘어나봐야 괜히 일거리나 늘지 이득은 없거든. 쓰레기가 많으나 적으나 한 달 내는 요금은 마찬가지니까."

그 사내는 쓰레기차 인부인 모양이다.

"아마 이번엔 소리에 관한 이야기인 모양이죠?"

나는 미스 윤 쪽을 향해 가만히 말했다. 소리에 관해서 이야기가 진행된다면 1막에서처럼 적어도 무대에 조화 가게 주인의 누이동생 가화가 나올 일은 적을 것이고, 그렇게 되면 나는 그 여자로 인해 아까와 같은 혼란으로 빠져들 일이 없을 것이므로 훨씬 안심이 되었다.

"네. 소리들이 다 나오겠지요."

그러나 미스 윤은 여전히 1막에서처럼 무대에 정신을 빼앗기며 덤덤하게 말했다. 나는 다시 무대로 눈을 돌렸다. 무대는 잠시 두 사내의 움직임뿐 소리가 없이 조용하다. 그러나 이윽고 골목에서 두 사내가 나타난다. 한 사내가 손이 야경 딱따기 두 개를 겹쳐 쥐고 남은 손으로는 술에 취해 비틀거리는 다른 한 사내를 부축하고 있다. 술 취한 사내 쪽은 무슨 일인지 얼굴에 가면을 쓰고 있다.

"뭔가?"

나가려다 말고 아궁이 소제부 사내가 묻고 선다.

"내 친구 한 사람 데려왔네."

딱따기 쪽의 대답.

"새 친구?"

"그래, 자네들은 이미 그 소리를 잊어버렸겠지만, 이 친구로 말하면 화장품 장수라네."

"화장품 장수?"

아궁이는 기억을 더듬는다.

"거보게. 벌써 잊었다니까. 그러니까 이 친구 비관이 될 수밖에.

장사가 되겠느냔 말야."

핀잔 섞인 딱따기의 추궁이다. 그러자 이번에는 쓰레기가 나선다.

"북을 두드리고 다녔지, 북을!"

답답해서 딱따기가 말해버린다. 그제야 쓰레기도 생각이 난다.

"그래 맞았어. 북을 치고 다녔지. 화장품 장수가. 아마 그게 한 10년쯤 전에 한창이었지?"

"그런 것 같군. 한데 그 친굴 어떻게 만났어?"

아궁이가 묻는다.

"자넬 데려올 때나 마찬가지였어. 술에 녹아가지고 골목길에 떨어져 있지 않나. 그래 야경 초소에다 끌어다 놓았더니 정신이 들고 나선 금방 죽으려는 사람처럼 날뛴단 말야. 그러다간 울더군. 장사가 안 된 건 둘째치고 이 사람이 이렇게 된 데는 다른 이유가 있다는 거야."

말하는 동안 화장품 장수 사내는 마루에 기대 눕는다.

"그래 무슨 이유?"

"아가씨 때문이라는군."

"사연이 있겠군!"

쓰레기가 엄숙한 얼굴을 짓는다.

"그래 그 사연을 물어봤지."

딱따기는 이야기를 늘어놓을 참이다. 그 기미를 알아챈 아궁이,

"사연 듣고 있다가 밥 굶을라. 난 이따 저녁에 듣겠네. 자 그럼."

황급히 말하고 도구를 챙겨 골목으로 사라져버린다. 멀리 징 소리가 뜸뜸이 들려온다. 그 소리를 듣고 있다가 청소차도,

"어어. 나도 안 되겠어. 청소차가 출동할 시간이 다 되어가는데. 그럼 저녁에 보세. 이 친구 사연은 그때 듣기로 하고."

작업모를 쓰고 그 역시 종을 찾아 든다.

딱따기는 이야기할 상대가 없어서 섭섭한 듯,

"밤에까지 난 야경 안 나가고 자네들에게 이야기해주려 기다리고 있나?"

그러나 쓰레기는 어쩔 수 없다는 듯 슬금슬금 골목으로 나가버린다. 그러나 이때 방문이 다시 열리며 노인 한 사람이 나온다. 조그맣게 쭈그러들고 주름살이 많은 얼굴이다. 그러나 딱따기를 보자,

"자네 돌아왔나?"

말씨가 아직 힘있고 점잖다. 아마 이 '소리의 가족 합숙소'의 가장 격인 모양이다.

"네. 지금 일어나셨군요."

딱따기의 대답도 공손하다.

"그런데 이 사람은 누군가?"

노인은 비로소 마루 위의 화장품 장수 사내를 발견하고 딱따기에게 묻는다.

사내는 아직 몸을 가누지 못하고 있다.

"아궁이 녀석을 주워왔을 때처럼 해서 얻어온 사람입니다. 화장품 장수를 했다는군요. 언젠가 화장품 장수들이 북을 두드리고 다닌 적이 있지 않았습니까?"

"그랬었지."

딱따기의 말에 노인은 화장품 곁으로 가 앉아서 유심히 그의 얼

굴을 들여다보다가 이윽고 고개를 끄덕인다.
"이목구비가 훤하고 미끈한 게 화장품 장수답구나."
그러다가 이상해서 묻는다.
"한데 이건 가면이 아닌가?"
화장품의 얼굴을 손으로 문지른다. 그러나 곧 기억이 되살아난다.
"아, 그래그래. 그때 북을 치고 다니는 화장품 장수들은 대개 가면을 썼지. 하지만 이젠 벗어도 좋은걸!"
"벗지 않으려고 합니다. 사연이 있답니다."
딱따기는 이야기를 다시 하고 싶은 모양이다.
"사연이라니?"
"어떤 아가씨와의 사건인데요."
딱따기는 이때다 싶어 이야기를 시작한다.
"이 친구는 늘 아가씨를 낮에만 친했답니다. 그러니까 낮이라면 이 친구가 가면을 쓰고 있을 때지요. 그래 가면을 쓰고 아가씨를 사귀었다가 정작 밤에 가면을 벗고 제 얼굴이 되면 아가씨는 이 친구를 싫어해버린다구요. 사람을 놀린다든가, 심한 소리로는 낮에 만난 남자가 아닌 가짜라든가 그런 소리를 하면서 달아나버린다는 겁니다. 글쎄 여자란 정말로는 밤에 소용이 닿는 것인데 그렇게 되면 무슨 소용이 있겠어요?"
"거참 이상한 일이로군."
노인도 알 수 없다는 듯 고개를 흔든다. 그리고는 안되었다는 눈초리로 화장품 장수 사내를 들여다본다.
"그래 이즘에 만난 한 아가씨는 그 아가씨가 아무리 낮에 사랑의 꽃을 바치려고 했으나 이 친구는 두려워서 이번만은 그 꽃을 가면을 벗고 본 얼굴을 드러낸 밤에 받으려고 했답니다. 그래서 그 꽃을 받기로 한 것이 어젯밤이었다는군요."

딱따기가 여기까지 말했을 때 나는 자신도 모르게 또 흠칫 미스 윤 쪽을 훔쳐보았다. 알 수 없는 일이었다. 아까 꽃 이야기가 나올 때부터 나는 다시 혼란 속으로 얽혀 들어가고 있었다. 여기서 꽃 이야기가 다시 등장하는 것은 이야기를 1막과 연결 지으려는 시도임이 분명했다. 당연한 일 아닌가. 그러나 이해를 하고 나서도 나는 그 꽃 이야기에, 그리고는 꽃을 바치려는 여자의 이야기에서는 마음을 다잡을 수가 없었다. 꽃을 바치기로 한 것이 바로 어젯밤이었다는 딱따기의 말에 나는 드디어 미스 윤 쪽을 훔쳐보고 만 것이다. 내가 그렇게 생각해서 그런지 딱따기의 마지막 말에는 미스 윤도 분명 놀라고 있는 것 같았다. 그녀는 상체를 앞으로 잔뜩 뽑고 무대를 살피고 있더니 별안간 숨을 훅 들이켜듯 몸을 뒤로 젖혔다. 그리고는 거의 나와 동시에 눈을 내 쪽으로 돌려 나의 거동을 살피는 것이 아닌가. 나는 미스 윤의 거동에 자신의 부정을 들키기라도 한 듯 다시 무대 쪽으로 주의를 돌려버렸다.

딱따기가 말을 계속하고 있다.

"한데 아닌 게 아니라 그 아가씨 역시 가면을 벗은 이 친구를 보고는 생각이 달라지는 것 같더라구요."

"그래 또 딱지를 맞았나?"

"아니지요. 이 친구 낌새를 차리고 재빨리 가면을 썼더랍니다."

"그랬더니?"

그랬더니? 나 역시 노인과 거의 동시에 묻고 있었다.
"그러니까 꽃을 준 거지요."
"그럼 됐지 않나."
노인은 싱거운 듯 이번에는 마루 위의 사내 쪽을 보며 말했다.
그러자 그것이 자기에게 한 말인 줄 알아차린 화장품이 처음으로 입을 연다.
"할아버지 그럼 전 언제나 가면을 쓰고서야 여자를 가까이할 수 있습니까? 저는 가면을 쓰지 않고 여자의 꽃을 받고 싶었던 것입니다. 진짜 제 얼굴을 하고 말입니다."
그는 자못 항변조다.
"그 여자들은 저의 가면에게만 꽃을 바치려고 했던 거예요. 어젯밤 저는 그 확실한 증거를 보았단 말입니다."
그러나 노인은 차분히 타이르듯 말한다.
"진정하게. 온 젊은이두 성미가 급하긴. 가면에게 준 것이든 도깨비에게 준 것이든 그 여자가 준 꽃을 받은 건 분명 자네가 아닌가. 자네의 손이 아니냔 말이야."
"그게 무슨 소용입니까?"
"온 욕심두. 요즘 젊은이는 아니로군그래. 이 사람아, 요즘 맘두 주구 뭣두 주구 다 주는 사람이 어디 있단 말인가. 누구에게 주었든지 자네가 차지하게 된 것만으루두 다행이지."
그러더니 이번에는 오히려 노인 자신이 실의에 젖어든다.
"우리 중에 누구 한 사람 제값으로 사는 사람이 있는 줄 아나? 우리 모두가 제구실을 못해. 나만 해도 그렇지. 그래 난 엿장술세.

그러니까 말하자면 엿장수 가위 소리지. 가위 소리로밖에 행세할 수가 없단 말이야. 어디 그게 나뿐인가. 모두가 다 그래. 피리 소리구, 징 소리구, 종소리구……"

점점 열을 올리다 말고 다시 은근해진다.

"하지만 자넨 그중 행운알세. 그래 그 아가씨에게 받은 꽃은 어디다 뒀나?"

화장품도 겨우 설득이 된 듯하다.

"여기 있습니다."

저고리 품속에서 꽃을 꺼낸다.

그런데 그 꽃을 본 순간 나는 또 한 번 나도 모르게 미스 윤 쪽을 훔쳐보았다. 아니, 이상한 일은 아무것도 없었다. 화장품이 저고리 품에서 꺼낸 그 꽃은 어젯밤 조화 가게 주인의 누이 가화가 들고 나갔던 조화였다. 당연한 일이었다. 이상한 것은 아무것도 없었다. 미스 윤도 아무 이상한 거동이 없었다. 조금 자세를 앞으로 끌어당겨 지나치게 무대에 열중해 있는 점 외에 아무것도 이상한 기색은 없었다. 당연했다. 한데도 나는 무엇엔가 놀라 혼란을 느끼며 그녀 쪽을 바라본 것이다. 안 되겠다 싶었다. 괜한 착각이다. 나는 두근거리는 가슴을 진정하려고 무대로 주의를 집중시켰다. 원 빌어먹을. 뭐가 이상하다는 거야.

무대에는 어느새 장님 안마사가 방에서 나와 앉아 두 사람의 이야기에 귀를 기울이고 있다. 그는 어젯밤 조화 가게 여자의 몸을 주무르고 간 바로 그 사내다. 이야기를 듣고 있는 그는 몹시 우울한 얼굴.

엿장수 노인은 화장품이 내민 조화를 받아들고 한동안 들여다보다 심상치 않은 얼굴로 생각에 잠긴다.

"자넨 그 아가씨와 만날 땐 항상 가면을 쓰도록 하게. 그것이 아가씨를 놓치지 않는 길이야."

노인은 자기 생각의 해답을 얻은 듯 이윽고 사내에게 충고한다.

"다시 말하지만, 그러니까 자네가 그 아가씨를 영구히 차지할 방법은 아가씨를 만나지 않을 때마저 그 가면을 쓰고 지내는 데 익숙해져야 하네. 말하자면 자네의 본얼굴을 잊어버리고 자네 자신마저도 그 가면의 얼굴이 진짜 얼굴인 것으로 믿어야 한단 말일세. 그렇다고 슬퍼할 건 아무것도 없어. 이 꽃은 진짜가 아니라 조화야. 요즘 여자들은 다 조화를 바치는 모양이지. 하지만 가면을 쓰는 자네와는 피장파장인걸 뭐."

말을 마치고 나서 노인은 엿판을 챙기며 일을 나갈 채비를 한다.

"한데 자넨 화장품을 팔았다면서 장사 밑천을 다 어디 두었나? 두드리고 다닐 북도 없고."

"아마 여자를 만나는 동안 어디다 두고 나왔겠죠."

옆에 우두커니 두 사람의 이야기를 심각한 표정으로 듣고만 있었던 딱따기가 대신 설명한다.

"찾아오게. 기왕지사 그 장사를 그만두려고 마음먹었다니까. 자네도 일단 우리 식구가 될 자격을 얻은 셈일세. 하지만 이 말은 그냥 놀고먹으라는 소리는 아니야. 제 일을 버리려고 마음먹은 것이 이 집 식구가 될 수 있는 자격이지만 또 일단 이 집 식구가 되면 버리려고 한 제 일을 다시 계속하며 사는 것이야. 우린 다들 그런 사람끼리 모여 살고 있다네. 제 일에 실망해서 자네처럼 그걸 버리려고 했던 사람끼리 말일세. 덤으로 하는 기분이라 밑져야 본전이라는 생각이기도 하지. 자 그럼 난 나갔다 올 테니 그사이 푹 좀 쉬고 장사 도구나 찾아다 놓게그려."

노인은 기분이 썩 가벼운 표정으로 이르고는 집을 나선다.

"어이, 벌써 대낮이 되었군."

화장품은 골목으로 가위 소리를 울리며 사라져가는 노인의 뒷모습을 멍하니 바라보고 있다가 갑자기 힘이 솟은 듯 벌떡 일어난다.

"저 좀 나갔다 와야겠습니다."

"왜 좀 쉬지 않구. 어딜 가려구?"

딱따기가 묻는다.

"짐을 찾아와야겠어요."

"짐이 어디 있는데?"

"어떤 개천에다 밀어뜨려버렸어요."

"흠, 그럼 늦어선 안 되겠군. 어서 가보게. 여기 길을 기억하겠나?"

"제 직업을 잊으신 모양이군요. 서울 길은 골목 하나 빼지 않고 다 외고 있습니다."

화장품이 처음으로 웃는다.

"참 그렇군. 하지만 이 집 식구들도 서울 지리에는 모두 자네 못지않은 사람들이라는 걸 알아둬야 하네."

딱따기도 웃는다.

"참 이 집 식구가 몇 분이나 됩니까?"

"아까 엿장수 노인과 나와 저 안마장이, 그리고 두부 장수 종 치기와 쓰레기 소제부, 아궁이 쑤시개, 당신 그러니까 이젠 모두 일곱이 되는군."

딱따기는 차례차례 손가락을 꼽아 보인다.

"좋은 숫잡니다."

"하지만 또 어떤 친구가 더 끼게 될지 알겠나? 자네처럼 말야."

"그럼 다녀오겠어요."

"참 자넨 다녀올 데가 있지? 그럼 곧 다녀오게."

딱따기가 그를 바래주고 나서 안마사 사내에게로 돌아오며,

"자넨 그 얼굴 좀 펴고 있지 못하나? 항상 그렇게 찡그리고 있기도 힘들겠네."

핀잔을 준다.

"내가 무슨…… 얼굴이 어쨌다구 그래?"

안마사 사내가 처음으로 고개를 움직여 소리 쪽으로 돌리며 변명한다.

"시치밀 뗀다구 모를 줄 아나? 자네가 지금 뭘 생각하고 있는지 얼굴에 쐬어 있는걸. 도대체 그 빌어먹을 망상은 왜 밤낮 버리지 못하고 떠올리나?"

딱따기는 여전히 비난투다.

"글쎄 난 아무것도 생각하고 있는 게 아닌데 나더러 어쩌란 말이야?"

"홍! 그럼 내가 가르쳐줄까? 지금 자네 얼굴엔 어젯밤에 주물러댄 여자들의 몸뚱이가 어른거리고 있어. 그년들의 매끈매끈하고 팽팽한 몸뚱이의 그림자가 어른거리고 있단 말야. 어때? 이래도

아니야?"

이 말에 안마사는 울상이 되어, 대답 대신 한숨을 내쉰다.

"거봐."

딱따기는 의기양양, 그러나 그 역시 맘이 편하지는 않은 듯한 말투가 된다.

"하긴 우리라고 그런 여자 한번 끼고 자보지 말란 법이 있겠나. 하지만 자네처럼 그런 공상은 소용이 없단 말이야. 공연히 몸이나 축나구……"

안마사 사내가 더 크게 한숨을 짓는다.

그런데 이때 골목에서 두부 장수 사내가 나타난다. 그의 위에는 조화 가게 주인 사내가 장미꽃 다발을 들고 흐느적흐느적 두부 장수 사내는 뒤따라 들어온다. 그를 보자 나는 또 아까처럼 가슴이 두근거리기 시작했으나 이번에는 좀 익숙해진 탓인지 금방 자신을 억제할 수가 있었다.

"아, 글쎄 이 답답한 친구 얘기 좀 들어보게나들……"

두부 장수 사내는 기승이 나서 소리친다. 조화 장수 사내는 어젯밤 그가 가게로 돌아왔을 때처럼 뭔가 경계를 하듯 쭈뼛쭈뼛 주위를 살피는가 하면 다시 멍한 얼굴이 되어버리기도 하다가, 두부의 말이 시작되자 그 말을 듣기 전 절차를 이행하려는 듯 번쩍 정신이 들며 딱따기에게로 다가선다. 그러고는 익살스럽게, 그러나 공손한 거동으로 가지고 온 꽃다발을 바치려고 한다. 딱따기가 어리둥절해서 물러선다.

"아니, 이 친군…… 그리고 이건 웬 꽃이야?"

"글쎄 그 친구, 내 두부를 자기가 몽땅 사줄 테니 부탁을 하나 들어달래지 않아? 그래 두부를 한꺼번에 모조리 사준 것까진 좋았는데 불행히도 그 부탁이라는 걸 들어줄 수가 없었단 말야."

두부의 말에 딱따기는 갑자기 호기심이 이는 듯 엉거주춤하고 서 있는 조화를 훔쳐보며 캐고 든다.

"그래? 그게 무슨 부탁인데?"

"서울의 골목골목, 집이란 집을 다 돌아다니는 사람이면 누구나 다 들어줄 수가 있는 거라는군. 이야기를 하다 보니 우리 집 이야기가 나왔고 이 친구 우리 집 사정을 알고 나더니 더욱 좋다면서 꼭 부탁을 들어달라고 이렇게 쫓아오지 않겠나?"

"그래 들어주지 그러나? 서울의 골목골목 집이란 집은 다 돌아다니는 사람이긴 하니까."

"그래 그게 난 화가 났단 말야. 언제 사람들이 그런 내 처지를 생각이나 해줬느냐 말야. 그건 자네들 사정도 다 마찬가지지만, 그저 골목을 시끄럽게 울리고 다니는 종소리로나 생각했지. 그런데 더 화가 나는 것은 이 친구 지금도 자네에게 그러는 것 보았지만 나더러 그 부탁 들어달라고 자꾸 저 꽃을 내밀지 않아……"

이야기를 듣고 있던 안마사는 무슨 눈치를 챈 듯 슬그머니 방으로 들어가버린다.

"그래서?"

"그래 더 화가 났다지 않아?"

"왜?"

"그 꽃을 보라구. 그래도 그걸 꼭 바치겠다고 들고 따라오지 않겠나?"

그러자 딱따기는 조화 장수 사내에게로 다가가 꽃을 유심히 들여다본다.

"흠, 이건 조화로군. 만든 꽃이야."

조바심이 나는 듯 초조한 얼굴로 두 사람의 이야기를 지켜 듣고 있던 조화는 이 말에 깜짝 놀란다.

"조화라고요? 천만에요."

펄쩍 항변을 하며 꽃을 딱따기 코앞에다 디민다.

"자, 냄새를 맡아보십시오. 이토록 향기가 짙은 꽃입니다."

딱따기가 흥흥 냄새를 맡아본다.

"흥, 향기가 있긴 하군. 하지만 이것도 가짜야."

"가짜라구요?"

조화는 더욱 결연한 어조다.

"그건 선생님의 오해입니다. 하긴 처음에는 가짜였어요. 조화였단 말입니다. 하지만 이건 누이를 위한 나의 오래고 정성스런 기도로 하여 생명을 얻은 귀한 진짜 꽃입니다."

그러나 이 말에 딱따기와 두부는 똑같이 웃어버리고 만다.

"누이를 위한 기도로 가짜 꽃이 생명을 얻었다구? 거참 굉장한 요술이군. 하지만……"

"하지만 뭡니까……"

조화가 황급히 나선다.

"제발 잔인한 말씀은 하지 말아주십시오. 솔직하게 이 장미꽃이 선생님 맘에 들지 않는다고 말씀하십시오. 그러면 저는 서슴지 않고 당장 다른 꽃을 가져오리다."

딱따기와 두부는 벙벙해서 서로 얼굴을 마주 바라본다. 그러자 조화는 급히 골목으로 뛰어나간다.

"다른 꽃을 가지러 간다는 건가?"

"그런 모양이지."

"꽃을 바치는데 퇴짜를 놓는 팔자라. 거 갑자기 이상해지는군. 한데 도대체 저 친구 무슨 부탁을 하겠다는 건가?"

딱따기는 제법 흐뭇한 표정이다.

"나도 모르겠어. 덮어놓고 우선 꽃부터 바치겠다고 하니까."

두부도 여태까지 진짜 부탁 말은 듣지 못한 모양이다.

"아까 누이를 위한 기도가 어쩌고 하던데, 설마 제 누이를 데려가달라는 건 아니겠지?"

딱따기 쪽은 여전히 흐뭇한 표정이다. 그러나 그 표정을 두부가 사정없이 쓸어버린다.

"걱정도 팔잘세. 밤잠도 못 자고 골목 달음박질이나 치고 다니는 주제에."

이때 골목길에서 아까 나간 화장품 장수 사내가 북을 실은 리어카를 밀고 들어온다. 리어카는 한쪽이 찌그러지고 이곳저곳 흙탕물이 묻어 있다. 사내는 아직도 가면을 쓴 채다.

"물건을 찾았군."

딱따기가 반기며 나선다.

"이런 고물 조각을 주워다 뭣에 쓰겠습니까. 버려둔 대로 있더군요."

"하여튼 잘되었어."

화장품은 리어카를 한쪽으로 끌고 가서 상한 곳을 수리하기 시작한다.

"원 사람두! 어젯밤 술에 취했을 때는 금방 쥐약이라도 털어넣고 말 듯하더니…… 하하하. 하여튼 잘 생각했지."

딱따기는 자기가 그를 구해 데리고 온 것이 무척 기분 좋은 모양이다. 화장품도 쑥스럽게 웃는다.

"글쎄요. 이제 기왕 이렇게 되었으니 아까 할아버지 말씀대로 앞으로는 덤으로 사는 기분으로 일을 다시 해봐야겠어요."

말하는 동안 골목에서 조화 장수 사내가 다시 나타난다. 이번에는 손에 흰 백합을 몇 송이 들고 있다. 그는 좀 의기양양해서 곧바로 딱따기에게로 걸어가서는 자랑스럽고 정중하게 그러나 그런 태도가 어딘지 익살스러워 웃음을 자아내게 하는 동작으로 꽃을 바치려고 한다.

"자 여기 백합을 가져왔습니다. 이 순결의 상징인 백합을. 향기가 코를 찌를 듯합니다."

그러나 딱따기는 이번에도 냉랭하게 내민 손을 되밀쳐버린다.

"그만두시오. 향수라도 뿌린 게지요. 어차피 마찬가지 꽃을 가지고……"

"마찬가지라니요? 이번엔 백합이 아니오? 선생은 백합도 싫어한단 말이오? 이 싱싱한 백합꽃도?"

조화 장수 사내는 딱따기의 말뜻을 잘 알아듣지 못한 듯하다. 그는 어딘지 머리가 좀 막혀 있다. 한데 열심히 리어카를 손질하고 있던 화장품이 조화의 이 말을 듣고는 뭐가 이상한 듯 갑자기 일손을 멈추고 품속에서 자기의 꽃을 살짝 꺼내 본다. 그리고는 반사적으로 자기의 가면을 벗어버린다. 가면을 벗자 그는 전혀 다른 얼굴이다.

딱따기가 이번엔 대답도 하기 싫은 듯 조화 장수 사내를 버려두고 화장품 곁으로 다가온다.

"잘 고치는군. 솜씨가 있어 뵈는데."

"몇 년을 이 식으로 고치고 고쳐서 끌고 다닌 물건입니다."

조화 장수는 다시 풀이 죽어서 슬금슬금 대문을 나가버린다. 그의 뒷모습을 두부가 바라보고 있다가,

"또 가져와도 마찬가지다. 어차피 가짜 꽃일걸 뭐."

비웃다가 문득 고개를 갸웃거린다.

"그런데 저 친구 좀 이상하지 않아? 조화를 가지고 꼭 진짜 생화라고 우긴단 말야?"

그 말에 딱따기도 이상한 듯 고개를 갸웃거린다. 그러다가 딱따기가 화장품을 향해 묻는다.

"참 자네 그 아가씨가 자네한테 바친 꽃도 조화라구 했지?"

"네 조화지요."

화장품이 머리를 숙인 채 가슴께서 꽃을 꺼내 보인다.

"조화 세상이군. 가짜 꽃을 진짜 꽃이라고 우길 만하게 되기도 했어."

두부가 알 듯하다는 투다. 그러나 딱따기는 아직도 이상한 것이 풀리지 않은 듯 미심쩍은 얼굴이다. 이때 화장품은 리어카 손질을

끝내고 일어선다. 가면을 쓰지 않은 얼굴을 보고 두 사람이 놀라는 것을 보고 화장품은 아차 싶은 듯 재빨리 가면을 다시 쓴다.

"가면을 벗고 있었군."

"자네에게 꽃을 바치려던 아가씨들이 놀라게도 됐어."

두 사람이 한마디씩 한다. 화장품이 리어카 짐을 정리하여 출입구로 밀고 나간다.

"아니 오늘부터 나가려나?"

딱따기가 놀라는 시늉.

"나가야지요. 해도 많이 늦어졌지만."

"그럼 웬만큼만 돌고 너무 늦지 않게 돌아오게."

화장품의 북소리가 골목으로 멀리 사라져간다. 그때 다시 조화장수 사내가 등장. 이번에는 국화를 한아름 안고 있다. 그는 기가 죽은 걸음걸이로 야금야금 딱따기에게로 다가가 꽃을 내민다. 딱따기는 꽃은 거들떠보지도 않고 그의 얼굴만 멀거니 바라본다. 조화는 더욱 조바심이 난다.

"제발 꽃을…… 이번에는 저의 꽃을 꼭 받아주시겠지요. 제발 부탁입니다. 저의 누이동생이 정말 가엾어집니다. 선생님."

애원을 한다. 누이 소리에 귀가 번쩍 뜨이는 듯 이번에는 두부가 나선다.

"아니, 아까부터 형씨는 자꾸 누이, 누이 하는데, 그래 이 꽃을 받아주지 않으면 어째서 형씨의 누이가 불쌍해진다는 거요?"

"그래서 바로 그걸 제가 부탁드리려고 하는 게 아닙니까?"

조화가 다소 생기를 회복한다.

"무슨 얘기요?"

딱따기가 관심을 보이자 조화는 매달리듯 덤빈다.

"꽃을 받아주시는 거죠?"

"꽃은 필요 없어요. 무슨 꽃을 가져와도 어차피 가짜 꽃일 테니. 하지만 형씨 누이의 얘기나 들어봅시다."

조화는 이제 할 수 없다는 듯 꽃을 놓고 한숨 어린 어조로 말한다.

"저의 누이는 미쳤습니다. 미쳐서 집을 나갔어요."

그 말에 일동 놀라는 기색.

그런데 실상 놀란 것은 무대 위의 사람만은 아닌 것 같았다. 이번에는 미스 윤이 더 놀라는 듯했다. 그녀가 숨을 혹 들이켜며 내 쪽을 스쳐보는 기색이었다. 그리고는 곧 다시 무대로 시선을 돌려 버린다. 그녀는 놀라고 있었던 게 분명했다. 느닷없이 찬 빗방울을 맞고 놀라 하늘을 쳐다보는 듯한 짧고 갑작스런 그녀의 거동은 그런 생각이 들게 하기에 충분했다.

"이유가 있겠지요."

딱따기가 좀더 깊은 관심을 보이며 차분한 목소리로 묻는다.

"그렇습니다. 그 이유 때문에 저는 누이가 미치게 된 것이 더욱 가슴 아픕니다."

"어떤 이윤데요?"

"선생님들 말씀처럼 전 원래는 조화 가게 아들이었습니다."

조화는 제법 신이 나서 이야기를 늘어놓기 시작한다.

"그러니까 저의 누이는 조화 가겟집 딸이었지요. 한데 그 누이가 언젠가 이상한 말을 저에게 했습니다. 무슨 말인지 아십니까?

어째서 우리 집 꽃은 항상 피지 않고도 피어 있고 시들지도 않느냐는 것이었어요. 그야 종이로 만들어놓은 꽃이니까 그럴 게 당연한 일이지요. 하지만 전 그 말에 대답을 하지 못했습니다. 누이는 이것이 진짜 꽃인 줄 알고 있구나, 하는 생각이 들었기 때문이었습니다. 저는 누이가 우리 집 꽃들에 대해서 고운 꿈을 가지고 있는 거라고 생각했고, 그 꿈을 깨려고 하지 않았던 것입니다. 그래서 저는 우리 집 꽃도 다른 집 꽃들처럼 피었다 지기도 하고 향기도 뿜는 진짜 꽃이 될 거라고 터무니없는 소리를 해줬어요. 누이를 위로하고 안심시키고 싶었던 것입니다. 그건 물론 저 자신도 믿지 않은 자신 없는 거짓말이었습니다. 한데 무슨 일이 일어났겠습니까? 그 말을 들은 누이는 맑은 눈동자를 반짝이며 정말? 정말? 하면서 금방 웃고 명랑해져버리는 것이 아니겠습니까? 하지만 저는 곧 그 일을 잊어버리고 말았어요."

여기서 말을 잠시 그치고 조화는 자기 말을 잘 듣고 있는지 확인을 하고 싶어진 듯 사람들을 하나하나 둘러본다.

그들은 모두 귀를 세우고 잠잠히 듣고 있다.

조화는 안심한 듯 다시 말을 잇는다.

"한데 그러한 저의 거짓말이 누이에게는 간단히 잊혀져버리질 않은 모양이었습니다. 훨씬 뒷날 얘긴데, 어느 날 저는 우연히, 정말 우연히 저의 누이가 어느 생화 가게 유리창 앞에 서서 그 가게 안에 가득 피어 생기가 차 있는 꽃들을 열심히 들여다보고 있는 것을 보지 않았겠어요? 그때 저는 언젠가 제가 누이에게 해줬던 그 거짓말이 순간적으로 머리에 떠올랐어요. 저는 깜짝 놀랐습니다. 누이는 아직도 우리 집 꽃이 진짜 꽃처럼 피고 지기를 기다리고 있는 거로구나, 향기를 뿜어주기를 기다리고 있는 거로구나, 그러나 어떻게 될 수가 있는 일이겠습니까? 그때부터 저는 우리 집 꽃에 대해서 몸서리를 치기 시작했습니다. 누이가 불쌍해졌어요. 그래서 누이의 거동을 더욱 조심해 살피게 되었는데 누이는 그 꽃 때문에 고통을 받고 더욱 슬퍼져가는 눈치였습니다. 그러다가 나중에는 아버지께서 돌아가시고 제가 그 꽃 가게를 맡아보게 되어버렸어요."

이야기 도중에 엿장수 노인이 골목을 들어온다. 그러나 일동은 사내의 이야기에 취하여 노인이 들어오는 것도 모르고 있다.

"웬일들인가?"

노인의 소리에 일동, 비로소 노인이 돌아와 있는 것을 알고,

"어떻게 벌써 돌아오십니까?"

물음에 노인은 맥없이 대꾸한다.

"다리도 아프고 해서 이 동네만 빙빙 돌다가 좀 쉬어갈까 해서 들렀네. 한데 무슨 이야기들인가?"

"저 사람이 조화 가게를 하는 사람이랍니다."

두부가 사내를 가리키며 말해준다. 그러자 사내는 황급히 부인하며 노인 쪽으로 간다.

"아닙니다. 조화 가게는 옛날이었구요. 지금은 생화입니다."

꽃을 내밀어 보인다. 노인은 그 꽃을 잠시 들여다보다가 고개를 끄덕인다.

"아니 이건 역시 조화로구먼그래."

"아니올습니다. 향기를 좀 맡아보십시오."

사내는 완강히 버틴다.

"향기구 뭐구 조환 조화지. 하여튼 조화 세상이로군. 아까 그 친구도……"

노인은 눈으로 화장품을 찾다가 그가 자리에 없는 것을 알고,

"하지만 진짜래두 좋소. 뭐 상관있는 일이오? 한데 무슨 이야길 그렇게 열심히 하고 있소?"

이 말에 딱따기는 사내의 이야기를 빨리 계속시키고 싶은 듯 설명한다.

"들어보세요. 이 사람 누이가 미쳤답니다. 그걸 이야기하고 있어요."

그는 이번에는 조화 장수 사내 쪽을 보며,

"그래서요?"

이야기를 재촉한다.

노인도 이야기를 들을 자세를 취한다. 사내는 자기 이야기를 들을 준비가 다 끝났는지 한 번 주위를 둘러보고 나서 다시 입을 연다.

"한데 누이는 점점 더 가엾게만 되어가고 있었습니다. 날마다 날마다 틈만 나면 집을 빠져나가는 거예요. 뭣 하러 그렇게 집을 빠져나간 줄 아십니까? 거리의 생화 가게에 가서 유리창으로 진짜 꽃들을 구경하려는 것이었어요. 사람들이 이상해하건 말건, 주인이 싫은 얼굴을 짓든 말든 언제까지나 유리창에 붙어 서서 말입니다. 그거야 보지 않아도 뻔한 일이 아닙니까? 밤도 가리지 않을

정도였으니까요. 그러다 누이는 12시가 다 되어서야 돌아오곤 했습니다. 저는 그러는 누이가 미치지 않는 게 이상하게 여겨질 지경이었습니다. 자 그러니 저는 얼마나 초조하고 안타까웠겠습니까? 날마다 날마다 누이의 눈치를 살피고 누이가 나가고 없으면 누이를 찾으러 거리의 꽃 가게를 쫓아다니곤 했지요, 누이가 미치지 않을까 너무 걱정을 하다 보니까 나중에는 숫제 이제나저제나 하고 누이가 미치기를 기다리는 꼴이 되어버리고 말았지 뭡니까."

"그 누이가 미치는 대목을 빨리 듣고 싶군."

딱따기가 사내의 장광설을 견디지 못한 듯 한마디 했다.

"네, 이제 곧 미칩니다."

사내는 급히 딱따기를 안심시키고는 정말로 이야기의 고비로 접어드는 듯 목소리까지 구슬퍼졌다.

"네, 가엾은 누이는 드디어 미쳐버리고 말았어요, 며칠 동안 누이는 어떤 꽃 가게로 갔어요. 그 가게 유리창 가까이에 열려 있는 크고 탐스러운 오렌지를 보러 다니는 눈치였어요. 언제나 그 유리창 앞에 서서 그 크고 탐스러운 오렌지를 들여다보는 거란 말입니다. 세상에 저렇게 근사한 오렌지가, 싱싱하고 큰 오렌지가 있구나 감탄을 했을 게 분명하지요."

"그런데 여보게. 자꾸 오렌지, 오렌지 하는데 그게 뭔가?"

노인이 서투른 발음으로 오렌지를 묻자 딱따기가 이야기를 방해하지 않으려는 듯 얼른 일러준다.

"그게 귤이라는 겁니다."

"귤?"

노인은 알겠다는 듯 머리는 끄덕인다.
사내가 이야기를 계속한다.
"그런데 어젯밤, 네 바로 어젯밤 11시쯤 되었을 때의 일입니다. 누이가 또 그것을 들여다보고 있는데 주인이 늘 그러고 서 있는 누이가 보기 싫었던지 유리창 쪽으로 와서 그 오렌지, 귤을 뚝 따버렸어요. 한데 이런 변이 있겠습니까? 누이가 여태까지 진짜로만 믿고 부러워하던 그 귤은 가짜가 아니었겠습니까? 플라스틱을 염색해서 만든 모조품이었어요. 그 순간 저의 누이는 미쳐버린 것입니다. 그 광경에 미치지 않고 배길 수가 있었겠습니까? 그리고 나서 누이는 아직 돌아오질 않는단 말입니다."
그는 슬픈 눈을 하고 자기의 이야기를 듣고 있는 사람들의 얼굴을 또 한 번 천천히 훑어본다. 그리고는 만족스러운 듯 씩 웃는다.
"한데 그때 당신은 왜 미친 누이를 붙잡지 않았소?"
이야기가 끝난 것을 알자 노인이 이상스럽다는 얼굴로 묻는다. 그 말에 사내는 조금 망설이는 듯하더니,
"누이가 거기 없었거든요."
아무렇게나 하는 소리로 재빨리 대답한다.
"누이가 거기 없었다니?"
이번에는 딱따기가 나선다. 그러자 사내는 무엇인지 좀더 심한 혼란에 빠진 듯,
"아, 아니 저는 그때 누이와 함께 있지 않았습니다."
"그럼, 형씨는 누이가 그렇게 미친 걸 어떻게 알았소?"
딱따기는 아무래도 석연치가 않아 만만치 않게 따지고 든다. 그

러자 사내는 갑자기 무슨 용서라도 구하듯 비굴한 웃음을 짓는다.

"다 알지요. 다 알구 있어요 전."

사내의 말에 일동, 서로 얼굴을 쳐다본다. 노인이 자리를 뜨려는 기색을 하며 묻는다.

"그래서 어쩌라는 거지? 저 사람이 어째서 저런 이야기를 하고 있는 거야."

그 소리에 사내는 급히 다시 꽃을 찾아 들고 와서 노인에게 바치려고 한다.

"이제 이 꽃을 받아주시는 거죠?"

"아, 나도 꽃은 필요 없어."

노인은 꽃을 옆으로 밀어놓으며 영문을 몰라 두부를 본다. 딱따기가 그 꽃을 집어다 집 정면 기둥 못에다 걸어놓는다.

"그 미친 누이를 찾아달라고 부탁을 하는 거랍니다. 우리는 모두 골목이란 골목은 모조리 뒤지고 돌아다니는 사람들이니까 자기 누이를 찾아낼 수 있을 거라 생각한 모양입니다."

두부가 설명한다.

"사정이 그렇다면 하여튼 찾아주는 게 좋긴 하겠는데……"

노인의 동정 어린 말에 사내는 반가워서 어린애처럼 매달린다.

"찾아주는 거지요? 찾아주는 거지요? 네? 감사합니다."

대뜸 무릎을 꿇으려고 한다. 노인은 손을 저어 사내를 제지하고 나서,

"하지만 당신의 누이가 어떻게 생겼는지 본 적이 있어야지."

그때 아궁이 소제부 사내가 골목에서 나타나 사람들 사이에 낀다.

"그건 문제가 없어요."

조화 장수 사내가 자신 있게 말한다.

"누이는 미친 여자니까요. 미친 여자는 많지 않습니다. 미친 여자 가운데서 꽃 노래를 부르고 있는 여자가 바로 제 누이입니다. 누이는 아마 미쳐가지고도 꽃 노래를 부르고 다닐 게 틀림없어요."

사내는 갑자기 목소리를 바꿔 노래를 섞어 불러가며,

"봄이 오면 산에 들에 진달래 피네…… 이런 것이나, 산에산에 피는 꽃은…… 이런 거 말입니다."

싱긋 웃는다.

이때 화장품 장수 청년도 리어카를 밀고 들어오다 멍하니 서서 이야기에 귀를 기울인다. 한참 이야기를 듣고 있다가 그는 슬그머니 가면을 벗어버린다.

"그럼 우리가 만약 형씨의 누이를 어디서 붙잡으면 어떻게 할까요? 형씨에게로 당장 끌고 올까요?"

두부가 좀 짓궂은 얼굴로 묻는다. 사내는 감격 어린 눈으로 두부를 한 번 쳐다보고 나서 말한다.

"아, 그걸 잊을 뻔했군요. 이게 중요합니다. 제 누이를 찾거든 이렇게 말씀해주십시오. 이제 너의 집 꽃은 훌륭한 향기를 뿜는 진짜 꽃으로 변했다. 이렇게 말입니다. 우리 집 꽃이 정말 꽃으로 변했다구요. 무엇보다도 이 사실을 누이에게 빨리 알려야 합니다. 그러면 누이는 즐겁게 따라올 겁니다."

사내의 말을 듣고 있던 화장품은 또 무슨 생각이 드는지 자기 리어카를 버리고 급히 가면을 뒤집어쓰면서 골목으로 나가버린다.

아무도 거기엔 관심이 없다.

"거참 요술치고도 굉장한 요술이군. 가짜가 진짜 꽃으로 변하다니."

두부는 여전히 짓궂은 얼굴.

"요술이 아닙니다. 누이를 위한 저의 간절하고도 오랜 기도가 조화에게 생명을 얻게 해준 거지요."

사내는 제법 말투가 엄숙해진다.

"어젯밤, 그러니까 누이가 그렇게 미쳐버린 걸 알고 집으로 돌아와보니 글쎄 우리 집 꽃들이 정말로 향기 짙은 생화로 몽땅 변해 있는 게 아니었겠습니까? 하지만 저는 그게 가장 가슴 아픈 일이기도 합니다. 하루만…… 누이가 하루만 더 견디었더라면 우리는 이런 불행을 당할 필요도, 또 여러분에게 폐를 끼쳐드릴 일도 없었을 테니까 말입니다. 그러나 그렇게 되지 않은 걸 어떻게 합니까. 누이가 미쳐버린 다음에 꽃은 변했거든요. 저렇게 싱싱한 꽃으로 말입니다."

그는 두리번거리다가 꽃이 기둥 못에 걸려 있는 것을 발견하고는 그리로 다가가서 조심스럽게 만진다.

"아니, 하긴 누이가 미치기 조금 전에 이 꽃은 벌써 생화로 변해 있었는지도 모르지요. 하지만 이제 이렇게 됐는 걸 어떻게 합니까? 누이를 빨리 찾기나 해야지요. 여러분의 신세를 질 수밖에요."

엿장수 노인이 일동을 돌아본다.

"그럼 어쨌든 우리가 힘을 모아 이 사람의 누이 되는 처녀를 찾아주고 보는 것이 좋겠네."

뜻을 말하고는 다시 사내에게,

"그래 꽃 노래를 부르는 미친 여자라고 했지?"

"네, 그렇습니다. 누이는 틀림없이 꽃 노래를 부르고 있을 것입니다. 오 가엾은 그것이."

그러다가 사내는 다시 봄이 오면 산에 들에 어쩌고 노랫가락을 읊조린다. 노인은 그만 눈을 돌리며,

"자 그럼 지금부터라도 당장, 낮일을 하는 사람들은 지금부터도 나가보게"

하고 돌아서다가 거기 아궁이가 돌아와 있는 것을 보고,

"자넨 또 왜 벌써 돌아왔나?"

묻는다.

"일이 통 되질 않아서요."

"일이 되지 않다니?"

"글쎄요. 저도 그게 알 수가 없습니다. 요즘 이 징 소리를 싫어하는 사람들이 점점 많아지거든요. 일은커녕 이 소리만 들으면 어떻게들 신경질을 내는지……"

"참, 제 종소리를 싫어하는 사람도 있더군요."

두부가 끼어든다.

"변이로군. 하지만 뭐 그런다고 집에 드러눠서 지낼 팔자들은 못 되지 않는가? 일을 해야지."

노인이 먼저 골목을 나간다. 일동 한 사람씩 노인을 따라 자기 도구를 들고 나간다. 그들이 울리고 나가는 갖가지 소리들이 점점 멀어진다. 무대에는 안마사와 조화 장수 사내, 그리고 딱따기 세

사람만 남는다.

 무대가 잠시 조용해지자 나는 숨을 돌리며 옆자리의 미스 윤을 돌아보았다. 내가 미처 모르고 있었지만 그녀는 아마 연극에 굉장한 흥미를 가져왔던 모양이었다. 처음부터 끝까지 그렇게 똑같이 긴장해서 무대에 열중하고 있었다. 몸을 앞으로 굽히고 무대 쪽으로 빨려들어갈 듯, 그리고 어찌 보면 무대 진행에 몹시 초조해 있는 듯한 그런 자세였다. 그녀의 그런 자세는 어딘지 엄숙미마저 풍기고 있었다.

 아직 무대에 남아 있던 안마사는 사람들이 거의 다 나가버린 기척을 알자 뭐가 몹시 거북한 표정으로 얼굴 근육을 몇 번 실룩거리더니 방으로 들어가버린다.

 "형씨의 누이를 곧 찾게 되기를 빌겠습니다."

 딱따기가 조화를 보고 정중하게 말한다.

 "그렇게만 된다면 그 은혜를 잊을 수가 없을 것입니다."

 이때 골목에서 양어깨를 축 늘어뜨린 화장품 장수 청년이 들어온다. 그는 조화를 보자 황황히 가면을 벗어버린다. 그리고는 조화의 얼굴을 찬찬히 들여다본다.

 "웬일인가? 들락날락."

 딱따기의 물음에 화장품은 기가 죽어서 겨우 대답한다.

 "어젯밤에 제게 꽃을 준 아가씨가 달아나버렸어요. 찾을 수가 없어요."

 이 말에 조화는 번쩍 얼굴을 들고 화장품을 쳐다본다.

 "그래? 아니 어떻게 된 일인데? 분명히 자네에게 어젯밤 꽃을 바쳤다고 하지 않았나? 그런데 또 달아나버렸어?"

딱따기의 말을 조화는 계속 귀담아듣고 있다.

"그랬어요. 하지만 달아나버렸어요."

그는 조화를 가리키며,

"이 양반 이야기를 듣다가 생각나는 게 있어서 가봤더니 글쎄 도망을 치고 없어요."

"생각난 게라니?"

딱따기는 묻고 나서 이제 비로소 자기도 뭐가 떠오르는 듯 머리를 기울인다. 화장품도 그를 따라 생각에 잠겨 있다가 드디어 결심을 한 듯 품속에서 자기의 꽃을 꺼낸다. 그 꽃을 조화에게 보이며,

"혹시 이 꽃이 당신네 가게의 것이 아닙니까?"

묻고 나서는 조심스레 표정을 살핀다. 조화는 그 바람에 한 걸음 뒤로 물러섰다가 다시 다가들어 꽃을 찬찬히 살펴본다. 그러다가 자신 있게 말한다.

"그렇습니다. 세상에 꽃이 많기는 합니다만 이건 분명 우리 집 꽃입니다. 당신은…… 그런데 당신은 이 꽃을 어디서 구했습니까?"

화장품은 짐작이 가는 모양이다.

"그럼 당신의 누이는 찾기가 더 힘들겠습니다. 어젯밤 당신의 누이가 나에게 이 꽃을 주었어요. 한데 지금 찾아가보니 벌써 달아났어요."

조화는 놀라움에 멍해진다. 한동안 화장품을 바라보고만 있다가,

"오! 가엾은 누이, 가엾은 것!"

절망한다. 그러나 곧 끓어오르는 격분을 참지 못하여 화장품에게 덤벼든다.

"여보! 당신은 가엾은 내 누이를 농락한 거요. 그 정신이 흐린 아이를. 이 악마 같은 친구!"

그러다 다시 풀이 죽는다.

"오 불쌍한 누이……"

화장품은 더 어리둥절하다. 그는 조화보다 더 기가 죽고 절망한 표정이다.

"나도 모르겠소! 나도. 아 그 여자가 미친 사람이라고? 모처럼 내게 꽃을 바친 여자가 그래서 달아났단 말인가?"

"오오 가엾은 누이 어디로 갔느냐. 어디 가서 또 무슨 봉변을 당할 것인지……"

조화는 이제 화장품에게 매달리며 애원을 한다.

"하지만 여보. 당신은 그 애가 어디로 갔는지 짐작이라도 갈 게 아니오?"

바로 이때였다.

"아니 내 참!"

무슨 일인지 옆자리의 미스 윤이 소리치며 자리에서 벌떡 일어났다. 무대에만 정신을 팔고 있던 나는 그 바람에 화닥닥 놀라 그녀를 쳐다보았다. 그런데 이게 어찌 된 영문인가. 미스 윤은 얼굴이 파랗게 질려가지고 분에 못 이기는 듯 온몸을 부들부들 떨고 있는 것이 아닌가.

"아니 왜 그래, 갑자기?"

나는 엉겁결에 소리치며 그녀를 붙잡아 자리에 앉히려고 했다.
 "핫, 내 참 이게 무슨 챙피야?"
 그러나 미스 윤은 내 손을 뿌리치며 무대를 향해 또 소리를 지른다. 객석이 술렁술렁 웅성거리기 시작한다.
 ─이건 또 뭐야.
 ─이번에도 속임순가?
 ─거기도 배역이 앉아 있었군!
 나는 완전히 혼란에 빠져버렸다. 갑자기 당한 일이라 더 정신을 차릴 수가 없었다.
 "왜 이래 가화! 응? 왜 이래 정말 챙피하게!"
 나는 덮어놓고 그녀를 끌어 앉히려고만 했다. 그러자 미스 윤은 도저히 나를 뿌리칠 수 없는 것을 깨달은 듯 펄썩 주저앉으며 역시 화가 나서 말했다.
 "가만있어요. 이대로 참을 수가 없어요. 챙피해서. 아깐 내 이름이 나와도 그냥 숨겨 넘기려고 했지만 이젠 더 참을 수가 없어요."
 "뭐가 참을 수 없단 말야?"
 "말해줄까요? 저 꽃 장수가 정말 제 오빠란 말예요. 아셨어요? 도대체 이런 모욕이 있단 말예요? 집안일을 모조리 털어놓구. 그것도 모자라서 나중엔 나더러 미쳤다구요."
 미스 윤은 숨을 씨근대며 늘어놓다가 내 손을 뿌리치고 다시 훌쩍 일어섰다. 나는 뭐가 뭔지 정신을 가다듬을 틈도 없이 그녀를 붙잡으려고 했다. 그러나 그녀는 이번에는 정말 자리를 박차고 무대 쪽으로 내달아 나갔다.

―정말 정신을 차릴 수가 없군.
―어디까지가 진짜고 어디까지가 가짜야 도대체.
객석에서의 비웃는 소리를 귀에 흘리며 나는 정신없이 가화를 쫓아갔다.
"가화! 그만둬. 그만두란 말야."
그러나 미스 윤은 끝내 무대까지 가고 말았다. 그리고는 잽싸게 무대 위로 뛰어 올라갔다. 나는 그녀를 놓치고 무대 아래 멍하니 멈춰 서고 말았다. 이제는 더 이상 어쩔 수가 없었다. 잔등에 땀이 솟았다.
무대 위에서는 그사이에도 연극이 진행되고 있었던 모양이었다. 아까 없던 두부 장수 사내가 등장해서, 뭐 이젠 자기 종소리도 사람들이 듣기 싫어 한다거니, 그래서 미친 누이동생은 찾아보지도 못했다거니 그런 대사를 외고 있었다. 그러다가 갑자기 뛰어 올라온 미스 윤을 보자 놀라 말을 중단해버린다. 그 틈에 미스 윤은 재빨리 말을 꺼낸다. 그러나 조금 전처럼 그렇게 화가 치밀어 오른 말투는 아니다. 그사이 소녀도 어느 정도 마음을 가라앉힌 모양이었다.
"하하하...... 당신네들은 모두 우리 오빠에게 속았어요."
벌써부터 미스 윤을 보고 놀라고 있던 그녀의 정말 오빠라는 조화 가게 주인 사내가 목소리를 듣고는 확신을 얻은 듯 그녀를 껴안으려 덤벼든다.
"아이구 정말 너로구나. 널 이렇게 찾게 되다니!"
그러나 미스 윤은 남자를 재빨리 피한다.

"당신은 도대체 뭐요?"

연극을 중단하고 멍하니 바라보고만 있던 딱따기가 화가 나서 덤벼들려고 한다.

"아 난 당신네들이 찾고 있는 이분의 누이예요."

여전히 남자를 피해 달아나며 소리치는 미스 윤.

"네? 뭐라구요?"

딱따기는 어이가 없다는 표정이다. 그러나 화장품은 본능적으로 가면을 다시 뒤집어쓰고 나서 미스 윤에게 다가들어 그녀를 쳐다본다.

"아아, 하지만 난 댁에게 꽃을 바친 여잔 아니에요. 연극이 아닌 이분의 진짜 누이란 말예요. 그러니 당신들의 여자 주인공이 어디로 갔는지는 모르지만 이분의 진짜 누이가 나타났으니 더 잘됐지 않아요? 난 화가 나서 뛰어 나왔지만 말예요."

화장품은 낭패한 얼굴이 된다.

"그렇다면 우리는 당신을 찾고 있는 게 아닙니다."

이 말에 객석에서는 사정을 어느 정도 짐작한 듯 다시 소리를 지르기 시작한다.

─뭐야. 연극을 하는 거야 장난을 하는 거야.

─그 여자 끌어내려버려!

─어이, 앞에 따라나가 서 있는 젊은 친구. 빨리 데리고 나가지 못하나?

이번에는 나를 향해 소리치는 친구까지 있다. 아닌 게 아니라 그 말이 옳은 듯했다. 이게 뭔가, 앞에 멍하니 서서. 빨리 꺼져버리든지 미스 윤을 끌어내리든지 하지 않고……

나는 더 생각할 것 없이 무대로 뛰어 올라갔다. 그러는 나를 저지하는 사람이 없는 걸로 보아 연극은 이미 파탄이 나버린 모양이었다. 그렇게 생각하니 나는 차라리 마음이 좀 차분해졌다. 그래서 잠시 미스 윤의 말이 끝나기를 기다리고 있었다.

"하지만 당신들은 나를 참 난처하게 만들었어요. 우리 집 이야기를 그대로 까발리고 있었거든요. 물론 제 오빠 탓이지만 말입니다. 그것도 한 가지는 크게 틀렸어요. 보시다시피 전 이렇게 핸섬한 남자 친구를 가지고 있으니까요."

미스 윤은 그러면서 내가 거기 와 있을 줄 이미 알고 있었다는 듯 돌아보지도 않고 뒤에 선 나를 손으로 가리켰다. 그리고는 말을 계속했다.

"저는 이분에게 제 집 사정을 이야기해준 일이 없었어요. 한데 연극 때문에 모든 것이 밝혀져버렸거든요. 그렇다고 뭐 감출 것은 없었지만, 여하튼 이런 식으로 제 주변 이야기가 밝혀지고 보니 이이는 틀림없이 저를 오해하게 될 거란 말입니다. 전에 제게서 받은 꽃에 대해서도 의심을 하게 될 거고. 하긴 요즘 진짜 꽃을 바치는 여자가 어디 있겠습니까마는……"

그녀는 이제 오빠에게 한 팔을 붙잡힌 채 가만히 서서 말을 하고 있었다.

"하지만 이건 연극이니까 남자분께서 이해를 하셔야지요."

딱따기가 은근한 눈초리로 나를 본다.

"네, 이해합니다."

나는 엉겁결에 그렇게 대답해버렸다.

"하지만 또 하나 있어요."

미스 윤은 아직도 하고 싶은 말이 있는 듯 한 발자국 더 앞으로 나선다.

"또 뭡니까?"

딱따기가 이젠 귀찮다는 얼굴을 짓는다.

"제가 미친 일이 없다는 것을 증명해야겠어요. 중요한 것은 그겁니다. 이이가 절 의심하게 될까 두려운 점도 바로 그 점이구요. 아까 연극에서 화장품 장수처럼 말입니다."

"미친 일이 없다구요? 그야 우리가 증명해드릴 수 있는 일이……."

못 된다는 딱따기의 어투다.

"아니에요. 증명을 해야 돼요. 하지만 당신들에게 해달라는 건 아니에요. 제가 증명을 해 보이겠어요."

"맘대로 하시구려."

"그래요. 말하자면 미친 건 제가 아니라 제 오빠 쪽이라는 것입니다."

이 말에 그녀의 오빠라는 자는 당황하여 붙들고 있던 가화의 팔을 낚아챈다.

"그만두고 가."

그러나 윤은 버틴다.

"그걸 우리가 어떻게 압니까?"

이젠 썩 재미가 있다는 듯 딱따기가 일부러 빗나간다.

"저는 도대체 생화 가게 앞에 가서 있어본 일도 없고, 더구나 모조 오렌지 사건 같은 건 알지도 못해요. 아마 그건 모두 제 오빠 자신의 이야기일 거예요. 오빠는 이 연극 말고 정말로 집에서 조화 가게 주인 노릇을 하며 자기 꽃에 곧잘 신경질을 내곤 하거든요. 그리고……"

"그만두래두. 얘 빨리 가기나 해."

그녀의 말을 중단시키며 오빠라는 자는 더욱 당황해서 그녀를 무대 뒤쪽으로 끌어내려 한다. 그러나 미스 윤은 여전히 완강하다.

— 저 병신 같은 것들! 빨리 끌어내지 못해?

객석에서 다시 고함을 지른다. 나는 남자와 합세하여 그녀를 끌어내려고 했다. 그러나 그녀의 완강한 저항에 할 수 없이 물러나서 이번에는 그냥 거기 서 있을 수도 없어 무대를 내려오고 말았다.

"어때요? 저의 이야기를 듣고도 제가 미친 걸로 생각되세요?"

뒤에서 미스 윤의 따지는 소리가 들려왔다. 나는 자리로 가지도 못하고 객석 한쪽 구석에 서서 사태의 결과를 기다리기로 했다. 무대에서는 미스 윤의 말에 이젠 딱따기마저도 정신이 혼란해지며 머리를 흔든다. 그러다가 그는 그 혼란에서 어서 벗어나야겠다고 생각했는지 아무렇게나 응대를 한다.

"그럼 댁은 정말 미치지 않았단 말이죠? 오렌지를 본 일도 없구?"

"물론입니다. 꽃집 앞에 자주 가서 그곳을 들여다보고 있었던 것은 제가 아니라 오빠였으니까요."

그러자 이번에는 사내가 결사적으로 윤을 끌어낸다. 그는 막 뒤로 사라지며 그러나 입으로는 행복스러운 듯 외치고 있다.

"아아! 전 이제 만족입니다. 누이를 찾았으니까요."

그들이 나가는 것을 보고 있던 딱따기가 머리를 설레설레 흔들고 있다. 무대 뒤에서는 아직도 승강이를 벌이는 남매의 시끌적한 소리, 이제 어떻게 연극을 진행해야 할지 가리지를 못해 당황해하는 배역들의 움직임 속에 무대가 완전히 혼란에 빠져버리자, 우선 사태를 수습하려는 듯 별안간 징이 울리고 무대는 막이 내리기 시작한다. 그러나 나는 무대 뒤로 사라진 미스 윤을 찾아가볼 엄두도 내지 못하고 그냥 서 있기만 했다.

무대에서는 이때 처음 조화 장수 역을 맡았던 남자가 뛰어나와 이미 절반쯤 내려오고 있었던 막이 다시 거꾸로 조금 올라가다 엉거주춤 머물러버린다. 남자는 머리 위에 엉거주춤 멈춰 있는 막을 불안스럽게 쳐다보며 무대 뒤의 소란이 걷히기를 기다린다. 그리고 객석을 향해 손짓으로 다시 앉으라고 시늉을 해 보이고는,

"대단히 죄송합니다. 연극이 좀 혼란해진 것 같습니다."

정중하게 사과를 한다. 그가 말을 시작하자 무대를 우왕좌왕하던 배역들도 모두 막 뒤로 사라져버린다. 사내는 말을 계속한다.

"한데 주역이 저렇게 되어버렸으니 이제 제가 다시 조화 장수를 되맡아 연극을 계속하겠습니다. 그러니까…… 이야기를 어떻게 계속한다?"

그는 자신도 어떻게 해야 할지 미처 생각이 떠오르지 않는 듯 잠시 생각을 하다가 할 수 없이 무대 뒤를 돌아보고 묻는다.

"조화 장수가 정말 미쳐버렸는데 어떻게 하지?"

그러나 이 말은 객석 뒤에까지는 잘 들리지 않을 만큼 소리가

작다.

"미친 걸로 하면 얘기 줄거리를 이어나갈 수가 없지 않아?"

오히려 무대 뒤의 대답은 소리만 들려나왔으나 맨 뒤까지 들릴 만큼 컸다.

"그럼 꽃은 다시 가짜가 되어야 하나?"

사내는 이번에도 잘 들리지 않는 소리로 다시 묻는다.

"그렇지. 멀쩡한 사람 눈에 가짜 꽃이 생화로 보일 수가 있어?"

소리의 대답.

"그럼, 어차피 조화 장수의 누이는 달아나버린 것으로 되어 있었으니까 그대로 잘된 셈이고······"

사내는 혼자 줄거리를 정리해보고 있더니, 드디어 자신을 얻은 듯 객석을 향해 말하기 시작한다.

"그럼 이야기를 좀 정리해드리겠습니다. 이제 다시 제가 조화 장수 역을 맡게 되니 본래 각본대로 이 '소리의 가족'에 대해서 이야기를 계속하겠습니다. 그러니까 저는 미친 것이 아니고 따라서 미치지 않은 사람의 눈으로 본 것이니까 꽃은 여전히 가짜 꽃으로 되겠습니다. 그리고 우리의 가엾은 화장품 장수의 애인 그러니까 제 누이 가화는 놈팡이를 따라 나가 끝내 소식이 없는 본래의 각본대로 되었으니까 어차피 다시 등장하지 않겠습니다. 자, 그럼 일이 이렇게 되었으니 여기서 막을 내리고 이야기는 막을 바꿔서 계속하겠습니다. 다음 막에서도 무대는 자연히 '소리의 가족 합숙소'가 되겠습니다."

말을 마치고 나서 사내가 손짓을 하자 새삼스럽게 징 소리가 궁

울리고 이번엔 진짜로 막이 내려버린다.

거기서 비로소 나는 황급히 발길을 돌렸다. 막이 내려버리자 나는 사람들의 시선이 갑자기 내게로 몰려드는 것을 느낄 수가 있었다. 미스 윤을 찾거나 그녀를 기다리고 있을 생각은 없었다. 더구나 연극을 더 구경하고 싶은 생각은 없었다. 나는 어서 빨리 극장을 빠져나가고 싶었다. 그래서 어디론가 멀리 혼자 도망쳐버리고 싶었다.

나는 막간을 이용하여 화장실을 찾는 사람들이 자리를 일어서기 전에 후닥닥 출입구를 빠져나왔다. 그리고는 휴게실을 지나 부지런히 출구를 향해 걸어나가고 있었다.

그런데 바로 그때였다.

"왜, 벌써 가십니까?"

소리에 깜짝 놀라 얼굴을 들어보니 웬 정장을 한 사내 하나가 어느 틈엔지 휴게실에 나와 담배를 피우고 있다가 알은체를 하며 웃고 있었다. 그러나 나는 그가 누군지 기억해낼 수가 없었다.

엉거주춤 어물거리고 있으니까 그가 말했다.

"아, 전 그냥 구경을 온 사람입니다. 선생님 역은 다 마치셨습니까?"

조금도 의심 없는 얼굴이다. 나는 어이가 없었다.

"뭐라구요? 제 역을……?"

"그렇지요? 선생님은 아까 객석에 계시다 나가신 분이지요?"

사람들이 곁을 지나가다 말고 두 사람의 대화를 듣고 있다. 나는 숨이 막힐 듯 답답해왔다.

"아닙니다. 그건 제 실수였습니다. 저는……"
그러나 남자는 곧이듣지 않는 얼굴로 나의 말을 막았다.
"뭐 감추실 것까지 있습니까? 전 다 이해해요. 가화라구, 쫓아나가시면서 그 조화 장수 누이의 이름까지 부르시고선……"
그는 정말로 모든 것을 다 환히 알고 있고 또 이해한다는 듯 빙글빙글 웃기까지 하고 있었다.
나는 가슴이 막히고 얼굴까지 확 붉어지는 것을 느끼며 대꾸도 없이 그 자리를 벗어나 극장 문을 뛰쳐나와버렸다.
"핫 참, 그렇게까지 감출 필요가 없을 텐데……"
사내가 혼자 확신에 젖어 중얼거리는 소리가 뒤에서 들려왔다.

3

시골 초등학교의 학예회 날. 6·25 전화(戰禍)로 학교 교사가 불타버린 나의 가난한 모교는 이듬해 봄에 정부 원조와 학부형 헌금으로 간신히 재건을 보게 된 세 교실짜리 가교사의 낙성식을 올린 자리에서 학예회를 열었다. 낙성식을 겸한 자리라 학예회는 대성황이었다. 교실 둘을 터서 만든 객석은 입추의 여지가 없는 만원을 이루었다. 내빈석도 면장님과 각 마을 이장 그리고 학교 기성회장님과 지서주임같이 점잖은 분들로 가득 차 있었다. 학예회는 노래와 무용 그리고 연극 순서를 거쳐서 정오가 가까워올 무렵해서 나의 차례가 되었다. 나는 웅변을 하게 되어 있었다. 무대 뒤에서 교장선생님이 손수 써주신 웅변 원고를 마지막으로 한 번 외워보고 난 나는 차례가 되자, 실제로 그 웅변 원고의 발음 억양과 제스처를 지도해주신 담임선생님의 주의를 한 번 더 받고 나서 무대 연단으로 나갔다. 막이 올려지자 나는 빽빽하게 들어찬 청중들의 이마에 잠시 현기증을 느꼈으나 곧 마음을 다잡고 공손히 인사를 한 다음 침착하게 입을 열기 시작했다. 교장선생님께서 써주신 웅변 원고는 대략, 학교 교사가 불타버린 후 우리들은 그래도 배움을 계속하기 위해서 이 마을 저 마을의 회관을 찾아다니며 얼마나 고생을 했는가를 말하고 그런 우리들에게 한곳에 모여 공부할 수 있는 교사를 이만큼이나마 마련해주신 유지 여러분과 학부형들께 감사를 드린다는 것, 그러나 이 학교에는 아직도 교실이 부족하고 걸상도, 뛰어놀 변변한 운동장도 없어 마음 놓고 활발히 공부하기에는 어려움이 많다는 것을 들어 청중들로 하여금 마음이 움직여서 앞으로도 계속될 모교 복구사업에 적극 협력해주도록 호소를 하는 것이었다.

애초에 나는 학예회에서 내가 웅변을 하도록 정해진 것을 무척 싫어했다. 원고가 딱딱한 말로만 되어 있어 재미도 없었고 또 다른 학생들이 다 집으로 돌아간 다음에도 혼자 남아서 담임선생님과 소리소리 지르며 원고를 외고 책상을 두드려대고 하는 것이 통 취미가 없었다. 그러나 교장선생님과 담임선생님은 그러는 나를 부드럽게 달래시며 끝내 연습을 시켜주셨던 것이다.

그런데 연습 중에는 그렇게 딱딱하고 싫기만 하던 원고가 막상 청중 앞에서 외워 내려가다 보니 뜻밖에 가슴이 뛰고 흥분이 솟아

오르는 것이었다. 전혀 예기하지 못한 일이었다. 나는 그것이 남이 써준 원고가 아니라 정말로 내 생각 속에서 토해내는 말들인 것처럼 얼굴을 붉혀가며 열을 올리고 있었다. 그러면서 내가 말하는 구절구절에 스스로 감격되고 있었다.

— 오들오들 추위에 떨며 그래도 배우겠다고 이 마을 저 마을로 선생님의 품을 찾아 쫓아다니던 여러분의 자식들을 생각해보신 일이 있습니까?

특히 이 대목에 이르러서 나는 정말로 우리들이 산지사방 마을마다 흩어진 학년별 교실로 통학을 하던 일이 번개처럼 떠올라서 드디어는 감정을 억제하지 못하고 울음까지 터뜨리고 말았다. 나는 울음 섞인 목소리로 원고의 다음을 계속했다. 조금도 부끄럽지가 않았다. 청중은 그러는 나에게 우레 같은 박수를 보내주었다. 눈물은 내가 웅변을 계속하는 동안 학교를 지어준 고마움을 말하고 이제 우리는 한곳에 모여 공부를 할 수 있게 되어 기쁘다는 말을 하는 대목에 와서야 간신히 멈춰졌다. 그러나 나는 끝에 가서 다시 제 소리에 감격하여 눈물로 웅변을 끝맺었다. 객석에서는 박수가 막이 내린 다음까지 끝없이 계속되고 있었다. 무대를 물러나오자 교장선생님이 달려오셔서 잘해주었다고 손까지 쥐어주며 칭찬을 하셨다.

그러나 나는 그때 연단에서 웅변을 하다가 울어버리고 말았다는 사실이 비로소 부끄러워지기 시작했다. 교장선생님이나 담임선생님을 보기가 면구스러웠다. 특히 그 청중 가운데서 내가 울음보를 터뜨리는 것을 보고 앉아 계셨을 어머니를 생각하니 견딜 수가 없었다. 아무도 보지 않는 데로 숨어버리고 싶었다.

나는 슬그머니 학교를 빠져나와버리고 말았다. 그리고 혼자 집으로 돌아오는 산길을 걸었다.

그 오후 한나절을 나는 따뜻한 봄볕과 정적에 파묻힌 산골에서 온 산을 발갛게 물들이고 있는 진달래를 따 먹으며 그길로 돌아오실 어머니를 혼자 기다렸다.

극장을 나와 집을 향해 밤거리를 걸으면서 나는 별생각도 없이 그 시절 일을 생각하고 있었다. 그리고 그날 오후 기다리던 어머니를 만나지 못하고 할 수 없이 산을 내려와 이미 텅 비어버린 학교를 향해 어머니를 찾으러 인적 없는 들길을 외롭게 걸어가던 일을 생각했다.

밤거리는 불빛이 밝았다. 사람들도 붐볐다. 그러나 나는 아직도 그 인적 없는 들길을 혼자 외롭게 걷고 있는 착각 속에 사로잡혀 있었다. 내가 그 착각에서 벗어져 나온 것은 어떤 꽃 가게 앞을 지나게 되었을 때였다. 문득 휘황한 불빛 아래 꽃들이 현란한 색깔로 진열되어 있는 가게 앞에 이르자 나는 번쩍 정신이 들었다. 그리고 본능적으로 얼굴을 돌리고 걸음을 재촉했다. 시원한 저녁 바람이 나의 이마를 씻고 지나갔다.

— 도대체 어디까지가 진짜인가?

비로소 나는 연극을 생각하기 시작했다.

— 오늘 밤, 어떻게 되어 나는 무슨 짓을 했는가?

하숙으로 돌아와 일찍 자리에 들려고 하고 있는데 미스 윤이 찾아왔다. 집만 밖에서 가리켜줬을 뿐 한 번도 데려온 일이 없고 또 스스로 찾아온 일도 없었는데 그녀가 혼자 불쑥 나타난 것이다. 나는 밖에서 식모 아이와 주고받는 몇 마디 말소리를 듣고 찾아온 사람이 미스 윤이라는 것을 곧 알았으나, 이날 밤은 반가움보다 뭔가 섬찟한 느낌이 앞서서 훌쩍 나가지를 못했다. 그녀가 내 방문 앞으로 다가드는 소리를 듣고서야 나는 옷을 주워 걸치려다가 급해져서 그냥 잠옷 채로 그녀를 맞아들였다. 깔아놓은 잠자리만 한쪽으로 밀어제친 채로였다.

"왜 그냥 혼자 오고 말았어요?"

미스 윤은 내가 기대했던 어떤 색다른 기색은 조금도 찾아볼 수 없이 평소대로 아무렇지 않게 첫마디를 꺼냈다.

"왜? 찾았어요?"

나는 조금 실망이 되는 자신을 느끼며, 역시 아무렇지 않게 말했다.

"찾지 않구요. 자리로 돌아가 보니 비어 있지 않아요. 혹시 휴게실에서 담배라도 피우고 오려나 기다리고 있었는데 돌아와야죠. 그래 무슨 일이 생겼나 싶어서 밤늦게……"

미스 윤은 그 일은 기억에도 남아 있지 않은 듯, 또는 모든 것에 대해 피차 이해가 다 끝나 있으리라 믿고 있다는 듯 태연스럽게 말했다.

―무슨 일이 생겼나 해서라고?

그러나 그녀의 그런 태연스런 거동은 처음과는 다르게 이상한 두려움과 경계심 같은 것을 나에게 환기시켜주었다. 나는 그 두려움을 떨쳐버리려는 듯 갑자기 그녀를 끌어안았다. 그리고 얼굴에다 입김을 끼얹으며 격렬하게 입술을 비벼댔다. 그러나 나는 곧 팔을 풀고 그녀로부터 떨어져 나와버렸다.

"호호? 왜 이러세요? 아직도 꼭 연극을 하고 계신 것 같아요."

그녀의 말소리가 차가운 물처럼 나의 머리에 끼얹어졌다.

"그래, 그럼 좀 물어봅시다. 도대체 난 오늘 저녁 연극을 한 건가?"

나는 씁쓸하게 그녀를 바라보며 물었다. 그러나 물어놓고 나서 나는 곧 두려움을 느꼈다.

"글쎄요. 좋도록 생각하셔야죠."

미스 윤은 확실한 대답을 하지 않았다. 그녀는 오히려 노골적으로 초조감을 드러내놓고 있는 내가 재미있는 듯 비밀스런 미소까지 지었다.

"그걸 왜 제게 물으세요? 자신이 한 일을 말예요?"

순간 나는 그녀의 말이 옳은 것처럼 느껴졌다. 그렇지. 내가 한 일이지. 그렇다면? 그러나 이내 생각을 계속할 수 없는 혼란이 왔다. 웬일인지 학예회 날 남의 원고를 외다가 감정이 북받쳐 울음을 터뜨려버린 일이 다시 떠올랐다. 그리고 어머니를 찾으러 이미 텅텅 비어버린 학교를 향해 인적 없는 오후의 들길을 걷고 있는 조그만 나의 모습이 지나갔다.

그리고 무엇보다 내가 극장을 빠져나올 때 휴게실에서 만난 그 정장의 사내가 커다랗게 떠올랐다.

—뭐 감추실 것까지 있습니까? 전 다 이해해요……

그의 웃음 띤 얼굴이 나를 비웃고 있었다.

"그렇다면 그쪽은…… 정말 연극을 한 거요?"
나는 환영을 지우려고 미스 윤 쪽의 일에 질문을 돌렸다.
"글쎄요. 연극을 마지막까지 구경했으면 좋았을 뻔했군요. 그렇게 궁금하시다면……"
그녀는 이번에도 글쎄요, 뿐으로 확실한 대답을 하지 않았다. 나는 그녀가 대답을 확실히 해주지 않은 이유가 무엇일까 궁금했으나, 이번에도 역시 그녀는 대답을 해주지 않으리라 믿으면서 두려움 없이 다시 물었다.
"그럼 미스 윤네 집은 정말로 조화 가게를 가지고 있나요?"
그러나 이번에는 미스 윤이 예상 밖이었다.
"네, 그건 정말이에요. 그리고 아까 그 조화 장수 남자는 집에서도 꽃 가게를 지키는 진짜 제 오빠구요."
묻지 않은 사실까지 일러준다.
"그렇다면, 오빠는 연극을 한 거요? 도대체 어디까지가 연극이고 어디까지가 진짜요? 그리고 나는?"
한꺼번에 몇 가지를 물어대고 있었다.
"글쎄요. 저도 그게 확실치가 않아요. 더욱이 그쪽까지 껴서 한꺼번에 생각을 하자니까 말예요."
또 글쎄요, 그녀 역시 잘 모르겠다는 것이 정말이라는 표정이다. 그것은 미스 윤이 대답을 회피하고 있거나, 사실로 그녀 역시 아직 연극기에서 벗어나지 못하고 무엇을 혼동하고 있거나 둘 중의 하나임에는 틀림이 없을 것이었다. 그러나 나는 그것이 어느 쪽인지 알아낼 수가 도저히 없었다.

이날 밤 미스 윤이 돌아가고 나서도 나는 물론 쉽사리 잠을 이룰 수가 없었다. 미스 윤의 말과 태도는 어느 편인지 그리고 나와 관련한 오늘 밤 일은 어디까지가 진짜고 어디까지가 연극에 속하는 것인지 그런 의문들을 떨쳐버릴 수가 없었다. 심지어는 오늘의 연극이 나와 미스 윤과의 관계에 대한 어떤 암시를 지니고 있거나, 적어도 무관한 것 같지만은 않은 기분이었다. 그러나 마음만 답답하고 혼란할 뿐 그 어느 것도 나 혼자로서는 대답을 얻어낼 수가 없었다.

그렇게 이런저런 상상에 시달리고 있던 나는 드디어 한 가지 생각을 정하고 나서야 겨우 눈을 붙이게 되었다. 그것은 다음 날 다시 그 연극을 끝까지 구경하자는 것이었다. 미스 윤 몰래 혼자 숨어 가서 다시 한 번 연극 진행을 보면 사정이 드러나게 되리라. 내가 오늘 낮에 혼란 속에 벌인 일들이, 그리고 미스 윤의 행동이 정말 연극 진행에 포함된 것이었는지, 만약 그렇다면 그것이 어디까지인지가 드러나게 될 게 분명했다. 그리고 뜻지 않은 일로 2막에서(그것도 본래 2막이 거기서 끝나게 되어 있는지는 확실치 않지만) 극장을 나오고 말았지만 실상 나는 그 연극의 줄거리에도 상당한 흥미를 가지고 있었다. 다음 2막이 궁금했다. 그리고 만약 나의 실수가 정말 우발적인 사고로 연극을 파탄으로 몰고 간 것이라면 그 뒤는 어떻게 수습해갔을 것인가 그다음 줄거리가 그것을 이어가는 데 지장이 없게 되어 있는 것인가도 궁금했던 것이다.

4

　다음 날의 연극도 1막은 예상대로 전날과 다름없이 진행되고 있었다. 막 초반에서 조화 가게 주인 남자의 소리들에 관한 연설이 있고, 그 연설이 끝날 무렵 해서 객석에서 나간 한 사내로 하여 한바탕 소란을 벌인 다음에 주인공을 바꾸고…… 그래서 전날과 똑같이 조화 가게 이야기로 일관, 막을 내렸다. 2막 역시 종반에 이르기까지는 전날과 하나도 다름없이 이야기가 진행되었다. 다른 것은 다만 마지막 막이 내릴 무렵의 얼마 동안이었다. 그리고 그 부분이 나의 관심과 흥미의 초점이 되었음은 물론이다. 이야기는 조화 장수 사내에게 화장품이 어젯밤 그의 누이로부터 자기가 꽃을 받았는데 오늘 다시 가보니 도망을 쳐버렸더라고 고백을 하는 데까지는 똑같이 진행되었다. 그 소리를 듣고 조화가 화장품을 욕하며 절망하는 데까지도 똑같았다. 두부 장수가 들어올 때쯤 해서 나는 거의 숨을 멈추다시피 하고 무대를 지켜보고 있었다. 이제 객석으로부터 그의 진짜 누이 가화가 뛰쳐나와야 할 순서였기 때문이었다.
　과연 그때였다. 객석의 한 부분에서 여자 하나가 일어서고 주변이 소란하더니 그 여자가 무대를 향해 쏜살같이 달려 나가고 있는 것이 아닌가. 그리고 한 사내가 그 여자를 쫓아 나가고. 그러나 거기서부터 사정은 어제와 조금 다르게 진행되어갔다. 우선 무대 쪽으로 나가고 있는 여인은 먼빛으로 보아도 윤가화, 그녀가 아니었다. 그리고 그 여자를 쫓아 나가던 청년도 무대까지는 가지 않고 곧 자리로 돌아와 털썩 주저앉아버리는 것이었다. 그러나 무엇보다도 어제와 다른 점은 무대에서 일어난 일이었다. 여자는 혼자 무대로 올라갔다. 그리고 어제의 가화 오빠와는 다르게 이번에는 여자가 자기 진짜 오빠라고 주장하는데도 조화 장수는 그녀를 모르는 사람이라고 오히려 그녀를 무대에서 쫓아내려고 했다. 그러자 여자는 오빠가 정말로 머리가 이상해져서 그러는 것이라고 우기며 조화 장수를 무대 뒤로 끌어내리려 하고, 사내는 엉뚱한 여자로 하여 연극을 망치게 되었다는 듯 어이없이 허허 웃으면서도 결국 여자의 억척스런 힘에 못 이겨 무대 뒤로 끌려 나가버렸다. 이번에는 그 조화 장수가 아니라 여자 쪽이 아무래도 좀 이상한 편인 것으로 보였고 무대를 나가는 것도 끌어내는 쪽이 여자 쪽이고 사내는 끌려나가는 쪽이었다. 어제와는 반대였다. 이렇게 되어 어차피 무대는 혼란이 일고 어제와 똑같이 갑작스럽게 막이 내리려 하고, 또 처음의 조화 장수 역 사내가 나와 그것을 정지시킨 다음 갑작스런 변으로 연극을 혼란하게 한 사과의 말과 다음 막에서의 이야기의 계속을 어제의 그것에서 오늘 사태에 맞게 수정해가며 설명하고 들어갔다.

'윤가화, 그녀가 아닌 딴 여자였으니까 그녀의 오빠는 몰라보았을밖에……'

막이 내리고 나자 나는 잠시 오늘의 사고를 진짜 우발적인 사실로 착각하고 있었다. 어젯밤 가화 그녀가 조화 장수 사내를 자기의 진짜 오빠라고 말한 사실과 오늘 뛰어나간 가화 아닌 딴 여자를 조화 장수가 어제와는 다르게 정말로 알아보지 못한 듯한 태도가 그런 착각을 도왔다.

그러나 이내 나는 낭패한 심경이었다. 기대와는 다르게 연극의 진행을 보고 나서도 나는 아직 사실을 볼 수가 없었다. 착각에서처럼 오늘의 일이 정말 한 관객의 우발적인 실수로 인한 것이라면 해답은 간단하다. 그러나 그것을 꼭 실수라고 볼 수만은 없는 점이 있었다. 연습된 배역을 미리 배치했을 수도 있고, 연출자가 어떤 방법으로 그런 혼란을 유인해냈을 수도 있다.

어제와 조금 다른 데가 있기는 했지만 무엇보다도 같은 대목에서 혼란이 야기되고 그 혼란을 핑계로 막을 내리고 마는 대동소이한 진행이 그런 점이었다.

한데 그런 나를 더욱 혼란 속에서 종잡을 수 없게 한 것은 그때 우연히 어떤 얼굴을 보고 만 사실이었다. 막이 내리고 나서 한참 시간이 지연되자 불쑥 막을 걷어젖히고 빼꼼히 나타난 얼굴. 그것을 분명 윤가화, 그녀가 아닌가.

"2막의 혼란 때문에 배역들에게 진행을 정리해주느라 시간이 지연되고 있습니다. 대단히 죄송합니다. 조금만 더 기다려주시기 바랍니다."

사과를 하고 다시 막 뒤로 사라지는 그 얼굴은, 그리고 그 목소리는 미스 윤이 틀림없었다. 나는 비로소 무엇인가 윤곽이 좀 떠오르려고 했다. 그러나 그것은 확연히 형태를 짓지 못하고 아물거리다가 물거품처럼 다시 스러져버리는 것이었다. 그러자 나는 더 심한 혼란에 빠져버렸다.

다음 막이 시작되려고 할 때야 나는 간단히 정신을 가다듬었다. 하여튼 모든 것은 연극을 다 구경하고 나서 정리해보자.

무대는 막이 오르려는 듯 흔들리고 있다. 막 뒤에서 사람들이 도둑이야, 하는 소리들이 혼란스럽게 들려 나오고, 그 소리들에 섞여 달아나고 쫓기는 발소리가 요란하다. 소리가 한동안 계속되다 사라지고 나서 막이 오른다. 사내의 예고대로 무대는 2막과 같다. 2막에서 집 앞 정면 기둥에다 걸어둔 조화가 그대로 걸려 있으나 날짜가 좀 지난 듯 지저분해졌다. 아직 이른 아침인 듯 무대는 조명이 활짝 밝지 못하다.

안마사 사내가 마루에 엿장수 노인을 눕혀놓고 몸을 주무르고 있다. 웬일인지 두 사람은 목에 붕대를 감고 있다.

"이 사람, 왜 손이 자꾸 아래로만 가려 하나!"

안마장이의 손길을 끙끙거리며 견디고 있던 노인이 별안간 간지러운 얼굴을 하며 핀잔을 준다.

"아! 버릇이 돼서 그럽니다. 그쪽이 더 시원하다고들 합니다만……"

멍하니 손을 움직이고 있던 사내가 놀라며 손을 옮긴다. 두 사람 다 목소리가 시원치 않다.

"흠! 난 필요 없네. 허리를, 허리를, 좀 잘 주물러주게."

"한데 어젠 일을 안 나가셨지요?"

사내는 노인의 지시를 따라 손을 움직이다 차츰 표정이 어두워지면서 묻는다.

"안 나갔지. 오늘두 안 나갈 참이네. 내일두, 모레두…… 나갈 수가 없어. 목이 이 모양이 되어가지구야 어디 소릴 지르구 돌아다닐 수가 있어야지! 한데 어젯밤엔 자네두 안 나갔지?"

"네, 못 나갔습니다. 목도 그렇고 명절날이라고 해서. 오늘이 정월 대보름인데 이런 날 밤만은 정하게들 지내야죠."

"정하게 지내다니. 안말 하면 몸이 정하지 못하나?"

안마는 더욱 어두운 얼굴이 된다.

"안마야…… 괜찮지만, 안마를 받고 난 다음엔 으레 정하지 못한 일이 따르나 봅디다."

"이 사람, 또 손이 아래로 가는군. 역시 안마도 정한 짓은 못 되나 보이."

"아 또……"

사내는 놀라 손을 뽑는다.

이때 무대 뒤에서 여인들의 소리가 왁자지껄하다.

— 댁에서는 어젯밤 아무 일도 없었구?

— 일이 없다니요. 라디오, 텔레비전, 시곌 몽땅 가져갔어요.

— 그만한 게 다행이우. 우리 집엔 캐비닛까지 열구 현금 조금 있는 거하구 애 아버지 사무서류까지 집어갔다우.

다른 여자가 끼어든다.

— 말도 마요. 글쎄 우리 집엔 사냥개 새끼 낳은 것 다 집어갔지 뭐유. 세상 참 별일이에요.

— 어미 개가 짖지두 않았수?

— 짖긴요. 어미 개도 따라갔다오.

— 파출소에들 신고는 했나요?

다시 처음 여자.

— 하나 마나예요. 집집마다 든 도둑이라 이리 쫓고 저리 쫓고 하느라고 결국은 이놈도 저놈도 다 놓친 모양입니다.

— 무슨 변일까요? 참 온 서울 장안이 도둑 소동으로 들끓게 되었으니 말이우?

— 명절날 밤이라 잠들지도 않고 있었는데……

— 어젯밤 딱따기두 못 나가고 있었지 아마?

소리들에 귀를 기울이다 노인이 사내에게 묻는다.

"그런 것 같아요."

"그 사람 아주 죽치고 누워버렸나?"

"목이 몹시 상한 것 같더군요."

노인은 머리를 끄덕인다. 이때 딱따기가 방문을 열고 나와 눈을 비비며 마루에 앉는다. 그 역시 목에다 붕대를 감고 있다.

무대 뒤에서 여인들의 대화가 다시 들려오기 시작한다.

— 댁에서들은 두부를 샀수?

전번 세 여자에 또 다른 한 여자가 나타나 끼어드는 모양이다.

그 말에 맨 처음의 여자가 정신이 드는 듯,

— 아이 내 정신 좀 봐! 두부 사러 나왔다가 도둑 타령만 하고 있으니……

— 그럼 댁들도 어젯밤 도둑 소동을 벌였구려?

— 어젯밤 도둑 안 맞은 사람이 어디 있어요? 한데 댁에서는 어디서 두부를 사려우?

— 두부 장수가 없지요? 웬일이지요? 오늘 아침엔 새벽부터 종

소리를 못 들었다우.

　나중 여자는 근심이 된다.

　—이상한 일이군요. 오늘은 보름날이라 식구들이 꼭 두부를 먹어야 한다는데……

　—야단이군요.

　"땡그랭이도 나가지 않았나."

　노인이 안마사 사내를 보고 묻는다.

　"마찬가지요. 목이 퉁퉁 부어 누워 있어요."

　그 말에 노인은 혼자 한숨만 짓는다. 다시 여인들의 소리.

　—두부 사기는 틀린 것 같아요. 댁에들은 오늘 고등학교 시험 보러 갈 애들이나 없수? 빨리 밥이나 지어 먹고 데리고 가야겠소.

　—참 우리 집 애도 하나 있어요. 어서 갑시다. 말만 하고 있다가 시간 늦겠수.

　이때 골목에서 조화 가게 주인 사내가 나타난다. 그는 물론 1막 초반에 등장했다가 쫓겨난 다음 2막 끝에서 다시 나온 사내다.

　"잘들 주무셨수? 아니 참 어젯밤 여기서들은 도둑을 맞지 않았어요?"

　그는 미스 윤의 진짜 오빠라는 자와는 다르게 멍한 표정이거나 쭈뼛거리지 않고 말소리나 거동이 확실하다.

　"훔쳐갈 게라니? 뭐 우리에게 도둑맞을 건더기가 있었으면 어젯밤 같은 소동은 처음부터 나지 않았게?"

　노인이 시들하게 대답한다. 그러나 딱따기는 미심쩍은 듯 일어나 마루를 두리번거린다.

"흠! 우리 집에도 가져갈 게 있었군."

목소리가 몹시 쉬어 있다.

"뭐! 뭐가 없어졌어? 그게 뭔데?"

신기하다는 투다.

"너무 좋아하실 건 없어요. 제 딱따기, 이 마루 끝에 놓아두었는데?"

노인은 그 말에 자기도 생각 키우는 것이 있는 듯 집 안을 샅샅이 돌아본다.

"허…… 우리 집에서도 도둑맞은 건 자네 딱따기뿐이 아니야. 내 가위도 없어졌군."

"그래요? 엿판은 있습니까?"

"그건 남아 있어. 하지만 이제 쓸모가 있나?"

이상하게 도둑맞은 일에 대해서는 대범하다. 오히려 만족스럽기까지 하다는 표정. 이야기 소리에 깨어난 두부 장수, 쓰레기 청소부, 아궁이 소제부, 세 사내가 눈을 비비며 나온다.

역시 그들도 목에 붕대를 감고 있다.

"뭐가 없어졌다구요?"

한결같이 목이 쉰 소리로 묻고는 자기들의 도구를 찾기 시작한다.

"어? 내 종도 없어졌어!"

먼저 두부가 소리친다.

"내 징도 없어졌군! 분명히 이 마루 밑에 넣어뒀는데 말이야."

아궁이의 말.

"내 종도 없는걸."

쓰레기도 맞장구다. 그러나 그들 역시 놀라는 기색은 전혀 없고 오히려 신기하다는 얼굴들. 그 광경을 멍하니 바라보고 있던 엿장수 노인이 거들고 나선다.

"잘들 됐군! 뭐 남아 있어도 소용없지. 소리를 내지 못하게 됐는걸. 참 그리고 어젠 다들 일을 안 나갔다면서……"

그런데 이때부터였다. 무대 뒤 도회의 건물들이 천천히 어두워지기 시작하더니 검은 연기가 솟아오르기 시작했다. 연기는 무대까지 스며들고 공중으로부터는 껌뎅이를 마구 날렸다.

"이거 웬 연기야. 껌뎅이들이 떨어지구?"

두부가 공중을 쳐다보며 투덜거린다. 곧 무대 뒤에서 여인들의 소란이 일어난다.

― 아궁이 소제부! 굴뚝 소제부!

― 아니 댁 아궁이도 막혔구려!

― 이거 시간은 급한데 밥을 지을 수가 있어야지요.

― 그래 아궁이 소제부 못 봤수?

― 아이 껌뎅이 좀 봐! 얼굴이 모두 시커멓게 되었어요.

― 당신은 어떻구요. 호호호!

그러나 껌뎅이로 얼굴이 검어진 것은 무대 뒤의 여인들뿐이 아니었다. 무대 위의 사내들도 모조리 껌뎅이를 뒤집어쓰고 있었다. 그리고 연기는 계속 객석까지 스며와서 관객들의 머리에까지 껌뎅이를 떨어뜨렸다.

나는 그만 자리를 일어서고 말았다. 더 앉아서 견딜 수가 없었다. 연극 자체의 줄거리의 진행에는 그 나름의 흥미를 가질 수 있었다. 그러나 나는 지금 꼭 그런 연극의 재미 때문에 앉아 있었던 것은 아니었다. 어제 저지른 나의 행동에 대해서, 실수의 진위와 그 한계에 대한 해답을 얻고 싶었던 것이다. 그 궁금증 때문이었다. 그런데 연극의 막은 그런 나의 궁금증을 푸는 데는 별로 도움이 되지 않을 듯한 줄거리를 가지고 진행되고 있었다. 그러나 그것이 내가 자리를 일어서버린 이유의 전부는 아니었다. 중요한 것은 모욕감이었다. 껌뎅이를 뒤집어쓰고 앉아 있으려니 나는 터무니없이 농락을 당하고 있다는 생각이 들었다. 그리고 내가 농락을 당한 것은 그 껌뎅이로뿐만이 아니라 어제부터 여러 가지로 계속되어오고 있는 기분이었다. 자신도 모르게 뛰어들어 저지른 어제의 행동 그리고 혼란, 거기다 그 행동의 해답을 얻겠노라고 다시 극장을 찾아온 일, 게다가 이 이틀 동안의 연극 사건과 미스 윤과 나와의 관계를 막연하나마 관련지어 생각하고 있는 자신에 대해서는 더 견딜 수가 없었다. 누가 그러고 있는 것인가. 또 어떤 속임수로 계획된 것인지는 모르지만 객석에 진짜 껌뎅이까지 끼얹다니 이건 너무하지 않은가. 나는 극장을 나와 길을 걸으면서도 화를 끄지 못했다. 오히려 어이없이 농락을 당하고 있었던 자신을 상기하며 자꾸만 모욕감에 불을 지르고 있었다.

그러나 하숙방으로 돌아왔을 때 거기에는 아직 좀더 나를 골려주려는 듯한 사실이 기다리고 있었다. 어느 틈에 갖다놓은 것인지 책상 위에 오늘의 연극 대본이 한 권 놓여 있지 않은가. 아까 내가 집을 나갈 때까지는 분명 없던 물건이었다. 그렇다면 내가 집을 나간 후 미스 윤이 살짝 가져다 놓아둔 것임에 틀림없었다. 그래 놓고 그녀는 극장으로 간 것이리라. 그녀의 뜻을 짐작할 수 있었다.

거기에는 내가 연극을 다시 보아 알아낼 수 있는 것보다도 나의 여러 가지 의문에 대해서 확연한 해답이 들어 있음이 분명했다. 그러나 나는 얼핏 대본에 손을 대려고 하지 않고 한동안 그것을 노려보고만 있었다. 그것은 나를 위해 해답을 가지고 있을 뿐만 아니라 또한 그것으로써 나를 한 번 더 농락할 참이었다. 그것은 건드리기만 하면 나를 한껏 비웃어주려고 기다리고 있는 괴물처럼 책상 위에 웅크리고 엎드려 있었다. 확실히 알 수는 없지만 미스 윤의 어떤 계략이 숨어 있을 것만 같아서 위태위태한 심경이었다. 그러나 나는 그것이 나를 농락하려 덤비지 못하게 할 계략을 생각해내고는 결국 대본을 집어 들었다. 어차피 이젠 마찬가지다. 나의 의문 따위는 이제 풀리지 않아도 상관없다. 더 이상 농락을 당하진 않으리라. 나는 다만 못다 보고 나온 연극의 그다음 줄거리에 흥미를 가지려고 노력하며 그것이나 읽어보자는 생각이었다. 나는 아랫목에 자리를 잡고 누워 대본을 펼쳤다. 행여나 연극으로 본 앞부분이 펼쳐질까 겁을 먹으며 황급히 나의 퇴장시의 장면을 찾았다.

—여인: 당신 얼굴은 어떻구요? 호호호.

웃음이 따르는 여인의 마지막 대화가 나타났다. 나는 마음을 차분히 가라앉히고 읽어 내려가기 시작했다.

(소란이 계속되는 동안 조화는 계속 귀를 기울이고 있다. 몹시 진지한 표정. 다른 사람들은 다시 대화를 계속하려 할 때 골목에서 화

장품 등장. 그는 여전히 가면을 쓰고 있다. 그의 뒤를 사내 하나가 리어카를 끌고 따라 들어온다. 조화를 제외한 일동의 시선이 그 사내에게로 집중. 조화는 계속 생각에 잠겨 무대 뒤에 귀를 주고 있다)

노인: 자넨 일을 나갔었나?

화장품: (기가 죽어서) 네. 명절 새벽이고 해서 혹시나 하고……

쓰레기: 자넨 역시 젊으니까. 그래 명절 대목 재미 좀 보았나?

화장품: 하나도 못 팔았습니다.

노인: 한데 저 사람은 뭔가?

화장품: 이 사람은 간장 장숩니다. 전에 그 장구를 두드리고 다닌 사람 있었지 않습니까.

딱따기: 그래서?

화장품: 형씨가 절 이곳으로 데려오게 된 것과 똑같은 경위로 이 친구를 데려왔지요.

노인: (머리를 설레설레 흔들며) 잘못 생각인걸.

화장품: (알아듣지 못하고) 네?

노인: 이곳은 이제 무덤이야.

화장품: (놀라) 네? 무덤이라구요?

노인: 일할 생각들을 잃구, 자기 일을 버리려고 했다면 그 사람도 우선 이곳으로 올 자격은 얻은 셈일세. 하지만 이제 여기서도 다시 일할 힘을 얻을 수는 없단 말야. 이곳으로 와서 자기의 인생을 파묻을 수는 있지. 자, 보게. (일동을 둘러보며) 아무도 일을 나가지 못했네. 무덤이 아닌가. 한데 저 사람은 아직두 장구를 두드리고 다니나?

꽃과 소리

화장품: 장구 소리를 한사코 싫어들 한다구 장구뿐 아니라 간장통까지 내꼰지르려 하지 않아요? 그래 데리고 왔지요. (무대 뒤에서 다시 여인들의 소란한 소리)

여인 1: 여보세요. 혹시 어디서 엿장수 못 봤수? 엿장수 말예요.

여인 2: 글쎄 나도 엿장수를 찾고 있는걸요.

여인 1: 시험 보러 갈 아이가 엿을 먹어야 한다는데 아무리 찾아도 엿장수가 없구려.

여인 2: 우리 집 아이도 그렇다우……

노인: 흠 그래도 아직 나를 찾는 때가 있군그래. (장난스럽게 쇠꼬치를 주워다 찰캉찰캉 가위 소리를 내다가 그친다)

여인 1: 가만! 지금 어디서 엿장수 소리가 났지요?

여인 2: 네! 가위 소리였어요. 분명히.

여인 3: 엿장수 여보, 지금 이 근방 어디서 엿장수 소리 나지 않았수?

여인 1: 댁도 수험생이 있나 보군요. 글쎄 소리가 난 거 같은데 금방 또 들리질 않아요.

여인 3: 엿장수!

여인 1, 2, 3: 엿장수!

(소리치며 멀리 사라진다. 조화, 소리가 사라지는 것을 기다리고 있다가 돌아선다)

조화: 한데 왜……

(말을 하려는데 화장품이 조화가 와 있는 것을 보고 말을 가로막는다)

화장품: 아 형씨가 와 있었군요.

조화: (방금 자기가 하려던 말은 잊어버린 듯) 아, 잘 있었소? 그래 일을 나갔다 오신 게로군요······

화장품: (기가 죽어서) 당신의 누이는 아직 소식이 없소?

조화: 아직 제 누이 생각을 하고 있군요.

노인: 쯧쯧, 그러고 보니 자넨 아직도 가면을 쓰고 있군그래. 내가 가면을 쓰고 사는 걸 익히라고 한 게 잘못이었군. 이 사람 이제 일이 이렇게 되었는데 아직도 늘 가면을 쓰고 지내려나?

화장품: (머뭇머뭇) 저도 모르겠어요. 하지만 뭔가 아직은 억울한 생각이 사라지지 않아서요.

노인: 억울할 게 뭐가 있나. 가면을 쓰고 가짜 꽃을 받고들 했다면서? 피차 손헬 보거나 뒷맛 남을 짓을 하지 않았지 않나 말야.

화장품: (답답하다) 그럼 이 가슴에 꽉 차오르는 것은 무엇일까요?

노인: (단호히) 과장이지, 자네가 자넬 속이는 거란 말일세.

화장품: 그럼 어떻게 하면 좋겠습니까?

노인: 그 가면을 벗어. 가면을 벗구 자네 진짜 얼굴로 살아보란 말야. 그럼 생각두 달라질 테니.

화장품: 그럼 이 가면이 내 마음을 명령하구 다스렸단 말씀입니까? 그럴 수가 있어요?

노인: 하여튼 내 말을 들어보라구.

조화: (나서며) 원래 제가 책임질 일은 아니지만 가엾은 제 누이와 상관된 일이고 보니 면목이 없습니다.

화장품: (빈정대듯) 당신은 아직도 가엾은 누이로구려.

조화: (아랑곳없이) 하지만 제 의견도 그 가면을 벗었으면 하는 것입니다.

노인: 보라구. 내 생각이 틀리진 않았단 말야. 젊은 사람도 같은 생각 아닌가.

화장품: (할 수 없이 가면을 벗는다) 하지만 그 여자가 나타나면?

(아직도 미련이 있는 듯 슬금슬금 다시 뒤집어쓴다)

노인: 자넨 또 가면을 쓰고 있군! 할 수 없어. 하지만 제발! 제발! 그 가면을 좀 벗어줄 수 없나. 세상에서 고통을 당하고 있는 사람은 자네 한 사람뿐이 아니야.

화장품: 하지만 제게 말씀하시지 않았어요…… 이 가면이 제 얼굴인 것처럼…… 그렇게 되라구.

노인: 그래 내가 잘못이었다고 하지 않았나!

화장품: 이젠 전 아주 그렇게 되었습니다.

노인: 어쨌든 그 여잔 이제 자네에게 안 돌아와.

화장품: 어떻게 장담합니까.

노인: 그 여잔 지금 자네의 이웃에도 있지 않단 말야. 일전에 자네 다음으로 여자가 함께 다니던 남자에게서도 벌써 떠나가고 없을 거거든. 안됐지만 그 여자에게선 자네와의 일이 한 10년 전쯤 되어 있을걸세.

(그러나 화장품은 차마 가면을 벗지 못하며 기가 죽어 방 안으로 들어가버린다. 아무도 그걸 눈여겨보지 않는다)

조화: (비통하게) 오, 가엾은 누이.

딱따기: (화가 나서) 도대체 저 사람은 어째서 날만 새면 이리루 달려와서 궁상스런 꼴을 하고 있다는 거지? 이제 누이를 찾아 달라는 것두 아니잖아!

쓰레기: 글쎄, 저 사람 좀 이상한 것 같아.

두부: 이상할 뿐만이 아니지. 저 사람이 여기 들락거리기 시작하면서부터 우리 일이 이 지경이 되었어.

노인: (생각에 잠기며) 글쎄 듣고 보니 그런 것 같기두 하군.

조화: 아닙니다. 제게 그런 허물을 씌우는 것은 지나쳐요. 지금도 엿을 사려는 사람들이 소동을 피우고 다니는데 엿을 팔지는 않고 제게 그런 허물을 씌우다니요. 참 어째서 일부러 엿을 팔지 않는지 제가 묻고 싶군요.

노인: 모르는 소리. 오늘 하루 엿을 팔아 1년을 사는 줄 아나. 저 사람들은 엿을 엿으로 먹는 게 아니란 말야. 그러나 어쨌든 날마다 엿을 팔 수만 있으면 그만이지. 하지만 저 사람들은 오늘 하루를 빼놓고는 가위를 치고 골목을 누비며 돌아다니는 사람들이 아직도 세상에 남아 있는 것을 한 사람이라도 반갑게 여기고 있는 줄 아나. 언젠가 나는 우리가 소리로밖에 대접을 못 받는다…… 사람이 사람대접을 못 받고 제값을 못 한다고 한탄한 적이 있지만 이젠 소리로도 대접을 받을 수 없게 됐단 말야. 오늘 하루 엿을 판다고…… 그게 직업일 순 없지. 얼마나 속았다구, 저렇게 소동을 피우는 걸 보곤 그래도 아직 우릴 찾아주는 사람이 있구나 싶어 가위를 버리지 못하곤 하다가 예까지 왔단 말일세. 이제 또 속을 수

야 있나. 그리고 이제 더군다나……

딱따기: 하여튼 당신이 그런 것까진 알 필요 없고…… 나가주시오. 이제 당신이 이곳을 드나들 일은 없지 않소. (벽에 걸어두었던 조화를 떼어다 준다)

조화: (갑자기 매달리며 애원하듯) 제발 저를…… 저를 내보내지 말아주시오. 저는 당신들 곁에 남아 있고 싶소. 당신들과 친하고 싶단 말이요.

딱따기: 아니 이 사람이? 우리는 당신이 여기 드나들 일이 없는 이유만으로 나가라는 게 아니요. 댁 같은 사람들 때문에 우리 형편이 이렇게 나빠졌기 때문이란 말이요.

조화: 저 때문에? 왜 저 때문에 그렇게 된다고 하십니까.

딱따기: 누가 말을 좀 해주게!

아궁이: (나서며) 댁은 우리가 이렇게 목에 붕대를 감고 있는 게 보이지 않우?

조화: (멀거니 바라보다) 그건 뭡니까. 어째서 그걸 둘렀지요? (두리번거리며) 어? 모두 다 붕대를 감았구려. 도대체 무슨 일들이요?

아궁이: 그걸 알고 싶으면 댁이 먼저 대답을 해줘야 할 게 있소.

조화: 무엇을 대답해야 합니까.

아궁이: 댁은 전에 우리들의 소리를 지독하게 싫어한 일이 있지요? 징 소리라든지 가위 소리라든지 종소리 같은 것이 골목을 돌아다니는 걸 말이요.

조화: (잠시 생각해보다가) 그렇습니다. 그런 적이 있었습니다.

아궁이: 보시오. 그런데 어째서 싫어했지요?

조화: 그건 내가 소리들의 노예처럼 생각되었기 때문입니다.

아궁이: 무슨 뜻이오?

조화: 사람의 소리를 알아듣는 것보다 당신들이 두드리는 종이나 징 소리 같은 것을 듣고 그것이 뭣을 하라는 뜻인지 더 빨리 알아들을 수 있게 되어버린 것이 싫었다는 말입니다.

아궁이: 그것 보시오.

조화: 무엇 말입니까?

아궁이: 당신들같이 꽃이나 만들고 하는 멋쟁이 양반들은 우리들의 소리를 그렇게 터무니없이 잘못 알았단 말예요. 그리고는 신경질을 부리고 싫어하고…… 그것은 보시다피 우리들의 귀중한 생활이었소. 당신들을 노예로 부리고 싶어 한 장난이 아니었단 말이요. 노예가 된 건 당신들 자신이었소. 우리가 알 바가 아닌데 그러나 그런 당신들 때문에 우리는……

조화: 하지만 전 지금은 그렇지 않습니다. 당신들의 소리를 좋아하게 되었다니까요.

아궁이: 그건 또 무슨 변덕이오?

(이때 무대 뒤에서 여인들 소란)

일동: 그 소리에 귀를 기울인다.

여인 1: 아이쿠 이 냄새! 도대체 쓰레기차들은 다 어딜 갔단 말예요?

여인 2: 댁에도 쓰레기를 치워내지 못했군요.

여인 3: 쓰레기가 부엌문 앞에까지 차올랐어요, 글쎄.

여인 2: 거리가 온통 쓰레기 더미로 길이 막힐 지경이군요.

여인 3: 아니 저 양반 좀 보게? 뉘 집 앞에다 쓰레기를 버리는 거요?

여인 4: 네 집 내 집 모두 쓰레기 천지, 냄새 천진데 어디면 어때요.

여인 3: 그럼 우리 집 쓰레긴 좀 안 가져가우? 남의 집 앞에다 버리게.

(싸우는 소리―소란이 그치고)

조화: 당신네들 소리 하나하나가 얼마나 귀중한 것인가를 알았기 때문입니다. 그리고 그 소리 뒤에 숨은 당신들의 생의 내력을.

딱따기: (나서며) 하지만 댁이 그렇게 사실을 알았다고 해도 이젠 늦었어요.

조화: 그건 왜요?

딱따기: 세상은 당신처럼 우리들의 소리를 터무니없이 이상하게 잘못 알고 싫어하는 사람들의 것이거든요. 이제 우리들의 목에 두른 붕대를 알려드리리까? 며칠 전 그 사람들은 우리들이 일절 소리를 내지 못하게 하는 법을 만들었어요. 무슨 소음방지법이라던가요? 어떤 장수는 목소리로 대문 앞에 서서 외치라는 거예요. 물론 우리들의 소리가 자기들을 노예로 만들었느니 어쨌느니 하는 그런 사람들의 뜻이 반영된 것이지요.

아궁이: 할 수 없었지요. 나는 대문마다 머물러 서서 아궁이를 쑤시라고 외쳐야 했습니다. 사정은 다 마찬가지였죠. 그래서 우리는 결국 모두 목이 쉬고 부어오르고 한 겁니다.

조화: 하지만 딱따기는 다르지 않습니까. 그건 장사도 아니구.

딱따기: 나에게 소리를 내지 못하게 한 이유는 조금 다릅니다. 원래 야경꾼이 딱따기를 치는 것은 '불조심'을 하라는 쪽이었습니다. 한데 누구든지 그렇게 믿어버리게 되었지만 이제 야경꾼의 일은 불조심이 아니라 도둑조심이 되었단 말입니다. 도둑조심. 그렇다면 딱따기 소리는 나 여기 가노라, "도망가거라" 하는 소리가 되죠. 그래서 딱따기를 치지 말라는 겁니다. 대신 집집마다 대문 앞에 가서 "도둑조심"을 외치라는 거예요.

조화: 그래서 모두 다 목이 부어 붕대를 감았다는 거죠?

딱따기: 그렇다니까요. 이제 그런 지경으로 더 일을 할 수는 없지요. 대신 세상은 반드시 복수를 당하고 말 겁니다.

(무대 뒤에서 지금까지 등장했던 여인들의 소리 모두 한꺼번에 뒤섞여 나오고 무대에는 다시 연기와 껌뎅이가 차오른다)

딱따기: 보시오. 벌써 복수가 시작되고 있소. (이때 고물 장수, 문에서 리어카를 끌고 나타난다. 리어카에 가득 고물이 차 있다. 맨 위에 북이 보인다)

고물: 이 웬 껌뎅이가 이런고? 여보슈, 혹시 이 집엔 고물 팔 거 없수?

두부: (퉁명스럽게) 그런 거 없소.

고물: 아니 이 '소리의 집'에 고물이 없다니요? 이제 당신네들은 소리를 낼 수 없게 되었을 텐데요? 소용없는 것은 고물로나 파시지……

두부: 아니 이 친구가? (화가 나서 덤벼들다 리어카 위의 북에 눈

꽃과 소리 221

이 끌린다. 그것은 밤새 없어진 화장품의 것이다) 가만있자, 한데 이건 화장품의 북이 아닌가? 어젯밤에 잃어먹은?

고물: 뭐라구요? 누구의 북이라구요?

두부: (두리번두리번 화장품을 찾는다) 어이 화장품! 화장품! (눈에 뜨이지 않는다. 일동 주위로 모여든다) 이 친구가 어디로 갔나? (찾기를 단념하고) 여보! 이거 당신 어디서 났소?

고물: 어디서 나긴 어디서 나요. 돈 주고 산 거지⋯⋯

일동 중에 몇 사람, A: 이건 정말 그 친구 북이군그래. B: 어떻게 된 거지? 말해봐요. C: 정말이다. 이건 그 친구 북이다.

고물: 이 사람들! 나를 아주 이상한 짓하는 사람 취급이군그래.

두부: 글쎄, 이 북이 어디서 났느냐 이거요!

고물: 내 돈 주구 샀다니까요. 다들 이젠 이런 거 쓸 데가 없다고 팔아버리는 판국인 줄들 모르슈!

두부: 하지만 이건 우리 집에서 나간 거요. 그리고 우린 이거 가져다 판 일이 없소. (북을 집어 든다. 그리고 북 아래 놓여 있던 물건에 다시 놀란다)

두부: 아니 이건 모조리로군. 이거 뭐야. (차례차례 집어내며) 가위, 딱따기, 징, 종, 뭐 다 있군. (물건을 각자 임자들이 받는다. 일동 자기의 물건을 찾아들고 소리를 내어본다. 이때 조화 장수 사내도 리어카 옆으로 다가와 마치 자기도 거기서 무엇을 찾으려는 사람처럼 두리번거린다)

두부: 여보! 당신은 이제 이곳을 나가야지 않소? (조화, 한 걸음 흠칫 물러선다. 그러나 금방 나갈 기색은 없다. 두부, 조화를 내

버려두고) 한데 당신은 아마 이 물건들을 어떤 좀도둑에게 싸구려로 사들인 모양이지만, 이 물건들은 바로 우리 집에서 어젯밤 없어진 것들이란 말입니다.

고물: (멍해 있다가 완강히) 그건 내 알 바 아니오. 확실한 건 내가 이 물건들을 어떤 키가 조그만 청년에게서 사들였다는 것입니다. 한데 당신들은 이 물건들을 어떻게 할 셈이오?

(엿장수 노인이 화장품의 북을 들고 청년을 찾아다닌다. 그러다 결국 그 북을 마루 한가운데 놓아둔다. 덩그렇다. 노인이 방문을 열고 들어서다가 깜짝 놀라 도망쳐 나온다)

노인: 어이쿠! 어이쿠! (일동 노인을 본다) 여보게들! 빨리 와 보게! (어이쿠 주저하며 다시 방 안으로 들어간다)

일동, 조화 장수와 고물 장수만 남고 모두 방으로 들어간다.

발소리도 없이 방문이 슬그머니 열리더니, 불쑥 미스 윤이 들어섰다. 대본을 읽고 있던 나는 별안간 그녀를 맞을 생각도 못하고 누운 채로 멍하니 그녀를 쳐다보고만 있었다.

그녀는 그러나 기다리지 않고 곁으로 다가와 아직도 내가 손에 들고 있는 대본을 들여다본다.

"거의 다 읽으셨군요."

으레 읽고 있었으리라는 투다.

"재미있군요. 하지만 3막부터 읽고 있습니다."

나는 문득 창피한 생각이 들어, 3막부터 읽은 나를 증명하고 싶었다. 그리고 그녀의 어떤 예상과는 다르게 나의 관심은 순전히 그 연극 자체의 줄거리에 대한 흥미뿐에서라는 것을.

"그래요? 하지만 실상 보고 싶은 것은 2막의 끝 장면일 텐데요. 어제 여러 가지를 물으셨지 않아요. 2막 끝에는 그 질문들의 해답이 있을 테니까요."

그녀의 생각은 과연 예상대로였다.

"그런 건 아무래도 상관없어요. 이제 알고 싶지도 않고…… 다만 난 이야기의 뒤가 어떻게 이어지나 궁금해서 그리고 줄거리가 재미있고."

나는 천연스럽게 말했다. 그런데 이 여자는 어떻게 이렇게 빨리 극장을 나온 것일까. 그녀는 분명 연극의 진행에 무엇인가 관계를 하고 있었다. 그렇다면 중간에서 극장을 나온 것일까. 그러나 그것을 물어볼 수는 없었다. 잘못했다가는 내가 오늘 다시 그다음을 알아보러 극장을 찾아간 일이 드러나버릴 염려가 있었다. 만약 그녀에게 무슨 음모가 있다면 그런 사실을 알고 미스 윤은 만족스런 미소를 혼자 몰래 지으리라.

그걸 실토할 수는 없었다.

"몇 장 남지 않았으니까 마저 읽어치울게요."

나는 이야기의 결말이 정말 궁금해 못 견디겠다는 듯 말했다.

"그러세요."

그녀도 나의 말을 사실로 곧이들은 듯 대답하고는 책상 위에서 잡지를 한 권 집어 들고 여기저기 들추기 시작했다.

나는 다시 대본을 들췄다.

소란――아니! 이게 무슨 짓이야.

―어떻게 된 거야. 우선 빨리 내리게!

(소리들 중에 다음 소리가 똑똑히 들린다. 그 소리에 조화 장수와 고물 장수의 표정이 크게 흔들린다)

딱따기: 어서 목 끈을 풀어! 이런, 어디서 이런 노끈을 구했어?

노인: 아직 온기가 있는 것두 같구!

두부: 맥이 끊어졌어요.

노인: 어느 틈에 이 짓을 했지?

(일동, 축 늘어진 화장품을 밖으로 떠메고 나온다. 분위기, 갑자기 어두워지고 긴장)

노인: 이 사람! 허, 이 사람 예끼 이 사람! 젊고 팔팔하길래 제일 오래 견딜 수 있을 줄 알았더니 제일 견디지 못했군! (목이 멘다)

딱따기: (엄숙하고 침통하게) 이제 비로소 가면을 벗었군요.

노인: 죽을 때야 제 얼굴로 가고 싶었던 게지. 암! 죽음만은 제 몫이 되어야지!

(이때 조화가 멀거니 이 모양을 바라보다가 무슨 생각에 쫓겨 갑자기 골목으로 뛰어 나간다)

일동, 달겨들어 간략하게 들것을 만들어 시체를 그 위에 눕힌다. 그동안 무대 뒤에서 다시 소란이 일어나고 연기와 껌뎅이로 무대가 채워지며 아주 어두워진다. 어둠이 다시 차츰 밝아진다.

반암(半暗) 속에 희미하게 사람들의 그림자가 보인다. 모두들 관을 둘러서서 슬프고 장중한 장송곡풍의 또는 진혼염불 같은 합창을 부르고 있다.

노래가 한 소절씩 끝날 때마다 딱따기와 종과 징, 장구, 북소리들이 한참씩 울리다 그친다. 그중에 북소리가 유난히 크게 들린다.
(노래, 장중하게)

형제여! 그대, 그대의 소리 속에 편히 가거라.
이제 그대의 형제들이 여기 모여 슬프고 아쉬운 마음으로
그대가 사랑하던 북소리와 형제들의 소리를 마지막 바치오니
골목마다 집집마다 남긴 그 정답고 정다운 소리의 기억으로 거두어
우리 언제나 꿈꾸던 영원한 나라로 가거라—
이 세상 나올 때 하나의 소리를 점지 받고
그늘진 골목, 닫힌 문간에 소리를 나눈 게 죄 되어
이제 그 소리 빼앗기고 들꽃처럼 생명을 거두었도다.
아아 그러나 형제여, 우리 모여 그대의 소리 다시 모아 마지막 바치노니
영혼은 위로받고 영원한 자의 팔에 안기라—

형제여! 그대 그대의 소리 속에 편히 가거라.
언제나 남의 얼굴, 소리로만 살더니 꽃들의 박해로 시든 들꽃이 되었네.
꽃들의 박해로 젊은 목숨을 거두었네. 아아, 그러나 태어나던
얼굴 죽음으로 다시 찾으니
형제여 그대, 그대의 얼굴로 편히 가거라.
영원한 자의 노래, 그대를 편히 자게 하리라—

(노래와 소리들 끝나고)

노인: (북을 관 위에 얹어주며) 자 그럼! 자네의 소리를 얹고 가게. 그리고 참 여기 내 소리도 자네에게 바치려네. (가위도 얹어 준다)

두부: (자기 종을 얹어주며) 내 종소리도 자네와 함께 장사를 지내야지!

아궁이: 내 징두!

일동: (모두 따라 자기의 소리 도구를 얹어준다) 자! 내 것도.

(천천히 무대 밝아진다)

(조화 장수, 꽃을 한아름 안고 대문에서 등장, 두리번거리고 있다)

딱따기: 당신은 무엇 때문에 또 나타났소?

조화: 아! 저분에게 이 꽃을 바치려고 이렇게!

딱따기: 꽃을? 여보 그따위 꽃 필요 없소. 당신들 그 꽃이나 만들고 앉았던 신경질쟁이들이 우리의 친구를 저렇게 만든 것 아니요? 아니 바로 그 가짜 꽃의 허물이요. 무슨 염치로…… 썩 가지고 가요……

조화: 하지만 나는 다르단 말이요. 나는 당신들의 일에 이해를 가지고 있다고 했잖우. 더욱이 나는 당신들의 소리를 듣고 감사한 마음으로 물건을 사야겠다고도.

딱따기: 모두 다, 우리의 소리를 내지 못하게 명령한 사람들도 역시 우리들의 물건은 삽니다. 그러나 어쨌든 이제 소리를 내지는 못합니다. 썩 나가시오. 우리의 친구가 화를 낼 거요.

조화: 알고 있습니다. 나의 꽃이 얼마나 쓸 데가 없는가를. 내가 꽃을 만들지 않아도 세상은 아무렇지도 않다는 것을. 얼마나 부질없고 위해롭기까지 한 것인가를. 당신들의 소리에 신경질을 내고 우리들을 노예로 만들려고 한다고 겁을 내게 한 것도 바로 이 조화 때문이었소. 하지만 이 꽃이 죽음에게마저 쓸모가 없다는 겁니까.

야경: 죽음에도 쓸모가 없소. 우리의 친구는 우리의 소리만으로 만족합니다. 당신의 꽃에는 오히려 화를 낼 거요.

조화: (절망적으로) 제발 이 꽃을 바치게 해주시오.

(소리의 가족들, 이제는 조화 장수 사내에게 관심도 두지 않고 천천히 관을 운반하기 시작한다)

앞서의 노래들을 부르며 퇴장.

(조화 장수 멀거니 그 광경을 바라보고 있다가 힘없이 꽃을 떨어뜨린다. 장례 행렬을 따라가려다 그사이 노랫소리 점점 커지며—)

절망적으로 머물러 선다.

"재미있어요?"

미스 윤은 잡지를 치우고 나서 내가 다 읽기를 기다리고 있다가 대본에서 눈을 떼자마자 물어왔다.

"네, 재미있군요."

나는 앞뒤의 연결이 잘 닿은 것 같지 않아 멍하니 생각에 잠기며, 그러나 좀 과장스럽게 대답했다.

"1막의 꽃 이야기와 그 밖의 소리의 가족 이야기가 3막에서 잘 연결되고 있어요?"

미스 윤은 마치 나의 감상 능력을 시험해보려는 듯이 묻고 있었다. 희곡 자체의 이야기에 관해서라면 나 역시 물러서고 싶지가 않았다.

"그런 것 같군요. 가령 이런 이야기가 아니겠어요?"

나는 필요 이상으로 주제까지 들추어내며 나의 감상안을 증명하고자 했다.

"즉 소리와 조화는 두 가지 다 현상적인 면에서는 바람직한 것이 못 된다. 소리는 오히려 사람의 육성보다 더 큰 설득력을 가지고 사람을 노예로 만들려고 하고, 가짜 꽃 역시 사람에게서 계절감각을 빼앗아버리고 진짜 꽃과의 구분마저 흐리게 해버림으로써 세상일의 진실과 허위, 인간에게 있어서의 본래적인 것과 인위적인 것, 그런 것들을 혼미하게 하는, 말하자면 현대문명의 두 바람직하지 못한 면을 보여주려는 것 아닙니까. 하지만 진행을 따라가 보면 두 가지는 근원에 있어 서로 대립을 하고 있어요. 소리 쪽은 원래 구체적인 개인의 생명이 깃든 한 생활의 표현인 데 반해 조화는 그 배후에 그런 개인의 구체적이고, 기본적인 생활의 요소와 관련이 없는 독립적인 한 문명 현상으로서 해석되어 있어요. 그러면서 조화는 그것으로 해서 지극히 신경질적으로 예민하게 훈련된 사람들이 감성으로 하여금 소리들을 견딜 수 없는 것으로 적대시하게 하는 죄악의 원흉으로 단죄되고 있는 것 아닙니까. 그러니까 조화로 대표되는 문명의 한 속성이 없었다면 소리들은 용서가 될 수가 있는 것이라는 뜻으로 말입니다. 사실 소리 자체에는 죄가 있을 수 없지요. 조화가 사람들에게 소리를 잘못 보게 하여 비극을 만들고 복수를 당하게 한 것이지요."

미스 윤은 나의 말을 미소를 머금은 채 듣고 있었다.

"하지만 공연으로는 별로 유쾌한 것이 아니었어요. 연극이란 너무 현실을 닮아도 좋지가 않는 것 같더군요. 줄거리 중에 가짜 꽃이 너무 진짜를 닮아 거꾸로 그것을 압도해버리니까 혼란이 야기되고 엉뚱한 화를 빚어내고 오히려 그 문명 자체가 복수를 당하듯이 말입니다. 연극이란 어차피 현실 자체는 아니지 않습니까. 관객을 혼란에 빠뜨리려 하는 것은……"

나는 여기서 좀더 하고 싶은 이야기가 있었으나 괜히 열을 내고 있는 것 같아서 그만 겸연쩍게 웃고 말았다.

"세상이 그러니까 연극도 그런 경향이 되어가나 보지요. 그러니까 가짜 꽃 같은 것에 노이로제가 된 사람은 그 연극에서 혼란이 더 심했을 테지요. 그쪽에서는 어쨌는지…… 그 2막 끝을 보시지 않으세요?"

미스 윤은 이미 모든 걸 다 알고 있다는 표정이었다.

"필요 없어요. 이미 그건 관심이 없으니까. 아무렇게 되어 있어도 상관없어요."

나는 아까 말한 것을 다시 한 번 되풀이하며 정말로 나의 어제의 일에 대해서는 이제 관심도 없고 궁금하지도 않다는 얼굴을 했다. 그러나 미스 윤은 그러는 나의 말을 아랑곳하지 않고 대본을 빼앗아 그 부분을 찾고 있었다.

"보세요. 뭐 그렇게 두려워하실 거 있어요? 그리고 혼란에 빠져들어서 훌륭한 연기까지 해 보인 것이 그쪽 한 사람뿐이 아닌

데…… 보셨지 않아요? 오늘 밤도 그 청년 한 사람이 또 우리의 연극을 도와준 거……"

그녀는 2막의 끝을 찾아 내밀며 무심결인 듯 지껄이고 있었다. 그러나 나는 그것을 받아들일 생각은 않고 멍하니 그녀를 바라보기만 했다.

그렇다면 나는 어젯밤 정말 나도 모르게 계획된 연기를 한 것인가. 그리고 아까 그 청년도? 무엇보다 그녀는 내가 오늘 밤도 그곳에 가 있었다는 것을 의심조차 하지 않은 표정으로 말하고 있지 않은가. 그리고 그녀가 우리의 연극이라고 노골적으로 말한 것은. 그러나 나는 그 어느 한 가지도 다시 물을 수가 없었다. 이상하게 미스 윤의 태도에 압도되어 마치 그녀의 명령에 따르듯 나는 그녀가 내민 대본을 받아들고 지정된 곳을 들여다보았다. 그러나 그것은 나의 궁금증을 풀기 위해서가 아니라 잠시 혼란을 정리할 여유를 얻기 위해서였다.

―객석의 관객으로부터 혼란 유인, 또는 미리 배치한 배역들로 적당한 혼란을 가장하여 막.

나와 가화가 무대로 뛰어나간 대목은 다만 그렇게만 적고 있었다. 그리고 처음 조화 장수 사내의 사과 말과 줄거리 정리의 변이 대동소이하게 씌어져 있고…… 아까 미스 윤의 말을 듣고, 아니 그는 전부터 막연히나마 예상하여 알고 있던 대로였다. 나는 차라리 마음이 가라앉았다.

미스 윤을 쳐다보았다.

그러나 미스 윤은 나보다 먼저 아까 내가 묻고 싶어 했던 것들을 한마디로 대답해버렸다.
"그 연극 대본, 사실은 제가 쓴 거예요. 겉장에 윤정(尹正)이라고 작자 이름이 있지요? 그게 제 필명이에요. 가화(嘉禾)가 뭐예요? '假花'로 오해받기 좋게."
그녀는 이미 다 알고 있는 것을 다시 한 번 되풀이하듯 아무렇지 않게 말했다.
"이게 가화가 쓴 희곡이라구요? 거 놀랐는걸. 언제 이런 걸 해봤지요?"
나는 어리벙벙해서 물었다.
"대학교 때부터죠. 거기서 물어보지 않아서 여태 말해준 일은 없지만."
미스 윤은 짓궂게 웃었다.
"그래? 그렇다면 이건 정말 가화 자신의 이야기? 아니 그건 어떻든 상관없는 일이고, 혹시 우리들 사이의 일에 무슨 암시라도 담은 이야기가 아니오?"
나는 실컷 어리석어지면서 물었다.
"글쎄요. 그건 저도 잘 모르겠어요. 돌아가다 보니까 주변 일에서 어디까지가 진짜고 어디까지가 연극인지 자신도 구별이 잘 안 가요. 어제 무대로 나가 저를 변명하고 싶었던 것이 정말 제 심경이었던 것도 같고……"
"자기가 파놓은 함정에 스스로 빠져들었군요. 그러니 사실을 모르는 관객으로서는 어리둥절할밖에……"
"하지만 그쪽이나 관객이 정말로 무대의 한계에 혼란을 느끼며 연극의 한가운데로 들어와 그 진행을 따라오고 있었다면 전 성공한 셈이에요."
　미스 윤은 만족스러운 듯 웃었다. 나는 그녀의 그런 태도가 좀 못마땅해서 핀잔 섞어 말했다.
　"무슨…… 무대를 객석까지 연장한다든가 그런 식인 모양인데 도대체 그럴 필요가 어디 있지요? 관객의 눈을 혼란시킬 필요가 말이오."
　"그야 저로선 어쩔 수가 없었던 거예요. 자신이 없었거든요."
　"자신이 없다니?"
　"아까 연극은 어차피 현실 자체는 아니라고 하시지 않았어요? 물론 지금까지 모든 연극에서는 그 말이 맞아요. 작가가 현실을 관찰하고 거기서 본질적인 질서를 추출하고, 또 의미를 부여하여 작가가 의도하는 새로운 무대 현실을 창조해 보임으로써 관객을 그 작가로부터 해석된 무대현실을 구경하고 전달받기만 하면 되었지요. 하지만 전 자신이 없었어요. 현실에 대한 해석이나 의미 부여에 앞서 그 현실 자체를 정직하게 볼 수가 없었어요. 왜냐하면 관찰의 대상이 되는 현실은 제가 그것과 만나는 순간에 이미 저의 의식 속으로 침투해 들어와 있거나 영향을 주고 있어서 그 실체가 저로부터 독립적으로 존재하고 있으면서 관찰되기를 거부해버리기 때문이에요. 그런데 어떻게 제가 감히 그 현실의 한 부분을 완전히 해석된 것으로 관객으로 하여금 구경만 하도록 무대에 올리겠어요. 저로서 성실할 수 있는 길은 이런 자신의 방법에 정직해지는 것뿐이었어요. 제가 잘라내어 무대로 끌어낸 한 조각의 현실은 해석되어진 넋이 아니라 무대에서까지도 최초의 관찰자인 저를 포함해버리며 그래서 저는 다만 그런 한계 속의 관찰자로서 현실의 실체를 붙잡아보려고 노력하고 그런 노력의 과정을 보여주는 것 말이에요. 그러니까 관객을 바라보고 있게만 놔둘 수는 없지 않아요? 그들은 극장 바깥에서 그랬듯이 자신들이 그 현실 속에 있으면서 그것을 관찰하고 의미를 획득하도록 하는 노력이 요구되지요. 그래서 저는 무대의 현실이 가능하면 극장 바깥의 그것처럼 관객의 의식에 영향을 주도록 하려고 했던 것입니다. 그러니까 저로서는 아까 연극이 현실 자체는 아니라는 말씀에 모두 동의할 수는 없겠지요."

"그렇다면 굳이 극장까지 연극 구경 갈 이유는 어디서 찾지?"

나는 미스 윤의 느닷없는, 그리고 정연한 이야기에 놀라고 있었다. 그러나 이 말은 솔직한 나의 의문이기도 했다.

"관객은 무대에서 작가가 선택한 특정한 부분의 현실과 만나게 되니까요. 현실과 어떻게 관련하고 있는가 하는 점에서 본다면, 작가는 관객과 다를 바가 없지요. 그래서 자기가 선택한 현실과 관객이 극장 바깥에서보다는 훨씬 치열한 긴장 속에서 만나게 해주는 사람이라는……"

나는 미스 윤의 말을 소설에서의 작가와 독자 관계로 정리해보고 있었다. 아닌 게 아니라 소설들에서도 요즘은 거의 대부분 자신이 설정한 문제에 대한 작가의 확고하고 자신 있는 해답이 보이지 않았다. 혹시 그런 것을 이야기하는 작가가 있어도 지극히 자신이 없고, 그보다는 오히려 그 해답을 얻으려고 고난을 치르는 자신의 고통을 강조해 보여줄 뿐이며 해답은 오히려 독자의 몫으로 남겨놓기가 일쑤였다. 미스 윤의 말을 듣다 보니 요즘 소설 작가들의 그런 태도가 어느 정도 납득이 가는 것 같았다. 그리고 좀 부끄러워졌다. 아까 연극 이야기를 신이 나서 떠들던 생각을 하니 더욱 그랬다. 그녀는 연극에서 현상 속의 진실을 보려는 노력과 그때 관찰자인 자신에게 개재되어 있는 모순을 제거하고자 하는 노력을 다 같이 보여주려는 것 같았다. 이야기의 내용은 곧 형식을 규정하고 설명해주며, 이야기의 형식은 거꾸로 내용 해석에 암시를 주는 식으로 결합되어서 말이다. 그런데 나는 연극에서 무엇에 도달했던가.

내가 대꾸를 하지 않고 있으니까 미스 윤은 아직도 미심쩍은 듯 이야기를 더 계속했다.

"가령 이번 연극에서 저는 갖가지 소리에 관한 것과 가짜 꽃 이야기를 무대로 끌어냈어요. 그 선택은 제가 한 것이지요. 하지만 저는 그 소리나 조화에 관해 자신 있는 해석과 의미 부여를 하지 못하고 말았지요. 소리는 우리를 노예로 만들어버리려는 것으로 느끼는 사람이 있는가 하면, 그 소리의 당사자들은 그와는 정반대로 가장 절실한 생활로 심지어는 자기들의 인생 자체로 생각하기도 합니다. 저 나름대로 거기까지 해석을 해봅니다. 그러나 거기서 엄격하게 한정을 하고 말지요. 그 두 가지 태도가 다 옳을 수 있거든요. 저로서도 그 소리들의 노이로제에 걸릴 지경인데 또 다른 한편으로 소리 자체는 그쪽 말대로 그런 결과적인 현상과는 아무 상관도 없이 그 소리 스스로 존재하는 것이거나, 아니면 가장 성실한 인간 생활과만 관련되고 있거든요. 어느 쪽도 양보할 수가 없는 것처럼 보인단 말입니다. 일종의 모순 관계지요. 여기서 제가 할 수 있는 일이 있다면 다만 투표의 의미 정도겠지요. 관객들에 앞서 제일착으로 표를 던지는 정도의 의미 말입니다. 다음 사람들은 얼마든지 반대표를 던질 수가 있지요. 관객도 모두 다 저와 똑같은 방법으로 그 종소리와 관련되어 있고 의식에 영향을 받고 있는 사람들이니까요. 마지막 판단은 관객의 몫으로 남기는 수밖에 없어요. 저는 그들에게 될수록 정확한 판단을 내릴 수 있도록 성실한 관계를 유지시켜주는 것뿐이죠. 적어도 그것을 포기할 수는 없었습니다. 이건 꽃에 관해서도 같은 말을 할 수 있겠죠. 그리고 소리와 꽃에 관한 관련에 대해서까지도 말예요. 아무것도 확실하지 않고, 아무것도 확실하지 않은 것이 괴롭기는 하지만요……"

그러면서 그녀는 느닷없이 나의 품으로 뛰어들었다. 그리고 뭐 마치 내게서 가면이라도 벗겨내려는 듯 얼굴을 손으로 더듬으며 중얼거렸다.

"오늘 밤을 우리 둘이 이 방에서 같이 지내게 된다고 해도 전 그런 기분일 거예요."

"그건 나도 그래."

나는 그녀를 껴안고 있으면서도 나도 모르게 그렇게 지껄이고 있었다.

(『세대』 1969년 7월호)

가수(假睡)

1

 사고가 난 것은 1년 전 일이었습니다. 전 3년 전부터 목포 서울 간 E급행열차를 운행하고 있었지요. 이 차의 상행 운행은 오전 11시에 목포를 출발하여 20시에 서울역에 닿게 되어 있었어요. 그러니까 사고가 난 운평(雲平)역 근처는 대략 19시를 조금 지나서 달리게 되었지요. 그리고 수원에서 정차한 제 차는 영등포까지 막바로 달리게 되어 있어 운평역은 물론 그냥 지나치는 곳이었습니다. 이건 선생께서도 기차를 타고 역을 지나봤으니까 아시겠지만, 역을 지날 때 속력을 조금 줄이기는 하지요. 한데 운평은 역을 들어서기 조금 전에 짧은 터널을 하나 지나게 됩니다. 터널을 지날 때도 속력을 줄이니까 차는 자연 터널에서부터 천천히 달리게 마련이지요. 저는 언제나 터널을 지나는 속도로 운평역을 통과하곤 했습니다. 터널에서부터 역 출입 신호대까지는 한 5백 미터가량이나 될까요. 사고는 그 사이에서 일어났습니다. 그 철길에는 제가 터널을 빠져나올 때쯤 해서 한 가지 신경 쓰이는 일이 꼭 생기곤 했습니다. 언제나 그 철길에는 운평에서 일을 끝내고 집으로 나오는 사내 하나가 제 차를 향해 걸어오고 있는 거였어요. 아시다시피 철길 보행은 금지되어 있고 더구나 터널을 막 빠져나간 길은 역에서 꽤 멀리 떨어진 곳이라, 부근 가까이에는 인가도 별로 없어요. 일부러 그곳을 걷는 사람은 없었지요. 꼭 그 사내 한 사람뿐이었습니다. 저는 그 사람에게 늘 신경이 쓰였습니다. 터널을 빠져나가자마자 철길 위에 나타난 사내는 별로 겁을 먹은 것 같지도 않은 태도로 거의 몸이 말려들듯이 아슬아슬하게 차를 비켜서 뒤로 흘러나가곤 하는 거예요. 고개도 들지 않고 언제나 묵연한 태도로 말입니다. 기적을 울려도 서둘러 찻길을 비켜서는 일이 없었습니다. 터널을 빠져나와 맨 처음 그가 눈에 들어온 위치에서라면 그는 분명 차에 말리고 맙니다. 그래서 제가 기적을 울리면 그는 그 소리를 듣지 못한 사람처럼 그저 그 모양으로 다가와서 언제 비켜서는지도 모르게 차 꽁무니로 사라지곤 하는 거였습니다. 아마 그는 다가오면서 조금씩조금씩 차를 비켜 나간 모양이었어요. 오히려 늘 제 쪽에서 좁은 골목을 비집고 지나가는 기분이 되곤 했습니다. 더군다나 습기가 많고 안개가 자주 깔리는 여름철의 해 질 녘 같은 때 터널을 막 빠져나오자마자 그가 어슴푸레 철길에 나타나면 저는 안개 속을 들락거리는 그를 위해 계속해서 기적을 울려야 했지요. 운평읍 사람들은 그 친구 때문에 제 차의 기적 소리를 곱절은 더 들었을 겁니다.

 왜 그가 언제나 일정한 시각에 그곳을 지나가고 있었는지 그것은 알 수 없습니다. 아까도 말씀드렸듯이 아마 그는 그 시각에 일을 끝내고 집으로 가는 참이었겠지요. 지금도 마찬가집니다마는 저는 그 무렵 그렇게밖에 생각할 수가 없었습니다. 일요일 하루만은 그를 볼 수 없었던 것도 그래요. 그가 저를 괴롭히기 위해 일부러 그랬다고 생각할 수는 없는 일 아니겠습니까. 더욱이 그는 제가 급행열차를 끌기 시작한 3년 전의 그 첫날부터 나타나기 시작했으니까요. 그는 그전부터 늘 같은 시각에 그곳을 지나가고 있었던 것이지요. 하여튼 그는 그렇게 늘 일정한 시각에 제 차를 아슬아슬하게 피해서 철길을 지나가곤 했습니다. 제가 그곳을 지나면서 그를 볼 수 없는 날은 일요일과 제 차가 연착을 하고 있을 때뿐이었어요. 차가 정시를 달리고 있을 때는 예외가 없었습니다. 어떤 때 차가 1, 2분 늦으면 터널을 다 빠져나가기 전에 터널의 전방 출구 구멍으로 그가 다가오고 있는 것이 조그맣게 내다보이는 때도 있었어요.

 신경이 얼마나 쓰였겠습니까. 더욱 조심스러운 것은 그 친구가 제 차에 늘 어떤 위태로운 충동기를 느끼고 있었다는 점입니다. 저는 E열차 말고도 20년의 무사고 기관사 경력을 가지고 있었어요. 그 경력으로 저는 철길을 걷는 사람의 마음 가운데서 꼭 한 가지 생각만은 정확하게 읽어내는 눈을 가지게 되었습니다. 그가 맨첫 번 철길에 나타났다가 차를 스쳐 지나가는 것을 보고 저는 대뜸 그걸 알았습니다. 그가 일을 끝내고 우연히 그 시각에 내 차 앞에 나타났고, 집 방향이 그쪽이었다고 해도 말입니다. 아, 물론 무슨 이유에선지까지는 저도 몰랐지요. 처음에는 생각해보려고도 하지 않았습니다. 다만 저는 그가 철길에 나타나서 아슬아슬하게 차를 비켜 나가는 것을 보고 그가 가슴을 두근거리며 제 차에 그 몹쓸 충동을 느끼고 있다는 것만은 분명히 알 수 있었습니다. 그리고 그가 그런 충동 때문에 안타깝도록 자신에게 초조해하고 있다는 것도요. 며칠이 지나도 그런 제 생각을 고칠 만한 일이 일어나지 않더군요. 저 역시 초조해질 것은 뻔한 일이 아니겠습니까. 저는 터널을 빠져나오면서 속력을 가능한 대로 줄여버리곤 했어요. 그 친구에게 유혹을 덜어주기 위해서였지요. 속력이 빠를수록 사람들은 차에 더 유혹을 느끼게 되니까요. 때로는 그 속력이 전혀 엉뚱한 사람들에게까지도 그런 충동을 유발시키거든요. 차의 속력을 줄여 그 친구가 충동을 견디지 못해 몸을 던져 들어오지 않도록 저는 조심조심 그의 곁으로 지나다니곤 했어요.

그런데 어떻게 되었겠습니까. 얼마를 그러고 나자 저는 그 친구와 제법 마음이 통하게 되는 것 같았어요. 그사이 아무 일도 일어나지 않으니까 제게선 초조감이 사라져버렸던 것입니다. 그리고 여태까지 제가 쏟은 주의에 대해 어떤 보람 같은 걸 찾고 싶었던 거예요.

요 녀석, 나한테 졌지? 난 못 당해, 못 당해!

저는 날마다 녀석을 지나치면서 혼자 뇌까리곤 하였습니다.

한데 넌 무슨 이유로 그런 생각을 하게 됐지? 여자하구 다퉜나? 아니면 마누라의 계가 깨졌나? 홍 자식 솔직히 대가리 속을 깨놓구 말해봐. 넌 죽고 싶어 하지? 난 다 알아. 하지만 안 될걸.

전 더욱 속력을 낮춰 사내의 곁을 지나다녔습니다. 그리고 어떤 때는 슬쩍 손을 들어 보이면서 웃음을 보내기까지 했습니다. 말하자면 저는 그와 친해진 것이지요. 하지만 그건 물론 저 혼자였습니다. 사내가 차를 비켜서서 뒤로 사라져가는 모습은 항상 같았으니까요. 차체와 맞부딪칠 듯 말 듯, 또는 차를 비켜서서도 그냥 말려들어버릴 듯 말 듯 아슬아슬한 간격으로. 저를 올려다보거나 하는 일도 없었습니다. 하지만 제 차에 대한 그 몹쓸 유혹은 그냥 지니고 있었습니다. 이상한 일이지요. 저 역시 초조감만 사라졌을 뿐 여전히 조심은 했습니다. 전 그 친구와 싸우고 있었거든요. 그리고 친해졌으니까요. 겨울이고 여름이고 유행에 맞지 않는 파나마모를 쓰고 있는 것이 더욱 그를 익숙하게 했습니다. 그는 언제나 파나마모를 쓰고 있었어요. 지금 생각하니 제가 그 친구의 얼굴 표정을 잘 볼 수 없었던 것도 그가 언제나 차양 큰 파나마모를 쓰고 있었던 때문인 것 같아요. 이야기가 너무 길어진 것 같군요. 하여튼 그렇게 해서 그와 저는 2년 동안 그곳을——그 운평역 부근 터널 앞 철길을 반대로 지나다녔습니다. 여름에는 철길 곁에 늘어선 아카시아 사이를, 가을에는 기차 바람에 물결처럼 갈라지는 코스모스 사이를, 그리고 겨울에는 흰 눈이 쌩쌩대는 철길을, 저는 운평역 쪽으로 그 친구는 터널 쪽으로 말입니다.

그러다가 지난여름이었어요. 그러니까 지금부터 1년 전이었습니다. 작년 초여름은 장마가 져서 습기가 더욱 심했지요. 운평역 부근은 해 질 녘이면 언제나 안개가 깔려 있었어요. 터널을 빠져나오면 전 끊임없이 기적을 울리며 그를 찾으려고 눈으로 그 안개를 좇았어요. 그러면 그는 안개를 헤치며 제게로 다가오곤 했습니다. 그리고는 뒤로 사라지곤 했습니다. 사고가 난 건 그렇게 유독히 습기가 심하던 날이었습니다.

이 녀석아 안개가 자욱한 날은 조금만 더 멀리 떨어지란 말야. 그러단 정말 죽어.

그날도 저는 다다드는 그 친구를 향해 혼자 타일렀습니다. 바로 몇십 미터 앞에서 자욱한 습기에 묻혀 들어갈 때 그 친구는 위험스런 차 폭 안에 들어 있었거든요. 그리고 그 친구가 습기 속에서 불쑥 나타나 뒤로 흐를 때 저는 간신히 뽑아내는구나 싶었습니다. 그러나 바로 그 순간 저는 차체에 가는 충격을 느꼈습니다. 그리고 전 일생을 망가뜨리고 말았습니다. 평생 무사고 운전이 제 목표였거든요—

"그것이…… 그러니까 사고가 난 것이 작년 6월 13일이었지요?"

상균(유상균)의 물음에 사내는 한동안 눈을 껌벅이며 의심스럽게 그를 쳐다보고 있더니, 뭔가 겨우 안심이 되는 듯 고개를 끄덕였다.

"그렇지요. 작년 6월 13일."

"차에 말려든 남자의 이름은 주영훈(朱永勳)……"

"전 나중에야 그 이름을 알았지요."

"그리고 주영훈의 직업은 서울에 있는 '한국 펜팔 구락부'라는 편지 소개업……"

상균의 말에 사내는 갑자기 얼굴색이 무뚝뚝하게 변했다.
"그런 건 전 몰라요. 그가 무엇을 한 사람이든……"
"그리고 그가 사망한 것은 작년이 아니라 금년 6월 13일. 그러니까 지금부터 불과 두 주일 전 일이지요."
"글쎄, 그런 건 전 모른다니까요. 그는 분명히 작년에 죽었어요. 지금까지 죽 이야기하지 않았소……"
사내는 아까 이야기를 길게 할 때와는 달리 아주 신경질이 되어버렸다. 상균은 이야기가 다시 처음으로 돌아가버리는 느낌이었다.
"그러지 마시고 곡절을 이야기해주십시오. 당신은 지금 과실치사 피의자가 아닙니까. 사고가 영훈이란 사람의 자살 의도 때문이었다면 당신은 우선 혐의를 벗고 다시 일을 나가야 될 게 아닙니까. 그러기 위해서는 좀더 정확한 말씀을 해주셔야 합니다."
"글쎄 자살 의도고 뭐고부터가 우스운 소리란 말예요. 애초에 사고가 없었는걸, 무슨 자살이고 과실치사고가 있어요. 내 차는 분명히 작년에 그 주영훈이란 자를 죽였소. 그리고 그 일은 작년에 매듭이 지어졌어요."
사내는 완강히 부인했다. 콧등에 땀방울까지 솟고 있었다.
"그렇지만 주영훈이란 사람은 작년이 아니라 금년 6월 13일 오후 7시경에 운평역과 터널 사이에서 당신이 운전한 E열차에 치여 죽었어요. 그것은 불과 두 주일 전 일입니다."
사내는 여전히 대꾸를 하지 않았다.
"알 수 없는 일이군요. 어째서 당신은 불과 두 주일 전에 일어난 일을 꼭 1년 전이라고 우겨대지요?"

사내는 그제야 표정을 조금 누그러뜨리며, 그러나 상균의 말에는 관심이 없는 듯 퉁명스럽게 말했다.

"쓸데없는 짓이오. 그는 분명히 1년 전에 죽었어요. 혹시 제 차가 또 누굴 말아 죽였다면 그건 망령일 거요."

"망령이라구요?"

상균은 이제 이야기가 시작되려나 싶어 관심을 보이려고 했다. 그러나 그는 갑자기 떠오른 한 가지 생각 때문에 그만 싱겁게 웃고 말았다. 그러자 사내가 다시 발끈하며 핀잔투로 말했다.

"거보시오. 당신들은 내 말을 들을 줄 모른단 말이오. 당신을 이곳에 보낸 한 검사님도 망령 이야긴 코웃음만 치더군요."

"그래 정말로 당신은 영훈이란 사내의 망령을 보기는 했단 말이오?"

상균은 관심을 보이려고 얼굴 표정까지 고치며 물었다.

"보았구말구요. 그 친구가 죽은 지 한 달쯤 지나고 났을까요? 터널 밖엔 아직도 여름 안개가 걷힐 줄 모르고 있었는데, 그런 어느 날 습관처럼 제가 기적을 울리자 그 습기를 헤치고 문득 사내가 생시와 똑같이 걸어오고 있는 게 아니에요…… 하지만 그만둡시다. 당신들은 도대체 내 말을 믿지 않으니……"

사내는 무슨 생각이 들었는지 말을 하다 말고 문득 입을 다물어 버렸다.

— 이 주영훈 사건에 관련된 사람들은 모두 조금씩 이상해져 있어. 조심해서 이야기를 시켜보라구.

상균은 한치윤의 말을 생각하며 사내에게 좀더 이야기를 시키려고 해보았다. 그러나 한번 입을 다물어버린 사내는 좀처럼 다시 이야기를 계속하려 하지 않았다. 어쩌다 입을 떼면 앞뒤도 없이 흥분해서 터무니없는 소리만 지껄이다 나중엔 마구 상균을 돌아가라고 다그쳐대기까지 했다.

"가시오. 왜 남의 집 방에 그러고 쭈그리고 앉아 버티고 있소."

상균은 그 망령 이야기를 꼭 들어두고 싶었으나 다음 기회로 미루고 일단 자리를 일어섰다. 할 수 없는 일이었다.

"궁금한 일이 있으면 다시 오겠습니다."

그러나 사내의 방을 나오면서 상균은 필시 이 일엔 어떤 괴이한 곡절이 숨어 있는 게 틀림없다고 생각했다. 치윤과 사내가 말한 주영훈의 죽음은 1년이란 시간의 간격이 나 있었다. 그리고 사내는 너무나 역력하게 1년 전의 이야기를 하고 있었다. 뿐만 아니라 사내가 기를 쓰며 고집하고 있는 그 유령이란 또 무엇인가. 치윤이 미리 일러주지는 않았지만 아마 수수께끼의 해답은 그 1년 속에 숨어 있는 것인지 모른다. 뭔가 감춘 듯한 웃음을 웃던 한치윤의 얼굴이 뇌리를 지나갔다.

— 하지만 한치윤 검사. 그는 항상 친절하고 유익한 친구거든.

"유 선생, 이번 주말까지 꼭 한 건 만들어다 주셔야겠습니다."

주간지『일요 서울』편집장 김주상의 말은 의례적인 인사가 아닌 듯했다. 그는 자리에서 일어서서 허허 웃고, 손을 잡아 흔들며 같은 말을 할 때가 있었다. 그러나 그는 이번엔 다른 기사들을 탁자 위에 그득히 쌓아놓고 이것저것 들추고 있었다. 그러다가 마음에 드는 것이 하나도 없는지 원고 뭉치를 신경질적으로 밀어젖혀 버리고는, 알을 크게 빼어 들고 있던 색연필을 던지며 말했었다. 그는 정말로 기사가 아쉬운 표정이었다.

"제 주머니 형편 때문에라도 한 건 만들기는 해야겠습니다. 마침 한 가지 알아볼 일도 있고 해서……"

상균은 무의식중에 두 손을 모아 잡았다.

"아, 얘깃거리가 생겼습니까? 이번 주말까지 꼭 부탁합니다. 되겠지요? 오늘이 화요일이니까 늦어도 토요일까지는."

김은 상균의 확답을 기대하는 듯 잠시 말을 끊고 기다렸다. 그러다가 안타까워져서 다시 덧붙였다.

"그래야 다음 주 호에 들어갈 수 있어요. 보시다시피 원고가 통 쓸 만한 것이 들어오질 않아요."

"해보지요."

상균은 조금 망설이다 말했다.

"하지만 얘기가 재미있을는지……"

"아 뭘! 유 선생이 손댈 생각을 한 것이라면…… 여부가 있겠습니까. 참 이번에도 그 한 검사라는 분의 소개로?"

"그렇지요. 통 일거리가 얻어걸리지 않아 혹시나 하고 집으로 가봤지요."

— 아, 마침 잘 와주었어. 그러지 않아도 좀 별난 사건이 하나 있어서 연락을 할까 하던 참이야.

한치윤은 상균의 고등학교 동창이다.

— 왜, 한 달 생활비 정돈 쉽게 빼낼 만한가?

―그건 나도 모르겠어. 이번엔 일거리를 소개한다기보다 내가 궁금한 게 있어서 부탁을 한다고 할까.

치윤은 신문철을 들고 왔다.

―보았는지 모르지만, 이 기사를 좀 읽어봐.

한치윤은 신문철을 이리저리 뒤적이더니 마침내 한 사내의 역사(轢死) 사건을 보도한 1단짜리 기사를 손으로 가리켰다.

6월 13일 오후 7시경. 수원 북방 운평역 부근. 신원이 확실치 않은 30세가량의 남자. 목포에서 서울로 달리던 E열차에 말려들어 사망. 경찰은 신원을 수배하는 한편 사인(死因)을 조사 중―

어느 날 어느 신문을 들춰도 볼 수 있는 그런 기사였다.

―그 사고 뒤에 수상한 게 좀 있어. 신문기자들은 알아내지 못했지만 말야.

―무슨? 이 남자의 신분?

상균은 신문을 밀어놓으면서 물었다.

―신분? 신분은 벌써 밝혀졌어. 안국동에서 '한국 펜팔 구락부'라고 하는 편지 소개업과 대필을 해주고 있던 주영훈이란 사내야. 그보다도…… 그 주영훈이란 사내가 자살 의도를 가지고 열차로 뛰어든 것인가, 아니면 기관사의 과실이었는가 하는 것을 가려내기가 힘들단 말야. 이건 경찰 조사에서도 잘 드러나지 않고 있어.

그러나 치윤은 이미 어떤 해답을 가지고 있는 듯 비밀스런 미소를 지었다.

―왜? 그 정도를 가려내기가 힘들다?

―문제는 E열차 기관사의 진술인데, 묘하게도 그는 1년 전에 주영훈이란 사람을 깔아뭉갠 일이 있지만 이번 사건은 엉터리라는 거야. 1년 전에 죽은 영훈이 다시 살아나서 자기 열차에 말려들 수가 없다는 거지. 조사고 뭐고 자기는 받을 게 없다는 거야.
　―정신이 좀 돈 거 아냐? 사고를 내놓고?
　―그는 정말로 그렇게 믿고 있어. 진짜 사고를 낸 줄도 모르고 영등포까지 그냥 차를 달려왔거든. 하긴 그게 좀 이상해진 증거가 되기는 하지만.
　―그래 거동도 천연스럽고?
　―아니, 무엇엔가 퍽 시달림을 받고 있어. 지금 사표를 써 내놓고 집에 누워 있지.
　―자살인지 기관사 과실인지는 역시 결말이 안 난 채?
　―나로선 심증이 있어. 그리고 내 업무 한계 내에선 사건이 명확하구.
　―그래 내게 부탁을 하겠다는 건……?
　―주영훈이란 사내에게 자살 의도가 있었느냐 바로 그거지. 이건 아무래도 우발 사고라고밖엔 달리 말할 도리가 없는데, 그렇게 단정하기엔 이상한 일이 한두 가지가 아니거든. 기관사 쪽에 살의가 있었던 것도 같고. 그 영훈이란 친구의 사고 전 거동은 더욱 그래. 잘 설명할 수는 없지만 그쪽에도 자살 의도가 있었던 것 같은 흔적이 많거든.
　치윤은 아직도 이상하다는 듯 눈주름을 가늘게 모았다.
　―거의 개인적인 관심에서지만 그걸 알고 싶어. 분명히 우발 사

고였는지, 사내에게 자살 의도가 있었는지, 그리고 자살 의도가 있었다면 그게 무언지 이유를 말이야. 그걸 좀 알아봐. 자네가 기관사의 혐의를 벗겨준다는 기분으로. 조사해보면 아마 틀림없이 기사가 될 거야.

—어디서부터 알아보나?

상균은 벌써 어떤 심상찮은 냄새를 맡아낸 듯했다. 그는 혼자 사건의 앞뒤를 재어보고 있었다.

—우선 사고를 낸 기관사를 만나봐야겠지. 아니면 영훈이란 사내와 함께 편지 소개업 일을 하던 사람이 있어. 지금도 사무실에 나오고 있는데 허순이라는 작가야. 자네도 알지? 안국동이니까 가서 그 사람을 먼저 만나봐도 좋고…… 다만 한 가지…… 이 사건에 관련된 사람은 모두 조금씩 이상해져 있어. 조심해서 이야기를 시키라구. 선입견을 주지 않기 위해 나 그 이상은 말하지 않겠어.

치윤은 장난스럽게 웃었다.

—허순……?

상균은 비밀스런 치윤의 미소를 보면서 머리를 정리해갔다.

—말하자면 기관사가 이번 사고로 죽은 주영훈이란 사내는 1년 전에 벌써 죽었다고 고집하는 데가 문제겠군.

—그렇지, 우선 거기서부터……

"그래, 그 기관사라는 사람을 만나봤습니까?"

김은 썩 구미가 당기는 눈치였다.

"아니요. 아직은 귀띔을 받았다뿐입니다. 윤곽을 예상할 수가 없어요. 조사해보구 말씀드리지요."

"그 허순이라는 사람도 만나봐야지요. 무슨 이야기가 나올지 모르니."

"물론입니다. 만나볼 참입니다."

"부탁합니다. 이번 주말까집니다."

2

그렇지요. 제 친구는 틀림없이 두 주일 전, 6월 13일 오후까지도 거기…… 바로 지금 유 선생께서 앉아 계신 테이블에 앉아 대필 작업에 열중하고 있었습니다. 보시다시피 우리는 이 '한국 펜팔 구락부' 사무실에서 5, 6년 동안 죽 함께 일해왔어요. 일을 하다 보니 다른 곳과 경쟁도 심해지고 해서 우린 그 대필 업무를 시작했어요. 무료 봉사지요. 주로 여자가 남자 쪽으로 보내는 글을 맡았습니다만…… 하지만 그건 주로 그 친구가 했습니다. 애초에 이 일을 시작한 것부터가 그쪽 의견이었으니까요. 물론 그 대필업 아이디어도 그 친구의 발상이었습니다. 전 그저 그 친구 하는 일을 구경이나 하면서 여기 앉아 제 소설을 생각했지요. 하지만 그는 열심이었습니다. "처음 뵙습니다…… 선생님께 이런 당돌한 글을 올리게 된 것은…… 다름이 아니오라……" 언제나 그렇게 시작했지요. 그래 놓고 영훈은 늘 그다음이 막혀 고심했습니다. 남자의 신청 카드를 앞에 놓고 인적 사항으로 성격을 판단해서 구미에 맞도록 글을 써줘야 하니까요. 처음 뵙습니다…… 다름 아니오라…… 그러다가 글이 영 써지지 않으면 그는 유리창밖으로 하늘을 내다보곤 했어요. 저 바깥을 좀 내다보십시오. 지금은 신축 건물로 가려지고 없습니다만, 전엔 조그만 하늘이 한 조각 그 유리창으로 내다보였어요. 우리는 늘 함께 그것을 내다보곤 했습니다. 실상은 저 육중한 콘크리트 벽이 들어앉아버리고 나서도 우린 습관처럼 늘 거기서 하늘을 찾곤 했으니까요. 물론 그건 허사였지만 말입니다. 하여튼 그러면서 영훈은 늘 거기에 앉아 있었어요. 틀림없이 두 주일 전까지도 말입니다. 그리고 그날 저녁 운평으로 가서 죽었어요. 하지만 유 선생께서 이런 이야기를 듣고 싶은 건 아니겠지요. 1년 전 이야기를 해드리겠습니다. 그건 이야기해드려도 제겐 상관이 없는 부분이니까요.

　1년 전…… 그러니까 그때도 물론 그 친구는 열심히 일을 했어요. 밤까지도 했지요. 처음 뵙습니다…… 다름 아니오라…… 그 일 말입니다. 그런데 빠뜨릴 뻔했습니다만 영훈에겐 전부터도 늘 어떤 초조감 같은 것이 얼굴에 어려 있곤 했어요. 일을 할 때나 술을 마실 때나 그는 늘 무엇엔가 쫓기고 있는 것 같았어요. 그리고는 안절부절못하는 기색이었어요. 무엇 때문에 그러는지 물론 저는 알 수가 없었지요. 그가 얘기해준 일이 없었으니까요. 하지만 저는 그에게서 늘 그런 기분을 느낄 수 있었어요. 백 미터 경주를 하고 있는 걸 본 기분이었다고 할까요. 앞서거니 뒤서거니 안간힘을 쓰면서 달리는 사람의 안타까운 심정 같은 것 말입니다. 그런데 하루는 영훈이 외출을 했다가 이제 아주 그 선두를 빼앗겨버린 듯한 얼굴로 돌아왔어요. 그리고 그날 밤 술을 마시면서 자기는 그날로 죽었다는 것이었습니다. 물론 전 농담으로 알아들었지요. 그러나 그는 술이 취해 그런지 농담을 하고 있다기엔 처참할 만큼 허탈하고 낭패스런 표정이었습니다. 그때까지 그가 늘 지니고 다니던 초조감마저 사라진 듯했어요. 그날 이후로 영훈은 이상하게 누군가를 미워하기 시작했어요. 원망을 하는 것 같기도 했습니다. 그게 누군지는 알 수 없었지요. 어느 날 그는 그것이 일전에 죽어버린 자기라고 했습니다. 그리고는 정말 자기의 반쪽은 이미 죽어버린 것처럼, 또는 한 발로 죽음을 딛고 살아가는 것처럼 괴상한 표정을 하고 다녔어요. 하지만 그런 것을 제가 이해할 수 있었겠습니까. 저는 그게 못마땅했을 뿐이지요. 더욱이 그는 그 무렵부터 일을 열심히 하지 않고 해가 기울면 꼭 사무실을 나가버리는 것이었어요. 어떤 날은 숫제 종일 나타나지 않아버릴 때도 있었지요. 그러다 가끔 나타나는 그의 얼굴을 보면 꼭 뭔가 기분 나쁜 음모라도 꾸미고 다니는 것 같았어요. 아무것도 이야기해주질 않으니 전 터무니없는 엄살이라고만 생각했지요. 그러나 그건 제 잘못이었어요. 아시겠습니까. 저는 나중에 어떤 생각이 떠올라 그의 고향엘 가본 일이 있었어요. 강원도 영월입니다. 뭐 고향이라야 그는 거의 고아로 자랐으니까 찾아볼 친척도 없고, 제가 본 것은 그의 호적부였습니다. 그리고 그걸 보고 나서 저는 그에게 무슨 일이 일어나고 있는가를 조금씩 짐작하게 되었습니다. 어떻게 되어 있었는지 아십니까? 그 호적부가 말이에요. 그는 정말로 죽어 있었어요. 1968년—그러니까 작년 6월 13일자로 말입니다. 게다가 더욱 놀라운 것은 그가 결혼을 하고 있었다는 것입니다. 혼인

신고가 되어 있었어요. 하지만 어렴도 없는 일이지요. 5, 6년 동안을 같이 일하면서도 워낙 서로의 일을 모르고 지내기는 했지만, 어디 그가 결혼을 했는지 안 했는지까지 모르고 있었겠습니까. 더구나 그가 죽어 있다는 사실에 이르러서는 말이 안 나왔어요. 하지만 어쨌든 호적부에는 그가 결혼을 하고 또 그 뒤로 사망을 한 게 틀림없는 것으로 기재되어 있었습니다. 아시겠어요.

자 그럼 여기서 제 이야기는 끝내도록 하지요. 기사를 쓰시는 데 도움이 좀 되어드렸는지 모르겠습니다. 하지만 이 이상은 저도 말씀드릴 수가 없어요. 그다음부턴 제 몫이니까요. 제 일에 소용이 되고 있어요. 지금까지 말씀이 유 선생의 일에 소용이 될 수 있듯이 말입니다. 하지만 사실 그다음 일에 대해서는 저 자신도 아직 혼란을 겪고 있고, 또 확실한 해답을 얻지 못해서 고민 중입니다.

끝내 주영훈이란 사내를 말아부수고 만 기관사 최 씨는 그러나 한 달 남짓 시간이 흐르자 그럭저럭 그 일을 잊어가고 있었다. 사고도 말썽 없이 처리되고 최 씨는 계속해서 목포와 서울 간 E열차를 몰고 다녔다. 이제 그는 운평에 이르기 전 터널을 빠져나오면서 그 철길을 마주 걸어오는 사내를 볼 수 없는 것이 오히려 좀 서운하게 느껴지는 정도였다. 그리고 나중에는 그런 느낌마저 사라지고 사내와 관련해서 그에게 남아 있는 것이라고는 터널을 빠져나오면서 길게 기적을 울리는 습관뿐이었다. 터널부터 운평역 사이에는 아직도 저녁 안개가 자주 깔려 있었다.

가수(假睡) 253

그러던 어느 날, 참으로 이상한 일이 일어났다. 기적을 울리며 습기를 쫓고 있던 최 기관사가 문득 기차를 향해 걸어오고 있는 한 달 전의 그 사내를 본 것이다. 그는 자기의 눈을 의심했다. 등골에 오싹 식은땀이 솟는 것을 느끼며 그는 다가오는 사내의 모습을 굳어진 눈동자로 주시하고 있었다. 그럴 리가 없다고 생각했다. 사내를 뒤로 흘리면서 자기가 착각을 한 거라고 생각하려 했다. 놀라고 있던 자신을 웃어보기도 했다. 그러나 최 씨는 역시 기분이 개운치가 않았다.

어떤 녀석인가. 아무도 지나다니지 않는 이 철길을 하필 이런 시각에 지나가다니. 우연이겠지. 하지만 녀석…… 고개를 반쯤 숙이고 걸어오는 모습이 전번 녀석과 너무도 비슷했어. 그리고 전번 녀석보다 훨씬 안전하게 차를 피해내기는 했지만 녀석도 겁을 먹지 않으려고 애를 쓰는 기색이 역력했지. 제기랄——최 씨는 잊어버리기로 했다. 물론 그럴 리가 없다. 암, 그럴 리가 없지——영등포에 닿았을 때 최 씨는 그 일을 잊어버리고 있었다. 그리고 다음 날 운평 부근의 터널을 빠져나올 때까지도 최 씨는 그 일을 까맣게 잊어버리고 있었다. 그러나 이날도 터널을 빠져나오자 그는 어제와 똑같이 다시 놀라고 말았다. 사내가 또 나타난 것이다. 어제와 똑같이, 아니 전에 죽은 영훈이란 사내와 똑같이 묵연한 자세로 차를 향해 천천히 걸어오고 있는 것이 아닌가. 최 씨는 혼란 속에서 사내를 더 유심히 관찰했다. 그러나 그것이 영훈과 다른 사내인지는 알아볼 수가 없었다. 사내가 어제보다 더 영훈을 닮은 모습을 하고 걸어오다가 역시 어제보다 좀더 아슬아슬하게 차를 피해 나가는 것 같았다. 최 씨가 더욱 놀란 것은 그 사내의 거동에서도 이상하게 전번 영훈에게서와 똑같이 차에 대한 유혹과 위태로운 충동기를 보게 된 것이었다. 망령을 본 것인가? 최 씨는 머리를 흔들었다. 설마…… 빌어먹을 우연이지. 하지만 이틀씩이나…… 이틀 사흘이래도 할 수 없지. 무슨 빌어먹을 망령이야. 그러나 사내가 사흘, 나흘—아니 일주일, 열흘을 계속해서 나타나고, 그 거동이나 표정이 점점 더 먼젓번 사내를 닮아가는 데는 최씨의 노력도 헛수고였다. 그리고 드디어 그 사내가 전번처럼 파나마모를 쓰고 나타났을 때, 최 씨는 자기도 모르게 소리를 지르고 말았다.

"유령이다!"

그의 눈에서는 열이 났다. 콧등에서도 땀이 솟았다. 사고 후에 정신을 차려 조심하자고 그곳에서는 조금씩 줄여왔던 열차 속력을 이날은 최고로 높여버렸다. 한번 높여진 속력은 다음 날도 그다음 날도 다시 내려갈 줄을 몰랐다. 그로부터 최 씨는 사내의 모습을 자세히 보려고 하질 않았다. 그러나 터널을 빠져나오면 그의 망막에는 언제나, 그 차에 유혹을 느끼며 높은 속력으로 하여 전번 사내보다 더 강한 유혹의 불길을 누르며 다가드는 파나마모의 모습이, 조그만 광선의 씨앗처럼 떠올랐다가는 순식간에 온통 그의 시야를 가렸다가 다시 희고 가느다란 선이 되어 사라져가는 것이었다.

그런 때 최 씨는 그 유령의 유혹에 이미 억누를 수 없는 불길을 놓아 그것을 삼켜버리고 싶은 미칠 듯한 심경이 되곤 했다. 그는 눈알이 벌게져서 그 흰 점을 향해 덤벼들었다. 그는 유령을 두려워했다. 그래서 더욱 그것을 집어삼키려고 맹렬히 덤벼들곤 했다. 그리고는 언제나 실패했다. 알 수 없는 일이로군. 이번엔 싸움이 거꾸로 되었어. 최 씨와 유령의 싸움은 해를 바꾸며 계속되었다. 그러다 다시 여름이 되었다. 이번에도 운평 부근의 저녁 철길에는 언제나처럼 습기가 자욱했다. 어느 날 그는 드디어 그 파나마모—흰 점의 유령을 삼켜버리는 데 성공했다. 그리고는 영등포까지 의기양양해서 달렸다. 6월 13일이었다. 우연이었는지 모르지만 전번 사내를 말아부순 지 꼭 1년이 되는 날이었다.

"두 사람이 죽었더군."

"그래, 죽은 건 분명히 두 사람이지. 신문이나 사람들은 기억이 늘 새롭지 못하고 자세히 조사를 하지도 않아서 모르고 지내게 마련이지만 분명 같은 장소에서 꼭 1년 만에 두 사람이 죽었어."

"그런데 그 두 사람은 호적을 함께 가지고 있었어."

"그래 맞았어. 조사를 상당히 했군. 그래 한쪽이 먼저 죽으면서 그 호적에 사망신고를 해버렸지?"

"그건 본인이 그런 게 아니구 여자가 그랬을 거야. 한쪽은 결혼을 하고 있었거든."

"어떻든 그 호적 때문에 이번 사고 처리가 아주 골칫거리가 되었었지. 사체 처리를 할 수가 있었어야지. 기관사가 유령이라고 우겨댄 것처럼 진짜 유령인의 사망이 되었으니 말야."

"나중 죽은 쪽은 말하자면 자기의 죽음을 빼앗겨버린 거니까. 사무적으로는……"

"그래 기관사도 만나봤나?"

"두 번이나 만났어."

"기관사의 얘기를 들으니 영훈에게 자살 의도가 있었던 것 같아?"

"그건 아직 잘 모르겠어. 기관사의 말로는 그런 것 같지만, 자네 말대로 기관사 쪽에서도 살의가 있었던 것 같기도 하고. 하여튼 아직 죽은 두 사람 사이의 비밀을 밝혀내기 전에는 확실한 말을 할 수가 없어."

"그럼 좀 서둘러 알아봐."

"하지만 난 자살 의도가 있었느냐 어쨌느냐 하는 검사님의 관심거리에는 흥미가 적은걸. 다른 걸 밝히다 보면 그건 자연히 드러나겠지만, 그보다 먼저 난 어째서 두 사람이 한 호적을 쓰게 되었느냐, 나중 사내는 뭣 땜에 먼젓사내가 죽은 곳을 쫓아다니다가 그도 역시 뒤를 따라 죽고 말았느냐 하는 것이 더 궁금하단 말야. 필경 그럴 만한 곡절이 있었을 것이거든."

"기자니까. 하지만 마찬가지 아닌가. 어느 쪽이 먼저 밝혀지든 조사는 더 해봐야 할 게 아냐?"

3

영훈 씨는 언제나 철길을 걸어서 집으로 돌아오곤 했어요. 아무도 지나다니지 않는 그 철길을 혼자 걸어서요. 언제나 7시경이었습니다. 그때 그이는 늘 목포에서 서울로 가는 E열차와 터널 못 미쳐서 만나곤 했습니다. 저는 그 열차 기적 소리가 나면 언제나 이 유리창으로 와서 그분이 기차와 만나는 것을 보고 있었어요. 기차가 지나갈 때 그분은 잠시 그 차 뒤로 숨어버리곤 했습니다. 기차 뒤에서 다시 나타나 철길을 걸어오시는 그분은 몹시도 조그맣고 외로워 보였습니다. 습기가 많은 날은 더욱 조그맣고 외로워 보였어요. 그렇게 그분은 언제나 일정한 시각에 그 철길을 걸어오시다 기차를 지나고 나서 터널 앞에서 둑을 내려서는 것이었어요. 물론 겨울에는, 7시면 날이 어두워지니까 전 그분을 볼 수가 없었지요. 가을이 되면서부터 그분은 7시의 어둠 속으로 점점 멀리 그리고 희미하게 숨어 들어가기 시작했고, 겨울에는 그 어둠 속에 싸여 지내신 듯 깜깜하다가 이듬해 봄이 되면 다시 그 7시의 어둠 속에서 점점 모습을 드러내며 외롭게 걸어오기 시작했어요. 그분은 집에서도 철길을 걸어오고 있을 때처럼 그렇게 늘 외로웠어요. 아무 말도 없이 그저 멍하니 저를 바라보고 앉아 있거나 다음 날 수업 준비를 할 뿐이었습니다. 참, 그분은 운평초등학교에서 늘 저학년을 담임하고 계셨답니다. 한데 그런 수업 준비도 할 일이 없고 저를 쳐다보는 것이 마음에 내키지 않는 날이면 그분은 방금 자기가 외롭게 걸어온 철길을 멍하니 이 유리창으로 건너다보고 있는 거예요. 방금 그곳을 걸어오고 있는 자신의 모습을 찾고 있는 것처럼 말입니다. 또는 누군가를 몹시 기다리는 것 같기도 했어요. 그러나 저는 그러는 영훈 씨에게 불평스런 생각을 해본 일이 없어요. 그분은 애초에 가정환경부터가 그렇게 외로웠거든요.

어쩌다 하는 말이었지만 그이는 고향이 영월이라고 했어요. 그러나 고향에는 같은 성씨를 가진 친척이 한 사람도 없다면서 저와 결혼을 하고 나서도 한번도 찾아간 일이 없었습니다. 혹시 무슨 호적 관계나 제 혼인신고 같은 일로 연락할 일이 있으면 그분은 읍사무소에 편지를 내서 처리하고 말았어요. 그 밖에 다른 일로는 고향 쪽으로 편지를 내는 것조차 본 일이 없어요. 고향에 대해서는 아무것도 말한 일이 없었습니다. 그렇게 아주 습관이 굳어져버린 듯했어요. 학교에서도 마찬가지였습니다. 동료 선생님들과도 좀처럼 어울리지 않았다더군요. 집에 와서 학교 선생님들 이야기를 한 일도 물론 없구요. 그러다가 그렇게 돌아가신 거지요. 자기와 늘 그 철길에서 만나던 기차에 말려들어서 말이에요. 그분은 언제나 혼자였습니다──

──하지만 부인, 부인께서 그의 사망신고를 내버린 것은 잘못이었습니다.

영훈은 절망적으로 말했다.

──아까도 말했지만 부인의 남편은 제 이름으로 죽은 겁니다. 우리는 한 호적을 사용하고 있었어요. 그가 제 이름을 빌린 것이지요. 애초에 그에게는 호적이 없었습니다. 그런데 그는 빌린 제 이름을 가지고 죽어버림으로써 그 이름을 아주 자기 것으로 만들어버린 것입니다. 제가 다시 제 이름을 돌려받을 수 없도록 말입니다.

──있을 수 없는 일이에요.

──지금 제가 바로 그 일을 당하고 있습니다. 보십시오.

영훈은 여자 앞에 시민증을 꺼내 보였다.

―본적과 나이와 제 이름자에 다른 것이 있습니까?

―하지만 이건 누군가의 장난이에요. 선생님의 장난입니다.

―아닙니다. 부인, 다시 한 번 확실히 말씀드리겠습니다만 진짜 주영훈은 지금 여기 서 있는 저입니다. 부인이 결혼을 한 그 호적부의 진짜 주영훈은 저란 말입니다.

여인은 넋이 나간 듯 영훈을 쳐다보고만 있었다.

―혹시 돌아가신 분이 진짜고 제가 가짜라는 의심이 들 수도 있겠지요. 그러나 그것은 그 친구가 그렇게 가기를 꺼려 했던 영월로 가시기만 하면 금방 증명해드릴 수 있습니다. 가까운 친척은 없지만 그래도 전 그곳에서 저를 증명해줄 사람을 몇 명은 찾을 수 있으니까요.

여인은 이제 사내에게 더 따지고 들 기운을 잃고 있었다.

그러자 영훈은 자신을 얻은 듯 선언했다.

―무엇보다도 전 제 호적을 다시 살려내야겠습니다. 영훈의 죽음은 그 친구의 것이 될 수 없으니까요. 부인께서도 협력을 해주십시오.

똑같았습니다. 그분이 저의 집을 향해 철길을 걸어오는 모습이나 시간 어느 것 하나도 다른 것이 없었어요. 날마다 7시경이 되면 그분은 운평 쪽에서 외롭고 조그만 모습으로 철길을 걸어오고 있었어요. 그리고 터널 입구에 이르기 전에 그분은 열차를 만나 그 뒤로 잠시 숨어들어갔다가 기차가 지나가면 다시 멈추고 있던 동작을 시작하며 걸어오는 것이었어요. 그러다가 둑길을 내려서곤 했습니다. 처음부터 그런 것은 물론 아니었습니다. 사고가 있은 한 주일쯤 뒤에 불쑥 나타나서 저와 이야기를 나누고 나서 그분은 한동안 정말로 그 호적을 살리려는 일에만 열중하고 다녔어요. 저 역시 그가 호적을 살려내겠다고 하는 데에는 반대할 이유가 없었지요. 그렇게 되어버렸어요. 하지만 제가 그 일을 도울 방법은 없었습니다. 사실 저는 오늘날까지도 어느 쪽이 이름을 빌려주고 어느 쪽이 빌려 받은 것인지 확실한 것을 알지 못하고 있거든요. 그분은 제게 자기 말을 믿게 하려고 무척 애를 썼어요. 그것을 증명하기 위해 자꾸만 고향으로 가자는 것이었습니다. 그러나 저는 끝내 가지 않았어요. 저는 그때 이미 그것이 어느 쪽이라 해도 상관이 없게 되어버린 데다가, 새삼스럽게 그걸 따져본들 이로울 일이 없었으니까요. 사실을 말씀드리자면 전 두려웠던 것입니다. 그 수수께끼(바로 저 자신이 그 수수께끼의 한가운데 들어앉아 있는 것 같았습니다마는)의 해답과 만나는 일이 말입니다. 그래 제가 협조를 하지 않았는지 모르겠습니다만, 하여튼 그분의 노력은 늘 허사가 되고 만 것 같았어요. 하지만 그 일이 잘 되어가지 않은 보다 중요한 이유는, 무슨 까닭인지 그분은 그 일을 떳떳한 방법으로 처리하려는 것 같지가 않은 것이었어요. 공적인 절차를 밟는 일 말이에요. 덮어놓고 호적 담당 직원에게 내가 바로 이 사람이다, 내가 이렇게 살아 있는데 왜 호적에선 죽어 있어야 하느냐, 뭐 그런 식으로 시비만 하며 지쳐 돌아다니는 기색이었어요. 일이 될 리 있었겠어요?

그러다가 웬만큼 그 일에 지쳐나는가 했더니, 그때부터 갑자기 돌아가신 분의 행적에 관심을 갖기 시작하더군요. 그의 평소 언동이라든가 거동을 묻고, 혹시 그 호적에 관해서 지금 생각이 미치는 무슨 말을 한 일이 없었는가, 그리고 심지어는 혹시 그분이 자살을 하고 싶어 했다든가 그런 이상한 기색을 보인 적이 없었느냐 하는 것까지 꼬치꼬치 캐묻고 들곤 했어요. 그러다 저의 이야기로 궁금증을 어느 만큼 충족하고 나면 그분은 느닷없이 돌아가신 분을 저주하는 것이었습니다. 뭔가 그분을 원망하고 미워하고 있는 것 같았어요. 철길을 걸어오기 시작한 것도 그 무렵부터였어요. 철길을 걸어서 집으로 오곤 하던 돌아가신 분의 습관에 대해 이야기를 듣고 나서 그분은 왠지 무척 흥분을 하더군요. 그때까지 쉬지 않고 수없이 물어대서 제게 얻어낸 이야기 가운데서 가장 귀중한 것을 알아낸 듯한 눈치였어요. 또 한차례 저주를 해대더군요. 그러고 나더니 이번에는 자신이 그 철길을 걸어오기 시작했어요. 나중에는 파나마모자까지 쓰시고 말이에요. 그러나 그것으로 그분이 호적에 관한 노력을 포기한 것은 물론 아니었습니다. 그렇게 철길을 걸어서 제게 오면 그분은 여전히 돌아가신 분에 관한 또 다른 이야기를 물어댔으니까요. 어떻게 만나게 되었느냐, 어디서 결혼을 했느냐, 그의 어떤 점을 사서 결혼을 하게 되었느냐, 그분이 제게서 높이 산 장점이 무엇이냐, 술을 자주 마셨느냐…… 그러다가는 결국 다시 자기가 진짜라는 것을 믿게 하려고 애를 썼어요. 역시 호적 이야기가 많이 나오게 되었지요. 그러나 그 호적에 관해서는 이미 저는 관심이 없어져버렸고 또 어느 편이 진짜냐 하는 것에 대해서도 저는 여전히 관심이 없는 채였어요. 그러니까 그분은 더 안타까워지는 모양이었습니다. 그리고 뭔가 아직도 그분에게는 영 알 수 없는 것이 있는 것 같았습니다. 그런 식으로 그분은 한여름과 한가을, 그리고 겨울을(물론 겨울에는 그분 역시 어둠 속에 빠져버렸지만) 내내 철길을 걸어왔어요. 그리고 표정이며 말씨며, 그런 것을 온통 뒤섞어놓은 분위기 전체가 놀랄 만큼 돌아가신 분과 닮아가고 있었어요. 그리고 봄이 되었습니다. 봄이 되자 그간 좀 대범해지는 듯하던 호적 일에 또 부쩍 초조해지기 시작하더군요. 봄이 지나가고 여름이 들어서면서는 더욱 그랬습니다. 한번은 제게 이런 걸 물은 일도 있었어요. 어째서 자기 이름을 다른 사람에게 빌려주었겠느냐고요. 터무니없는 물음이었지요. 그건 바로 제가 그분에게 가끔 농담 삼아 물었던 말이거든요. 그러면 그는 10년 전 무슨 데모 땐가의 이야기를 하곤 했어요. 데모를 하다가 무슨 생각이 들어서 자기와 팔짱을 끼고 가던 옆 친구에게 이름을 빌려주었더라고요. 자신도 믿기지 않는지 늘 시원찮게 그런 식으로만 말해서 잘 기억이 나지 않습니다만, 하여튼 자신이 그 비슷한 말로 늘 대답을 얼버무리던 것을 제게 묻는단 말예요. 뭐 그럴 수도 있겠죠, 저는 어이가 없어 무심히 그렇게 대꾸하곤 했지요. 그럴 수도 있어, 그러나 그분은 저의 대답에 그럴까 혼자 생각을 해보는 듯 중얼거리더군요. 아니 그런 식이 아니고 이유가 있었을 텐데…… 그런데 그게 아무래도 생각나지 않는 듯한 표정이었습니다. 그럴 수도 있어…… 그러다가 그는 초여름이 되자 결국 기차에 말려들어가버린 거예요. 그 철길을 걸어오다 말이에요. 그 무렵 그럴려고 그랬던지 그분은 다시 자기 이름에 무척 신경을 쓰더군요. 어떤 일이 있어도 자기는 진짜 주영훈이며 호적도 곧 그렇게 될 거라구요. 물론 그건 나중까지도 그렇게 되지 않았지만 말입니다. 아직도 전 어느 쪽이 진짜였는지 확실한 건 알지 못하고 있거든요. 호적도 여전히 그대로였구요. 지내놓고 보니 그분은 마치 죽을 날짜를 정해놓고 그전에 그런 것들을 제가 믿게 하려고 애를 썼던 것 같아요. 두번째 사고가 난 것이 1년 전과 똑같은 6월 13일이잖아요. 그 밖에는 저도 그분들의 일에 대해 별로 아는 게 없어요.

가수상태(假睡狀態)라는 것이 있습니다. 눈을 뜨고 자는 것이지요. 아시겠습니까. 어렸을 때 밤늦게 하기 싫은 시험공부 같은 것을 할 때 눈을 뜨고 책을 읽는다고 읽는데 실은 잠을 자고 있는 때가 있지요. 자꾸 읽은 데를 또 읽고 읽은 데를 또 읽고 하면서 말입니다. 그렇게는 아무리 책을 읽어도 다음 날 아침에 보면 통 내용이 생각나지 않지요. 가수상태에 빠져 있었기 때문입니다. 그런 비슷한 일이 많지 않습니까. 경험이 있으시겠지만 걸어가면서 잠을 잔다든가 그런 것도 그렇지요. 심지어는 걸어가면서 꿈을 꾸는 일까지 있다더군요. 어린애를 잠재우는 어머니는 아이를 연방 흔들고 있다가 자신도 나중에는 잠이 들어버리는데 그래도 아이를 계속 흔들고 있지요. 잠 많은 노인이 남의 이야기를 듣다가 잠에 빠져들고 나서 건성으로 이야기에 대꾸를 해온다든가, 그런 것을 우리는 가수상태라고 하지요. 기관사들이 자주 겪는 일입니다. 그렇지 않겠습니까. 기관사가 기차를 운전해가는 일이란 지극히 단조롭습니다. 언제나 시야에 들어오는 것은 끝없이 계속되는 두 줄기 선로뿐이지요. 산모퉁이를 돌거나 터널을 지나면서 가끔 기적을 울린다든가 속력을 늦추는 일 외에 그 사람들은 몇 시간이건 그 두 줄기 선로가 뒤로 뒤로 밀리고 있는 것만 바라보고 있어야 하거든요. 이미 익숙한 연변 풍경은 지루감만 더해줄 뿐입니다.

그래서 이 사람들은 자주 그 가수상태에 빠져버리는 수가 많습니다. 물론 기관사들 중에 그것에 빠지지 않으려고 쉴 새 없이 껌을 씹는다든가 그런 방법을 쓰는 사람도 있지만, 그래도 어떤 때는 할 수 없다고들 해요. 껌을 씹으면서도 그렇게 되니까요. 그렇다고 아주 잠을 자버린다는 것은 물론 아닙니다. 이 친구들은 아무리 그 일이 지루하고 단조롭더라도 거기서 자신이 벗어날 수는 없어요. 차를 안전하게 운전해야 한다는 생각만은 늘 머리에 박혀 있습니다. 가수상태에서까지도 차를 운행해 가는 데 필요한 모든 동작은 정확하게 합니다. 그런 상태로도 차는 안전하게 운행을 해 온다거든요. 다만 지나온 구간의 일이 어떻게 되었는지 나중에 생각이 안 날 뿐이지요. E열차의 그 친구가 늘 그런 가수상태로 이 운평역을 지나다니고 있었어요. 그런 경우에는 차가 역을 지나면서 통 속력을 늦추지 않고 표통 교환도 없이 맹렬한 속도로 지나가 버리거든요. 그러면 우린 짐작을 하지요. 어떤 때는 소리를 지르거나 돌멩이 같은 걸 던져 넣어서 주의를 일깨워주기도 합니다. 한데 그 친구 이상하게도 거의 언제나 운평역을 그렇게 지나갔어요. 늘 맹렬한 속력이었습니다. 소리를 쳐도 소용이 없었어요. 물론 처음부터 그런 것은 아니었습니다. 작년까지만 해도 그렇지가 않았어요. 언제나 정확했습니다. 그는 20년 무사고 기관사였어요. 그가 맨 처음 실수를 한 것은 저기——우리 역과 터널 사이의 철길에서 사고가 있은 지 한 달쯤 지난 후였습니다. 아까 말씀하신 대로 작년에 저기서 주영훈이란 그 친구가 차에 말려들어 죽었거든요. 하여튼 처음에 전 그가 그런 식으로 이 운평을 지날 때 놀랐습니다. 그 친구에게서는 그런 일이 없었거든요. 그런데 다음 날도 또 마찬가지였습니다. 나중에 그 친구를 만날 기회가 있어서 충고를 했더니 그 친구 갑자기 얼굴빛이 이상해지더군요. 그리고 뭔가 알아들을 수 없는 소리를 혼잣말처럼 중얼거리다가 씩 웃어버리는 거예요. 자기도 어쩔 수 없다는 것 같았어요. 전 그렇게 알아들었습니다. 한데 나중에도 여전히 그런 실수를 계속하기에 또 만나서 충고를 했지요. 이번에는 땀을 뻘뻘 흘리며 사과를 하더군요. 그러더니 그런 실수를 되풀이하는 자신에겐지 또 누구 다른 사람에겐지 마구 저주를 해댔어요. 역시 혼잣말로 한 소리니까 알아들을 수는 없었지요. 그리고는 곧 그런 일이 없게 될 거라고 다짐했어요. 하지만 그 후에도 그 친구의 버릇은 멎질 않았어요. 그러다 결국 또 한 사내를 말아부쉈지요. 그리고 전 이번 사고 역시 그 친구의 가수상태의 허물 때문이라고는 생각하지 않습니다. 같은 일에 종사하는 동료라고 감싸주려는 것은 아닙니다. 가수 중이더라도 기관사들은 정확하게 차를 운행하고 있는 것이니까요. 허물은 그 사내 쪽이었을 겁니다. 이건 좀 이상한 말씀 같습니다만, 그 사내가 철길을 걸어가고 있는 뒷모습을 보면 꼭 사고를 내고 말 것 같은 그런 기분이었어요. 먼젓번 사내도 그랬지요. 말하자면 그쪽도 가수상태 속에서 철길을 걸어가고 있는 것 같았단 말입니다. 그리고 그때는 아직 E열차가 우리 역에서 속력을 줄이지 않고 지나치는 일도 없었구요. 하지만 위험했지요. 차가 조심을 하고 또 가수중이라도 행동은 정확하다고 하지만 말입니다. 그래 사고가 날까봐 전 그가 철길을 걸어 다니는 걸 말리려고 했어요. 그러나 그가 역에서부터 철길로 올라서는 것이 아니기 때문에 늘 그럴 수는 없었습니다. 그는 7시경이 되면 어느새 저만치 철길에 나타나서, 저기 터널이 뚫린 산 위의 노을을 바라보며 검은 아카시아 사이를 걸어가곤 했습니다. 그러다 기차를 만나선 언제 비켜서는지도 모르게 차를 지나게 되고 말입니다. 그가 차를 비켜서는 것도 꼭 가수중의 행동 같아 보였습니다.

 그러다 결국 죽었지요. 그리고 어찌 된 일인지 한 달쯤 뒤에 또 한 사내가 그 철길에 나타나 똑같은 모습으로 걸어가기 시작했습니다. 이때부터 열차의 친구가 마치 사내에게 전염을 당한 듯 가수에 빠지기 시작했어요. 먼젓번 사내가 그렇게 죽어서 그런지 이번에는 더욱 그 사내가 사고를 만나고 말 것 같은 기분이었습니다. 전 언제나 여기 나와 그가 전번 사내처럼 터널이 뚫린 저 산 위의 저녁노을을 향해 조용히 철길을 걸어가는 어두운 뒷모습을 보게 되곤 했지요. 그러다 그 사내도 정말 또 그렇게 되고 말았어요. 이상한 일입니다만…… 어쨌든 사고는 둘 다 사내 쪽의 과실이었다는 생각입니다.

4

—저녁 7시가 되면 영훈은 운평역 쪽에서 철길을 올라서서 언제나 얼굴을 반쯤 숙이고 터널 쪽을 향해 무표정하게 걸어갔다. 봄에는 파나마모의 넓은 차양으로 둑을 기어오르는 훈풍을 받으며, 여름에는 짙은 습기를 헤치며, 그리고 가을이면 메마른 바람기를 볼에 느끼며, 겨울에는 어둠 속에서 빠각대는 눈을 밟으며 걸어갔다. 그는 언제나 운평역에서 터널 입구에 이르기 전에 서울로 올라가는 E열차와 만난다. 그리고 차를 지나고 나서 조금 더 걷다가 그는 둑을 내려선다.

—여자가 자기 집 유리창에 붙어 서서 그가 철길을 걸어오다 조그맣고 외롭게 둑을 내려서는 것을 보고 있다.

—어떤 여름, 사내는 역시 그 안개 속을 걸어오고 있다.

—기관사 최 씨는 E열차를 운전하던 그 첫날부터 터널을 빠져나오자마자 철길을 걸어오는 파나마모의 사내를 본다. 여름에는 축축한 안개 속을, 가을에는 그 코스모스꽃 무리 곁을 걸어와 기적에 놀라지도 않고 위태롭게 차를 비켜 뒤로 흘러가곤 하는 사내. 그는 사내의 얼굴을 한 번도 똑똑히 볼 수가 없다. 기적을 울려도. 속력을 낮추고 지나가도. 특히 기관사 최 씨는 그에게 유혹을 촉발시키지 않으려고 조심조심 속력을 줄이곤 한다. 그러나 그의 얼굴 모습은 한 번도 제대로 볼 수가 없다. 어떤 때는 터널을 빠져나오기 전부터도 그가 조그맣게 걸어오고 있는 것이 보인다.

―운평역 플랫폼에서 역장 사내가 터널 쪽을 바라본다. 그는 터널 산 위의 노을을 향해 가수 속을 걸어가고 있는 한 사내의 뒷모습을 본다.

―어느 날 기관사 최 씨는 터널을 지나 운평 쪽으로 들어오다 문득 안개 속을 걸어오고 있는 사내를 말아버린다.

―이날 오후 영훈은 '한국 펜팔 구락부' 사무실 테이블에 앉아 대필에 열중하고 있다. 처음 뵙습니다…… 다름 아니오라…… 그러다 그는 가끔 창유리로 조그맣게 트인 한 조각하늘을 내다보곤 한다. 허순이 함께 그 하늘을 내다본다.

―다음 날 아침 영훈은 조간신문에서 자기 이름의 역사 사고가 실린 1단짜리 짧은 기사를 읽는다. 6월 14일.

―며칠 후, 강원도 영월읍 사무소의 호적 담당 직원은 주영훈이란 사내의 사망신고서를 처리한다. 그는 마치 자기의 손으로 한 사람의 생명을 이 세상에서 지우고 있는 듯 조심스럽게 글자를 기입해 넣고 그 이름 위에 길게 붉은 줄을 그어 내린다.

―주영훈이라는―분명히 며칠 전에 사망이 확인된 한 사내가 나타나 죽어버린 자기 호적부의 이름을 들춰본다.

―운평역에서 터널로 가다 그 입구에서 둑을 내려가 조금 떨어져 있는 주영훈의 집에서 한 여자는―다시 그 철길을 걸어오고 있는 남자의 모습을 본다. 그는 처음에는 좀 서투른 영훈 그 사람이고 차차 아주 진짜 영훈이 되어간다.

―역장 사내가 가수상태로 터널 산의 황혼을 향해 철길을 걸어가고 있는 영훈의 조그맣게 흔들리는 뒷모습을 본다.

"유 선생께서 알고자 했던 것은 그것으로 완전해지지 않았습니까?"

허순은 상균이 알아낸 것 이외에는 별로 이야기해주고 싶지 않은 어조였다. 그는 유리창으로 이미 건물에 가려진 하늘을 찾고 있었다.

"아닙니다. 윤곽은 그럭저럭 파악해낸 듯합니다만 아직도 여러 가지 궁금한 게 많아요. 좀더 확인해보고 싶은 것도 있구요. 사실은 그것들이 지금까지 제가 알아낸 것보다 훨씬 더 궁금하고 중요한 것들이지요. 아마 허 선생께서는 모든 것을 알고 계시리라 믿습니다."

상균은 열심히 허순의 마음을 움직이려고 했다. 이 친구는 분명히 사건 중에 자기 몫이 있다고 말했던가? 틀림없이 그는 알고 있을 것이다.

"한 가지는 말씀드릴 수 있어요."

허순은 상균의 태도에서 쉽사리 물러서지 않을 낌새를 눈치챘는지 마지못해 그에게로 눈길을 돌렸다.

"이건 제게보다 유 선생의 기사에 더 필요한 일이지요."

은근히 이쪽 구미까지 돋우었다.

"어떤 것입니까?"

상균이 조금 긴장하며 물었다.

"그 여자 말입니다. 유 선생은 그 여자의 말에서 중요한 대목을 지나치신 것 같아요. 그 여자가 솔직하게 이야기를 하지 않았을는지도 모르지요. 제게도 그랬으니까요. 그 여잔 겉으론 허심탄회한 것 같으면서도 깊은 곳은 좀처럼 내보이지 않으려는 데가 있거든요. 하지만 기사가 제대로 되려면 그 여자에 관해 좀더 확실한 것이 필요할 것 같군요. 기사의 진짜 흥밋거리도 되겠구요."

허순이 말을 끊고 담배를 빼어 물자 상균이 그에게 성냥불을 켜 댔다.

"다름 아니라 영훈은 결국 그 여자를 자기 것으로 만들어버렸습니다. 여자에게 아직 살아 있는 영훈의 노릇을 한 거지요. 거꾸로 말하자면 여자는 그것으로 먼젓번 남편의 죽음을 부인한 셈이 되었구요. 그가 두번째 운평으로 여자를 찾아간 날 밤이었습니다."

"그걸 허 선생은 이해할 수 있습니까?"

상균은 짐작을 하고 있는 일이었으나 새삼 알 수 없는 소름기 같은 것을 느끼고 있었다.

"확실치는 않지만 제 나름으로는 이해할 수 있습니다. 영훈은 그곳에서 한 사내가 자기 이름으로 이룩해놓은 것들을 무엇이든지 진짜 자기의 것으로 만들어버리려고 애쓴 흔적이 있거든요."

"하지만 여자의 생각은 달랐습니다. 그가 진짜 주영훈이라는 것을 그 여자는 끝까지 믿으려고 하지 않았어요. 말하자면 그 여자는 그녀의 죽은 남편이 이룩해놓았던 것을 그의 것으로 만들어주기를 원한 것이 아니라 그것이 누구의 것이든 상관이 없다고 생각하고 있었어요."

상균은 그 여자 이야기에서부터 그가 궁금하게 여기고 있던 몇 가지 다른 이야기를 허순에게 시킬 수 있을는지 모른다고 생각하며 그의 말끝을 건드렸다.

"그래서 영훈은 자기가 진짜라는 것을 증명하려고 애를 썼지요."

"애를 썼지만 결국은 실패했어요. 끝내 자기 이름을 소생시키지 못하고, 죽음을 그 사내에게 빼앗긴 채 자신도 같은 차에 말려들어버렸지요. 오히려 그는 그쪽에 자기의 모든 것을 빼앗겨버린 것입니다. 주영훈이란 사람은 1968년 6월 13일에 사망했어요."

"하지만 영훈은 그렇게 믿지 않고 있었습니다. 처음에는 몹시 절망을 했지요. 그러나 나중에는 그렇지 않았습니다. 유 선생의 조사가 아직 좀 부족한 것이지요."

허순은 가늘게 웃고 있었다.

"영월 호적계에섭니다. 그 호적계 담당자는 6월 13일보다 며칠 전에 영훈으로부터 한 가지 부탁을 받고 있었습니다. 물론 그쪽에서도 약속을 한 일이었지요. 덮어놓고 호적을 소생시켜달라고 갖가지로 조르다가 결국엔 그런 부탁을 한 것입니다. 무엇인지 아십니까? 주영훈은 사망일자 가운데서 햇수를 1년만 뒤로 정정해달라는 것이었습니다. 68을 69로. 그러면서 그렇게 하더라도 그 때문에 어떤 법적 책임이나 부작용이 일어나지 않도록 자기가 모든 책임을 지겠다구요. 그러고 나서 그는 죽었어요. 정확하게 1년 후의 같은 날짜에 말입니다. 그들의 호적부는 이제 아무도 들춰볼 사람이 없는 관심 밖의 물건이 되었어요. 그는 자기의 약속을 이행한 것입니다."

"하지만 호적계 직원 쪽이 그 약속을 이행해줄까요?"

"그것은 별로 상관없는 일입니다. 이미 두 사람이 다 죽어버렸으니까 그것으로 두 사람에겐 호적 자체가 소용이 없어져버렸거든요. 고쳐주거나 말거나 거의 상관이 없지요. 중요한 것은 영훈이 6월 13일 7시경에 운평의 철길을 걸어가면서 자기는 분명 1969년 6월 13일에 죽는 거라고 믿고 있었다는 사실입니다."

"이해할 수가 없군요. 도대체 영훈이란 허 선생의 친구는 무엇 때문에 한 사내가 살고 간 흔적을 그렇게 열심히 자기 것으로 만들려고 했습니까? 심지어는 그의 죽음까지도 말입니다."

이 말에 허순은 담배 연기만 한동안 피워 올리고 있었다. 그러다가 중얼거리듯 애매하게, 그러나 짧게 말했다.

"외로웠기 때문이었겠죠."

"외로웠기 때문이라구요? 무슨 의미지요?"

그러나 이번에는 허순도 애매한 표정으로 말했다.

"저 역시 그 의미는 확실치 않습니다. 다만 그렇게 생각될 뿐입니다."

"말이 안 됩니다. 외로움 때문에 죽은 자의 흔적을 자기 것으로 만들려고 기를 쓰다가 마침내는 그의 죽음까지도 자기의 것으로 만들기 위해 함께 죽어버린다는 것은……"

"하지만 전 그렇게 믿고 있습니다. 전 언제나 그 친구에게서 그것을 느끼고 있었어요. 그가 1년 전 자기의 죽음을 말하기 전에 늘 분위기를 지니고 다니던 초조감에서나, 어느 날 그 운평역에서 한 사내가 죽었을 때 마치 백 미터 경주에서 영영 뒤져버린 듯한 낭패한 표정이 되었을 때나, 그리고 그 사내가 기차를 지나다닐 때의 모습을 여자에게 듣고 나서 흥분해하더라는 이야기 속에서

나, 전 묘하게 늘 그것을 느끼고 있었어요……"

그리고 나서 허순은 이번에는 목소리에 조금 힘을 주며 말했다.
"그건 어쩌면 피로감이라고 해도 상관이 없겠지요."

"도대체 영훈이 무엇 때문에 이미 죽은 사람의 삶을 그토록 자기 것으로 만들고자 했는가, 그리고 결국에는 죽음까지도 자기 것으로 만들고 싶어(이것은 아직 장담할 수 없는 것입니다마는) 같은 날짜에 기차로 말려들어가고 말았는가, 그런 것들에 대해 그 허라는 친구는 다만 외로움 때문이었을 거라고만 말하더군요. 자기도 잘 모르지만 무슨 피로감이나 외로움 같은 것 때문에 그랬을 거라고요. 그는 외로움과 피로감이란 말을 같은 뜻으로 쓰고 있었어요. 그래서 전 가장 궁금하던 것을 물었지요. 당신의 친구가 그 사람에게 이름을 빌려주게 된 경위를 알고 있는 게 아니냐, 영훈과 그런 기묘한 관계가 놓이게 된 동기가 무엇이었느냐. 사실 저는 그 점이 무엇보다 궁금했거든요. 그 연유가 곧 두 사람의 영훈에게 그런 행동을 하게 했을 테니까요. 연유를 알면 행동이 설명될 게 아니겠습니까. 그러나 그 친구, 그것에 대해서는 거의 입을 다물어버리더군요. 그건 자기 몫이라는 거예요. 자기로서도 아직 확실한 건 없지만, 알고 있다고 해도 그건 자기에게 소용되는 가장 귀한 것이니 말할 수가 없다면서 그냥 자기 몫으로 남겨달라는 거였어요. 혹시 두 사람의 유년 시절이나 학창 시절에 관해 알고 있는 것이 있느냐는 물음에도 별로 아는 것이 없다는 거예요. 꼭 대답을 피하고 있는 눈치만은 아니었습니다. 중요한 대목은 그 친구 역시 거의 아무것도 모르고 있는 것 같더군요. 다만 그는 이름을 주게 된 경위에 관해서는, 10년 전엔가 언제 거리에서 데모를 하다가 함께 팔짱을 끼고 뛰던 옆 친구가 있었는데, 그게 바로 작년에 그의 이름을 가지고 죽은 친구였다구요. 하지만 그 정도는 운평의 여자에게 들어서 저도 알고 있었던 것이지요. 그 친구, 그 이상은 말하려 하질 않았어요. 그래 그냥 돌아오고 말았지요. 그 정도로 해서도 일단은 기사가 될 것 같은 생각이 들기도 했구요—"

"좋아요. 수고하셨습니다. 그 정도로 취재는 충분하지요."

『일요 서울』의 김주상 부장은 너그럽게 웃었다.

"주간지 독자란 뭐 이유 같은 데 심각한 걸 보려고 하진 않으니까요. 뭣하면 적당히 만들어 쓰면 되지 않겠소?"

"어떤 식으로……?"

"뭐 깊이 생각하실 것 없어요. 오늘 오후까진 어쨌든 기사가 완료되어야 하니까요. 그저 적당히……"

"저도 사실은 오늘까지 취재를 끝내려고 무척 노력했습니다. 약속한 날짜도 되고 해서. 그래 미심쩍은 대로 우선 자료를 정리해 온 거지요."

"마감 날 때문에 애를 먹는 거야 언제나 제 쪽이지요. 제 등 뒤에 바로 독자가 있으니까요. 아마 재미있는 기사가 될 것 같습니다. 특히 그 여자가 나중 친구와 다시 결합을 하게 된 것이 재미있군요. 그 부분에 대한 독자의 흥미를 좀 고려해서……"

—어느 날 영훈은 운평에서 터널을 향해 조그맣고 외롭게 철길을 걸어간다. 그리고 기차를 지나고 나서 둑을 내려가 유리창에

붙어 서서 그의 모습을 지켜보고 있는 여자에게로 간다. 몇 마디 말을 주고받고, 그리고 그는 자기가 방금 걸어온 철길을 한숨짓듯 내다보다가 문득 여자에게서 자기의 외로움을 발견한다——아! 그 여자는 영원히 마르지 않을 고독의 샘을 지니고 있었다. 희고 탄탄한 여자의 두 다리는 그 외로움의 샘을 영원히 마르지 않게 할 것이었다. 영훈은 여자의 다리 사이로 뛰어들어 그것을 퍼내기 시작한다. 자기의 외로움을, 그 여자의 외로움을. 숨이 가빠지도록 쉬지 않고 퍼낸다. 그러나 아무리 깊은 두레박질에도 영훈에게서 갈증은 사라질 줄을 모른다. 여자에게서도 그것은 가시지를 않는다. 샘은 마르지 않고. 영훈은 눈을 감아버린다. 이윽고 그 맞닿은 눈썹들이 수은같이 번쩍이는 방울들을 한 줄로 내몬다.

　영훈은 다음 날도 철길을 걸어온다. 그리고 그 운명처럼 깊고 음습한, 영원히 마르지 않을 외로움의 샘에서 그것을 길어낸다. 그리고 거기서 진짜 자기의 외로움과 만난다. 자기를 만나고 영훈을 만나고…… 그러나 여자는 지금 그가 누군지를 모른다. 누가 그녀에게서 숨을 헐떡거리며 구슬땀을 흘리며 그녀의 외로움을 길어내는지를 모른다. 남자들은 말을 하지 않았다. 그 여자와 만나지 않았다. 말없이 자기의 외로움만 퍼내고 있었다. 그리고는 혼자 고뇌스런 눈물을 지었다. 그러는 남자들은 그녀를 내버려두었다. 그녀 역시 말을 하지 않았다. 그녀는 남자보다 더 먼저부터 울고 있었다. 소리를 지르며 울고 있었다. 영원히 가시지 않는 그 외로움이 두려워서. 너무도 튼튼하고 희고 용솟음치는 다리가 두려워서.

상균은 담배를 피워 물고 잠시 김의 얼굴을 그려본다.

—영훈들은 달려서 적선동을 지나간다. 그의 스크럼은 대열의 맨 앞장을 서고 있다. 그는 함성과 스크럼을 낀 옆 친구의 팔에서 느껴지는 열과 최루가스의 따가운 자극과 그리고 간간이 터지는 총성으로 정신을 잃은 듯이 효자동으로 달려간다. 드디어는 그의 스크럼이 깨어진다. 거기서부터 그는 구렁이처럼 길을 가로막는 기다란 하수관을 보고, 역진하는 전차를 보고, 불에 타는 소방차를 보고, 그리고 마지막에는 피와 혼주(混走)와 달리는 지프와 태극기와 그리고 펄럭이는 흰 가운 자락을 본다.

몇 달이 지난 후, 영훈은 대폿집에서 한 낯선 젊은이를 만난다. 그 젊은이 쪽은 영훈을 알고 있다. 영훈도 그가 몇 달 전 함께 스크럼을 짜고 적선동까지 달려갔던 바로 옆엣친구라는 것을 기억해 낸다. 그리고 그때 정신을 차릴 수 없도록 뜨거운 열기를 건네주던 기억을 되살려낸다. 그 친구가 영훈에게 호소한다.

어떤 호소를? 그는 벌써 학교를 마치고 하릴없이 놀고 있다. 취직이 안 된다. 병역 기피 때문이다. 영훈은 자기가 이미 1년 반 군복무를 학보로 다녀나온 것을 생각해낸다. 젊은이가 영훈을 설득한다. 한 번뿐 아니라 몇 차례 비슷한 장소에서 두 사람이 만난다. 거기서 젊은이는 호소와 설득을 끈질기게 되풀이한다. 드디어 영훈이 설득을 당한다. 젊은이가 사기한같이는 보이지 않는다. 그리고 그는 세상에 대한 자신의 과실보다 훨씬 더 많은 고통을 당하고 있는 것처럼 여겨진다.

그로부터 영훈은 늘 어떤 초조감에 쫓기기 시작한다. 그는 자리에 들어서도 신호등조차 없는 네거리의 횡단보도를 걸어가고 있는 듯한 느낌이다. 사실로 영훈이 사무실의 자기 자리에 앉아 있을 때 그는 위험한 횡단보도를 걸어가고 있었다.

아니 네거리 횡단보도는 아니었다. 그는 운평역 근처의 철길을 걸어가고 있었다. 어느 날, E열차 기관사 최 씨가 그를 말아버린다. 1968년 6월 13일—

5

일요일 아침, 한치윤은 그의 집 응접실에서 주간물을 들추고 있다가 상균을 맞았다.

"확인도 해보지 않고 마구 갈겨버렸더군. 별로 정확하지도 못한 추리를 가지고 말야."

치윤은 방금 그가 읽고 있던 상균의 기사를 가리키며 너털너털 웃는다.

"왜, 그만하면 훌륭하지 않나? 주간지 기사란 사실 보도에만 충실할 필요는 없으니까. 엉뚱한 미스나 제3자의 피해가 발생되지 않는 한 우선 재미가 있어야 하거든."

"재미야 있었지. 썩 많은 걸 알아보기도 했고. 하지만 이번 기사는 사건 자체가 충분한 흥미를 가지고 있었던 게 아닌가. 추리로 메워버린 부분을 좀더 조사했으면 좋았을 뻔했어. 내 생각으로는 흥미가 오히려 줄어든 느낌인걸. 게다가 미스까지 발견되고 있어."

치윤은 상균이 조사한 것보다 더 많은 것을 알고 있었던 듯 빙글빙글 웃으면서 말했다.
 "왜, 어느 대목이 말인가? 여자와 영훈의 이야기?"
 "아니. 여자 이야기 같은 건 아무래도 상관없어. 그 병역 미필 운운 때문에 이름을 빌려주었다는 데 말일세. 그건 사회의 한 단면 속에 자네 생각이 한정되고 있기 때문이야."
 "그럼 자넨 이름을 빌려주게 된 진짜 이유를 알고 있단 말인가? 사실은 나 역시도 그렇게 써놓고 여간 마음이 미심쩍은 게 아니었어. 그런 연유로는 사내를, 특히 나중 사내의 행위가 설명될 수 없었거든. 결국 그렇게 어물어물하고 말았지만."
 "나도 물론 확실한 건 몰라. 하지만 적어도 자네 추리가 틀린 것만은 확실해. 조그만 과실, 큰 피해라는 것 말야. 그렇다면 그 젊은이는 대한민국 어느 곳에 진짜 자신의 호적을 가지고 있어야 했거든. 그런데 영훈이란 사내는 그것을 찾으려고 하지 않았단 말야."
 "그건 영훈이 알고도 그랬을 수가 있지...... 그는 그 사내의 이름에는 관심이 없었을 테니까."
 "영훈이 그런 것은 자네 말대로라고 하더라도, 그럼 내 조사에서는 발견되었어야 할 게 아냐. 그 친구는 애초에 자기 호적이 없었어."
 "처음부터 그런 사실을 알고 있었나?"
 "아, 물론 처음에는 예감 정도였지. 우연이었지만 사고가 났을 때, 난 작년에 그곳에서 같은 이름을 가진 사내가 똑같은 사고로 죽었다는 사실을 알고 있었거든. 그런데 사체 처리 과정에서 보니 이번 사내의 죽음을 처리할 길이 없게 되어버린 꼴이었단 말야. 그 사내는 벌써 작년에 죽은 걸로 되어 있다는 것이었어. 머리끝이 솟았어. 유령 인물, 유령 사망 사건…… 그런 것과 만나면 일차 조사해볼 점이 있거든."

"왜 간첩 혐의 같은 걸로?"

"하하하…… 하지만 그런 건 아니라는 게 확실했어."

치윤은 웃고 나서 말했다.

"나중 조사를 했지. 운평에서 1년 전에 죽은 영훈을. 그리고 특히 허순이란 작자에게선 이번의 주영훈을."

"그 친구가 자넬 납득시켰군. 그렇게 된 경위를 말해주던가?"

"말해주었어. 그 데모 때의 일을. 자네 기사와는 다르지만 말야. 물론 납득할 수가 없었어. 자세히 얘기하기를 꺼리구 거기다 자신도 지금 그것과 관련해서 생각을 계속하고 있다는 거야. 그러면서 맹세를 했어. 그 친구에게 그런 혐의를 걸어 생각해서는 안 된다구."

"그래서. 그 맹세로?"

"아니지. 이름을 빌려준 쪽은 그렇다 치더라도 이름을 빌려간 쪽의 사정이 먼저 납득할 수 있는 것이었거든. 그는 월남한 고아였어. 호적도 없었지."

"자네야말로 하나부터 열까지 사회적인 요인 속에서만 사건을 해명하려고 했구먼. 하지만 그렇게 명백한 이유가 있었던 쪽보다는 무엇인가 애매한 쪽에 관심이 더 갔을 텐데?"

"그만 물어. 이제 끝난 일 아니야? 기사를 다시 고쳐 쓸 참인가?

사회적 요인이고 뭐고 난 사실 그리 관심을 갖고 있지 않았거든."
 "처음부터 그쪽에 관심을 갖고 알아보라던 건 누군데?"
 "그건 자네한테 일거리를 주기 위해서였지. 그리고 조금은 그런 예감도 들었구. 하지만 난 진짜로 그런 데까지 관심을 가지고 끙끙거려야 할 사람은 아니잖아? 하하……"
 "그래, 그럼 이미 이 사건에서 검사님이 할 일은 끝났단 말인가? 기관사의 혐의도……"
 "자네 기사에 영훈은 둘 다 분명히 자살 의도를 가지고 있는 걸로 되어 있더군. 자네 역시 모호하다니 내가 잘 납득할 수는 없지만 말야. 하지만 그것도 상관은 없어. 그 사람은 기관차가 받아넘긴 게 아니라 객차에 말려들었거든. 자살 의도가 있었건 없었건 기관사가 책임질 일은 못 되지. 살의가 확실치 않은 이상에는."
 "결국 내 조사는 검사님께 아무 도움도 주는 것이 아니었군."
 "자네 한 달 용돈을 벌었으면 됐지 않나?"

 "기사 재미있게 읽었습니다. 잘 썼더군요."
 허순은 정말인지 비꼬는 것인지 얼핏 가려듣기 힘든 목소리로 말했다.
 "벌써 읽으셨군요. 부끄럽습니다."
 상균은 의례적인 말로 대꾸했다. 그러나 사실이 그렇다고 생각했다. 자기의 글은 중요한 대목에서는 모두 상상으로 얼버무려버렸거나 아예 외면을 해버린 셈이었다. 그래 늦게나마 궁금증을 풀기 위해 다시 허순을 찾아온 것이 아니던가.

"읽지 않을 수 있습니까? 사실 저는 유 선생의 기사에 굉장한 관심을 가지고 있었습니다. 기자이신 유 선생께서는 이번 일의 어느 부분을 보시나, 그리고 어떤 상상력을 가지고 계시나 하구요."

허순의 어조는 새삼 진지해지고 있었다.

"어떤 상상력이라니요?"

"우리들은 한 사람이 사건의 전체를 그렇게 볼 수는 없으니까요. 사람에 따라 한 사건이 자기 쪽을 향하고 있는 부분만 보게 된다는 말입니다. 관찰자의 관심의 종류가 그 방향을 결정할 게 아니겠습니까? 하지만 사실 자체의 모습은 그런 한정된 시선의 저쪽 너머에 있는 것인지도 모르지요. 우리는 각자의 관심을 따라 한쪽에서 사건에 접근해갑니다. 그리고 어느 점에 도달합니다. 그러나 사건의 진짜 모습은 그렇게 여러 방향에서 접근해오다 사건의 한 면의 사실과 만난 점에서 다시 상상력을 따라 그어진 여러 연장선들이 만난 지점의 근처에 있을 거란 말입니다. 그래서······"

"하지만 그런 논리로는 사건의 실제 모습을 아무도 볼 수 없다는 게 되지 않습니까?"

"그렇지요. 아무도 그것을 볼 수는 없습니다. 다만 느낄 수 있을 뿐입니다."

허순은 자신 있게 말했다.

"유 선생의 기사만 해도 그렇지요. 유 선생은 어느 지점에서 사실과 만났으나 사건의 진실과는 만나지 못했지요. 거기서부터 유 선생은 상상력을 따라 자신의 연장선을 긋고 있었습니다. 그러나 유 선생은 어디까지나 자신의 연장선 위에 있을 뿐이었지요. 실체와 만나서 사건에 대해 갖고 계신 의문의 해답을 얻어내지는 못했습니다. 그 연장선 위에 있으면서 다른 사람이 그어올 수 있는 보이지 않는 연장선과 만나는 그 가상의 지점 근처에서 유 선생은 뭔가 느낄 수 있을 뿐이었습니다."

"하지만 전 그 느낌마저도 확실하지 않았습니다."

"누구나 확실할 수는 없지요. 더욱이 유 선생의 경우는 다른 사람이 그어올 수 있는 연장선에 관심을 갖지 않았기 때문입니다. 한 검사나 기관사 최 씨, 그리고 운평의 그 여자라든가 저까지 포함한 모든 사람들이 그어들어가고 있었던…… 이 사람들도 모두가 어느 한곳에서 주영훈이란 사람의 죽음과 그 죽음이 설명되는 사실들과 만났습니다. 그러나 이들은 그것으로 주영훈과 그 죽음을 다 알지는 못합니다. 그래서 자기들의 상상력을 따라 계속 어떤 연장선을 그어가지요. 영훈의 죽음은 그 가상의 교차점 근처에 있을 것입니다. 우리는 그것을 느낄 수 있을 뿐이지요."

"그렇다면 알고 싶군요. 허 선생께서는…… 허 선생께서는 이 사건에서 늘 자신의 몫을 갖고 싶어 했습니다. 소설을 쓰시려는 것이었지요? 허 선생 쪽에서 그어온 연장선은 어떤 것이었습니까?"

허순은 얼핏 입을 열지 않았다. 상균은 대답을 기다리다가 다시 말했다.

"사실은 저 역시 이번 기사에는 자신이 없었습니다. 그래 일을 끝내고 나서도 전에 허 선생의 몫이라고 감추시던 부분이 궁금해서 다시 찾아온 것입니다."

"무의미한 노릇이지만 정 관심이 있으시다면……"

허순은 마지못한 듯 입을 열었다.

"말씀드리지요. 이야기를 해드려도 이제 유 선생께서는 기사를 고쳐 쓰시지는 않을 테니까요. 하지만 유 선생의 기사는 훌륭했다는 것을 다시 말씀드려두고 싶습니다. 주영훈은 자기의 이름으로 살다가 죽어간 한 사내가 자기의 이름으로 이룩해놓은 모든 것을 자신의 것으로 만들기 위해 발버둥쳤다, 그리고 그것을 완전무결하게 하기 위하여 사내의 죽음까지도 자기 것으로 만들어버리려고 (거기에는 빼앗긴 죽음을 되찾는다는 의미도 포함되어 있었습니다마는) 스스로의 죽음을 맞는다…… 그런 유 선생의 결론과, 또 영훈이 최초에 자기의 이름을 주게 된 경위가 유 선생의 관심 속에서는 훌륭하게 추리된 것이었습니다. 가령 그것이 사실과는 매우 다르더라도 말입니다. 왜냐하면 그것은 유 선생이 만난 사실에서부터 출발해서 유 선생의 관심 속에서 상상력을 따라 성실하게 추적되어진 것이니까요."

"제가 쓴 이야기들이 사실과는 전혀 엉터리 없이 다르다는 말씀이군요."

"아니요. 그런 것은 아닙니다. 어쩌면 그게 사실일 수도 있습니다. 영훈이 운평을 쫓아다니면서 늘 고심했던 것의 일부가 그 사내의 모든 것을 자기 것으로 만든다든가 죽음을 되찾으려는 노력이었으리라는 점에서는 저도 전에 말씀드렸듯이 같은 생각입니다. 그러나 제 말씀은 그의 노력이 그 점에서보다는 어째서 그가 이름을 사내에게 빌려주게 되었던가 하는 그 자신의 이유를 알아내기 위해서라는 쪽이 더 컸으리라는 것입니다."

"그럼 영훈 씨 자신도 그걸 알지 못하고 있었나요?"

허순은 새 담배에 불을 옮겨 붙이며 말했다.

"그랬어요. 경위는 유 선생께서 쓰신 것과 비슷하게 데모가 인연이 되었던 것이지만, 이유는 좀 달랐던 것 같습니다. 아마 그렇게 된 것이 사내 쪽의 요구에서라기보다는 자기에게 더 큰 이유가 있었던 게 분명한데, 그게 잘 생각이 나지 않았던 모양입니다. 그런 짓을 한 자기 행위가 후회스럽지 않은 것을 보면 아직도 그는 자신 속에 그 이유를 지니고 있는 게 분명한데, 그걸 집어낼 수가 없었겠지요. 제가 관심을 가지고 제 몫으로 만들고 싶었던 것은 바로 거기였습니다. 왜 그렇게 되었던가. 또 영훈은 그런 자기 이유를 찾아낼 수 있었을 것인가. 그러니까 저는 잊어버리고 있는 자기의 이유를 다시 찾아 헤매는 영훈을 추적하여 그가 쫓고 있는 이유를 그를 통해 거꾸로 찾아내려고 했던 것이지요. 그리고 전 실상 그 이유에는 별 관심이 없었어요. 중요한 것은 그가 그것을 생각해낼 수 없다는 것과 그것을 다시 찾고 싶어 한 마음의 궤적이었습니다."

허순은 이야기를 다 해버린 듯 말을 끊고 유리창으로 하늘을 찾고 있었다. 창밖에는 언제부터인지 비가 내리고 있었다. 콘크리트 벽으로 물줄기가 흐르고 있었다.

자신도 그 이유를 몰랐다……

상균도 함께 유리창으로 그 빗물이 흐르는 답답한 콘크리트 벽을 내다보면서 잠시 생각에 잠겼다.

"그러나 운평에서 영훈 씨의 행동은 별로 그것을 찾고 있었던 것 같지는 않았는데요?"

"아닙니다. 찾고 있었습니다. 그는 그곳에서 사내의 모든 흔적을 찾아 자기의 것으로 만들고 그와 똑같이 철길을 걸어 다니며…… 말하자면 자기의 이름을 빼앗아간 사내가 되어 그 생각을 자기 속에 경험시키려고 했습니다. 그리고 그 사내의 생각으로 거꾸로 자기를 살피고 거기서 이유를 찾아보려고 했습니다. 물론 그것도 제 상상입니다마는……"

"그는 결국 이유를 알아냈을까요?"

"그건 확실치 않습니다. 하지만 그랬다고 볼 수도 있지요. 왜냐하면 그는 분명히 그가 마지막으로 터널을 향해 걸어가고 있었을 때까지도 그 이유를 자신 속에 느끼고 있었으니까요."

"허 선생께서는?"

"저 역시 그건 마찬가집니다. 그저 느낄 수 있을 뿐이지요. 전에도 말씀드렸듯이 외로움이라든가 피로감이라고 할 그런 것 때문이었습니다."

인생이란 아름다운 것인지 모른다고 생각되기 시작할 무렵 나는 편지를 쓰는 일이나 남의 편지를 받는 일이 무척도 즐거웠다. 제복 시절에는 고향 사람들에게, 먼 곳으로 가신 선생님에게, 그리고 부모를 따라 타지로 전학해 간 친구들에게 나는 열심히 편지를 썼다. 그리고 답장을 받는 것을 무엇보다 큰 즐거움으로 여겼다. 너무 편지를 많이 써버리고 그리고, 이제는 한동안 편지를 기다릴 수 없도록 많은 편지를 받아버리고 난 다음엔 생각다 못해 잡지 같은 데서 이름을 골라 글을 써 보내기도 했다. 알지 못하는 사람에게 이야기를 하고 또 알지 못하는 사람으로부터 편지를 받는 것조차도 즐거운 일이었다.

 나의 이런 편지에 대한 즐거움은 제복을 벗고 나서도 한동안 더 계속되었다. 물론 그때는 이미 발길을 끊은 고향 사람들이나, 떠나가신 선생님이나, 멀리 떨어진 친구들을 위해 글을 쓰지 않았다. 새로운 편지의 상대들이 생겼다. 그리고 그들에게 편지를 쓰고 답장을 기다리는 일은 먼젓사람들보다 더 즐거운 것이었다. 집으로 돌아와 문틈으로 방바닥에 떨어져 있는 흰 봉투를 발견할 때란 얼마나 황홀한 순간들이었던가. 그리고 갑자기 대문을 두드리는 소리까지도 늘 우체부로만 착각하고 얼마나 가슴이 두근거렸던가.

 그러나 어느 때부터였을까. 그리고 어찌 되어서 그렇게 되었을까. 내가 편지 쓰기를, 그리고 편지 받는 일을 이토록 싫어하게 되어버린 것은. 대문 두드리는 소리로 즐거운 착각에 사로잡히기는커녕 가슴만 덜컹덜컹 내려앉는다. 혹시 그것이 정말 우체부라도 되는 것을 알고 나면 얼굴색까지 달라지는 것을 느낄 수 있다. 가슴이 두근거려지는 것이나 옛날과 다름이 없다고 할까. 외출에서 돌아와 방바닥에 편지 봉투가 떨어져 있는 것을 보면 등골이 오싹해지기까지 한다. 불길한 예감이 먼저 들고 가지가지 상상이 머릿속을 스쳐간다. 그리고 더러운 것을 만지듯 후딱 한번 읽어치우면 다시는 거들떠보려고도 않는다. 주머니 속에서 겉봉투가 닳도록 넣고 다니며 사연을 모조리 외워버릴 때까지 읽고 또 읽던 버릇은 까맣게 잊어버렸다. 발기발기 찢어 휴지통에 집어넣거나 눈에 띠지 않을 곳에 넣어버리고 될수록 빨리 편지의 사연을 잊어버리려 든다.

하물며 내 쪽에서 편지를 쓰는 일이란 좀처럼 없다. 마지못해 쓰게 되는 일이 있으면 편지지 한쪽을 다 채우지 못한다. 남의 편지에서 내가 잘 읽어보지도 않은 인사나 치렛말은 아예 생략해버리거나 '안녕하십니까' 한마디로 그만이다. 사연도 가능하면 번호를 매겨가며 용건만 적는다.

아무에게도 편지를 받고 싶지 않다. 그리고 아무에게도 편지 쓸 일이 없었으면 좋겠다. 편지를 받으면 불길한 예감으로 가슴부터 내려앉는다. 편지를 쓰자면 짜증부터 솟는다. 왜 그렇게 되었을까.

산다는 것은 사람을 꺼리고 그들과 이야기하기를 꺼리게 되는 것을 배워가는 과정인가.

―세상을 다 살아버린 것 같은 소리로군. 왜 편지 장산 이제 더 안 할 작정인가.

글을 다 읽고 난 영훈이 책을 내려놓으며 말했다. 그의 얼굴에는 허순이 기대하던 것과는 달리 자욱한 담배 연기 뒤에서 아무런 표정이 없다. 다만 말을 하고 나서 뭐가 조금 답답한 듯 유리창으로 그 조그만 하늘을 찾는다. 허순은 그의 옆얼굴을 잠시 살피고 있다가 역시 그 하늘을 내다본다. 구름이 몹시 짙은 하늘이다.

―사실 이야기를 좀더 계속하고 싶었지. ―그렇게 편지를 쓰기 싫어하는 사람들에게 편지를 쓰게 하려고 주야 불철 머리를 싸매고 고뇌하는 구세주의 이야기를 말이야. 처음 뵙습니다. 다름 아니오라……

허순은 말을 하다 말고 무슨 반응이 나오기를 기다리듯 유심히 영훈의 표정을 살핀다.
—왜 그런 이야기를?
마침내 영훈이 물었다.
—이 수필은 네 생각을 대필한 것이거든. 잘은 모르지만 넌 분명히 편지에 대해서 그런 생각을 하고 있을 거야. 네가 거기 앉아 안내문이나 대필에 열중하고 있는 걸 보면 난 문득 그런 생각이 들곤 하거든.
—구세주를 자부하고 있을 거라고?
—아닌가?
—틀린 데가 많아.
—물론 틀린 데야 많지. 우선 내 조건에서 썼으니까. 하지만 생각은 비슷하겠지…… 나는 네 생각을 대신 쓰려고 했어.
영훈은 역시 담배 연기 뒤에서 무표정하게 이야기를 듣고 있다. 어쩌면 그는 지금까지도 대필 일을 생각하고 있는 것 같다. 처음 뵙습니다. 다름 아니오라……
—너 전화 교환수라는 거 생각해본 일 있어?
영훈이 문득 그에게 묻는다.
—교환수?
—그래, 그 여자들은 언제나 남의 대화를 이어주면서 거기서 겨우 자기 존재를 확인해가고 있을 것이거든…… 하지만 그것도 열심히 살지 않는다고 할 수는 없지. 편지를 쓰기 싫어지게 된 사람이나 구세주의 경우와 마찬가지로…… 상당히 틀리지?

어느 날 영훈은 그 유리창 앞의 테이블에 앉아 예의 대필작업에 열중하고 있었다. 그러나 그는 문득 자리를 차고 일어나 허순에게로 다가와서 귓속말처럼 가만가만 말했다.

— 한 인간이 자기 이름으로 감당해내야 할 생이란 것의 무게는 얼마나 되는 것일까. 가령 어떤 사내가 도저히 그 무게를 지탱해낼 자신을 잃어버렸다고 해봐.

허순은 영훈의 말소리가 천장 어느 구석에서 스며 나오고 있는 것처럼 뚜렷하지 않았다. 영훈의 표정은 희미했다.

— 어떻게 해서 그렇게 되었는지 이유는 알 수 없지. 그걸 생각해볼 여유도 없어. 그걸 생각하면 그것까지도 무게로 더해져서 그를 압도해버릴 것이거든.

어느 날 그는 다시 말했다.

— 그 친구 말야. 분명히 기차로 뛰어들고 싶어 했던 게 틀림없었어. 굉장히 초조해했지. 철길을 지나다니면서 그는 날마다 기차에 유혹을 느끼고 있었어. 왜냐고? 그는 나를 믿을 수 없었던 거야. 언제 내가 그에게 절반의 무게를 떠넘겨버릴 것인지 알 수가 없었거든. 그는 그것이 두려웠던 거야. 혼자서는 그 나머지 절반까지도 짊어질 수가 도저히 없었거든. 서둘러 먼저 죽어버리려고 했지. 마치 나를 떠넘기는 기분으로—허나 그 친구가 더 두려워했던 것은 죽음 쪽이었어. 무척도 두려워했더군. 너무나 두려웠기 때문에 마침내는 그것을 견디지 못하고 오히려 자기 쪽에서 먼저 그 죽음에게로 덤벼들어버린 거야.

영훈은 지친 얼굴로 천장을 쳐다보았다.

―그래 아직도 찾아내지 못한 모양이로군.

허순이 담배를 피워 물며 묻는다.

―아냐 난 알고 있어. 내 속에 가지고 있거든. 그 이유를 스스로 납득할 말을 찾아내지 못할 뿐이야. 느끼고는 있어.

그날 저녁 영훈은 피곤한 얼굴로 운평역 근처의 철길을 걷는다. 그리고 그다음 날 영훈은 역시 비슷한 말을 허순에게 속삭인다. 저녁에는 또 철길을 걷는다. 습기 속을…… 물결처럼 갈라지는 코스모스 사이를…… 다음 날, 그리고 또 다음 날……

"영훈이 그 생의 무게라고 한 말에서는 외로움과 피곤기가 느껴졌습니다."

허순은 단정적으로 말하며 상균을 정면으로 바라보았다.

"유 선생 말씀대로 이름을 빌려주게 된 그 데모 때도 영훈은 무서운 외로움에 쫓기고 있었습니다. 죽음을 보고 그것을 두려워하고 있었어요."

"죽음의 두려움이라고요."

"네, 사람은 죽음의 두려움 앞에서 가장 외로워지는 법이니까요."

"하지만 영훈 씨가 운평의 철길을 걸어가고 있을 때는 어쨌습니까? 그때도 물론 죽음은 있었지요. 그러나 그 죽음이 외로움을 낳은 것은 아니었지요."

"그렇습니다. 그때는 영훈의 외로움이 죽음을 낳았지요."

"그렇다면 그의 외로움이란 것은 죽음의 공포로 스스로 뛰어들지 않을 수 없을 만큼 견딜 수 없는 것이었을까요?"

"아닙니다. 이때는 달라요. 죽음은 공포가 아니었습니다. 영훈은 이미 그 죽음까지도 삶의 한 형식으로 이해하고 있었어요. 물론 두려웠을 테지만 말입니다. 그러나 그때의 두려움은 오히려 그가 생을 성실하게 생각하고 있었다는 증거지요. 공포로 뛰어든 것이 아니라 그의 생은 외로움으로 죽음을 포옹한 것이지요."

"실상 허 선생에게는 모든 것이 너무 명확하군요. 역시 영훈 씨와 같이 지내고 계셨으니까."

"아닙니다. 명확하지 않습니다. 지금까지 제가 말씀드린 것들은 모두 저의 생각일 뿐입니다. 실제가 아니라 저의 상상입니다. 거기…… 지금 유 선생께서 앉아 계신 자리에 그 친구가 앉아서 대필 일에 열중하고 있던 두 주일 전의 그를 생각하면, 그리고 그 무렵에는 그가 더욱 초조해 있던 얼굴을 생각하면 전 지금 모든 이야기들이 실제로 있었던 것처럼 상상되곤 합니다. 그는 제게 거의 아무것도 확실한 이야기는 하지 않았어요. 심지어 제 수필을 읽고 나서까지도 말입니다. 모두가 제 상상입니다. 느낌이구요. 외로움이라든가 피로감이라고 하는 것들까지도 제가 만난 몇 가지 사실들에서 출발해서 제 관심 속에서 연장선을 그어본 것일 뿐입니다. 그 위에서 느낀 것이지요. 하지만 제 느낌을 고집하지는 않습니다. 그것은 저의 관심 역시 그의 죽음의 한쪽과만 만나고 있는 것일 테니까요."

상균은 몹시 혼란을 느끼고 있었다. 그는 어찌 된 일인지 지금 그 자신이 운평 근처의 철길을 걸어가고 있는 듯한 착각에 사로잡히고 있었다. 그리고 그의 기차와 만난다……

상균은 머리를 흔들고 멍하니 허순을 건너다보고 있었다. 그러자 허순은 무슨 생각이 미치는지 갑자기 그의 서랍을 뒤져내어 원고 뭉치 하나를 꺼내놓는다. 그리고는 말없이 원고를 들추다가 한 대목을 상균 앞에 펼쳐놓는다.

담장 너머에서는 아직도 혼란스런 발자국 소리들이 이리 쫓기고 저리 쫓기고 했다. 영훈은 가쁜 숨을 몰아쉬며 동행을 돌아보았다. 그는 아직 울고 있었다. 영훈은 그가 두려운 거라고 생각했다. 자신도 두려웠다.

그는 광화문 네거리 근처에서 우연히 팔짱을 함께 낀 사내였다. 그리고 팔짱을 끼고 적선동을 돌아 효자동 쪽으로 달렸다. 팔짱으로 해서 전해오는 그의 뜨거운 열기가 영훈의 몸을 태워버릴 듯했다. 영훈은 거의 정신을 잃고 있었다.

진명학교를 지나 효자동 막바지에 이르러 한 대의 빈 전차를 발견했다. 사내가 팔짱을 풀고 총알처럼 그 전차로 뛰어올라갔다. 영훈도 아직 그에게 줄이 매인 것처럼 차로 따라 올라갔다. 사내가 스위치를 넣고 핸들을 잡았다. 전차가 갑자기 후진을 시작했다. 전방의 바리케이드가 멀어졌다. 그는 스위치를 껐다. 다시 스위치를 넣었다. 차가 또 후진을 시작했다. 빌어먹을! 다시 스위치를 껐다. 그때 차 주변에서 함성이 일고 바람결처럼 대열이 흩어졌다. 영훈과 사내는 이번에도 짝이 되어 각각 부상자의 양쪽 어깨를 떠멨다. 부상자의 흰 와이셔츠 위로 붉은 피가 젖고 있었다. 사내는 영훈과 눈이 마주치자 곧 눈물이 맺혔다. 영훈도 따라 눈물이 솟왔다. 간신히 부상자를 구급차에 얹어주었을 때 또 낭자한 혼주(混走)가 시작되었다. 영훈은 골목으로 뛰어들어 대문을 박찼다. 누가 앞을 섰는지 이번에도 둘이 함께였다.
"두려워하고 계시군요."
영훈은 주머니에서 담뱃갑을 꺼내어 사내 앞에 내밀었다. 사내는 말없이 담배를 한 알 빼어 물고 자기 성냥으로 불을 붙이고는 그 불이 꺼지지 않게 손으로 가리며 영훈에게 내밀었다.
영훈은 불을 붙이고 나자 문득 이름을 대고 싶어졌다.
"저 주영훈입니다."
그러나 사내는 무슨 생각을 하는지 그를 쳐다보고만 있었다. 그러다 갑자기 히죽 웃었다. 그리고 나서 사내는 뭔가 조금 망설이다가 말했다.
"주영훈 씨? 네, 전…… 이름이 없습니다."
"네? 이름이 없다구요?"
영훈은 처음 말뜻을 알아들을 수 없어 어리둥절했다. 사내는 여전히 히죽거리고 있었다.
"네, 이름이 없습니다. 저 혼자 알고 있는 것은 있지만…… 말하자면 호적이 없다는 거지요. 아까 전차가 뒤로 물러나기만 할 때 전 그걸 생각해냈습니다. 그리고 두려워지기 시작했어요. 고아였으니까요. 물론 전 학생도 아닙니다."
그러고 보니 사내의 차림새는 학생의 것이 아니었다. 나이도 제법 들어 보였다. 그는 이젠 웃지 않았다. 웃음을 거두고 생각에 잠기는 듯했다.

"열 살 때 아버지와 38선을 넘었지요. 거기서 아버지를 잃고 혼자 서울로 와서 3년 후에 6·25를 만났습니다."

"이름이 소용될 때가 많을 텐데요?"

영훈은 간신히 그렇게 말했다.

"그렇지요. 아까만 해도 이름이 있었다면 전 덜 두려웠을 것입니다. 형씨처럼 주영훈이라는 그런 멋진 이름을 가지고 있었다면 말입니다."

사내는 영훈의 말을 좀 다르게 받아들였다. 그리고는 영훈의 눈을 깊게 들여다보았다.

"전 이름을 가지고도 두려웠습니다."

영훈도 사내의 말을 이해한 듯 그러나 사내와는 다른 말을 하고 있는 그의 눈동자를 마주 바라보았다. 그러다가 조용히 머리를 끄덕였다.

조금 뒤에 그들은 함께 거리로 나왔다.

6

"그 이상은 저로서도 불가능했습니다."

허순은 상균을 기다리고 있다가 변명하듯 말했다.

"그 이상은 누구도 불가능한 일 아니겠습니까."

상균은 자신의 기사에 비해 허순의 추리가 훨씬 선명하다고 생각했다. 그 정도의 연유라면 죽음의 공포라든가 외로움 같은 말로 사내들의 나중 행동이 어느 정도는 설명될 수 있을 것 같았다. 그러나 허순은 여전히 자신이 없었다.

"경위에 대해서는…… 그러나 중요한 것은 영훈 쪽의 이유였지요. 한데 그것은 나중까지 가서도 빠져버린 거나 다름없게 되어 있어요. 저로서는 할 수 없는 일이었지요."

"너무 자신을 갖지 못하시는 것 같군요."

"자신 없는 체하는 게 아닙니다. 무엇보다 영훈 자신이 그걸 알아내지 못했으니까요."

"정말 그랬을까요?"

"정말이었을 것입니다. 그냥 느낄 수 있었던 것 이상은…… 왜냐하면 영훈은 그때 가수상태에 빠져 있었으니까요."

"가수상태라구요?"

상균은 문득 운평 역장의 말을 생각하며 반문했다.

"네, 가수상태 말입니다. 알고 계시겠지만, 반드시 기관사들만 가수를 경험하는 것은 아닙니다. 어떻게 생각하면, 영훈을 포함해서 이 시대를 살아가는 우리들 모두가 제각기 자기의 생에 대한 어떤 가수상태를 경험하고 있는 건 아닐까요? 아, 그렇다고 저는 지금 그 가수 속의 생이라는 것을 매도하고 싶은 건 아니에요. 가수에 빠져서도 절대 실수는 하지 않는다고 하지 않습니까. 스스로 납득한 정확한 행위를 한다거든요. 다만 뒤에 가서 그것을 잘 생각해내지 못할 뿐이지요. 역설적으로 말해서 생의 가수상태란 그러니까 그가 열심히 그리고 정직하게 그것을 살고 지키려고 했다는 말이 될 수도 있지요. 바로 영훈의 4·19가 그런 것이었다고 해도 상관없겠지요. 그로서는 가장 절실하고 순수한 생의 포즈나 동작으로서 말입니다. 어쨌든 영훈은 그때 그런 가수에 빠져 있었어요. 그리고 거기서 자기의 이름을 준 거지요. 영훈이 자기 행위를 후회하지 않았다는 것도 아마 그 점 때문이었을 것입니다. 하지만 가수 중의 일을 다시 기억해낼 수는 없었던 거지요. 그러다가 그는 나중에 다시 그 가수에 빠져버리고 말았어요. 운평의 철길을 걸어가고 있을 때 그는 분명 새로운 가수상태 속에 빠져 있었던 겁니다. 그것만은 거의 틀림이 없습니다. 그래서 전 저의 소설 속에서도 모든 것을 결국은 그 가수라는 말로 변명하고 말았지요. 결국 그는 가수 속에서 자기의 이름을 주고, 가수 속에서 철길을 걸어가다, 끝내는 그 가수 속에서 생을 마쳐버린 거예요. 먼젓번에 죽은 영훈의 경우도 그 비슷하게 생각하고 있습니다. 영훈의 죽음은 둘 다 가수 속에서밖에 설명될 수가 없어요. 거기서 무슨 일이 어떻게 되었는지는 느낌으로밖에 알 수가 없지요."

허순은 결론은 내리려는 듯 잠시 말을 끊고 기다렸다. 그리고는 담배 연기를 한 모금 깊이 빨아 뱉고 나서 말했다.

"가수 속에서 절실하게 이루어진 자기 행동의 이유를 그는 현실에서나 새로운 가수 속에서 만날 수가 없었습니다. 하물며 제가 그것을 찾아낼 수는 없는 것이겠지요. 외로움이라든가 피로감이라든가 죽음의 공포라는 것들도 실은 다 제 느낌일 뿐입니다. 심지어 영훈은 운평에서 그런 자기 이유를 찾아 헤매고 있었으리라는 것까지도 말이에요. 그러니까 지금 보신 제 소설이라는 것도 영훈의 일과만 상관해서라면 부질없기 짝이 없는 것이 되겠지요. 하지만 저의 소설은 아직 몇 번이고 다시 고쳐 써질 기회가 남아 있으니까요……"

그러더니 허순은 갑자기 속삭이듯 낮게 말했다.

"한데 이번엔 바로 제 자신이 자꾸만 그 가수 속으로 빠져들어 가고 있는 것 같아요."

자욱하게 차오른 담배·연기가 허순의 얼굴을 한참씩 맴돌다가 방 안의 습기 속으로 천천히 풀어져 흩어져가고 있었다.

상균은 정말로 가수에 빠져들어 버린 듯 멍하니 앉아 있는 허순을 혼자 남겨둔 채, 이윽고 자리를 일어섰다.

(『월간문학』 1969년 8월호)

마스코트

날씨가 무척은 맑았다.
한가롭게 떠돌던 한두 점 솜구름마저 어디론가 사라져버리자 초여름 하늘은 마음껏 푸르렀다.
해는 높지 않았다.
그러나 볕발은 제법 따끔따끔했다. 그 따끔따끔하고 투명한 햇빛이 H비행장 위로 보이지 않는 바늘 살처럼 가득 쏟아져내리고 있었다. 사령부와 격납고와 활주로 가에 즐비하게 정렬해 있는 비행기들에 내린 햇빛들은 찐득찐득 윤기가 나는 콘셋 지붕의 콜타르와 비행기 날개 위에서 재롱스럽게 팔딱이며 반짝거리고 있었고, 긴 활주로는 제법 위세를 부리기 시작한 복사열에 간지럼을 참고 있었다. 활주로 끝으로 이어진 볏논으로 떨어진 것들은 여름 아지랑이가 되어 다시 하늘로 피어 올랐다. 하지만 더위는 아직 여물지 않은 편이었다. 활주로 끝으로 이어진 들판의 벼포기를 스치고 지나온 가는 바람결이 마침 시원스럽게 느껴질 정도였다.
 작전 대기실에서 무스탕 파일럿 몇 사람이 서둘러 햇볕 속을 걸어나오고 있었다.
 콘도르 중위— 이름이 윤현수였지만 그는 한때 그런 별명으로 불린 적이 있었다—, 지금 막 출격 명령을 하달받고 나온 그들 중 한 사람인 콘도르 중위는 출격 대기 중인 자기 비행기를 향해 콘셋을 떠나려다 문득 기분이 상쾌해진 듯 가볍게 휘파람을 불기 시작했다.

 켄터키 옛집에 햇빛 비치어
 여름날 검둥이 시절……

 출격에서 돌아와 쉬거나 마음이 한가로운 때면 가끔 읊조리던 휘파람이었다. 이런 날씨엔 누구나 그렇게 되듯이 그 역시 별다른 이유 없이 그 화창한 날씨 덕분에 기분이 상쾌해진 게 분명했다. 그는 휘파람을 입 끝에 문 채 별안간 무슨 영감에 사로잡힌 듯 발길을 멈추어 섰다. 그리고는 부신 눈을 가늘게 오므리고 하늘을 한번 높게 쳐다보았다. 그러다 이번엔 다시 긴 활주로 끝 들판 쪽으로 시선을 끌어내렸다. 한창 푸른 볏논에 보릿대 모자를 쓴 농부들의 모습이 멀리 흩어져 있었다.
 그는 무슨 영감에 젖은 듯한 눈길로 한참이나 그것을 바라보고 서 있었다. 휘파람 소리가 어느새 입 모습만 남긴 채 끊어져 있었다. 휘파람을 불고 있었던 것도, 그걸 그칠 생각도 잊어버린 듯했다. 그때 그 들판이, 농부들의 모습이, 또는 그 상쾌한 날씨가 중위에게 어떤 영감이나 감동을 주었는진 알 수 없었다. 아니 그때 그의 머릿속에는 도대체 그런 것과는 아무 상관도 없는 전혀 다른 생각이 맴돌고 있었는지도 모른다.

아니, 그가 반드시 그 날씨나 들판, 또는 들판에서 일하는 농부들을 바라보았다고도 할 수 없었다. 그는 전혀 다른 일에 주의를 기울이고 있었을 수도 있었다. 왜냐하면 그때 그가 서 있는 곳에서 몇 미터도 떨어져 있지 않은 작전 대기실에서는 동료들이 왁자지껄 떠들어대는 소리가 들려오고 있었으니까.

"이 친구 까딱했으면 나하구 한집 동서 간이 될 뻔했잖아. 하하하……"

호탕하게 웃어대는 목소리의 주인은 같은 중대 제3편대의 털보 갈 중위가 분명했다.

"왜 이래. 난 이래 봬도 순정파라구."

역시 제3편대의 마 중위.

"왜 누굴 가지고 야단들야."

새로 끼어드는 친구는 목소리가 잘 구별되지 않았다.

"그 뒷거리 쌕쌕이집에 윤주라는 아가씨 있지 않아. 이 친구가 어젯밤 그 아가씨 무릎을 베고 취했는데, 잠을 재워주지 않더라는 거야. 오늘 저녁에 다시 오라구."

다시 갈 중위.

"인심이 사나웠군."

"인심 좋았단 정말 이따위 녀석하고 동서가 되구 말았게."

"나 같은 동서만 뒤봐라. 오늘 밤 다시 가서 꼭 네 동서가 돼줘야겠다. 하하하……"

기지촌 거리 여자 이야기였다.

그러나 중위가 그런 소리 때문에 발을 멈추고 서 있었는지 어쨌는지도 단언할 수 없었다. 그는 조금 전까지도 거기 있었다. 그때도 마찬가지로 동료들은 여자 이야기였다. 서쪽으로 1킬로쯤 나가 번지기 시작한 기지촌에는 술집이 많았다. 하숙집도 많았다. 술집이나 하숙집 수보다는 물론 여자가 더 많았다. 별나게 치열한 여자들이었다. 간밤에 기지촌을 다녀온 친구들이 작전 대기실에 모이면 대개는 그 치열한 여자 얘기로 흥분들을 했다. 그러나 중위는 여자 이야기에는 끼어드는 일이 적었다. 그의 성격이었다. 그 역시 여자 집엘 아주 안 가는 것은 아니었지만, 그런 이야기엔 어울려드는 일이 드물었다. 남의 이야기에 깊이 귀를 기울이는 일도 없었다. 그는 여자 이야기만 나오면 대개 콘셋 유리창으로 바깥 하늘을 내다보면서 그 켄터키 옛집에 옥수수가 어쩌고 하는 노래를 나지막한 휘파람 소리로 읊조렸다. 그렇다고 그가 매사에 그렇게 외톨박이로만 지내거나 매사에 호기심이나 취미가 없어 하는 것은 아니었다. 거리에 나갔다 가끔 취해 돌아오기도 했고, 여자 이야기가 아닌 화제에는 동료들과 함께 즐겁게 섞이기도 했다. 약간씩 말썽이 따르곤 하는 그의 출격 성적도 그런대로 우수했다. 그러나 하여튼 그에게서 여자 이야기를 들은 사람은 없었다.

알 수 없는 일이 한 가지 있기는 했다.

"어디 애인이라도 있는 게지. 아껴두느라고 아직 손목도 한 번

안 잡아본……"
 동료들은 그에게 가끔 그런 농담을 했다. 물론 별난 관심이 없이 무심히 하는 소리들이었다. 그러나 그런 막연한 추측은 어쩌면 사실일 수도 있었다. 그처럼 여자 이야기에는 별 관심을 보이지 않는 중위였지만, 그의 권총 개머리판 속에는 언제부턴가 한 여자의 사진이 귀중하게 간직되어오고 있었다.
 이 무렵 기지 내의 장병들 간에는 한 가지 유행이 번지고 있었다. 권총을 가진 사람이면 누구나 즐겨 그 유행을 따랐다. 그것은 권총 손잡이의 양쪽 판쇠를 따내고 그 자리에다 가공이 쉽고 잘 깨지지 않는 유기 유리를 잘라 붙이고, 그 두 쪽 유리 사이에 사진이나 그림 같은 것을 보기 좋게 오려 넣어서, 그 그림이 비쳐 보이게 만들어 차고 다니는 것이었다. 오려 넣는 그림 가운데는 어쩌다 싱거운 풍경화 같은 것도 있었지만, 대개는 사람의 사진이었다.
 사람의 사진 가운데서도 여자가 태반이었다. 어떤 식으로든 아끼고 싶은 사람들이었다. 아끼고 싶은 사람이 없어도 좋았다. 그런 사람이 없는 녀석들은 남의 지갑에서 우연히 발견한 친구의 누이동생이나, 하룻밤 같이 지낸 술집 여자의 사진이라도 오려 넣었다. 그래서 그것을 자신의 부적으로 삼고 다녔다. 그런 유행이 번지기 시작하자, 그토록 여자 이야기엔 관심을 보이지 않고 휘파람이나 읊조리면서 어떤 일이고 대범하게 넘겨버리기만 하던 중위의 권총 손잡이가 이번만은 누구보다 먼저 그 유기 유리로 바뀌고, 빨간 원색 스커트에 허리를 반쯤 꼰 여자의 은은한 눈웃음이 곱게 채색되어 담겨졌다.

동료들은 신기해했다. 한두 번 그 여자가 누군가를 묻기도 했다. 중위는 그러나 이 여자에 대해서도 역시 말을 하려고 하지 않았다. 알아서 생각해두라는 듯 애매한 눈웃음으로 대꾸를 대신하곤 했다. 동료들도 그래 적당히들 생각을 해버리고 말았는지 나중에는 굳이 그걸 다시 물으려고 하지 않았다. 사사로운 남의 일을 꼬치꼬치 묻지 않는 게 그들의 불문율이었다. 아껴둔 애인이 아니냐는 농담도 한두 번뿐이었다.

결국 중위의 권총 손잡이판에서 은은히 웃고 있는 빨간 스커트의 여인은 끝내 그 정체가 밝혀지지 않았다. 아닌 게 아니라 동료들의 말대로 그가 아껴둔 애인인지, 어떤 친구의 누이동생인지, 또는 하룻밤을 동료들 모르게 함께 지낸 여자의 것인지……, 그것은 중위 혼자만 아는 일이었다.

어떻든 중위는 그 밖에 다른 여자에 대해서는, 아니 그 여자까지도 포함하여 일체의 여자 얘기에는 동료들과 어울리기를 좋아하지 않았다.

아까 그가 대기실에 있었을 때도 마찬가지였다. 그는 창밖을 내다보고 서서 휘파람만 불고 있었다. 그러니까 그가 지금 발길을 머물고 서 있는 것이 안에서 들려오는 동료들의 이야기 때문이라고 단언을 할 수가 없는 것이다. 그러나 그 화창한 날씨든 푸른 들판이든, 또는 동료들의 왁자지껄 농지거리, 그 어느 편 때문이든 그것은 그리 상관이 없는 일이다.

혹은 그가 전혀 아무 생각도 하고 있지를 않았을 수도 있었다. 사람은 때로 길을 걷다가 아무 생각이 없이도 그저 무의식중에 발길을 잠시 멈추고 서서 그렇게 머뭇거리는 수가 있었다. 그러나 그것도 상관없는 일이다. 그의 머릿속에 어떤 생각이 지나갔는지 그렇지 않았는지, 지나갔다면 어떤 것이었는지 그것 역시 그 혼자만 아는 일이었고, 그것이 그의 기분을 조금도 흐리게 하지는 않은 것 같았으니까.

그는 이윽고 발길을 옮겨 다시 휘파람을 불며 활주로 쪽으로 걸어 나가기 시작했다.

저 새는 긴 날을 노래 부를 때
옥수수는 벌써 익었다……

"어이 윤 중위, 아침부터 기름 배급인가?"
그가 콘셋에서 멀어져가고 있을 때 마침 콘셋 막사 문을 나오던 동료 하나가 그를 발견하고 다시 불러 세웠다. 기름 배급이란 네이팜탄 출격을 뜻했다. H기지의 한국군 전투기들은 대개 단발 프로펠러 무스탕 기였다. 그리고 이 무스탕이 적재하고 출격하는 폭탄은 예외 없이 모두 네이팜탄이었다. 네이팜탄이라는 것은 폭탄이라기보다는 기름 탱크 쪽에 가까웠다. 폭탄 내부가 TNT폭약이 아니라, 젤리 형태의 오일 혼합물로 가득 채워져 있었다. 폭탄이 투하되어 폭발하면 섭씨 3천 도의 고열로 웬만한 거리에 있는 가옥이나 탄약 창고 같은 것은 순식간에 모두 휩쓸어갔다. 사람이 그 불길을 맞으면 그 자리에서 까만 숯덩이가 되거나 아예 앙상한 뼈만 남게 되었다. H기지의 무스탕 전투기들은 이 기름 탱크를 두 개씩 날개 밑에 매달고 출격했다. 그래서 숫제 전투 출격을 기름 배급이라고 말하는 친구들이 있었다.
"왜 지금이 몇 신데 아침이라는 거야."
중위는 약간 건성으로 받아넘기며 지나치려고 했다.
"아, 벌써 그렇게 되었던가?"
그의 동료 역시 건성으로 손목시계를 들여다보며 말했다. 그리고는 덧붙였다.
"참, 윤 중위. 잊고 있었는데 일러줄 얘기가 있어."
"무슨 얘기?"
중위는 잠시 발길을 멈추고 동료를 돌아다보았다. 동료가 그에게로 걸어오며 말했다.
"오늘 저녁 우리 동기생끼리 모임을 갖기로 했어."
"동기생끼리? 무슨 일로?"
중위는 활주로 쪽을 바라보며 조금 바쁘게 다그쳤다. 편대장 박 대위와 다른 동료들이 벌써 탑승을 끝내고 있었다.
"다름 아니라……"
그의 동료가 말을 꺼내려고 했다. 그러나 그때 중위는 그 말을 막았다.
"가만있어. 나 지금 좀 바쁘게 됐는데…… 이따 갔다 와서 얘기 듣기로 하지."
"그럴까? 그래도 좋고……"
동료도 쉽사리 양보했다.
"얼른 갔다 올게."

중위는 그러나 별로 바쁜 사람 같지 않은 한가로운 걸음걸이로 활주로 쪽으로 향했다.

무엇보다도 그는 매사에 썩 낙천적인 데가 있었다. 궁금한 일을 뒤로 미룰 수 있는 성미가 그랬다. 권총 개머리판에 여자의 사진을 끼워 넣은 것 외에는 유행 같은 것에 그처럼 대범할 수 있는 것도 그랬다. 그리고 '얼른 갔다 올게'라는 말에서 보이듯 전투 출격을 무슨 아침 산책쯤으로 말할 수 있는 그의 기분이 그랬다.

동료 중에는 전쟁이라든가 자기 행위의 결과 같은 것에 대해 지나치게 소심하게 따지고 드는 축들이 있었다. 전쟁이란 이름의 죄악이란——, 인간의 존엄성이란——, 자기가 떨어뜨린 폭탄이 불살라 보낸 수많은 생령들의 운명이란——, 또는 그 사람들과 자신의 참혹한 인연이란——, 식으로. 그러다 끝내는 비행기를 다시 타지 못하게 되는 친구도 있었다. 그것은 인간의 살상을 밥 먹듯 하는 사람들이 자기 죽음을 예비하려고 할 때 필연적으로 겪게 되는 부채였다. 그러나 대부분의 파일럿들은 자신의 죽음을 생각하지 않았다. 그저 가능하면 폭탄을 정확한 목표 지점에 투하하고자 할 뿐, 그 이상은 생각하려고 하지 않았다. 그것은 살인이나 살생과는 상관이 없는 단순한 전투 행위일 뿐이었다. 그래서 언제나 그 행위를 되풀이할 수 있었다.

중위 역시 대부분의 다른 동료들과 마찬가지로 후자에 속했다. 그것은 옳든 그르든 전쟁에 대해서, 인간에 대해서, 무엇보다 자기 자신에 대해서 썩 낙천적인 태도였다. 그러나 중위가 낙천적이라는 증거는 무엇보다도 그가 지금처럼 매사에 조금씩 늑장을 부릴 수 있는 여유라고 할까 천연덕스러움이 있었다. 행동이 굼뜨다는 것과는 달랐다. 일단 행동에 들어가면 그는 누구보다 민첩했다. 그러나 여느 때의 그의 거취는 고의적인 것으로 보일 만큼 늑장투성이였다. 그러고도 언제나 태평스러웠다. 심지어 출격 중에도 그러는 수가 있었다. 적지로 향하고 있을 때는 그럴 수가 없었지만, 임무를 마치고 귀환 비행에 오르면 그는 동료들과 편대를 지어 오다가 슬그머니 뒤로 빠져나갈 때가 있었다.

"윤 중위 또 용변인가? 아무 데나 깔기고 빨리 오게."

그럴 때 편대장 박 대위는 그런 농담을 했다. 언젠가는 또 중위의 비행기가 편대에서 미적미적 뒤로 빠져나가 어름거리는 것을 보고,

"3번 기, 3번 기. 윤 중원 왜 또 그러나. 빨리 정위치로 복귀하라!"

편대장 박 대위가 좀 안된 소리로 재촉하자 중위는 마치 산길을 가다 용변처를 물색 중인 사람처럼 대뜸,

"네, 저 좀 할 일이 있습니다"

하고 응답해왔다.

중위는 그저 엉겁결에 한 소리였으나, 그 말이 편대장 박 대위에겐 정말 그렇게 들렸던지,

"무슨 할 일! 용변이라도 보고 싶단 말인가?"

그렇게 짐짓 정색스럽게 물었는데, 그때 또 중위가,

"예에—"

역시 농담 같지 않은 응답을 해왔다.

그 후로도 중위의 비행 중 늑장 버릇은 고쳐지질 않았다. 그리고 그럴 때마다 박 대위는 그렇듯 대범하게 그를 응대하곤 했다.

한 번은 또 중위의 그 늑장 버릇이 그와 함께 비행하던 전 편대원의 간담을 서늘하게 한 일까지 있었다. 동부 전선을 넘어 적지 깊숙이 출격을 하고 돌아오던 길이었다. 편대가 금화 근처 상공을 날고 있을 때 중위의 3번 기가 슬그머니 편대에서 빠져나갔다. 이번에는 그냥 뒤에서 어른거리는 것이 아니라, 기수를 왼쪽으로 꺾으면서 쏜살같이 편대에서 멀어져갔다.

"윤 중위, 왜 또 용변인가. 어딜 가나?"

박 대위의 목소리가 그를 급히 뒤쫓았다.

"네, 곧 좀 다녀오겠습니다."

"왜, 오늘은 대변인 모양인가? 그렇게 멀리 달아나게?"

그러나 일이 다른 때하곤 달랐다. 중위는 더 대꾸를 해오지 않았다. 아닌 게 아니라 일은 갈수록 심상치 않게 되어갔다. 쏜살같이 왼쪽으로 뻗어가던 그의 비행기가 아물아물 금화읍 상공쯤에 이르는가 했더니, 느닷없이 저공으로 급강하하면서 무섭게 곤두박질을 쳐내리는 것이 아닌가. 그곳은 아직 적지였다. 게다가 대공포화가 심한 격전지였다. 그의 비행기에 폭탄이 남아 있는 것도 아니었다. 까닭을 알 수 없었다. 냅다 곤두박질을 치며 아래로 내리꽂히던 그의 기체가 아슬아슬하게 다시 치솟아 오르는 것이 보였다. 숨도 돌릴 참 없는 짧은 선회 끝에 그의 기체는 다시 같은 지점을 향해 급강하를 감행했다. 다행히 이번에도 별일은 없었다. 두 차례의 숨 가쁜 위협 강하가 끝나자 그의 비행기는 재빨리 다시 편대를 쫓아왔다.

"빌어먹을! 깡그리 타 없어졌어요."

그가 돌아오면서 모처럼 내뱉다시피 한 첫마디였다. 동료들은 그제서야 사연을 짐작했다. 엄격하게 금지되어 있는 일이었지만, 전투기를 타게 되면 누구나 자기 집 상공을 한번쯤 날아보고 싶어 했다. 의미가 있는 일은 아니었다. 그러나 파일럿들은 한사코 그 소망을 버리지 않고 기회를 노리다가, 어쩌다 멀지 않은 항로를 지나게 되거나 하면 편대장을 졸라 소망을 성취하곤 하였다. 마침 이날 편대의 비행로는 중위의 마음속에 담긴 하늘을 스치게 되어 있었던 것이다.

중위는 전에 고향을 말한 일이 없었다. 앞서도 말했듯이 비행 동료들 간에는 서로 남의 일을 시시콜콜 캐어묻는 일이 없었다. 고향에 대해서도 마찬가지였다. 말해줄 일이 있으면 '아무 도' 정도로 그만이었다. 중위의 고향에 대해서는 그의 다른 신상사들처럼 그런 정도마저도 알려져 있질 않았다. 8·15 후에 월남을 했다던가. 그저 그 정도로 막연했다. 그래 이날 중위가 갑자기 기수를 돌려댔을 때도, 동료들은 전혀 영문을 알아차리지 못했던 것이다. 중위는 하여튼 그런 인물이었다.

"콘도르 중위님, 좀 일찍 나오실 수 없어요? 오늘도 꼴찌군요."

중위가 대기 중인 비행기까지 갔을 때 기장 김 하사 녀석이 싱긋 웃으며 농을 걸어왔다.

콘도르 중위——, 그것은 김 하사만이 그렇게 부르는 중위의 별명이었다. 아니, 김 하사만이 그를 콘도르라고 불렀던 건 아니었다. 한때 그를 아는 동료 조종사나 정비병들은 모두가 중위를 그렇게 불렀다. 콘도르란 맹금류 가운데서도 가장 큰 몸집을 가진 남미 고산 독수리 이름이었다.

파일럿들은 대개 자기 비행기에 여신이나 천사의 이름이 아니면 맹금류 따위에서 맘에 드는 이름을 따다 애명으로 붙여 부르는 취미들이 있었다. 그냥 이름을 부르는 것만이 아니라, 비행기 동체에 페인트 같은 것으로 그 애명이나 애명의 상징화를 그려놓기도 했다. 그리고는 대개 자기 비행기를 그 애명으로 불렀다. 남의 비행기도 서로 그 애명으로 불러주는 수가 많았다.

중위의 제2편대 비행기들은 편대장 박 대위의 1번 기가 무슨 유방의 여신이라든가 하는 실비아라는 이름이었고, 송 중위의 2번 기가 청룡, 그리고 4번 기 이 중위가 돌핀 상어(돌상어)였다. 그의 3번 기만이 이름이 없었다. 다른 일에서와 마찬가지로 중위는 자기 비행기에 이름을 붙이는 일에 별로 흥미가 없었다. 마땅한 이름이 없노라고 했다. 그는 정작 그 애명을 생각조차 해본 일이 없는 것 같았다.

"메추리라고 하지그래."

동료들이 농을 해도,

"그럴까?"

그는 그 농기조차 없는 얼굴로,

"하지만 그보다야 차라리 제비가 낫겠지"

하는 식으로 남의 이야기를 하듯 덤덤한 반응을 보일 뿐이었다.

그런데 그 중위의 비행기에 애명이 생기게 되었다. 바로 그가 편대를 빠져나가 금화읍 상공에서 곤두박질을 치고 돌아온 날 밤이었다. 중위는 그날 엄청나게 술을 마셔댔다. 동료 파일럿이 적지에서 격추당했다든가 그럴 때나 가끔 마시는 술이었지만, 원래부터 그는 술을 한번 시작하면 끝장을 보고 마는 것으로 알려져 있었다. 그날 밤 그는 정말 몸을 움직일 수조차 없을 만큼 술을 마셔댔다. 술자리가 끝났을 때 그는 몸이 무거워 자리를 일어나지 못했다. 그것을 보고 동석했던 동료 이 중위가 마침 무슨 생각이 떠올랐던지 그에게 이런 말을 했었다.

"자네 콘도르란 새 아나. 콘도르?"

"콘도르가 뭐야?"

정신만은 말똥말똥한 중위가 소리 질러 물었다.

"새 이름인데 말야. 지금 자네가 취해서 움직이지 못하는 꼴을 보니 생각이 났어."

그의 이야긴즉, 콘도르라는 새는 남미의 안데스 산맥 중에 사는 맹금류 중에서 몸집이 가장 큰 새로 날개를 펴면 길이가 3미터나 된다고 했다. 이놈을 사로잡는 방법이 희한하댔다. 놈이 늘 날아와 앉는 바위 같은 데다 녀석이 좋아하는 산양이나 가축 고기를 잔뜩 가져다 놓는다는 것이다. 그러면 이 새는 식욕이 어찌 사나운지 나중에는 몸이 무거워 날지도 못하게 될 때까지 그 고기를 먹어댄댔다. 그렇게 해서 사람들은 배가 불러 헐떡거리는 콘도르 새를 사로잡는다는 것이었다.

"그래, 어떤가. 그 새 이름을 갖지그래? 욕심만 너무 부리지 않으면 콘도르란 놈 그 거대한 몸집만 가지고도 위세가 굉장한 놈이란 말일세."

설명을 끝낸 이 중위가 눈만 디룩거리고 있는 중위에게 웃으면서 말했다.

그래서 그에게는 콘도르란 별명이 붙게 되었고, 그러자 그의 비행기 역시 곧 같은 이름으로 불리게 되었다.

그러니까 그 콘도르란 이름은 중위 자신의 별명일 뿐 아니라 그의 비행기의 애명이기도 했다. 그러나 무슨 생각을 했는지, 그는 자신의 비행기에 대해서만은 그 콘도르란 애명을 별로 잘 돌보려 하지 않았다. 처음 정비병 김 하사가 동물도감까지 구해다 보고 그의 비행기 동체에 커다랗게 콘도르 새를 그려놓았을 때는 중위도 그런대로 고개를 끄덕였다. 그러나 어느 날 그는 출격 전에 한참 동안 그 콘도르 새의 그림을 쳐다보고 있다가 혼잣말처럼 중얼거렸다.

"이 비행긴 정말 콘도르가 알맞은 이름일지도 몰라. 주저앉을 만큼 폭탄이 무겁거든."

육중한 네이팜탄을 두 개씩이나 날개 밑에 매단 무스탕의 모습은 아닌 게 아니라 늘 힘에 겨워 보였다. 게다가 한번 이륙한 비행기는 그 폭탄을 반드시 떼던지고 나서야 다시 기지 귀환 착륙을 할 수 있었다. 네이팜탄은 진동이 심하면 그대로 폭발해버리는 위험한 무기였다. 이륙 때의 진동은 그런대로 감당해내지만, 착륙시의 충격은 감당해내지를 못했다. 사용하지 못한 폭탄은 아깝더라도 적당한 곳에 떼버리고 돌아와야 했다. 그래서 중위에겐 네이팜탄이 더욱 기체에 위협적인 중량감으로 느껴졌는지 모른다. 하여튼 그는 그런 소리를 중얼거린 뒤로는 자기 비행기에서 그 콘도르란 이름을 영 잊어가고 있었다. 한번 그려놓은 콘도르 새의 그림을 다시 손질을 하려고도, 그렇다고 아주 지워 없애려고도 하지 않았다. 그냥 무심히 잊어가고 있었다.

그러자 동료들은 중위 자신이 그 콘도르란 별명으로 불리는 것 역시 달가워하지 않는 거라고들 여겼다. 이제 중위나 그의 비행기에 대해 그 별명을 불러주는 사람은 거의 없었다. 다만 김 하사만은 아직도 그 이름을 기억하고 있었고, 그래서 그는 아직도 가끔 그 별명으로 중위를 불렀다. 희미하게 색이 바래고 지저분해지기는 했어도, 동체에서 아직 완전히 지워지지 않고 있는 콘도르 새의 그림을 자주 보게 된 때문이었다. 그의 대범성 때문이랄 수도 있었다.

어쨌든 중위는, 적어도 그 콘도르라는 말이 자기를 지칭하고 있다는 사실만은 알고 있었다. 오늘은 그가 김 하사의 말에 새삼 생각이 난 듯 비행기 동체에서 지저분하게 퇴색해가고 있는 그 콘도르 새를 슬쩍 한번 쳐다보기까지 했다. 그리곤 왠지 기분이 썩 유쾌해진 듯 말했다.

"오늘은 정말 이 콘도르가 한번 멋있게 날아보고 싶은 날씨야."

"언젠 날씨 땜에 비행이 마음에 들지 않았었나요?"

김 하사가 중위 곁으로 다가서며 말했다. 그리고는 중위의 허리춤께로 눈길을 보냈다. 권총 케이스에서 그 화창한 날씨를 즐기듯 빨간 스커트의 여인이 웃고 있었다. 김 하사는 그 여인의 웃음이 아무래도 알 수가 없다고 생각했다. 중위를 대할 때마다 만나는 여인의 웃음은 점점 더 화사해지는 것 같았고, 그 웃음이 화사해져갈수록 김 하사는 점점 더 그 웃음에 요령부득이 되어갔다. 오늘은 그 여인의 웃음이 더욱 화사했다.

중위는 호흡을 꼬느려는 듯 여인의 미소를 김 하사에게 맡긴 채 잠시 기다리고 서 있었다.

김 하사는 비로소 여인에게서 시선을 옮겨 중위의 얼굴을 살폈다. 마음에 두고 있는지 어쩐지 중위는 그 콘도르 그림 쪽으로 시선을 보내고 있었다.

"인제 그림을 아주 지워버려야겠어요."

문득 김 하사가 그렇게 말했다.

"왜?"

중위는 예의 건성스런 목소리로 물었다.

"지저분해져서요. 나중에 다시 그리게 되더라도 우선 지우죠."

김 하사는 다시 중위의 표정을 살폈다.

"나중에…… 지금은 안 되니까 갔다 와서……"

중위는 김 하사가 당장이라도 그림을 지우려 덤벼들 것처럼 그렇게 말하고 천천히 전투기 쪽으로 걸음을 옮기기 시작했다.

동료 기들은 모두 출격 준비가 완료되어 있었다.

"그럼 잘 다녀오세요."

이윽고 김 하사가 외치는 소리를 들으며 중위는 땅에서 발을 떼었다.

그리고 곧 캐노피 속으로 몸을 담았다.

김 하사는 캐노피 속의 중위가 좌석을 정비하고 안전벨트를 매

마스코트 315

고, 그리고 계기들을 점검하는 모습들을 잠시 더 볼 수 있었다.
　—여기는 2번 기. 2번 기, 출격 준비 완료, 오버.
　—여기는 4번 기. 4번 기, 출격 준비 완료, 오버.
　아마 그때 그는 편대장 박 대위와 동료들 간의 그런 무전 교신을 듣고 있었을 것이다. 그리고 그는 박 대위의 무전 호출을 한번 받고 난 다음 맨 나중에야 겨우 자세를 바로잡으며, 3번 기 출격 준비 완료를 보고했을 것이다.
　그런 다음 그는 편대장 박 대위의 목소리를 다시 들었을 것이다.
　—컨트롤 타워, 컨트롤 타워, 여기는 제2중대 제2편대. 작전 명령 제×호에 의거 전 편대기 출격 준비 완료. 대기 중 오버.
　그리고 이어 그는 또 귀에 익은 관제탑의 목소리를 들었을 것이다.
　"—제2편대, 여기는 컨트롤 타워. 알았다. 그럼 즉시 출격한다. 1번 기, 2번 기는 활주로로 진입하라, 오버."
　그는 아마 관제탑의 목소리를 들으며 이렇게 생각했을지 모른다.
　—자식, 어떤 녀석인지 교대도 없나. 날마다 저 녀석 목소리야.
　하지만 그가 그런 생각을 했는지 어쨌는지는 알 수가 없다. 상관도 없는 일이다. 어쨌든 그는 또 관제탑에서 1번 기로 보내는 발진 이륙 명령을 들었을 것이다. 그리고 1번 기의 응답과 다시 2번 기에 보내는 관제탑의 명령과 2번 기의 응답을 모두 들었을 것이다. 그리고 이번에는 그 자신이 관제탑으로부터 활주로 진입 지시를 받고 필요한 응답을 보내면서 서서히 활주로로 들어섰을 것이다.

―컨트롤 타워, 컨트롤…… 여기는 3번 기……
―3번 기, 3번 기, 여기는 컨트롤……

 드디어 중위의 콘도르, 아니 제3번 기가 활주로 끝에서 방금 하늘로 치솟아 오르기 시작한 2번 기의 뒤를 쫓아 활주로를 미끄러져 나가기 시작했다.
 그때 그는 앞서 이륙한 2번 기의 모습을 창밖으로 한번쯤 스쳐 보았을지 모른다. 혹은 활주로와 계기를 살피느라 그럴 틈이 없었을지도 모른다. 하지만 적어도 그 푸른 하늘만은, 시야를 가득 메운 하늘과 푸른 들판만은 보았으리라.
 그의 비행기는 이윽고 활주로 끝에서 그 푸른 하늘을 향해 치솟아 오르기 시작했다. 그리고 그 활주로가 끝나고 푸른 들판을 막 눈 아래로 하기 시작했을 때, 그의 비행기는 돌진하듯 치솟아 오르던 자세를 꺾고 별안간 그 들판으로 주저앉아버렸다.
 오한이 일도록 맑고 푸른 하늘이 우지직 무너져 내리듯 무서운 폭음이 일었다. 들판이 거대한 징처럼 궁 울었다. 사령부와 콘셋 지붕 위에 내려앉아 있던 햇빛들이 깜짝 놀라 소스라쳤다.
 관제탑에서는 잠시 아무 말이 없었다. 미처 뭐라고 말을 할 틈도 없이 사고는 눈 깜짝할 사이의 일이었다. 양력을 채 타지 못한 기체가 갑자기 상승 각도를 꺾고 주저앉아버린 것이었다.
 들판 가운데에 무서운 연기 덩어리가 맺히고, 그 연기 사이로 자줏빛 불빛이 엉키었다. 4번 기가 그 불길 위를 스치고 무연히 푸르기만 한 하늘을 향해 치솟아 올라갔다. 그리고 이내 항공 기지 소방차와 앰뷸런스와 크레인 차와 얼룩덜룩 칠을 한 대소형 차

마스코트 317

량들이 기다리고 있었던 듯 그 사고기를 향해 다투어 활주로를 따라 달려갔다.

차들이 사고 지점에 이르렀을 때, 중위의 비행기는 웅덩이 물속으로 모습이 사라지고 없었다. 비행기가 추락하면서 그 충격으로 폭발한 폭탄이 논바닥에 웅덩이를 만들고, 순식간에 그 웅덩이로 몰려든 논바닥 물이 기체를 완전히 삼켜버린 것이었다.
물웅덩이는 아직도 더운 거품을 푹푹 뱉어내고 있었다. 기름과 검댕이로 더러워진 흙탕물이 서서히 일대를 맴돌고 있었다.
차를 달려온 사람들이 주위 논두렁으로 둘러서고, 근처 들판에서 보릿대 모자를 쓰고 논일을 하던 농부들도 몇 사람 놀란 눈을 하고 달려와 그 논두렁 사람들 사이로 섞여 들어섰다. 그들은 제각기 자신의 놀라움과 조종사의 불운에 대한 동정 섞인 말들을 하고 있었다. 사고의 원인에 대해 심각하게 이야기하고 있는 장교도 있었다.
이윽고 웅덩이 속의 열이 힘없이 내뿜고 있던 거품을 멈추고 마지막 숨길을 놓아버리자, 논두렁에 서 있던 한 몸집 좋은 대령이 분주하게 명령을 쏟아대기 시작했다.
"소방차! 호스를 연결하여 웅덩이의 물을 제거하라!"
"의료반 대기! 앰뷸런스는 어디 있느냐?"
"남은 사람은 논바닥 물이 다시 웅덩이로 몰려들지 않도록 배수로를 설치하라."
"위험하지 않을까요?"

그때 대령은 그렇게 묻는 소리를 들었다.

"바보 같은 소리! 이제 위험은 없다. 폭탄은 다 폭발해버렸어. 자, 크레인 차!"

대령은 욕지거리를 하며 분주하게 돌아갔다.

작업은 신속하게 진행되었다. 소방차에서 내려진 호스는 민첩하게 웅덩이의 물을 빨아내기 시작했다. 순식간에 배수로도 마련되었다. 웅덩이의 물이 빠른 속도로 줄어들어갔다.

그러자 타버린 비행기의 잔해가 웅덩이 속에서 서서히 시커먼 모습을 드러내기 시작했다. 그리고 한번 모습을 드러내기 시작한 기체는 웅덩이의 수면을 아래로 아래로 밀어내리면서 어언간에 반만큼이나 솟아올랐다.

그때였다. 주위에 둘러서 있던 사람들은 계속 수면 위로 솟아올라오는 그 기체의 잔해에서 참으로 괴상한 광경을 보았다. 기체는 3천 도나 되는 네이팜탄의 화염에 씻겨 시커먼 골근만 앙상하게 남아 있었다. 서로 얼킨 골근이 간신히 형체를 유지하고 있었다. 그것은 살을 잘 발라내버린 생선의 뼈다귀 형국이었다. 그때 거기 서 있던 사람들은 모두 그 기체의 골근이 이루고 있는 기괴한 모습을 보았다. 그러나 그때 그들이 거기서 본 것은 그것만이 아니었다. 그들은 물론 그것도 보았다. 그러나 또 본 것이 있었다.

그것은 자세를 하나도 흩뜨리지 않은 채 조종석에 고스란히 앉아 있는 조종사의 모습이었다. 그는 물론 몸에 살붙이를 전혀 갖고 있지 않았다. 그런 것은 이미 검은 숯덩이나 재가 되어 웅덩이 물에 씻겨 나가고 없었다. 거기 앉아 있는 그는 거무튀튀하게 그

올린 회백골뿐이었다. 그런 모습으로 그는 팔목뼈를 내밀어 타다 만 조종간을 붙잡은 채 무슨 생각에라도 잠긴 듯 높다랗게 앉아 있었다.

사람들은 모두 그 광경을 보았다. 아마 그가 누구인지 모르는 사람도 많았을 것이다. 그러나 하여튼 그들은 모두 다 그것을 보았다. 바쁘게 돌아가던 대령도, 어이없는 얼굴을 짓고 입을 열지 못하고 있는 그의 기장 김 하사도(그는 아마 그리고 서서 조금 전에 그가 콘도르 새의 그림을 다시 그려주겠다고 했던 말을 생각하고 있었을는지 모른다. 그리고 중위가 오늘 출격해서 돌아온 다음에 그렇게 하라던 그 무관심한 대답을 생각하고 있었을지 모른다). 그런데 아무도 그 중위를 본 순간부터는 말을 하려고 하지 않았다. 그 갑작스럽고 무연스런 침묵 속에 대령이 마지못해 드디어 멋쩍은 소리로 명령했다.

"크레인 차로 기체를 웅덩이에서 집어내라."

기체는 중위가 조종석에 앉아 있는 채 웅덩이에서 천천히 들어올려졌다. 그리고 그것은 곧 비행장 활주로 곁으로 옮겨졌다.

사람들이 다시 땅 위로 내려진 기체 주위로 몰려들었다. 그러자 대령은 다시 중위를 기체 위에서 끌어내리도록 명령했다. 의무 장교 한 사람과 들것을 멘 사병 두 사람이 조심조심 중위에게로 다가갔다. 그러나 중위는 기체에서 쉽사리 내려지지 않았다.

중위에게 다가가 손을 내밀던 의무 장교가 허리께 근처에서 뭔가 검은 물건을 집어 들더니 멈칫한 표정으로 굳어져 섰다. 그리고는 뭔가 알 수 없다는 듯 고개를 갸웃하며 잠시 생각에 잠기는 모습이었다. 그러다 그는 그 검은 물건을 조심스럽게 조종석의 중위 허리께에다 다시 걸어주고는 대령을 향해 말했다.
"이상하군요. 유리가 녹질 않았어요."
 대령은 장교의 말에 심상찮은 얼굴로 높다란 중위에게로 몸소 다가갔다. 의무 장교가 대령을 위해 비켜섰다. 사람들이 대령의 뒤를 따라 조종석의 중위 근방으로 다가갔다. 그리고 방금 의무 장교가 집어 들었다 다시 놓아둔 물건을 보았다.
 그것은 권총이었다. 중위는 천이 다 탄 채 그 천 사이에 낀 쇠붙이와 철사만 남은 권총 벨트를 아직 허리께에 걸고 있었다. 그리고 오른쪽 갈비뼈 밑에 케이스가 타다 만 권총이 걸려 있었다.
 대령이 그 권총을 집어 들었다. 그것은 별로 손상을 입지 않고 있었다. 대개가 쇠붙이로 이루어진 물건이니까 당연하리라. 그러나 이상한 일이 있었다. 권총 개머리판에 붙인 유기 유리가 전혀 손상을 입지 않고 있었다. 물에 씻긴 탓인지 그 유리에는 그을음도 심하지 않았다. 거의 완전한 투명도를 유지하고 있었다. 그러나 대령은 그 권총의 유리를 들여다보다가, 아까 의무 장교를 놀라게 한 것이 그 유리의 손상 여부가 아니라는 것을 알았다.
 대령은 그 권총 손잡이의 유리 속에서 한 여인의 웃음을 보았다. 세상이 온통, 타다 남은 기체와 조종사의 회백골색으로 가득해진 순간에, 그는 그 속에서 스커트의 빨간색이 유난히 해맑은 여인의 화사한 미소를 본 것이다. 아니 그것을 본 것은 대령 한 사람뿐만이 아니었다. 어깨 너머로 그 검은 물건을 지켜보던 사람들은 모두 그것을 보았다. 그러나 조종사가 누구인지조차 알지 못하는 사람들 중에 그가 그 권총 유리 속에 간직하고 다니던 여인이 누구인지를 아는 사람은 아무도 없었다. 대령도 그랬고, 그 여인의 미소와 수없이 만나고도 언제나 그 뜻을 알 수 없었던 김 하사도 그랬다. 그러나 그런 것이 그 여인에게 방해가 되지는 않았다.

  유리 속의 여인은 방금 일어난 일에서는 조금도 상처를 입지 않은 채, 그 소동은 아무것도 알지 못한 듯 끝없이 높고 푸르기만 한 초여름 하늘을 향해 이날따라 유난히 화사하게 웃고 있었다.

(『한국전쟁문학전집』1969년)

해설

증상과 성찰
— 1969, 이청준의 소설들

김영찬
(문학평론가)

1. 이청준 소설의 증상들

이청준 소설의 주인공들은 대부분 현실에 적응하지 못하고 불행하고 소외된 삶을 살아가는 인물들이다. 그 불행과 소외의 원인은 물론 그들의 삶에 보이게 보이지 않게 지배력을 행사하는 억압적 세계의 폭력이다. 그것은 그들에게 치유될 수 없는 정신적 상처를 남기는데, 그들이 대부분 불안과 신경증에 시달리면서 정상적인 삶의 궤도를 이탈하는 것도 그 때문이다. 이것은 이청준의 인물들이 그만큼 배후에서 그들의 삶을 구조화하는 세계의 작용에 민감하게 반응한다는 것을 의미한다.

그렇다고 해서 그들은 단순히 세계에 반응하는 수동적인 객체로 머물지만은 않는다. 그들은 또한 그 속에서 자기만의 고유한 내적 세계를 구축해나간다. 물론 인물들이 구축하는 그 내적 세계란 많은 부분 소극적이지 않으면 자기 집착적이거나 심한 경우 특이한 형태의 병리적 특성을 보이는 것이 사실이다. 하나 그것이 단순히 수동적인 반응의 산물이라고만은 볼 수 없는 것이, 그 안에는 어떤 형태로든 자아를 압박하는 외적 세계를 향한 자기주장의 리비도가 투여되어 있기 때문이다. 이청준의 인물들은 그런 방식으로 세계를 향해 자기의 진실을 주장한다.

이청준의 초기 소설에서, 인물들의 그 자기주장은 크게 두 가지 방식으로 나타난다. 하나는 개인에게 가해지는 세계의 압박 속에서 자신의 설 자리와 존재방식을 성찰하는 것. 이것은 등단작인 「퇴원」(1965)에서부터 이청준이 지속적으로 보여주었던 것으로서, 주로 '소설에 대한 소설'의 형식 속에서 그 표현을 얻는다. 그처럼 자신이 서 있는 자리를 곱씹고 성찰하는 행위는 일면 소극적인 방식이라고 할 수도 있겠으나, 세계에 대한 지적 대응이라는 측면에서 이청준 소설의 고유한 개성과 의미는 바로 거기에서 비롯되는 것이기도 하다. 「줄광대」(1966), 「병신과 머저리」(1966), 「매잡이」(1968), 「소문의 벽」(1971) 등의 소설이 그 대표적인 사례다. 이 소설들에서 대개 인물들은 기자, 소설가, 화가, 잡지 편집자 등 대부분 지적, 예술적 담론 생산과 관련된 직업을 가지고 있는데, 여기에서 그들이 보여주는 자기 성찰의 행위는 조용하고 우회적이지만 강력한 자기주장의 한 형태라고 할 수 있을 것이다.

다른 하나는 자기만의 사고나 습관, 행동방식 혹은 직업 세계 등에 대한 강박적 집착이다. 첫번째 경우가 지적인 형태의 대응방식이라면 이 경우는 신경증적인 대응방식이다. 여기서 인물들은 동기를 설명할 수 없는 기묘한 충동에 휩쓸리거나, 그 속에서 부여잡은 사소한 사건이나 사물에 비정상적일 정도로 몰두한다. 그들의 행위는 대부분 의식적 동기에 의해 유발되기보다는 다분히 무(전)의식적인 충동에 의해 이끌린다. 「임부(姙婦)」(1966), 「무서운 토요일」(1966), 「나무 위에서 잠자기」(1968) 등의 소설이 그 대표적인 사례이거니와, 이때 인물들을 사로잡고 있는 것은 불안과 공포, 증오와 같은 부정적인 감정들이다. 강박증이 대개 큰 타자의 요구에 대해 주체가 자기를 방어하는 형식이라고 할 수 있다면, 이들의 증상은 일면 세계를 향한 네거티브한 형태의 자기주장이라고도 볼 수 있을 것이다. 그 과정에서 그들은, 그들의 증상으로써 그들을 억압하는 세계의 폭력성을 증언한다.

 1960년대 이청준의 초기 소설은 대략 위의 두 가지 형태로 나타난다. 그렇게 그 하나는 인물들의 지적인 자의식을, 다른 하나는 그들의 병리적 증상을 소설의 중심에 놓고 있음에도 불구하고, 사실 이청준의 소설에서 그 둘은 따로 분리되어 있지 않다. 예컨대 첫번째 경향의 소설에서 인물들의 강박증적 증상은 소설 속에서 지적인 자의식을 펼치는 화자-주인공이 관심을 갖고 추적하는 비밀로 등장하기도 하고, 또 다른 한편으로는 그 자체가 바로 그 화자-주인공의 자의식을 규정하는 특성이기도 하다. 그렇게 보면 이청준의 초기 소설에서 후자의 경향이 전자의 경향 속으로 다양한 방식으로 흡수되고 배치되며 수렴되고 있다고 보는 것이 옳겠다. 여하튼 1960년대 이청준의 소설에 나타난 저 두 유형의 인물을, 그 성격의 근본적인 차이에도 불구하고 공히 '증상symptom'

이라 불러도 좋을 것이다. 그들은 그 자체 1960년대 한국사회의 억압성을 제 몸으로 앓는 증상이다. 이것이 1960년대 이청준 초기 소설의 개략이다.

그러나 1960년대 이청준의 소설 중에서도 아직 상대적으로 크게 주목받지 못한 소설도 다수 존재한다. 그 까닭이야 여러 가지가 있을 수 있겠으나, 그럼에도 불구하고 이 소설들은 1960년대 이청준 소설의 세계를 온전히 재구성하는 데 빼놓을 수 없는 작품들이다. 예컨대 이 책에 수록된 소설들이 바로 그러하다. 그 의미를 하나씩 살펴본다.

2. 가짜의 세계

1960년대 이청준의 소설을 지배하는 중요한 테마 중 하나는 바로 '자기 진실'의 문제다. 자기의 진실을 진술하지 못하게 가로막는 세계 속에서 그럼에도 불구하고 그 진실을 말해야 한다는 것. 그것이 이청준이 생각하는 소설가의 운명이다. 어떤 측면에서 이청준의 소설은 그렇게 진술을 불가능하게 하는 세계의 조건에 대한 탐구라고도 할 수 있겠다. 이청준 소설의 곳곳에서 '말할 수 없다' 혹은 '쓸 수 없다'는 사실을 반복적으로 곱씹고 확인하는 인물들의 행로도, 실은 그 말하지 못하게 하는 세계에 맞닥뜨려 보여주는 일종의 증상이다. 그리고 이때 '말할 수 없다'는 사실을 반성적으로 곱씹는 행위 그 자체가, 그럼에도 불구하고 어떻게 해서든 말하려고 하는 의지의 역설적 표현이라고 할 수 있을 것이다.

이청준의 소설에서 그렇게 정직한 자기 진술을 가로막고 있는 것은 이를테면 유형무형의 억압과 통제이고, 오만과 편견이며, 독선과 허위다. 그리고 그것은 그 모든 것의 총체이기도 하다. 이청준은 다른 한편 그것을 '소문의 벽'으로 상징화하기도 했거니와, 그에게는 어찌 보면 이 세계의 구조 자체가 진실의 드러냄을 가로막는 것일 수도 있겠다. 이청준의 소설에서 드물지 않게 발견되는 '가(假)의 세계' 혹은 '가짜의 세계'에 대한 비판이 또한 그와 무관하지 않다.

'가짜의 세계'는 진실을 가로막고 은폐하면서 그 자신이 되레 '진짜'임을 가장(假裝)한다. 이청준의 「꽃과 뱀」과 「꽃과 소리」에서, 이 '가짜의 세계'에 대한 작가의 문제의식을 집약하는 것은 '가화(假花)' 혹은 '조화(造花)'라는 상징이다. 이 두 소설은 똑같이 '조화'라는 소재를 중심으로 전개되고 있고 그것을 중심으로 거의 유사한 문제의식을 펼치고 있어 서로가 서로를 비추는 상호텍스트성의 관계에 있다고도 할 수 있는데, 이를 반영하듯 두 소설에는 똑같은 모티프가 등장한다. 자기 집 꽃이 향기도 없고 시들지도 않는다는 데 의문을 품고 진짜 꽃을 그리워하다 결국은 가출하여 실종되는 조화 가게 집 딸의 이야기가 그것이다. 두 소설에서 그 모티프는 이야기를 끌어가는 중요한 기능을 하고 있다. 조화 가게 집 어린 딸이 품는 의문은 순진하게도 이런 것이다.

"엄마, 우리 집 꽃엔 왜 물을 주지 않어?"(「꽃과 뱀」, p. 93)

— 오빠! 우리 집 꽃은 왜 시들지 않아?
　　잠시 사이를 두었다가 다시 소리.
　　— 오빠! 우리 집 꽃은 왜 처음부터 피어 있기만 하지?
　　다시 침묵이 따르다가 같은 여아의 목소리가 졸라대듯.
　　— 응? 오빠! 우리 집 꽃은 왜 향기가 없어? (「꽃과 소리」, p. 137)

「꽃과 뱀」에서 그런 의문과 원망을 품고 유리창을 통해 생화 가게 안의 꽃을 망연히 들여다보곤 하던 화자의 누이 이화는 오래전 집을 나갔고, 세월이 흘러 화자의 딸인 경선 또한 괴이하게도 집 나간 누이 이화와 똑같은 행태를 반복한다. 그리고 「꽃과 뱀」의 그 경선/이화의 캐릭터와 이력은 「꽃과 소리」에서도 조화 장수의 누이 '가화'의 그것으로 똑같이 반복 변주된다. 결국 조화 가게 주인인 「꽃과 뱀」의 화자는 실종된 누이에 대한 죄의식을 안은 채 가짜의 세계에 틈입하는 공포스러운 뱀의 환각에 시달리고, 「꽃과 소리」의 소설 속 연극 장면에도 다시 등장해 애타게 누이를 찾아 헤맨다. 한편으론 이러한 모티프가 너무 단순한 것 아니냐고 되물을 수도 있겠으나, 그것은 오히려 저 두 소설이 사태의 핵심을 관념적으로 축약하는 알레고리의 형식을 띠고 있는 데서 기인한다고 이해하는 것이 옳을 것이다. 이는 「꽃과 뱀」과 「꽃과 소리」가 각각 우화와 연극의 형식을 띠고 있는 것에서도 알 수 있는 바다.
　「꽃과 소리」의 중심에 격자 형식으로 배치되어 있는 연극 속에서, 조화(造花)의 모티프는 여러 방식으로 변주된다. 사랑의 징표로 남자에게 조화를 바치는 조화 장수의 누이, 정신이 이상해져 조화가 진짜 꽃으로 변했다고 주장하는 조화 장수, 생화보다 조화를 더 선호하는 꽃 가게 손님들이 바로 그렇다. 「꽃과 뱀」에서도 그렇지만 「꽃과 소리」에서는 가짜임을 알면서도 오히려 그 가짜를 진짜보다 더 선호하는 가치의 전도 현상이 그보다 더 부각된다. 가령 다음 구절.

"우리 집 꽃에는 향기가 없소. 뿐만 아니라 피고 시들 줄도 모른답니다."
"그래서 생화보다 조화를 사려는 거예요."
여인은 겨우 말뜻을 이해하겠다는 듯, 그리고 걱정스러운 주인을 오히려 위로하려는 듯,
"얼마나 좋아요, 시들지 않는 꽃. 그리고 향기가 없다지만 그런 건 염려가 되지 않아요. 향수를 뿌려 얼마든지 근사한 향기를 뿜게 할 수 있어요. 어서 주세요, 꽃을……"(p. 132)

이것은 가짜가 진짜를 억압하고 오히려 거꾸로 그 자신이 마치 진짜인 양 행세하는 세계의 희비극적 우화다. 「꽃과 소리」에서 이 가치의 전도는 다음처럼 연극 속 등장인물의 입을 빌려 곳곳에서 발설된다. "조화 세상이군. 가짜 꽃을 진짜 꽃이라고 우길 만하게 되기도 했어"(p. 170). 「꽃과 소리」에서 작가는 이러한 문제의식을 다양한 방식으로 변주하는데, '소리'와 '가면'이라는 상징이 또한 이와 관련된 것이다. 가짜의 세계에 만연한 것은 본래의 자기

를 잃어버리는 비극적 자기소외의 현실이며, 이 소설에서는 '소리'와 '가면'의 상징이 그 현실을 요약한다. 본래의 자기가 아닌 오직 '소리'로만 자신의 존재를 확인받는 엿장수, 청소부, 화장품 장수, 아궁이 소제부 등의 현실이 그러하고, 자기의 본얼굴을 가리는 가면을 써야만 여자와의 만남을 지속할 수 있는 화장품 장수의 비극이 그러하다.

"우리 중에 누구 한 사람 제값으로 사는 사람이 있는 줄 아나? 우린 모두가 제구실을 못해. 나만 해도 그렇지. 그래 난 엿장술세. 그러니까 말하자면 엿장수 가위 소리지. 가위 소리로밖에 행세할 수가 없단 말이야. 어디 그게 나뿐인가. 모두가 다 그래. 피리 소리구, 징 소리구, 종소리구……"(pp. 160~61)

"다시 말하지만, 그러니까 자네가 그 아가씨를 영구히 차지할 방법은 아가씨를 만나지 않을 때마저 그 가면을 쓰고 지내는 데 익숙해져야 하네. 말하자면 자네의 본얼굴을 잊어버리고 자네 자신마저도 그 가면의 얼굴이 진짜 얼굴인 것으로 믿어야 한단 말일세. 그렇다고 슬퍼할 건 아무것도 없어. 이 꽃은 진짜가 아니라 조화야. 요즘 여자들은 다 조화를 바치는 모양이지. 하지만 가면을 쓰는 자네와는 피장파장인걸 뭐."(p. 162)

「꽃과 소리」의 연극 속 등장인물인 엿장수의 말은 자기소외의 한 국면을 나름의 언어로 지적한다. 그에 따르면, 인간은 본래의 자기가 지닌 제값을 인정받지 못하고 단지 직업적 구실의 외적인 표현인 '소리'로만 환원될 뿐이다. 여자를 만나기 위해 내키지 않는 가면을 계속 써야만 하는 화장품 장수의 운명 또한 마찬가지. 이것은 모두 진짜를 가리는 가짜가 진짜보다 더 가치 있는 것으로 대접받는, 그럼으로써 진실을 억압하는 근대화의 비가시적 폭력을 겨냥하는 작가의 문제의식을 우화적 방식으로 보여주는 것이다. 그렇다면 개인의 진실의 장소는 어디인가? 우리는 그 진실에 어떻게 접근할 것인가? 아니 대체 그것이 가능하기나 한 것인가? 1960년대 이청준 소설의 중심에 있는 물음은 바로 그것이다.

3. 비밀

1960년대 근대화의 비가시적 폭력 속에서, 개인의 진실은 증상을 통해서만 그 자신을 드러낸다. 물론 이청준의 소설에서 그 증상은 한편으로 근대의 마성(魔性)에 대한 반응 형성물이기도 하지만, 다른 한편으로는 개인의 진실 자체가 갖는 본래적 성격의 표현이기도 하다. 이청준의 소설은 그 증상의 진실에 대한 보고서다. 이때 그 증상은 일종의 본능적인 자기주장이며, 개인의 깊숙한 곳에 존재하는 무언가 절실한 충동이나 의지를 표출하는 하나의 방법이다. 문제는 그 증상의 진실이 무엇인지 명확한 언어로 표현할 수도 없고 알 수도 없다는 것이다. 그것은 심지어 스스로도 알 수 없고 다른 사람도 다만 모호한 느낌으로만 감지할 수 있는, 그럼에도 불구하고 개인의 중핵에 있는 어떤 것이다.

　이청준의 소설은 대부분 증상으로 표출되는 그 개인의 진실에 대한 의문을 풀어가는 구조로 되어 있다. 그런데 그 진실은 단지 어렴풋이 느낄 수만 있을 뿐 명확히 알 수는 없는 것이기에, 의문은 증폭되고 호기심은 가중된다. 이청준의 소설을 이끌어가는 동력은 바로 그 의문과 호기심이다. 가령 「변사와 연극」에서 어느 날 마을로 흘러들어온 사내의 이력과 그가 연극 공연에 집착하는 이유, 그와 더벅머리와의 관계 등에 대해 마을 사람들은 의문을 품지만 명확한 것은 아무것도 없다. 그 모호함이 호기심을 증폭시키고 온갖 추측과 소문을 낳는다. 그것은 「이상한 나팔수」에서도 마찬가지다. 부대에 새로 온 나팔수가 부대 막사가 아닌 남쪽을 향해 아득하고 구성진 취침 나팔을 불어대는 까닭에 대해 짐작과 추측은 분분하나 그 이유는 끝내 모호한 것으로 남는다. 그 나팔수의 이상한 행위가 해산을 앞둔 그의 여자와 관계있었으리라는 것이 사건의 전개를 통해 어느 정도 밝혀지기는 하지만, 의문은 끝내 해소되지 않은 채 남는다.

　이런 방식으로 이청준의 소설은 인물들이 보여주는 이상한 행태에 대한 의문과 호기심을 중심에 놓고 전개된다. 문제는 그 인물들의 "내면의 질서"(「이상한 나팔수」)는 알 수 없고 모호하며, 끝내 밝혀지지도 않는다는 것이다. 왜냐하면 개인의 진실이 바로 그러한 것이기 때문이다. 그것이 추측과 소문을 낳고, 다시 의문을 증폭시킨다. 「변사와 연극」과 「이상한 나팔수」에서 작가는 의문스러운 행태를 보이는 한 개인의 비밀에 대한 호기심에서 비롯되는 분분한 '추측'과 '소문'의 생태학을 흥미롭게 그려 보여준다. 추측과 소문이란 개인의 진실이 결국은 말 그대로 '비밀'인 까닭에 발생하는 인식의 무능력의 소산이다. 이청준의 소설에서 그처럼 개인의 비밀은 결국은 알 수 없는 것이며 명확한 언어로 설명할 수 없는 어떤 것이다. 추측과 소문은 그 지점에서 자라나온다. 「가수(假睡)」는 이를 더욱 정교한 방식으로 보여주는 소설이다.

「가수」의 중심에 있는 것은 주영훈이라는 인물의 죽음을 둘러싼 비밀이다. 소설이 전개되면서 밝혀지는 것은 주영훈이 두 번 죽었다는 것인데, 이미 1년 전에 같은 곳에서 주영훈과 똑같이 열차에 말려들어 죽은 사내가 있었고 그의 이름이 주영훈이었다는 것이다. 사건을 취재하던 기자 유상균은 주영훈이 1년 전에 죽은 사내의 흔적을 밟아가며 그 사내와 똑같이 죽음을 택했다는 사실, 그리고 주영훈이 그 사내에게 4·19 시위 당시 자기의 이름을 빌려준 적이 있었다는 사실을 알아낸다. 진짜 주영훈은 자기가 이름을 빌려준 그 사내에게서 자기의 이름을 되찾기 위해 노력하다가 결국은 스스로 그 사내와 같은 방법으로 죽음을 선택했다는 것인데, 문제는 그렇게 하지 않을 수밖에 없었던 주영훈의 숨겨진 동기다. 그 동기를 추적하던 유상균은 나름의 추리와 상상력을 동원해 기사를 작성하지만, 정작 주영훈의 죽음 뒤에 숨은 진짜 이유는 알 수 없는 것으로 남는다. 그는 이해할 수 없다. "이해할 수가 없군요. 도대체 영훈이란 허 선생의 친구는 무엇 때문에 한 사내가 살고 간 흔적을 그렇게 열심히 자기 것으로 만들려고 했습니까? 심지어는 그의 죽음까지도 말입니다"(p. 273).

그가 이해할 수 없는 것은 그뿐이 아니다. 사실 모든 문제는 주영훈이 4·19 시위 당시 자기의 이름을 처음 만난 낯선 사내에게 빌려준 데서 비롯된 터다. 하지만 그의 그런 행동 뒤에 숨은 이유는 단지 추측만 할 수 있을 뿐 도무지 알 수 없는 것이다. 그것이 밝혀지지 않는 한 주영훈의 죽음의 비밀은 끝내 밝혀지지 않은 채 남을 수밖에 없다. 그런데 주영훈의 친구인 소설가 허순의 논리에 따르면, 그것은 그 비밀의 당사자조차도 알 수 없는 것이었다. 가짜 주영훈의 행적을 그 죽음까지도 그대로 모방했던 주영훈의 행적 자체가 어찌 보면 오히려 자기도 알 수 없었던 그 자기 안의 비밀을 알아내기 위한 시도였다는 것이다.

"그러나 제 말씀은 그의 노력이 그 점에서보다는 어째서 그가 이름을 사내에게 빌려주게 되었던가 하는 그 자신의 이유를 알아내기 위해서라는 쪽이 더 컸으리라는 것입니다."〔……〕"그런 짓을 한 자기 행위가 후회스럽지 않은 것을 보면 아직도 그는 자신 속에 그 이유를 지니고 있는 게 분명한데, 그걸 집어낼 수가 없었겠지요. 제가 관심을 가지고 제 몫으로 만들고 싶었던 것은 바로 거기였습니다. 왜 그렇게 되었는가. 또 영훈은 그런 자기 이유를 찾아낼 수 있었을 것인가. 그러니까 저는 잊어버리고 있는 자기의 이유를 다시 찾아 헤매는 영훈을 추적하여 그가 쫓고 있는 이유를 그를 통해 거꾸로 찾아내려고 했던 것이지요. 그리고 전 실상 그 이유에는 별 관심이 없었어요. 중요한 것은 그가 그것을 생각해낼 수 없다는 것과 그것을 다시 찾고 싶어 한 마음의 궤적이었습니다." (p. 285)

'자기 이유'는 당사자조차도 알 수 없는 어떤 것이다. 혹 안다고 하더라도, 그것은 어떤 언어로도 표현할 수 없는 모호한 것이다. 그래서 생전의 주영훈은 말한다. "아냐 난 알고 있어. 내 속에 가지고 있거든. 그 이유를 스스로 납득할 말을 찾아내지 못할 뿐이야. 느끼고는 있어"(p. 291). 그러니 제3자가 그것을 알 수 없는 것은 당연한 터, 다만 당사자와 똑같이 어렴풋이 '느낄 수 있을 뿐'이다. 소설에서 허순이 주영훈의 내면의 비밀을 '외로움'이나 '피로감' 혹은 '죽음의 공포' 등과 같은 언어로 설명하는 데서도 드러나듯, 그것은 주관적이고 모호한 언어로밖에 접근할 수 없는 그런 것이다.

「가수」는 추리를 통해 그 개인의 비밀을 명확한 언어로 설명하고 이해하려는 노력을, 그리고 그 노력의 불가피한 실패를 보여주는 소설이다. 당사자인 주영훈도 자기 안의 이유를 명확히 알 수 없었고, 제3자인 유상균과 허순도 그 진실을 단지 짐작하고 추측만 할 수 있을 뿐 그것을 분명한 언어로 설명하지 못한다. 작가는 그 실패를 통해 개인의 진실은 분명한 언어로 객관화할 수 없는, 오직 느낌으로밖에 감지할 수 없는 내밀한 어떤 것임을 암시한다. 그러니 당연하게도 그것은 구체적인 사실의 인과성을 통해서도 설명할 수 없는 것이다. 그 점은 「가수」에서 기자인 유상균이 사실의 인과관계를 재구성한 기사가 주영훈의 진실의 핵심에 도달하지 못함을 보여주는 데서도 드러난다. 이는 「이상한 나팔수」에서 나팔수가 불어왔던 구성진 나팔 소리가 부대 밖에 살던 그의 여자로 인한 것이었음이 밝혀진 후에도 그 이상한 나팔수의 진실은 여전히 해명되지 않은 채로 남는 것과 마찬가지다. 예컨대 다음 대목. "그러나 녀석의 나팔 소리는 그가 당한 구체적인 슬픔과는 상관이 없을 것 같았다./적어도 우리가 그동안 추상해온(정말 모든 것이 추측과 소문에 불과한 것이었지만) 나팔수 녀석의 그 내면의 질서에 따른다면 그랬다"(pp. 53~54).

「가수」에서 그 개인의 진실은 '가수상태'라는 상징 속에 집약된다. '가수상태'에서 사람들은 부지불식간에 "스스로 납득한 정확한 행위"를 하면서도 정작 그것을 의식화하지도 기억하지도 못한다. 그럼에도 불구하고 "가장 절실하고 순수한 생의 포즈나 동작"은 그 가수상태 속에서 나오는 것이며, 그런 의미에서 가수(假睡)란 "열심히 그리고 정직하게 그것을 살고 지키려고" 하는 의지의 상징적 표현이다. 가수상태 속에서 '나'는 비로소 자기 안의 내밀한 진실에 더없이 충실하고, 더욱 절실하게 그것을 표출한다. 그리고 그 진실은 소설에서 주영훈이 그러했듯 죽음까지도 불사하면서 되찾아야 하는 절실한 어떤 것이다. 이청준은 이를 통해 개인의 진실이 갖는 특별한 의미와 가치를 강조하면서, 그것을 확정적인 언어로 설명하는 것이 필연적으로 실패할 수밖에 없음을, 그럼에도 불구하고 다양한 시도를 통해 그 실패를 반복하는 것이 또한 소설의 윤리임을 보여준다.

4. 글쓰기의 곤경과 불가능의 가능성

1960년대 이청준 소설의 중심에 있는 것은 저 개인의 자기 진실에 대한 옹호와 탐구이며, 그 진실을 억압하는 모든 것에 대한 비판이다. 이청준 초기 소설의 핵심 모티프라 할 수 있는 '진술 불가능성'의 문제에는 '소문의 벽'으로 상징되는 외부의 억압이 어떻게 개인의 진실을 말하는 것을 불가능하게 하는가, 그럼에도 불구하고 작가는 왜 그 불가능을 무릅쓰면서 말할 수밖에 없는가에 대한 질문과 대답이 함축되어 있다. 그리고 그러한 문제에서 필연적으로 어떻게 말해야 하는가에 대한 탐구가 따라 나온다. 이청준의 소설이 대부분 '소설에 대한 소설' 혹은 소설 쓰기에 대한 성찰의 형식을 띠고 있는 것은 이러한 작가의 문제의식에서 비롯된 것이다.

이청준의 소설에서 이는 다양한 방식으로 나타난다. 우선 그의 소설의 중요한 형식적 특징인 격자소설의 형식부터가 그러한 소설 쓰기에 대한 성찰을 보장하는 구조적 형식이다. 「가수」에서 특징적으로 드러나는 것처럼 그것은 의혹을 불러일으키는 인물의 이야기와 그 인물의 비밀을 추적하는 화자 혹은 주인공의 이야기가 교차하고 겹쳐지는 이중구조로 되어 있는데, 작가는 이를 통해 그 인물의 비밀에 어떻게 접근하고 어떻게 이야기할 것인가의 문제를 또 하나의 중요한 주제로 배치한다. 이때 격자 안에서 소개되는 의문의 인물에 대한 호기심으로 그 인물의 비밀을 추적하는 격자 밖의 화자-주인공이 그 인물의 이야기를 듣거나 재구성하면서 그에 개입하고 자신의 논평을 덧붙이는 과정에서 '소설이란 무엇인가' 혹은 '어떻게 쓸 것인가'의 문제가 소설의 표층으로 떠오르게 되는 것이다. 예컨대 「가수」에서 유상균이 작성한 기사와 허순이 쓴 소설의 서술방법이나 그 진실성 등이 다시 문제로 부각되고 또 주영훈의 비밀을 분명한 언어로 설명하는 것이 과연 가능한가 하는 문제가 인물들 간의 토론 주제가 되고 있는 것도 정확히 이를 반영하는 것이다.

이청준의 「소매치기올시다」도 이런 맥락 속에 있는 소설이다. 소설의 내용은 소매치기로서의 직업적 긍지를 잃고 스스로 타락했음을 고백하는 한 소매치기의 넋두리로 되어 있다. 그래서 이 소설은 그 자체로만 보면 사람들이 소매치기에게 보여주는 달갑잖은 관용과 아량이 어떻게 소매치기로서의 전락과 회의를 초래했는가를, 그럼으로써 자신이 어떻게 타락해갔는가를 고백하는 소설로 보인다. 그러나 그것은 말 그대로 표면적인 내용일 뿐, 이 소설의 의도는 오히려 다른 데 있다. 소매치기 작업의 비유에 얹혀 표명되는 소설 쓰기의 문제가 바로 그것이다. 그런 측면에서 「소매치기올시다」에서 그려지는 한 소매치기의 고백은 소설 쓰기와 소설가의 존재방식에 대한 알레고리로 읽을 수 있다. 예컨대 다음 대목.

소매치기란 직업(되풀이 말씀드리지만 제겐 물론 이것도 퍽 고맙고 떳떳한 직업입니다)은 세상 만인으로부터 일단 그 존재의 근거가 부인되어야만 하지요. 그리고 그 존재의 자리가 부인된 처지에서 사람들과의 긴장감 넘치는 대결을 통해 사실상의 존재로서 그것을 지키고 유지해나가는 데에 이 소매치기 직업의 참맛과 의의가 있습니다. 〔……〕 전 그렇듯 저나 제 일의 존재 가치가 부인되는 곳에서 사실상 존재하며 투철한 대결 의식 속에 스스로 그것을 증명해온 터이거든요.
　그렇습니다. 저의 일에는 그 투철한 대결 의식이라는 것이 가장 중요한 덕목이었지요. 그리고 제 소매치기 일에 최초의 타락이 초래되고 팽팽한 긴장이 깨지기 시작한 것도 바로 이 대결 정신의 나태에서였습니다. 저를 그렇게 만든 것이 바로 선생님들 당신들의 허물이었단 말씀입니다. (pp. 57~58)

여기서 이청준은 소매치기 작업을 자신의 몸을 숨긴 채 패를 취하고 까 보이며 세상과 대결하는 행위로 설명하면서 그것을 소설가의 소설 쓰기에 대한 알레고리로 제시한다. 여기서 그 대결이란 한편으로는 세상과의 대결이자 다른 한편으로는 독자와의 대결을 뜻하는 것이기도 하다. 「소매치기올시다」에서 이청준은 긴장감 있는 대결을 지속하지 못하게 하는 손님 측의 아량과 관용의 문제를 지적하는데, 그가 여기서 암시하는 것은 작가가 결정적인 패를 까 보이기도 전에 지레 굴복해버리는 독자로 인해 발생하는 소설 쓰기의 긴장의 상실이다. 이러한 진술의 이면에는 이청준의 독특한 소설관이 암시되어 있는데, 그것은 소설이 작가 혼자만의 작업이 아니라 독자와의 대결을 통해, 그리고 독자의 개입과 참여를 통해 완성되어가는 어떤 것이라는 생각이다. 그리고 그것은 사실 더 깊이 따져보면 현실과 그 현실의 재현에 대한 이청준 고유의 문제의식에서 비롯되는 것이다. 그렇다면 그 문제의식이란 대체 무엇인가?
　그것은 「꽃과 소리」에서 한층 직접적인 방식으로 서술된다. 「꽃과 소리」에서 격자 형식으로 제시되는 소설 속 연극이 가짜의 세계에 대한 우화적 비판을 담고 있는 것이었다면, 격자 바깥에서 '나'와 미스 윤이 나누는 대화는 그 자체 소설 쓰기에 대한 작가의 자의식을 보여주는 자기 언급적 장치라고 할 수 있다. 이때 소설 쓰기에 대한 작가의 문제의식의 핵심은 소설 속 연극의 대본 작가로 밝혀지는 미스 윤-가화의 입을 통해 진술된다. 그에 따르면 작가는 현실을 관찰해 거기에서 본질적인 질서를 추출하고 의미를 부여해 새로운 현실을 창조해야 하는데,

　"하지만 전 자신이 없었어요. 현실에 대한 해석이나 의미 부여에 앞서 그 현실 자체를 정직하게 볼 수가 없었어요. 왜냐하면 관찰의 대상이 되는 현실은 제가 그것과 만나는 순간에 이미 저의 의식 속으로 침투해 들어와 있거나 영향을 주고 있어서 그 실체가 저로부터 독립적으로 존재하고 있으면서 관찰되기를 거부해버리기 때문이에요. 그런데 어떻게 제가 감히 그 현실의 한 부분을 완전히 해석된 것으로 관객으로 하여금 구경만 하도록 무대에 올리겠어요. 저로서 성실할 수 있는 길은 이런 자신의 방법에 정직해지는 것뿐이었어요. 제가 잘라내어 무대로 끌어낸 한 조각의 현실은 해석되어진 넋이 아니라 무대에서까지도 최초의 관찰자인 저를 포함해버리며 그래서 저는 다만 그런 한계 속의 관찰자로서 현실의 실체를 붙잡아보려고 노력하고 그런 노력의 과정을 보여주는 것 말이에요. 그러니까 관

객을 바라보고 있게만 놔둘 수는 없지 않아요? 그들은 극장 바깥에서 그랬듯이 자신들이 그 현실 속에 있으면서 그것을 관찰하고 의미를 획득하려고 하는 노력이 요구되지요. 그래서 저는 무대의 현실이 가능하면 극장 바깥의 그것처럼 관객의 의식에 영향을 주도록 하려고 했던 것입니다."(pp. 233~34)

여기에서 일차적으로 암시되는 것은 일종의 글쓰기의 곤경이다. 그 곤경은 작가가 포착하는 현실이 현실 그 자체라기보다는 이미 그의 의식 속에서 해석되고 재구성된 어떤 것이기에 그것이 진짜라고 확정적으로 진술할 수 없는 데서 비롯되는 것이다. 그리고 '나'는 미스 윤이 부딪혔던 연극 창작에서의 곤경에 공감하면서 그것을 소설 쓰기의 문제로 번역해 이렇게 말을 보탠다. "아닌 게 아니라 소설들에서도 요즘은 거의 대부분 자신이 설정한 문제에 대한 작가의 확고하고 자신 있는 해답이 보이지 않았다. 혹시 그런 것을 이야기하는 작가가 있어도 지극히 자신이 없고, 그보다는 오히려 그 해답을 얻으려고 고난을 치르는 자신의 고통을 강조해 보여줄 뿐이며 해답은 오히려 독자의 몫으로 남겨놓기가 일쑤였다"(pp. 234~35).

그것은 분명 곤경이지만, 미스 윤과 '나'의 진술에 따르면 글쓰기는 오히려 그 곤경을 자신의 내부로 포섭해 들이는 것이어야 한다. 정직한 글쓰기란 그럼으로써 명확하고 확정적인 진술의 불가능을 불가능 그대로 보여주면서도 그럼에도 불구하고 어떻게든 말하려고 하는 고통스러운 노력의 과정을 그 자체로 보여주는 것이다. 그리고 이때 독자는 수동적인 수용자가 아니라 작가가 보여주는 그 현실을 함께 관찰하고 거기에 스스로 의미를 부여하려는 노력을 기울임으로써 작가가 열어놓은 그 공간에 하나의 적극적인 주체로서 참여해야 한다. 이청준의 시각에서 볼 때 그것이 중요한 것은, 어쩌면 진실이란 그 자체 이미 주어진 확정적인 것이 아니라 그것을 포착하려는 작가와 독자 모두의 공동의 시선과 노력이 함께해야만 가까스로 접근할 수 있는 미지의 불확정적인 어떤 것일지도 모르기 때문이다.

그리고 소설 쓰기에 대한 그러한 성찰을 비슷한 맥락에서 또 다른 방식으로 전개하고 있는 소설이 바로 「가수」다. 「가수」의 핵심에 있는 물음은 도대체 주영훈의 진실은 무엇인가, 하는 물음인데, 그것은 필연적으로 또 하나의 물음을 불러온다. 그것은 진실의 실체 혹은 사건 자체의 모습을 우리는 알 수 있는가, 혹은 그것을 재현하는 것은 어떻게 (불)가능한가, 하는 물음이다. 이 물음은 다시 말하면, 언어는 있는 그대로의 현실 혹은 진실을 포착하는 데 실패할 수밖에 없지만 그럼에도 불구하고 소설은 어떻게 그 진실에 접근해야 하는가 하는 방법론적 물음이기도 하다. 중요한 대목이므로 부득이 조금 긴 인용을 무릅쓴다. 「가수」에서 기자 유상균과 소설가 허순의 대화다.

"우리들은 한 사람이 사건의 전체를 그렇게 볼 수는 없으니까요. 사람에 따라 한 사건이 자기 쪽을 향하고 있는 부분만 보게 된다는 말입니다. 관찰자의 관심의 종류가 그 방향을 결정할 게 아니겠습니까? 하지만 사실 자체의 모습은 그런 한정된 시선의 저쪽 너머에 있는 것인지도 모르지요. 우리는 각자의 관심을 따라 한쪽에서 사건에 접근해갑니다. 그리고 어느 점에 도달합니다. 그러나 사건의 진짜 모습은 그렇게 여러 방향에서 접근해오다 사건의 한 면의 사실과 만난 점에서 다시 상상력을 따라 그어진 여러 연장선들이 만난 지점의 근처에 있을 거란 말입니다. 그래서……"

"하지만 그런 논리로는 사건의 실제 모습을 아무도 볼 수 없다는 게 되지 않습니까?"

"그렇지요. 아무도 그것을 볼 수는 없습니다. 다만 느낄 수 있을 뿐입니다. 〔……〕 그러나 유 선생은 어디까지나 자신의 연장선 위에 있을 뿐이었지요. 실체와 만나서 사건에 대해 갖고 계신 의문의 해답을 얻어내지는 못했습니다. 그 연장선 위에 있으면서 다른 사람이 그어올 수 있는 보이지 않는 연장선과 만나는 그 가상의 지점 근처에서 유 선생은 뭔가 느낄 수 있을 뿐이었습니다."

"하지만 전 그 느낌마저도 확실하지 않았습니다."

"누구나 확실할 수는 없지요. 더욱이 유 선생의 경우는 다른 사람이 그어올 수 있는 연장선에 관심을 갖지 않았기 때문입니다. 한 검사나 기관사 최 씨, 그리고 운명의 그 여자라든가 저까지 포함한 모든 사람들이 그어들어가고 있었던…… 이 사람들도 모두가 어느 한 곳에서 주영훈이란 사람의 죽음과 그 죽음이 설명되는 사실들과 만났습니다. 그러나 이들은 그것으로 주영훈과 그 죽음을 다 알지는 못합니다. 그래서 자기들의 상상력을 따라 연장선을 그어가지요. 영훈의 죽음은 그 가상의 교차점 근처에 있을 것입니다. 우리는 그

것을 느낄 수 있을 뿐이지요."(pp. 282~83)

「가수」에서 제기되는 핵심 문제는 주영훈의 진실을 어떻게 재구성하고 서술할 것인가의 문제다. 그러나 이에 따르면 진실은 그 누구도 완전히 알 수 없다. 왜냐하면 누구든 자신이 서 있는 위치에 따라 사건의 전체가 아닌 일면만을 볼 수 있을 뿐이기 때문이다. 사건의 진실은 오히려 그렇게 제한적일 수밖에 없는 각 개인의 시선을 초과한 어떤 지점에 존재한다. 다시 말하면, 사건의 진실은 다양한 위치에서의 다양한 개별적 시선들이 각자의 관점에서 그려가는 상상력의 연장선들이 교차하는 어떤 지점에 존재한다. 이러한 이청준의 입장은 글쓰기의 방법론에서도 그대로 드러난다. 실제로 「가수」의 서사 자체가 주영훈의 죽음에 얽힌 비밀을 유상균과 허순을 비롯한 다양한 등장인물들의 시각으로 재구성하는 방식을 취하고 있다. 주영훈의 비밀은 그렇게 개별적인 상상력들이 그려놓은 연장선의 교차점 근처에 있으리라는 것이 허순의 주장이고, 소설은 진실의 실체를 짐작해보는 그 다양한 상상력의 연장선들을 그대로 보여주고 있는 셈이다.

그러니 소설의 결말에서 주영훈의 비밀이 그 자체로 온전히 밝혀지지 않는 것은 독자의 입장에서는 개운치 않은 일이지만 지극히 당연한 논리적 귀결이다. 오히려 이청준은 독자에게 그 열린 결말에 독자 자신의 시선과 상상력을 보태 또 하나의 연장선을 그어볼 것을 권유하고 있는 셈이라고 보는 것이 옳다. 작가가 보기에 진실은 그처럼 독자의 그것까지를 포함한 다양한 시선과 관점들이 서로 협력하는 상호주관적 네트워크 속에, 그것이 작동하는 어느 지점에 존재한다. 이청준의 소설은 확정적인 진실을 말하는 것의 불가능성, 그리고 그 불가능을 무릅쓰는 다양한 시도와 관점들의 교차를 그 자체로 보여줌으로써 거꾸로 그 어느 것으로도 환원할 수 없는 (개인적) 진실의 존재와 가치를 환기하고 있는 것이기도 하다. 이것이 1960년대 이청준의 소설이 진실에 접근하는 소설적 성찰의 방법론이다.

5. 다시 읽는 이청준

이렇게 우리는 1960년대 이청준의 소설 몇 편을 읽었다. 한 편 한 편을 각기 따로 떼어 세세히 살피지 않은 것은 그보다 이청준 소설의 큰 특징적 흐름을 그려보는 것이 좀더 요긴한 까닭이다. 이 책에 실린 (중)단편들은 이청준 문학의 그 커다란 성좌 가운데 각기 제몫의 한 자리를 차지하며 빛나는 작은 별들이다. 물론 그 빛의 강도나 비중에 있어 예컨대 「줄광대」「병신과 머저리」「소문의 벽」 등 그의 대표작이라 일컬어지는 중·단편에 비할 바는 아닐지도 모르나, 그럼에도 불구하고 이 (중)단편들은 1960년대 초기 이청준 소설의 문제의식이 다양한 방식으로 녹아 있는 작품들이다.
 더욱이 이 작품들이 1969년에 집중적으로 씌어진 것들임을 감안하면, 그 안에는 1960년대의 소설 세계를 마무리하면서 그다음 단계를 준비하는 숨 고르기 혹은 문제의식의 재정비라는 의미도 담겨 있을 것임을 쉽게 짐작할 수 있다. 특히 그중 「소매치기올시다」는, 이후 1970년대에 발표하는 「문단속 좀 해주세요」(1971)와 「목포행」(1971)으로 이어지는 (소설 쓰기의 알레고리로 읽을 수 있는) 연작의 첫 작품이라는 사실에 주목할 필요가 있다. 더욱 특별한 것은 중편 「가수」다. 이 소설은 '진술 불가능성'이라는 이청준 소설의 핵심 테마가 단순히 억압적 시대 상황의 문제로만 한정되지 않고 좀더 철학적인 보편성을 획득하면서 그 영역을 확장하는 데 다리를 놓고 있는 작품이라는 측면에서 의미를 찾을 수 있을 것이다. 이후의 중편 「이어도」(1974)가 이 소설과 흡사한 문제의식을 이어가고 있는 것이나, 크게 보면 「시간의 문」(1982)이나 『제3의 현장』(1984) 등 추리소설의 성격을 띤 소설들이 이 연장선상에 있는 것에서도 알 수 있듯이 「가수」가 이청준 소설의 연속적인 흐름과 맥락 속에서 차지하는 의미는 적지 않다.

  21세기에 이청준을 다시 읽는 까닭은 멀리 있지 않다. 이청준은 지난 세기의 근대적 문학정신을 그 나름의 방식으로 대표하는 작가다. 21세기의 새로운 문학정신의 창조는 지난 세기와의 단순한 단절이 아니라 그에 대한 제대로 된 애도 속에서만 가능하다. 그리고 그것은 불가피하다. 가고 없는 그를 다시 불러 읽어야 할 이유다.

[2012]

자료

텍스트의 변모와 상호 관계

이윤옥
(문학평론가)

> **「변사와 연극」**
> | 발표 | 『여원』1969년 3월호.
> | 최초의 단행본 수록 | 『가면의 꿈』, 일지사, 1975.

1. 실증적 정보

 - 수필 「궁핍스런 시대의 동화」

「궁핍스런 시대의 동화」는 1994년 간행된 산문집 『사라진 밀실을 찾아서』에 실린 수필이다. 이 수필이 2001년 작품집 『병신과 머저리』(열림원)에 「변사와 연극」의 '작가 노트'로 수록된다.

2. 텍스트의 변모

1) 『여원』(1969년 3월호)에서 『가면의 꿈』(일지사, 1975)으로

 - 7쪽 13행: 꼭 그런 식이라고. → 〔삭제〕
 - 10쪽 1행: 그러나 한 가지 다른 점이 있었다. 그들은 장터를 너무 늦게

---

* 텍스트의 변모를 밝힘에 있어 원전의 띄어쓰기 및 맞춤법을 그대로 살렸음을 일러둔다.

찾아온 것이다. 장사치들은 짐을 꾸려 이미 읍내 쪽으로 길을 재촉하고 있는 때, 더구나 저물녘에 이곳에 들른 그들의 태도는 그저 덤덤한 것이 어서 따로 볼일이 있어 보이지도 않았다는 것이다. → 〔삭제〕

- 12쪽 4행: 여전히 정체가 모호한 채 그리고 소문은 그 어느 것도 확실히 밝혀지지 않은 채. → 〔삭제〕
- 22쪽 15행: 한데 어찌된 일인지 이 일에만은 또 총각녀석들 쪽에서 아무래도 좋다는 의견이 되었다. → 〔삭제〕

2) 『가면의 꿈』(일지사, 1975)에서 『병신과 머저리』(홍성사, 1984)로

- 9쪽 23행: 그런 사람들은 특별한 일이 아니면 아무의 눈에도 주의 깊게 살펴지지 않고 대개는 당일로 이곳을 떠나가 버리게 마련이었다. → 〔삭제〕
- 10쪽 11행: 장날 이곳을 찾아드는 대부분의 사람들처럼 → 다른 사람들처럼
- 11쪽 8행: 언제나 내키지 않는 얼굴을 하고 → 〔삭제〕
- 12쪽 3행: 하지만 확실하지 않은 대로 이야깃거리로는 족했다. → 〔삭제〕
- 12쪽 13행: 그것들은 여전히 심상찮은 사내의 거동과 고집스런 침묵 때문에 쉽사리 밝혀지질 않았다. → 〔삭제〕
- 13쪽 20행: 청년의 그런 태도에 노인은 갑자기 눈에 애원기를 띠며 안타깝게 더벅머리를 바라보고 있더니 문득, → 사내도 그런 청년의 태도엔 우정 신경을 쓰지 않으려는 기미였다.
- 14쪽 3행: 누구를 몹시 기다리는 듯 → 〔삭제〕
- 14쪽 12행: 어딘지 피곤해 보이는 얼굴에는 악의가 느껴지는 구석이 없어 경계심을 풀어버렸다. → 착해 보였다.
- 14쪽 14행: 그들은 자신들의 장난이 끝나면 아직도 두 사내가 곁에 있어 준 것을 발견하고는 그들을 상대로 새로 호기심을 돋우기 시작했다. → 〔삭제〕
- 14쪽 15행: 말을 하지 않으면 또 이들에게서는 아무것도 짐작해낼 수가

없었다. → 〔삭제〕
- 14쪽 23행: 어쩌다 먹을 것이 나올 때 그것에 매달리는 무관심한 듯 하면서도 끈기 있는 사내들의 태도에는 그들이 지금까지 심한 시장기를 견디고 있었음이 분명하다고 생각될 때가 많았다. 하지만 말이 없는 한 아무 것도 확실한 것을 알아낼 수가 없었다. → 〔삭제〕
- 15쪽 9행: 총각들 편으로 말하면 전혀 짐작 가는 일이 없지도 않았지만 → 〔삭제〕
- 15쪽 18행: 그 첫날 저녁의 애매한 대꾸와는 달리 → 〔삽입〕
- 16쪽 14행: 더벅머리 쪽에서 먼저 시작하여 또 언제나 그가 이기고 마는 것 같았다. → 더벅머리 쪽이 더했다.
- 16쪽 18행: 사내보다 한 발쯤 뒤에 떨어져서 더벅머리가 따라오곤 하는 것도 → 〔삭제〕
- 22쪽 18행: 그리고 보다 중요한 것은 사내의 그 간절한 표정에서 그들은 그가 전에 하던 일이 무엇인지 그들이 이미 추측하고 있었던 것을 보다 역력히 읽어낼 수 있었던 것이다. → 사내의 소망이 너무도 진지하고 간절해 보였기 때문이었다.
- 24쪽 23행: 그것은 사내에 대해 무척도 궁금해 하던 것들이었다. → 〔삭제〕
- 27쪽 14행: 것이었으니, 것이었던 것이다를 섞어 가며 → 자유자재로
- 28쪽 13행: 뜻밖에 교묘한 방법으로 암시해 준 듯했다. → 한꺼번에 모두 드러내준 것이었다.
- 31쪽 11행: 가엾고 사랑스런 주인공 → 〔삽입〕
- 31쪽 14행: 구원자 → 〔삽입〕

3) 『병신과 머저리』(홍성사, 1984)에서 『병신과 머저리』(열림원, 2001)로
- 12쪽 9행: 고집스런 침묵 → 드문 입놀림
- 13쪽 13행: 바다 → 윗목 바다

- 13쪽 19행: 사내의 말엔 전혀 감동을 받지 못한 듯 입을 굳게 다문 채 멍한 눈길로 천장만 쳐다보고 있었다. 사내도 그런 청년의 태도엔 우정 신경을 쓰지 않으려는 기미였다. → 사내의 말엔 아무 감응을 안 보인 채 청년 쪽에도 우정 신경을 쓰지 않으려는 태도였다.
- 13쪽 21행: 하지요 → 하자는 것이오.
- 14쪽 12행: 착해 → 무기력해
- 16쪽 7행: 그리고 그 표정은 가끔 어떤 애원기 같은 것이 가득해질 때도 있었다. → 〔삭제〕
- 16쪽 12행: 사내의 눈에 애원기가 담기기라도 하면 → 사내가 웬 불안스런 기미라도 엿보이면
- 30쪽 5행: 사내의 물건엔 → 다른 물건에

3. 인물형
- **사내**: 사라진 시대의 유물로 남은 장인 계열의 인물이다. 이 계열의 인물로는 「줄광대」의 허운과 아버지, 「매잡이」의 곽돌 등이 있다. 또한 사내는 「병신과 머저리」의 형, 「행복원의 예수」의 '나'처럼 소설이나 극본으로 자기 이야기를 풀어놓는 사람이다.

4. 소재 및 주제
1) 소설 속 연극: 소설 속에 연극이 들어 있는 「변사와 연극」은 소설 속 소설의 구조인 「병신과 머저리」처럼 일종의 격자소설이다. 이때 소설 속 소설이나 연극의 중심 이야기는 작중인물 개인사로 일종의 자서전이라 할 수 있다.
2) 자서전 쓰기: 사내가 연극을 무대에 올리는 과정은 자기 아픔을 밖으로 꺼내 치유하는 과정이다. 사내는 그 연극에 무성영화에나 있는 변사를 두고, 자신이 그 역할을 맡겠다고 고집한다. 그는 변사였고 그가 쓴 연

극 대본은 자서전이기 때문이다. 무성영화가 사라진 시대에 사내가 연극에서나마 변사를 고집하는 것은 다시 변사로 살기 위해서가 아니다. 자기 삶이 실린 자서전으로 지난 삶을 교정하고 싶어서다. 제대로 된 자서전 쓰기는 삶의 매듭인 한을 풀어내 치유와 구원에 이르게 한다. 그런 자서전이 소설이 될 때 개인의 구원은 만인의 구원으로 나아간다.

여기서 자서전과 소설의 차이를 간략하게 알아보자. 실제 삶에서 사내는 누이의 구원자가 아니었을 것이다. 그래서 사내의 자서전은 오빠가 극적으로 귀환해서 누이를 구하는 지점에서 소설이 된다. 그런데 이 장면은 대본에 그칠 뿐 실제 상연에 이르지 못한다. 왜 그럴까? 사내처럼 자서전을 쓰며 삶의 매듭을 풀어내는 「병신과 머저리」의 형은 오관모를 죽인 뒤 다시 살려낼 수 있었다. 사내와 형의 차이는 무엇일까? 이청준의 말에 따르면 자서전 집필의 본뜻은 자기의 지난날을 뼈를 깎는 듯한 참회의 아픔으로 다시 들춰내 보일 수 있는 정직성이나 그 부끄러움을 박차고 나설 용기, 또는 자신의 과오를 폭넓은 이해와 사랑으로 어루만질 수 있는 성실한 자기 애정에 있다. 「병신과 머저리」의 형은 오관모 살해라는 자신의 과거를 철저히 긍정한 뒤 극복한다. 그 극복의 순간, 자기 치유의 순간이 바로 자서전이 소설로 바뀌는 지점이고 죽은 관모가 살아나는 순간이다. 살아난 오관모는 사실이 아니라 허구다. 제대로 된 자서전은 개인적 사실을 드러냄으로써 비극을 완성시키며, 소설은 그것을 극복하고 자기 구원에 이르기 위해 자서전을 이야기화하는 것이다. 형은 살인을 있는 그대로 직시하고 정직하게 다시 삶으로서 극복하지만 사내는 처음부터 사실을 외면했다. 그가 연극 대본의 끝 부분을 수정하자는 마을 청년들의 요구를 받아들였다면 사정은 달라졌을 것이다. 하지만 그러지 못했기 때문에 삶의 상처를 치유하기 위한 사내의 연극은 진정한 치유에 이르지 못하고 말과 행동이 일치하지 않는 한바탕 희극으로 끝난다.

3) **진짜와 가짜**: 연심의 구원자인 오빠 역할을 해야 할 더벅머리(아들)

는 왜 결정적인 순간에 달아났을까. 그는 오빠인 사내가 아니라 사내의 누이동생 연심의 아들일 것이다. 그러니까 더벅머리는 대본대로 하면 연극에서 자신의 친아버지를 단죄해야 한다. 어떻게 그가 아비를 심판하는 정의의 사도 연심의 오빠일 수 있겠는가. 이처럼 사내와 더벅머리의 관계는 꽤 복잡하다. 연심의 오빠인 사내는 더벅머리의 가짜 아비이고 더벅머리는 사내의 가짜 아들인데, 그런 더벅머리가 연극에서 가짜 사내가 되어 진짜 아비를 심판하는 어지럽게 얽힌 관계다.

4) **소문**: 소문은 드러나 사실로 고정될 때까지 끝없이 움직이며 커져 큰 힘을 갖게 된다. 이런 소문의 속성은 「이상한 나팔수」에서 그대로 반복된다.

5) **거인**: 이청준의 작품에는 거인이 많다. 거인에는 「과녁」의 노인 같은 장인들과 「소문의 벽」의 김 박사 같은 투철한 신념가들, 신화 속 인물처럼 끝없이 부활하는 『조율사』의 외종형과 「목포행」의 육촌형 등이 있다. 그 밖에 현실적인 가치 기준으로는 판단하기 힘든 사람들, 키 작은 자유인들도 있다(21쪽 3행).

- 「과녁」: 노인은 거인이었다. 그 거인에 대해서 주호는 안심을 해버린 것인지 모른다.
- 「소문의 벽」: 무엇이나 그렇게 자신만만하기만 한 김 박사는 거인처럼 믿음직스런 데가 있었다.
- 「목포행」: 그렇듯 수없이 죽으면서도 언제나 다시 살아나는 육촌형은 그러니까 제게 죽음을 모르는 불사신, 불멸의 거인이 되어버린 것이구요./ 다시 말해 그 육촌형의 죽음의 소식은 제게 있어서 그분의 새로운 탄생이며, 그래 그 죽음을 확인하러 간다는 것도 거꾸로 그분의 그 거인적인 불멸의 생존을 확인하러 가는 것이 되는 셈이지요.
- 『조율사』: 그는 이상한 방법으로 죽음의 늪을 언제나 늠름하게 지나온 거인이었다. 그는 나에게 구원의 신화였다. 그의 이야기는 불사신의 이야기

였다.

- 「별을 보여드립니다」: 말하자면 낯간지럽게 구걸질을 하느니보다 웬만큼 양해가 될 처지면 보지 않는 데서 그냥 가져가는 것이 한결 수월한 수속이 아니겠느냐는 식이었다. 거인다운 대범성이라고 해야 할지 모르겠다./ 하긴, 김포에 내리던 날 그의 첫인상은 기이하게도 그런 거인 같은 데가 엿보였던 게 사실이었다.
- 「키 작은 자유인」: 그 거침없는 호방성 외에도 남의 삶 위에서 자신의 삶을 이루고 누리려 하지 않음, 그 아들의 삶과 죽음마저 자기 삶의 이룸이나 누림거리로 삼지 않음— 그것이 내게 그 김 영감의 모습을 거인의 그것으로 지니게 한 것인지 모른다. 그것이 지금까지도 무턱대고 나를 종종 감동케 하고 있는지 모른다.

「이상한 나팔수」

| 발표 | 『여성동아』 1969년 4월호.
| 최초의 단행본 수록 | 『병신과 머저리』, 삼중당, 1984.

1. 텍스트의 변모
1) 『여성동아』(1969년 4월호)에서 『병신과 머저리』(삼중당, 1984)로
   - 35쪽 9행: 듣기가 싫은 것으로 되어 있었다. 빽빽 → 〔삭제〕
   - 38쪽 1행: 생각 → 맹랑한 상상들을
   - 38쪽 13행: PX에서 술이 얼근히 취해가지고 돌아왔었다. 그런데 이 친구가 → 〔삭제〕
   - 39쪽 7행: 억지로 웃어 보이더라고 했다. → 잠깐 동안 쑥스러운 미소를 지어 보이더라고 했다.
   - 49쪽 13행: 명확히는 알 수 없었다. → 분명하게 장담을 할 수는 없었다.

2) 『병신과 머저리』(삼중당, 1984)에서 『병신과 머저리』(열림원, 2001)로
- 34쪽 9행: 그 사람들로부터도 이야기가 되고 있었던 것이다. → 그 사람들 간에도 같은 말이 오간댔다.
- 35쪽 10행: 그런 날은 그가 술을 마시지 못한 날이었다. → 〔삭제〕
- 39쪽 1행: 그러고 나서 그 인사과 친구는 대개 우리들이 추측하고 소문으로 알고 있는 이야기를 일등병에게 주절거리며 감탄도 하고 충고도 했는데, 그런 이야기에도 일등병 녀석은 도대체 무감각하게 술만 퍼마시고 있더라는 것이었다. → 〔삭제〕
- 39쪽 4행: 하고 그러지 않아도 좋을 것을 〈형씨〉에다 존대말까지 써가며 말을 붙여 보려고 했으나 일등병은 역시 무감각하게 대꾸조차 하지 않고, 묘하게 경멸스런 눈초리를 짓다가는 재빨리 취해 버리려고 결심이라도 한 듯 술을 퍼마시더라고. 그러다가 그는 자기의 태도가 너무 불손하다고 생각했는지 멋쩍게 서있는 이 친구에게 잠깐 동안 쑥스러운 미소를 지어 보이더라고 했다. 그런데 이 친구는 그 웃음이 오히려 자기를 비웃는 것 같아./"그럼 술 많이 드슈."/하고 엉겁결에 말하고는 PX를 나와 버렸다는 것이었다./그 말을 듣고 우리는 몇이서 급히 PX로 달려갔다. → 그러지 않아도 좋을 '형씨' 호칭에 존대말까지 써가며 말을 좀 붙여보려 했지만, 일등병은 무뚝뚝하게 대꾸조차 하지 않은 채 묘하게 불편스런 눈초리를 보내다간 이내 또 무엇에 쫓기는 사람처럼 허겁지겁 제 술잔을 탐하고 들더라고. 그래 엉거주춤 멋쩍게 PX를 나올 수밖에 없었노라는 중대 동료의 말을 듣고 우리는 몇이서 급히 PX로 달려갔다.
- 45쪽 2행: 그리고 잡히지 않는 것을 찾아 허공을 헤매는 듯한 안타까운 것이 되어있었던 것이다. → 검은 밤 허공을 끝없이 안타깝게 떠도는 듯한 음조로 돌아가 있었던 것이다.

2. 인물형

1) **나팔수**: 서커스단에서 트럼펫을 부는 나팔수는 「줄광대」와 「들어보면 아시겠지만」에서도 주요 인물이다.

2) **여자**: 나팔수의 여자는 「줄광대」의 허운과 절름발이 여자가 합해진 인물로 보인다. 「줄광대」에서 트럼펫을 부는 사내는 줄을 타던 허운이 죽자 허운의 절름발이 여자와 결합해 아이를 낳는다.

3. 소재 및 주제

1) **소문**: 소설은 말(글)로 쓰인다. 소설가 이청준은 「소문과 두려움」 「소문의 벽」, '언어사회학 서설' 연작 등을 통해 말에 대한 진지하고 끈질긴 성찰을 보여준다. 그 성찰 한가운데 '소문'이 있다. 「변사와 연극」「이상한 나팔수」에서는 소문의 초보적인 모습과 기본 속성을 볼 수 있다. 앞의 「변사와 연극」 주석 참조.

2) **우리**: 소설의 화자는 대개 1인칭이나 3인칭이며, 실험적인 소설에서 극히 드물게 2인칭이 쓰이기도 했다. 1인칭인 경우 주로 '나'가 쓰이는데, 「이상한 나팔수」의 화자는 특이하게 1인칭 복수인 '우리'다. 이처럼 '우리'가 화자인 다른 작품으로 「건방진 신문팔이」가 있다.

「소매치기올시다」

| **발표** | 『사상계』 1969년 5·6월호.
| **최초의 단행본 수록** | 『가면의 꿈』, 열림원, 2002.

1. 실증적 정보

「소매치기올시다」는 『소매치기, 글쟁이, 다시 소매치기』 연작의 첫 작품이다. 이 연작의 다른 작품은 「목포행」과 「문단속 좀 해주세요」인데, 세 작품에서 화자는 소매치기, 글쟁이, 다시 소매치기로 바뀐다. 세 작품이 처음부터 연작으로 묶였던 것은 아니다. 이청준은 「소매치기올시다」가 아니라 「목포행」과 「문단속 좀 해주세요」를 쓸 때 연작을 생각했던 것 같다. 발표 시기를 보면 「소매치기올시다」가 1969년이고, 「목포행」과 「문단속 좀 해주세요」는 2년 뒤인 1971년이다. 두 작품은 서로 다른 월간 문예지 8월호에 동시에 실렸다. 그런데 「문단속 좀 해주세요」는 발표 후 1975년 작품집에, 「목포행」은 1984년 작품집에 실렸지만 「소매치기올시다」는 2002년까지 어떤 작품집에도 실리지 않았다. 세 작품은 2002년 비로소 한 작품집에 '소매치기, 글쟁이, 다시 소매치기' 연작 1, 2, 3으로 실린다.

2. 텍스트의 변모

1) 『사상계』(1969년 5·6월호)에서 『가면의 꿈』(열림원, 2002)으로
   - 55쪽 13행: 얼마든지 많지 않습니까? → 얼마나 많습니까?
   - 55쪽 18행: 다르다는 말입니다. → 질이나 격이 전혀 다르다는 말씀입니다.
   - 56쪽 1행: 하지만 그것은 아마 과장일 것입니다. → 하지만 그건 아마 선생님들의 몸에 배인 허장성세나 과잉반응이기가 쉬울 것입니다.
   - 56쪽 13행: 그리고 보면 소매치기라는 것은 선생님들의 마음속에 살고 있는 여러 부류의 인간들 속에 어쩔 수 없이 끼어들어 있는 형편이 아니겠습니까. 밉살스럽지만 선생님들은 우리들의 존재를 이미 감수하고 계시단 말입니다. → 그리고 보면 소매치기라는 게 그리 썩 달가운 쪽은 아니시겠지만 그 역시 선생님들의 마음속에 간직되고 있는 여러 부류의 인간들 중에 어쩔 수 없이 끼어들 수밖에 없는 또 다른 한 부류의 인간 군상이 아니겠는지요. 밉살스럽더라도 선생님들께선 이미 그렇듯 우리의 존재를 마음속에 용인해 오신 거란 말씀입니다.

- 57쪽 4행: 저의 자긍스런 말 → 제 소매치기 일
- 57쪽 18행: 이것도 직업이라 할 수 있을는지 → 되풀이 말씀드리지만 제 겐 물론 이것도 퍽 고맙고 떳떳한 직업입니다.
- 57쪽 20행: 존재가 부인된 형편에서 그 존재를 유지하고 사실상의 존재로서 상대방과 대결해야 하는 데에 이 소매치기업의 긴장과 묘체가 있는 것입니다. → 그리고 그 존재의 자리가 부인된 처지에서 사람들과의 긴장감 넘친 대결을 통해 사실상의 존재로서 그것을 지키고 유지해나가는 데에 이 소매치기 직업의 참맛과 의의가 있습니다.
- 58쪽 22행: 그것은 제가 저의 손님으로부터 꺼내려는 것은 반드시 주머니와 가방 속에 들어있는 것이라야 하며 그것도 지폐에 한정되어 있기 때문입니다. → 그것은 제가 그 손님으로부터 얻어내려는 것이 반드시 상용지폐류라야 하며, 그것도 상대의 지갑 속에 들어있는 것에 한정되어 있기 때문입니다.
- 59쪽 2행: (들어있는) 것 → '지갑 속에 들어있는 것'
- 60쪽 6행: 도대체 일이 끝났을 때마다 저는 대결다운 대결을 해본 것 같은 기억이 한 번도 없었으니까요. 저의 일에 대한 긴장을 맛볼 수가 없었읍니다. → 도대체 전 여태까지 한번 화끈하게 승부다운 승부를 겨뤄본 것 같은 기억이 없으니까요./그렇듯 저는 제 일에 대한 어떤 생산적 긴장감이나 보람 같은 것을 전혀 맛볼 수가 없었다는 말씀입니다.
- 61쪽 20행: 또는 손을 내밀어보지도 못하고 지고 마는 때가 더 많아지는 것이었읍니다. → 때로는 손길 한번 제대로 내밀어보지 못하고 비실비실 불가피 현장을 물러서고 마는 때가 잦아지기 시작했습니다.
- 62쪽 12행: 그리고 그날의 싸움은 저의 승리로 끝이 났어요. → 그리고 그 결의가 유독 각별했던 만큼 그날의 싸움은 물론 제 쪽의 승리로 끝이 났지요.
- 63쪽 1행: 이제 이야기는 뻔한 것이었읍니다. 돈을 돌려달라는 것이겠는데

확증이 없으니 잘못 이야기하다가는 봉변을 당할 것 같고 그래서 차라리 저의 입장을 이해해주는 척하면서 호소를 하자는 것이 뻔했읍니다. → 위인의 수작은 들으나 마나 뻔한 것이었지요. 게임은 이미 끝났는데도 불구하고 위인은 자신이 그 게임에서 잃은 돈을 되돌려 달랄 게 분명했습니다.

- 63쪽 13행: 저는 그가 저를 그렇게 하지 못한 이유를 알 수 없었습니다. → 〔삽입〕
- 64쪽 18행: 선생님들 쪽에서는 지나친 아량을 보임으로써 저의 존재를 부인하지 못했던 것입니다. → 선생님들 쪽에서는 그 지나친 아량과 관용으로 제 직업의 폐해나 부도덕성을 용기 있게 주장하지 못하셨다는 말씀입니다.
- 65쪽 23행: 거기다가 꼭 군침이 도는 물건이 있었어요. 그것은 금십자가였읍니다. → 게다가 또 언제부턴지 제 눈앞엔 썩 군침이 도는 물건 한 가지가 나를 늘 손짓하고 있었거든요.
- 66쪽 10행: 그날 특히 그 금십자가가 저의 눈에 크게 들어온 것은 그 십자가가 그녀의 옷깃 바깥으로 허술하게 튀어나와 대롱거리고 있었기 때문이었읍니다. 그래서 저는 그 십자가가 진짜인지 가짜인지를 자세히 판별해낼 수가 있었지요. → 〔삭제〕
- 66쪽 17행: (혹은 인간으로서) → 〔삭제〕
- 67쪽 23행: 이번에는 십자가가 아닌 동그란 메달을 걸고 나타났던 것입니다. → 이번에는 십자가상이 아닌 동그란 반달 모양의 순금 메달을 걸고 나타난 것입니다.
- 68쪽 14행: 그것보다는 그 소유주의 금전가치 외적인 결합상태라든가 또 소유주가 바뀌는 경우 그 방법에 따라서 여러 가지로 지폐와는 다른 양상을 띠우게 마련일 것입니다. → 소유자가 그 물건을 지녀 온 과정이나 마음 자세에 따라 지폐와는 다른 금전 외적 가치를 띠게 마련입니다.
- 68쪽 22행: 제가 그 금십자가상 대신 그녀에게 새 백동십자가상을 만들

어 돌려준 사실이 그 증거 아니겠습니까. → 〔삽입〕
- 70쪽 6행: 무엇이든지 재미가 있다는 듯이 열심히 떠들어주어서 거기에 주의를 팔게 하는 방법 → 〔삭제〕
- 70쪽 12행: 그러나 여기까지 오고 보니 아무래도 마음이 편하지는 않았읍니다. 남의 지폐나 물건을 훔쳐오는 것은 사회적인 죄악일 것입니다. 그것은 어차피 못난 소매치기로 자처하고 나선 저에게 도덕적인 문제꺼리는 아니었읍니다. 엄격하게 말하자면 저의 지금까지의 방법은 상대방이 소지하고 있는 금전가치와만 관계되고 있는 소극적인 것이었읍니다. 그러나 이 속임수는 상대방의 금전가치와 독립적으로 관계될 수가 없는 것이라고 생각되었읍니다./그 사람을 속여야 한다는 것은 그 사람 전체가 공격목표가 되어야 하는 것이고 그러자면 이제 저의 방법도 손재주만을 통해서가 아니라 제 육신의 재간과 양심(그것이 제게 있다면)을 포함한 의지 전체가 투입되어야 하는 적극적인 방법이 되는 것이라고 생각했읍니다. 거기서 저는 제가 지금까지 눈감아버리고 있었던 저의 도덕적 양심에 대해서 파괴를 요구당했읍니다. 사회적인 관행 속에서의 문제가 아니라 그것은 이제 제 자신의 문제였고 사회적인 죄악이 아니라 저 자신의 양심의 죄악으로 심화되어 왔습니다./저는 그런 모든 과정을 통해서 역시 속임수를 쓰기로 결정했읍니다. → 저는 한동안 느긋하게 지낼 수가 있었지요.
- 72쪽 15행: 그것을 알아버렸기 때문에 저는 지금까지 이런 식으로 저락을 되풀이해왔지만 그 관용을 밑천으로 저는 또 새로운 저락을 예감했단 말입니다. → 〔삭제〕
- 74쪽 17행: 지폐뿐만이 아니라 물건까지도, 그리고 정당한 대결로서가 아니라 속임수와 폭력으로 소매치기를 타락시키고 다니는 것입니다. → 그 더러운 속임수와 우격다짐질로 우리 소매치기들을 한 묶음에 욕보이고 있는 것이지요.
- 74쪽 22행: 그리고 이미 한차례 한 보잘것없는 조무래기 놈의 날치기질

장면을 목도한 일도 있긴 합니다마는 → 〔삽입〕
- 75쪽 9행: 내 자신과 위인들의 전도를 위해 → 〔삽입〕
- 77쪽 21행: 그는 그 주머니 속뿐만이 아니라 필요하다면 저의 맹장까지도 떼갈 수 있을 만큼 행동이 자유로웠읍니다. → 〔삭제〕
- 78쪽 10행: 무엇보다 그것으로 그 아가씨가 위인들의 들치기 일당이 아닌 사실(설혹 일당이더라도 그녀의 수상한 몸짓이 내 손목시계를 들치기하기 위한 간교한 예비공작이 아니었다는 사실이라도)이 드러나 주기를 바라면서 말씀입니다. → 〔삽입〕
- 79쪽 13행: 반대로 제 마음속 소망은 무참스럽게 깨어져 나갔구요./하지만 제 실망은 그 정도에서 그치지 않았습니다. → 〔삽입〕
- 80쪽 1행: 그런데 그러던 어느 순간 제게 한 가지 그럴듯한 계책이 떠올라온 거예요. 아시겠습니까. → 〔삽입〕
- 80쪽 13행: 하지만 그건 물론 제가 쾌재를 부를 일만이 아니었지요. → 〔삽입〕
- 81쪽 7행: 하지만 웬일인지 제 앞엣 여자는 여전히 그대로였습니다. → 〔삽입〕
- 81쪽 15행: 이상한 이야깁니다마는 저는 그 불행한 싸움을 통해서 제 일에 대한 자긍을 되찾았던 것입니다. → 하고보니, 이젠 이쯤에서 제 지저분한 이야기를 그럭저럭 그만 마무리를 지을 때가 온 것 같군요. 그날의 일에 대해선 더 이상 긴 이야기를 늘어놓지 않아도 선생님들께서 충분히 저의 실망과 실의를 헤아릴 수 있으실 테니까요. 하지만 한 가지 당부를 덧붙이고 싶은 말씀은, 그렇다고 저를 너무 동정하거나 비웃으려 들지는 마십시오. 저 자신도 여태 납득이 잘 안 간 이야깁니다만, 저는 그 저열하고 불행한 싸움을 통해서 거꾸로 제 일에 대한 새로운 각성과 자긍심을 되찾기도 했으니까요. 그런 저에 대한 이해를 조금이라도 돕기 위해 잠시 더 그날의 일을 돌이켜 덧붙이자면 이런 식이었습니다.

- 84쪽 1행: 용서하십시오. → 긴 넋두리 두루 용서들 하십시오.

2. 소재 및 주제

1) **독백체**: '소매치기, 글쟁이, 다시 소매치기' 연작은 보이지 않는 청자(聽者)를 상정한 독백체로 진행된다.

2) **대결 의식**: 소매치기는 그 존재의 자리가 부인된 곳에서 다른 사람들과 대결을 통해 존재한다. 세상에 대한 대결 의식 속에 자신의 존재를 증명하는 것은 글쟁이도 마찬가지다. 글쟁이 역시 소매치기처럼 현실에서 아무것도 증거할 수 없기 때문이다. 소매치기가 현실에서 물건을 가려 취하듯 소설가는 현실에서 이야깃거리를 선택한다. 그가 선택한 어떤 현실은, 독자와 긴장된 대결을 통해 결정적인 패를 내놓을 수 있는 가치 있는 것이어야 한다. 그런데 소설가가 이야기를 선택할 수조차 없게 된 상황이라면? 「소매치기올시다」의 소매치기처럼 그 상황에 대한 책임은 대부분 손님들, 그러니까 독자들에게 있다. 이청준이 소매치기와 글쟁이를 하나로 묶은 이유가 바로 이것이다(57쪽 20행, 58쪽 4행, 60쪽 11행).

- 『이제 우리들의 잔을』: i) 쓰는 사람이 독자를 굴복시키려고 할 때 그중 좋은 패는 처음부터 내보이는 법이 없어요. 마지막에 가서 한번이지요. 한데 대개는 그 패를 내놓기도 전에 독자들이 굴복을 해버린단 말입니다. 도대체 그 마지막 패라는 것이 소용없는 독자들이지요. ii) 작가가 어떤 현실을 이야깃거리로 선택할 때 그 패는 그 선택된 현실 가운데서 찾아지는 것이지요. 결국 그 현실이 작가에게 어떤 패를 준다고 할 수 있습니다. 그리고 독자들…… 결정적인 패는 독자들에게서 얻어내는 것 같아요. 그런데…….

- 「시인의 시간」: 그리고 거기서 힘들게(무엇보다 없지 못할 그 오연한 자기 극기와 시험 정신의 어려움이라니!) 얻어낸 승부의 결실은 현실에서 아무것도 보여줄 수 없고 증거할 수 없는 내 시 작업보다는 훨씬 더 안전하고 확고

한 삶의 생산성을 보증했고, 그같은 성취감과 은밀한 자신감은 이 세상과 자신에 대한 모처럼 만의 소중한 믿음까지 담보해주는 듯싶었다.

「꽃과 뱀」

| 발표 | 『월간중앙』 1969년 6월호.
| 최초의 단행본 수록 | 『별을 보여드립니다』, 일지사, 1971.

1. 실증적 정보
- 수필 「고향의 자정력」

「고향의 자정력」은 1994년 간행된 산문집 『사라진 밀실을 찾아서』에 실린 수필이다. 이 수필이 2001년 작품집 『병신과 머저리』에 「꽃과 뱀」의 '작가 노트'로 수록된다.

2. 텍스트의 변모
1) 『월간중앙』(1969년 6월호)에서 『별을 보여드립니다』(일지사, 1971)로
  - 96쪽 4행: 더군다나 팔꿈치와 무릎 두 곳은 찢어져 있기까지 했읍니다. → 〔삭제〕
2) 『별을 보여드립니다』(일지사, 1971)에서 『병신과 머저리』(열림원, 2001)로
  - 88쪽 20행: 뱀이라든가 그런 징그러운 것들에 관한 → 뱀이나 구렁이 같은 징그러운 동물에 대한
  - 95쪽 14행: 그때의 눈이 어떤 것이었는지는 지금도 자신 있게 말할 수 있다는 것입니다. → 그때의 얼굴이나 눈길이 어떤 것이었는지는 지금도 똑똑히 기억할 수 있다는 것입니다.
  - 99쪽 4행: 나는 어머니를 쳐다보았읍니다. 그 해맑은 얼굴— → 그 어머

니의 얼굴—

3. 인물형
- **이화**(梨花): 이화는 사람이 된 꽃이다.

4. 소재 및 주제
1) **피곤**: 견디기 어려운 것, 견딜 수 없는 것을 견디며 살아가야 하는 삶에 대한 회의나 살아온 삶의 내력이 피로감, 피곤, 피곤기로 나타난다. 이청준의 소설에는 이런 피로감을 내보이는 사람이 많아서 일일이 예로 들기 어려울 정도다. 그들 중 가장 인상 깊은 사람이 '남도 사람' 연작의 사내일 것이다(87쪽, 89쪽 22행, 90쪽 3행, 100쪽 15행).
- 『썩어지지 않은 자서전』: i) 그야 내가 그날 미스 염의 겨드랑이 그렇듯 못 견딘 데는 그 소변으로 인한 뱃속의 피로감이나 시장기 탓이 더 컸을지도 모른다. ii) 우리에겐 아무 것도 없어요. 허기와 피곤뿐이에요.
- 「가수」: 그건 어쩌면 피로감이라고 해도 상관이 없겠지요.
- 『이제 우리들의 잔을』: i) 정말로 피곤해졌을 때 찾아갈 곳이 없는 사람들이었다. 서울사람들이 그런 사람들이다. ii) 피곤해지는 일이 없는 사람에게 마음으로 찾고 싶은 고향이 있을 리 없었다.
- 「가면의 꿈」: 비로소 관심이 가기 시작한 일이었지만, 사무실에서 돌아오는 그의 얼굴은 딱할 정도로 피곤해져 있곤 했다.
- 「선학동 나그네」: 하지만 그녀는 어딘가 짙은 피곤기 같은 것이 어려 있는 사내의 표정과 허름한 몰골에 금세 흥미가 떨어지는 어조였다.

2) **진짜와 가짜**: 이청준의 소설에는 진짜와 가짜 이야기가 많다. 진짜와 가짜는 작품에 따라 맨얼굴과 가면, 실명과 가명, 생화와 조화, 나와 분신으로 변주된다. 진짜와 가짜 중 나와 분신의 관계가 가장 복잡하다. 「가수」는 나와 분신의 이야기다.

자기 얼굴이 없는 자아망실증, 자기망각증은 습작「아벨의 뎃쌍」을 포함해「병신과 머저리」「줄광대」「더러운 강」「나무 위에서 잠자기」등 초기작을 지배하는 정서다. 가짜 얼굴인 가면은 자기 얼굴이 없는 자기망각증과 같은 뜻을 지니고, 가짜 이름인 가명과 가짜 꽃인 조화도 마찬가지다.「꽃과 뱀」은 진짜 꽃과 가짜 꽃, 진짜 뱀과 가짜 뱀의 이야기다. 이 소설에는 생화 한 송이와 무수한 조화, 진짜 뱀 한 마리와 무수한 가짜 뱀이 있다. 그런데「꽃과 뱀」에서 사람이 된 진짜 꽃 이화(梨花)는「꽃과 소리」에서는 가짜 꽃 가화가 된다. 앞의「변사와 연극」주석 참조.

3) **시들지 않는 꽃**: 수없이 많은 조화들의 그림자를 지닌 어머니는 조화처럼 잘 늙지도 않는다. 어머니의 투명하고 해맑은 얼굴은 진짜 얼굴이 아니라 가면이다. 그런 어머니와 같은 삶을 사는 아내의 얼굴 역시 어머니처럼 가면이 될 수밖에 없다(89쪽 17행, 100쪽 16행).

「꽃과 소리」

| **발표** | 『세대』1969년 7월호.
| **최초의 단행본 수록** | 『조율사, 꽃과 소리』, 삼성출판사, 1972.

1. 실증적 정보
1) 초고
소설 속에 들어 있는 연극「꽃과 소리」의 1막과 2막에 대한 짧은 육필 메모가 남아 있다.
2) 이전 발표 작품과의 연관성
「꽃과 뱀」의 주요 모티프와 인물이 들어 있다.
3) 전기와의 연관성
'나'의 시골 초등학교 시절 이야기는 이청준의 경험과 같다. 그가 다니던 학교 역시 6·25전쟁으로 불탔고, 정부 원조와 학부형 헌금으로 세 교실짜리 가교사로 재건됐다. 이청준은 그때 이야기를 수필과 소설에서 여러 번 말하고 있다.

2. 텍스트의 변모

1) 『세대』(1969년 7월호)에서 『조율사, 꽃과 소리』(삼성출판사, 1972)로
   - 141쪽 8행: 애인 → 바지씨
   - 152쪽 13행: 지켜보며 말했다. → 지켜보았다.
   - 158쪽 23행: 최근에 → 이즘에
   - 184쪽 5행: 실망한다. → 풀이 죽는다.
   - 191쪽 10행: 내려오고 있는 막을 손짓으로 다시 올리라는 시늉을 한다. → 〔삭제〕
   - 193쪽 5행: 벌써부터 사라지고 → 〔삭제〕
   - 196쪽 19행: 담임선생님도 칭찬을 하셨다. → 〔삭제〕
   - 225쪽 9행: 화장품의 시체를 → 축 늘어진 화장품을
   - 228쪽 12행: 노래 3절을 → 앞서의 노래들을
   - 229쪽 22행: 조화가 사람들에게 소리를 잘못 보게 한 것이지요. → 사실 소리 자체에는 죄가 있을 수 없지요. 조화가 사람들에게 소리를 잘못 보게 하여 비극을 만들고 복수를 당하게 한 것이지요.
   - 235쪽 22행: 그런 결과적인 현상과는 아무 상관도 없이 → 그쪽 말대로 그런 결과적인 현상과는 아무 상관도 없이 그 소리 스스로 존재하는 것이거나, 아니면

3. 인물형
1) **윤가화**: 「꽃과 뱀」의 이화와 겹친다.
2) **화장품 장수**: 「가면의 꿈」의 명식도 화장품 장수처럼 가면을 쓴 사

내다.

  4. 소재 및 주제
 1) 격자소설:「변사와 연극」처럼 소설 속에 연극이 들어 있다. 그런데 「꽃과 소리」는 좀더 복잡해 소설 속에 같은 제목의 연극이 들어 있고, 연극 속에 다른 소설「꽃과 뱀」이 들어 있는 격자소설의 변형이다.「매잡이」역시 세 편의 동명 소설을 담고 있는, 격자가 둘인 소설이다. 이청준은 격자소설에 대해 이렇게 말한다. 앞의「변사와 연극」주석 참조.
  - 수필「책 속에 길 없다」: 나는 흔히 이러한 작가로서의 나의 몫을 분명히 해두기 위하여 이른바 격자소설(格子小說)이니 중층구조(重層構造)니 하는 말로 알려진 소설 구성법을 즐겨 사용하는 편이다. 이야기 속에 또 이야기가 들어 있는 소설형식 말이다./이때 안쪽에 담겨진 이야기는 대개 평면적 스토리의 전개로 한 인간의 경험과 삶의 태도에 관한 유형을 보여준다. 그리고 그 이야기를 바라보고 그것과의 교유와 관찰 속에서 우리의 삶에 대한 종합적인 반성과 평가의 역할을 수행해나가는 시선을 또 하나 바깥에 마련한다. 바깥에 마련된 관찰자의 시선은 그러니까 그 안쪽에 진술된 일회적이고 평면적인 경험의 유형을 최종적 진실로 확정 지으려는 목적에서가 아니라 그것을 의심하고 시험하며 반성하는 역할의 수행자로서 마련되어지고 있는 것이다. 따라서 그의 시선은 언제나 일회적 경험에 대해서는 불신과 의심을 일삼는 부정적 태도가 불가피해질 수밖에 없으며, 그것은 곧 그 작가의 일회적 경험을 작가 자신과 독자들 공유의 총체적 세계 안으로 귀속시키려는 노력으로써 그 자신의 최종적인 판단을 겸손하게 유보해버리는 자세를 취해 보인다.
 2) 진짜와 가짜:「꽃과 소리」도「꽃과 뱀」처럼 진짜와 가짜에 대한 이야기가 중심에 있다. 가면과 맨얼굴에 대한 생각은 조화와 생화로 연결되고, 인물들의 역할이 뒤바뀌면서 분신의 개념까지 나타난다. 연극 속의

가화와 진짜 가화, 연극 속의 가화네 집과 진짜 가화네 집이 겹치고, 가화 오빠 역을 했던 사내가 진짜 가화 오빠라는 사내에게 역할을 뺏기며, '나'는 자신이 어디까지 연극에 참여하고 있는지 가늠하지 못하고, 실제 상황과 연극의 경계조차 모호하다. 이처럼 가짜와 진짜가 뒤섞여 무엇이 가짜이고 무엇이 진짜인지 모를 혼란스러운 상황이 소설 전체를 지배하는데, 이청준은 '세상 일의 진실와 허위, 인간에게 있어서의 본래적인 것과 인위적인 것'의 혼미를 현대문명의 바람직하지 못한 면으로 비판한다. 앞의 「변사와 연극」, 「꽃과 뱀」 주석 참조(229쪽 7행).

 3) **낮과 밤**: 윤 '가화(嘉禾)'는 한자가 다르지만 동음의 가화(假花)를 뜻한다. 그녀가 바치는 향기 없는 꽃 조화는 그녀 자신이기도 하다. 그 꽃을 남자들은 아무도 받아주지 않았지만, 단 한 사람 가면을 쓴 사내가 밤에 받아준다. 빛이 환한 낮이 실명과 맨얼굴, 생화의 세계라면 밤은 가명과 가면, 조화의 세계이고, 밤을 밝히는 것은 가짜 빛인 인공조명이다. 그래서 작중인물의 말처럼 무엇보다 중요한 것은 이 이야기가 밤에 시작해야 한다는 점이다. 「더러운 강」은 실명이 없이 온통 가명뿐인 사내, 가짜 인간을 통해 밤의 의미가 무엇인지 보여준다(128쪽 13행, 143쪽 14행, 232쪽 4행).

 - 「더러운 강」: i) 이제 녀석이 나타날 것 같지는 않았다. 모든 것이 너무나 선명했다. 녀석은 그렇게 밝은 햇빛 아래로 당당하게 돌아온 일이 없었다. 이상한 일이다. ii) "병신새끼, 내가 바본 줄 알아? 네가 가짜 인간이란 걸 모르고 속아준 줄 아냔 말야. 왜 곱게 물러나지 못하는 거야."

 4) **본얼굴을 잊고 살기**: 우리는 때로 생존을 위해 자기 본얼굴을 잊고 살아야 할 때가 있다. 그럴 경우 가면이 자기 진짜 얼굴인 것으로 믿어야 하는데, 「그곳을 다시 잊어야 했다」에서 유일승은 자기 얼굴뿐 아니라 조국까지 잊고 살아야 했다(162쪽 8행).

 - 「그곳을 다시 잊어야 했다」: ──나는 그동안 내 고국과 고향, 고려인(여

기선 한국인이나 조선인 대신 우리 한족을 모두 고려인이라 합니다)이라는 내 본색을 깜깜 잊고 살았습니다. 그것이 지금까지 오랜 세월 내 생존의 길이요 절대조건이었습니다. 심지어는 내 어릴 적 모국어였던 고려 말까지도 한사코 잊어야 했으니까요.

5) **소리의 무덤**: 엿장수 노인은 '소리의 가족 합숙소'를, 여러 소리로 대변되는 인생을 파묻은 '무덤'이라고 말한다. 그러니까 '소리의 가족 합숙소'는 이청준이 흔히 이야기라 말하는 생의 내력을 숨기고 있는 '소리의 무덤'인 셈이다. 우리는 이보다 더 깊은 생의 내력을 지닌 소리와 소리의 무덤을 '남도 사람' 연작에서 만난다(213쪽 16행, 220쪽 10행).

- 「서편제」: "요 언덕 위에 묻혀 있는 소리의 무덤 말씀이오. 소릿재를 알고 소릿재 주막을 알고 계신 양반이 소리 무덤 얘기는 아직 모르고 계시던 모양이구만요. 뒤쪽 언덕 위에 그분 무덤이 있답니다. 소리만 하다 돌아가셨길래 소리를 함께 묻어드린 그분의 무덤이 말씀이오. 소릿재나 소릿재 주막은 그분의 무덤을 두고 생긴 말이랍니다……."

6) **소리에 대한 두 태도**: 「꽃과 소리」에서 대부분의 사람들은 소리가 사람의 육성보다 더 큰 설득력으로 자신들을 노예로 만든다고 생각한다. 하지만 소리의 당사자들은 소리를 가장 절실한 생활로, 구체적인 개인의 생명이 깃들어 있는 자기들의 인생 자체로 생각한다. 소리를 대하는 이들의 태도는 '자신의 풍속으로 돌아가 그의 풍속의 유물이' 된 「매잡이」의 곽서방을 연상시킨다(229쪽 14행).

- 「매잡이」: 하나의 풍속이란 그것 밖의 사람들의 외연적 기명(記名)일 뿐 그것을 직접 살아내는 사람들에겐 그의 삶의 보편적 질서인 것이라면, 적어도 그것을 뒤에서 바라보며 풍속을 말하는 사람들에게는 그렇게 보일 수 있었다.

「가수(假睡)」

| 발표 | 『월간문학』 1969년 8월호.

| 최초의 단행본 수록 | 『별을 보여드립니다』, 일지사, 1971.

1. 실증적 정보
- 초고
1장과 2장 일부가 육필 초고로 남아 있다.

2. 텍스트의 변모
1) 『월간문학』(1969년 8월호)에서 『별을 보여드립니다』(일지사, 1971)로
  - 245쪽 9행: 무슨 내력이 → 어떤 괴상한 사연이
  - 245쪽 20행: N사 → 〈일요신문〉
  - 246쪽 2행: 오른손에 → [삭제]
  - 278쪽 2행: 〈잠자리에 들어 있을〉 때 → 사무실의 자기 자리에 앉아있을 때
  - 296쪽 15행: 단조롭고 짜증나는 일에 몰두하려고 애를 쓰다 보면 어떤 일에서든지 가수에 빠질 수가 있어요. 산다는 것 역시 그것이 단조롭고 짜증스러워질 때가 있고 그렇다고 그것에서 벗어날 수는 없는 것이고 보면 가수에 빠질 수가 있는 것이지요. 역설적으로 말해서 생의 가수상태란 그러니까 그가 열심히 그것을 살고 지키려고 했다는 말이 될 수도 있겠지요. 어려움 속에서 열심히 몰두하다보니 단조로움이 생기고 그러다 힘이 들어 짜증이 생기고⋯⋯ 그러나 그것에서 벗어날 수는 없는 것 아닙니까. 그래 거기에 더 열심히 몰두하려다 빠지고 마는 것이 가수상태 아니겠습니까./영훈은 그때 가수에 빠져 있었어요. 거기서 이름을 준거지요. 하지만 가수에 빠져서도 사람은 실수는 하지 않는다고 하지 않습니까. 스스로

납득한 정확한 행위를 한다거든요. 다만 뒤에 그것을 생각해내질 못할 뿐이지요. → 어떻게 생각하면, 영훈을 포함해서 이 시대를 살아가는 우리들 모두가 제각기 자기의 생에 대한 어떤 가수상태를 경험하고 있는 건 아닐까요?/아, 그렇다고 저는 지금 그 가수 속의 생이라는 것을 매도해 버리고 싶어진 것만은 물론 아니예요. 가수에 빠져서도 절대 실수는 하지 않는다고 하지 않습니까. 스스로 납득한 정확한 행위를 한다거든요. 다만 뒤에 가서 그것을 잘 생각해 내지 못할 뿐이지요. 역설적으로 말해서 생의 가수 상태란 그러니까 그가 열심히 그리고 정직하게 그것을 살고 지키려고 했다는 말이 될 수도 있지요. 바로 영훈의 4·19가 그런 것이었다고 해도 상관없겠어요. 그로서는 가장 절실하고 순수한 생의 포즈나 동작으로서 말입니다. 어쨌든 영훈은 그때 그런 가수에 빠져 있었어요. 그리고 거기서 자기의 이름을 준 거지요.

- 297쪽 8행: 전 그렇게 생각해요. → 그래서 전 저의 소설 속에서도 모든 것을 결국은 그 가수라는 말로 변명하고 말았지요.
- 297쪽 14행: 가장 절실하고 순수한 생의 포즈가 동작이 그 가수 중에서 이루어지고 있었으리라고 생각이 되지만 말입니다. → 〔삭제〕
- 297쪽 23행: 하지만 저의 소설은 아직 몇 번이고 다시 고쳐 써질 기회가 남아있으니까요…… → 〔삽입〕

2) 『별을 보여드립니다』(일지사, 1971)에서 『예언자』(열림원, 2001)로

- 240쪽 16행: 정이 들어버리고 말았어요. → 제법 마음이 통하게 되는 것 같았어요.
- 283쪽 14행: 상균은 잠시 생각했다. 한치윤의 연장선을, 두 남자로 하여금 다같이 자기에게서 고뇌와 외로움의 샘물을 길러내게 했던 한 여인의 그것을, 기관사 최씨의 그것을, 그리고……. → 〔삭제〕
- 295쪽 21행: 하지만 이 정도면 거의 명확하지 않습니까? → 그 이상은 누구도 불가능한 일 아니겠습니까?

3. 인물형
- **영훈**: 이 이름은 『자유의 문』, 「네가 내 사촌이냐」에도 나온다. '영훈'은 '청준'의 변형인 '정훈' '명훈'과 같은 계열이다.

4. 소재 및 주제
1) **격자소설**: 「가수」 역시 「줄광대」 이후 이청준 소설의 중요한 특징으로 자리한 격자소설의 형식을 취한다. 앞의 「꽃과 소리」 주석 참조.
2) **가수상태**: 우리는 가수상태에서 한 말이나 행동에 대해 분명히 설명할 수 없다. 그렇다고 그 말이나 행동이 거짓은 아니다. 이청준은 수필 「왜 쓰는가」 「돈 많은 시인에의 꿈―취재여화(取材餘話) III」에서 가수상태의 행위가 갖는 절실함과 진실에 대해 글쓰기와 연계해 말하고 있다 (263쪽 19행, 264쪽 10행).
- 수필 「왜 쓰는가」: 하지만 이 말은 우리가 글을 쓰는 옳은 이유가 없다는 것도 아니고, 그것을 말하거나 생각할 필요가 없다는 것은 더욱 아니다. 그것을 간단히 말하기는 너무도 길고 넓고 그리고 미묘한 부분이 많기 때문에 그것을 단정적으로 말하려 하기보다는 옳게 생각하고 느끼려고 애를 쓰는 편이 낫지 않은가 하는 생각에서 하는 말일 뿐이다. 왜냐하면 우리 주변에서 가끔 우리를 놀라게 한 일 가운데는 그가 그 일을 그렇게 하지 않을 수 없었던 어떤 강한 자기 충동이나 의지 같은 것을 분명히 느낄 수가 있음에도 불구하고, 당사자나 우리 가운데 누구도 그의 동기나 목적 같은 것을 명징하게 설명해낼 수가 없고, 그러기에는 오히려 그의 깊은 진실을 훼손하는 짓이 되지나 않을까 싶은 기이하게 감동스런 사건들이 많기 때문이다.
- 수필 「돈 많은 시인에의 꿈―취재여화(取材餘話) III」: 그래서 작가는 언제나 강한 전장(電場)을 잃지 않은 대전체로 자신을 유지하려 노력하며

이 세상을 구석구석 헤집고 다니지 않을 수가 없는 것 같다. 그리고 그런 중에서도 다음의 몇 가지 예들은 내게 가장 다행스런 방전(放電)을 가져다 준 보람 있는 경우가 아니었나 생각된다. 〔……〕 그러던 어느 날, 한 친구가 내게 말했다./ ──너 가수(假睡)라는 거 아는지 몰라. 기차를 모는 기관사들이 자주 이 가수상태에 빠지는 일이 많다는군. 이를테면 잠을 자면서 차를 몬다는 거지. 하지만 잠을 자면서도 차를 모는 동작이나 판단은 깨어 있을 때 한가지로 정확하다거든. 자기가 잠을 자면서도 차를 몰았다는 것은 나중에 차를 몰고 온 기억이 전혀 안 나기 때문에 알 수가 있다는군./나는 눈앞이 번쩍했다. 바로 그것이었다. 어린아이의 그 필사적인 나뭇잎 부채질도 그 가수상태 속의 행동이었던 것이다. 그것은 일종의 본능적인 행동이라고도 말할 수 있었다. 본능속의 행동으로서 오랫동안 머릿속에 지녀오던 한 가지 의문에 밝은 해답을 얻을 수 있었다.

3) **분신**: 「가수」는 분신에 대한 이야기다. 두 명의 주영훈은 진짜와 가짜를 넘어 서로가 서로의 분신이다. 분신은 '나'가 아니지만 다른 사람도 아니다. 그래서 두 사람이 한 여자를 한 이름으로 취할 수 있다. 그런데 이런 분신이 사람을 넘어 글쓰기에서도 나타나, 허순은 주영훈이 되어 수필과 소설을 쓴다. 잠과 잠 사이에 있는 가수는 분신처럼 나와 또 다른 나 사이, 의식과 잠 사이, 의식과 무의식 사이, 삶과 죽음 사이, 사람과 유령 사이에 있다. 앞의 「꽃과 뱀」 주석 참조.

4) **외로움**: 여기서 외로움은 피로감과 동의어고, 외로움과 피로감은 생의 무게와 동의어이다. 생의 무게가 너무 무거울 때 사람들은 삶을 버릴 수도 있다. 외로움이 죽음을 낳을 수도 있는 것이다. 앞의 「변사와 연극」 주석 참조(273쪽 10행, 274쪽 3행).

– 「별을 보여드립니다」: i) 그 사이 '외롭다'는 말의 치사한 뉘앙스를 잊어버린 듯 주머니에 손을 구겨 넣고, 걸핏하면 외로운데 외로운데 하는 소리를 함부로 내뱉으며, 거리를 지쳐 쏘다니고 있었다. ii) "사람들 사이로

오니까 더 외로워지더군. 그렇지, 하긴 거기도 사람은 많았지. 하지만 난 거기선 언제나 혼자라고 생각했으니까. 그런데 여기서는 혼자가 아니라고 생각되는데도 엄청나게 더 외로워지기만 하거든. 뭔가 배반이라도 당한 것처럼…… 배반을 당하면 나도 배반을 하고 싶어지거든. 그것뿐이야."
- 「그림자」: 유리창문을 들여다보고 있던 저녁 햇빛이 그때 마침 형사의 웃음진 얼굴에다 외롭디 외로운 나뭇잎 그림자 하나를 그려놓았다. 그러나 형사의 얼굴에서 그 나뭇잎의 그림자를 본 것은 물론 청년뿐이었다. 그리고 그것이 외로운 것도 청년이었다.

「마스코트」

| **발표** | 『한국전쟁문학전집』, 휘문출판사, 1969년 10월.
| **최초의 단행본 수록** | 『가면의 꿈』, 일지사, 1975.

1. 실증적 정보

1) 초고

육필 초고가 일부 남아 있다.

2) 콩트 「전쟁과 여인」과의 연관성

이청준은 「마스코트」를 길이만 줄여 「전쟁과 여인」으로 다시 썼다. 처음에 그는 「마스코트」가 불필요하게 길어졌다고 생각한 것 같다. 하지만 「전쟁과 여인」을 쓴 뒤 곧 그것이 실수였음을 인정한다. 이후 「마스코트」는 길이의 변화 없이 여러 작품집에 실린다.

3) 수필 「돈 많은 시인에의 꿈—취재여화(取材餘話) Ⅲ」

이청준은 이 수필에서 소설 소재의 취재와 관련해 「가수」「매잡이」「마스코트」 세 작품을 언급한다. 「가수」는 소재의 만남과 해석에 복잡한 과정이 따랐지만, 「매잡이」는 그 둘이 동시에 이루어졌고, 「마스코트」는 거기에 구성까지 더해졌다.

- 수필「돈 많은 시인에의 꿈—취재여화(取材餘話) Ⅲ」: 단편「마스코트」의 경우는 그 취재와 소재 해석에 덧붙여 구성까지가 함께 이루어진 경우에 해당했다./어느 날 시인 S씨가 이런 이야기를 들려준 일이 있었다./6·25가 발발한 50년 6월 어느 날./그가 수원 남쪽 어느 군비행장 관제탑 근무를 하고 있었을 때랬다. 활주로 끝에는 갓 이종(移種)을 끝낸 들판이 초여름 볕발 아래 푸르름을 더해가던 어느 날, 이 비행장에 전투기 추락사고가 있었다. 전투 출격을 나서던 무스탕기 한 대가 활주로를 막 벗어난 들판 가운데로 주저앉아버린 것이었다. 들판을 울리는 거대한 지동음(地動音)과 함께 기체는 순식간에 화염에 휩싸이고 불에 탄 기체의 잔해는 적재한 네이팜탄의 폭발로 깊이 패어진 웅덩이 안으로 가라앉아 버렸다. 그런데 구호반이 달려가 웅덩이 물속에서 끌어올린 기체의 잔해에 기괴한 광경이 빚어져 있었다./시커멓게 타버린 앙상한 기체의 잔해 위에, 역시 불에 타서 뼈만 남은 조종사의 백골이 그의 조종석 위에 고스란히 자세를 유지하고 앉아 있었다. 그리고 그의 허리께에 아직도 권총벨트의 쇠 부분과 권총이 그대로 채워져 있었다./——그런데 그 권총 속에 무엇이 남아 있었는지 알아요. 그 권총은 개머리판 판쇠를 내열(耐熱) 유리로 바꿔 끼운 것이었는데, 그때 조종사들은 그렇게 개머리판 판쇠를 화학유리로 바꿔 끼우고 그 속에 자기가 좋아하는 사람의 사진 같은 걸 마스코트로 지니고 다니는 취미들이 있었어요. 아마 그 친구도 마찬가지였겠지요. 물에 씻긴 권총 손잡이의 유리 속에 한 여자가 활짝 웃고 있었어요. 화려한 색깔로 치마저고리를 색칠해 입힌 한 파마머리의 여자 사진이 말야요. 그을음투성이로 세상이 온통 회색 일색으로 변해버린 듯한 속에서도 그 여자 혼자만이 푸르른 하늘과 들판을 향해서 말이오. 그 여자의 화창한 웃음을 보고 있노라니 문득 전쟁이라는 게 이런 건가 하는 생각이 들더군요. 그 여자의 밝은 웃음 속에 전쟁이 있는 것 같더란 말이예요./S

씨의 이야기는 그게 전부였다./그 자체로서 완전한 소설이었다. 쓸데없는 군소리를 덧붙일 게 없었다. 이야기의 의미를 새삼스레 설명할 필요나 그를 위해 줄거리를 다시 잘라 맞출 필요가 전혀 없었다. 이야기 자체가 이미 완벽한 구성을 지니고 있었다. 그건 이를테면 갱도를 파고 들어갈 필요가 없이 지표 위에서 금덩이를 줍는 노다지판을 만난 경우였다./뒷날 나는 이 이야기를 쓸데없이 길게 썼다가(「마스코트」) 아무래도 마음이 헐거워 십여 장짜리의 짧은 꽁트(「전쟁과 여인」)로 다시 줄여 쓴 실수를 했지만.

2. 텍스트의 변모

1) 『한국전쟁문학전집』(휘문출판사, 1969)에서 『가면의 꿈』(일지사, 1975)으로

- 303쪽 18행: 수호신이나 → 〔삭제〕
- 312쪽 17행: 그런데 이놈을 사로잡는 방법이 있다. → 이놈을 사로잡는 방법이 희한하다 했다.
- 316쪽 15행: 콘트롤 타워 → 관제탑

2) 『가면의 꿈』(일지사, 1975)에서 『병신과 머저리』(홍성사, 1984)로

- 311쪽 8행: 그 이름이나 그림을 → 그 애명이나 애명의 상징화를
- 313쪽 15행: 하고 혼자 중얼거리는 것이었다. → 〔삭제〕
- 314쪽 16행: 그는 무어라고 응답을 해주고 싶을 만큼 기분이 유쾌해 있는 듯 말했다. → 그리곤 왠지 기분이 썩 유쾌해진 듯 말했다.
- 319쪽 2행: 바보, → 바보 같은 소리!
- 319쪽 7행: 웅덩이의 물은 서서히 줄어들어갔다. → 웅덩이의 물이 빠른 속도로 줄어들어갔다.
- 321쪽 16행: 아까 의무 장교를 섬뜩 놀라게 한 것이 유리가 손상을 입지 않았다는 사실이 아니라는 것을 알았다. → 아까 의무 장교를 놀라게 한

것이 그 유리의 손상 여부가 아니라는 것을 알았다.
- 322쪽 2행: 거의 없었다. → 아무도 없었다.
- 322쪽 7행: 오늘따라 → 이날따라

3) 『병신과 머저리』(홍성사, 1984)에서 『별을 보여드립니다』(열림원, 2001)로
- 299쪽 16행: 위에 온통 살처럼 쏟아지고 있었다. → 위로 보이지 않는 바늘 살처럼 가득 쏟아져 내리고 있었다.
- 300쪽 2행: 한 사람이 햇볕 속을 걸어오고 있었다. → 몇 사람이 서둘러 햇볕 속을 걸어 나오고 있었다.
- 300쪽 5행: 그들 중 한 사람인 → [삽입]
- 301쪽 5행: 영감에 젖어드는 듯 갑자기 발을 멈추고 멍한 눈초리로 그 들판을 바라보고 있었을 때, 그가 반드시 날씨나 들판, 또는 들판에서 일하고 있는 농부들에 관한 어떤 상념에 젖어들고 있었다고 단언할 수는 없었다. → 아니, 그가 반드시 그 날씨나 들판, 또는 들판에서 일하는 농부들을 바라보았다고도 할 수 없었다.
- 302쪽 3행: 거리 → 기지촌 거리
- 302쪽 17행: 자신을 늘 우울해하는 것은 아니었다. → 매사에 호기심이나 취미가 없어하는 것은 아니었다.
- 304쪽 16행: 그는 → 그는 창밖을 내다보고 서서
- 306쪽 23행: 얼핏 → 얼른
- 308쪽 21행: 하고 농쪼로 물었는데 → 그렇게 짐짓 정색스럽게 물었는데
- 308쪽 23행: 하고 → 역시 농담 같지 않은
- 309쪽 13행: 심상치 않았다. → 일이 다른 때하곤 달랐다.
- 311쪽 4행: 새의 이름 → 남미 고산 독수리 이름
- 312쪽 18행: 양이나 말고기 → 산양이나 가축고기
- 314쪽 11행: 그런데 중위는 김 하사가 그를 그렇게 부르는 것이 어딘가

꼭 못마땅한 것 같지도 않았다. 그는 다만 그 이름에 무관심해 보일 뿐이었다. → 〔삭제〕

3. 인물형
- **윤현수**: 현수는 「가학성 훈련」과 습작 「엄숙한 유희」의 주요 인물 이름이기도 하다.
- **습작 「엄숙한 유희」**: "흠, 피현수라 이건 참 건방진 이름이군! 어질현 뛰어날 수 자니까 다른 놈들은 모두가 바보 멍텅구리라 이 말이지."

4. 소재 및 주제
- **전쟁과 살인**: 살인은 분명한 살의를 전제로 해야 한다. 특정한 누군가를 겨냥하지 않은 전쟁의 총소리는 대부분 무질서한 소음이고, 전쟁 중의 살상도 진짜 살인이라 하기 어렵다. 단순한 전투 행위와 살인 행위의 차이는 그에 따르는 죄의식에서도 차이를 낳는다. 전투뿐 아니라 취미로 하는 활쏘기에서조차 살인에는 분명한 목표물을 향한 비정한 살의, 그러니까 인간의 의지가 반드시 개입한다. 「과녁」에서 소년을 맞힌 화살에도 그런 의지가 개입하지 않았을까(307쪽 17행).
- **습작 「아벨의 뎃쌍」**: 전투에서의 총소리는 아무 의지도 없는 무질서한 소음에 불과했었다. 탄환은 마구 허공을 비산할 뿐 일부러 인간의 가슴을 찾아 두리번거리는 놈은 없었다. 증오가 없이도 총질을 할 수 있었고 누구를 미워해본 죄가 없이 죽을 수도 있었다.
- **「병신과 머저리」**: "그 총소리는 나의 가슴속 깊이 어느 구석엔가 숨어서 그 전쟁터의 수많은 총소리에도 지워지지 않고 남아 있었던 선명한 기억 속의 것이었다. 어린 시절, 노루 사냥을 갔을 때에 설원에 메아리치던 그 비정과 살의를 담은 싸늘한 음향이었다."
- **「과녁」**: i) 활 쏘는 자세는 이 육신의 뜻, 말하자면 의지라고 할 수

있는데, 그 의지 없이 쏜 화살이 설사 과녁을 맞혔다 해도 그것은 우연이지 맞힌 게 아닙니다. ii) 주호는 시위를 매섭게 퉁겼다. 그러나 그 화살은 과녁을 맞히지 못했다. 아니, 그 화살은 어김없이 과녁을 맞혔다. 또 하나의 과녁이 거기 있었다.